LA PROPOSICIÓN

- EL CLUB DE LOS SUPERVIVIENTES -

MARY BALOGH

LA PROPOSICIÓN

TITANIA

Argentina • Chile • Colombia • España
Estados Unidos • México • Perú • Uruguay

Título original: *The Proposal*
Editor original: Delacorte Press
Traducción: Ana Isabel Domínguez Palomo y M.ª del Mar Rodríguez Barrena

1.ª edición Julio 2021

ISBN: 978-84-17421-00-7
E-ISBN: 978-84-17981-74-7
Depósito legal: B-8.224-2021

Fotocomposición: Ediciones Urano, S.A.U.

Impreso por Romanyà Valls, S.A. – Verdaguer, 1 – 08786 Capellades (Barcelona)

Impreso en España – *Printed in Spain*

Prólogo

El Club de los Supervivientes

El tiempo podría ser mejor. Unas nubes bajas cruzaban el cielo, empujadas por el viento, y la lluvia que había estado amenazando todo el día con caer hizo acto de presencia. El mar estaba embravecido y de un gris metálico. La gélida humedad se colaba incluso en el interior del carruaje, por lo que su único ocupante se alegraba de llevar un grueso gabán.

Sin embargo, su estado de ánimo no se había empañado, aunque habría preferido que hiciera sol. Iba de camino a Penderris Hall, en Cornualles, la casa solariega de George Crabbe, duque de Stanbrook. Su Excelencia era una de las seis personas a las que más quería en el mundo, aunque tal vez fuera una admisión extraña, habida cuenta de que cinco de dichas personas eran hombres. Pues serían las seis personas en las que más confiaba del mundo, si bien «confiar» era una palabra demasiado impersonal, y no había nada de impersonal en lo que sentía por sus amigos. Todos permanecerían en Penderris Hall durante las siguientes tres semanas.

Eran un grupo de supervivientes de las guerras napoleónicas, cinco de ellos antiguos oficiales del ejército incapacitados por diversas heridas y devueltos a Inglaterra para que se recuperasen. Todos habían llamado la atención del duque de Stanbrook, que los había llevado a Penderris Hall para tratar sus heridas, descansar y convalecer. El duque era demasiado mayor para combatir en persona, pero no así su único hijo, que luchó y murió en la península ibérica durante los primeros años de campaña en aquel territorio. El séptimo miembro del grupo era la viuda de un oficial de reconocimiento capturado por el enemigo y muerto bajo torturas, que se llevaron a cabo, al menos en parte, delante de ella. El duque era primo lejano de la viuda y la había acogido a su vuelta a Inglaterra.

Habían formado un estrecho vínculo, los siete, durante el largo periodo que necesitaron para sanar y convalecer. Y, dado que por diferentes motivos todos cargarían con las marcas de sus heridas y de las experiencias de guerra durante el resto de sus vidas, acordaron que, cuando llegara el momento de regresar a sus respectivas vidas más allá de los seguros muros de Penderris Hall, volverían allí para pasar unas cuantas semanas al año a fin de relajarse y renovar su amistad, hablar de sus progresos y ofrecerse apoyo en cualquier dificultad que hubiera surgido.

Todos eran supervivientes, y lo bastante fuertes para llevar vidas independientes. Pero también estaban marcados de forma permanente de un modo u otro, y no tenían que ocultarlo cuando estaban juntos.

Un integrante del grupo los llamó el «Club de los Supervivientes», y el nombre gustó, aunque solo lo usaran entre ellos.

Hugo Emes, lord Trentham, echó un vistazo como pudo a través de la lluvia que golpeaba la ventanilla del carruaje. Alcanzaba a ver el contorno de los altos acantilados, no muy lejos de donde estaba, y el mar que había más allá, una línea salpicada de espuma un poco más oscura que el cielo. Ya estaba en tierras de Penderris Hall. Estaría en casa en cuestión de minutos.

Marcharse de ese lugar tres años antes había sido una de las cosas más duras que había hecho nunca. A Hugo le habría encantado pasar el resto de su vida allí. Sin embargo, cómo no, la vida cambiaba de un día para otro y el momento de marcharse llegó.

Y, en ese momento, se dijo, era hora de que se produjera otro cambio...

Aunque todavía no iba a pensar en eso.

Esa era la tercera reunión, si bien había tenido que saltarse la del año anterior. Eso quería decir que llevaba dos años sin ver a sus amigos.

El carruaje se detuvo delante de los escalones que llevaban a la enorme puerta de entrada de Penderris Hall y se meció unos instantes sobre las ballestas. Hugo se preguntó si alguien más habría llegado ya.

Se sentía igual que un niño que fuera a una fiesta, pensó con cierto disgusto, rebosante de emoción y con un millar de mariposas revoloteándole en el estómago.

Las puertas de la casa se abrieron y el duque en persona apareció tras ellas. Bajó los escalones pese a la lluvia y llegó al pie al mismo tiempo que el cochero abría la portezuela del carruaje y Hugo saltaba al suelo sin esperar a que desplegase los escalones.

—George —dijo.

No era de los hombres que abrazaban a otras personas o que las tocaban sin ser necesario. Sin embargo, bien podría ser él quien inició el fuerte abrazo en el que se vieron envueltos ambos.

—¡Bendito sea Dios! —repuso el duque, que aflojó el abrazo unos segundos después y que retrocedió un paso a fin de verlo bien—. No has encogido en dos años, ¿verdad, Hugo? Ni en altura ni en anchura. Eres una de las pocas personas capaces de hacer que me sienta pequeño. Vamos, entra para protegerte de la lluvia mientras yo compruebo cuántas costillas me has roto.

No era el primero en llegar, reparó Hugo en cuanto entraron en el vestíbulo principal. Flavian estaba allí para saludarlo... Flavian Arnott, vizconde de Ponsonby. Y Ralph también estaba allí... Ralph Stockwood, el conde de Berwick.

—Hugo —dijo Flavian al tiempo que se llevaba el monóculo a un ojo y lo miraba con un afectado gesto de hastío—, patán grandullón y feo. Por so-sorprendente que parezca, me alegro de verte.

—Flavian, dandi enclenque —replicó Hugo al tiempo que echaba a andar hacia él mientras sus botas resonaban sobre las baldosas—, me alegro mucho de verte, y ni siquiera me sorprende.

Se abrazaron con fuerza y se dieron unas palmadas en la espalda.

—Hugo —lo saludó Ralph—, parece que fue ayer cuando te vimos por última vez. No has cambiado nada. Incluso sigues teniendo el pelo como una oveja recién esquilada.

—Y esa cicatriz que tienes en la cara hace que no tenga ganas de cruzarme contigo en un callejón oscuro, Ralph —dijo Hugo mientras se acercaban para abrazarse—. ¿No han llegado ya los demás?

Sin embargo, no había terminado de hacer la pregunta cuando vio por encima del hombro de Ralph que Imogen bajaba la escalera... Imogen Hayes, lady Barclay.

—Hugo —dijo ella mientras se acercaba a toda prisa con las manos estiradas—. ¡Ay, Hugo!

Era alta, delgada y elegante. Llevaba el largo pelo rubio oscuro recogido en un moño en la nuca, pero la severidad del peinado solo acentuaba la belleza perfecta de esa cara ligeramente alargada con rasgos nórdicos, pómulos definidos, una boca ancha y voluptuosa, y grandes ojos verdes. También acentuaba la impasividad marmórea de su rostro. Eso no había cambiado en dos años.

—Imogen. —Le dio un apretón en las manos y luego la abrazó con fuerza. Aspiró su familiar aroma. Le dio un beso en una mejilla y la miró a la cara.

Ella levantó una mano y le acarició la fina línea entre las cejas con la punta del dedo índice.

—Sigues frunciendo el ceño —dijo ella.

—Sigue teniendo un semblante feroz —repuso Ralph—. Caramba, lo que te echamos de menos el año pasado, Hugo. Flavian no tuvo a nadie a quien llamar «feo». Lo intentó una vez conmigo, pero lo convencí para que no repitiera el experimento.

—Me dejó aterrorizado, Hugo —apostilló el aludido—. Deseé que estuvieras aquí para esconderme detrás de ti. Al final, me escondí detrás de Imogen.

—En respuesta a tu pregunta, Hugo —dijo el duque al tiempo que le ponía una mano en un hombro—, eres el último en llegar, y la impaciencia nos podía a todos. Ben habría bajado para recibirte, pero habría tardado mucho tiempo en bajar la escalera solo para tener que subir casi de inmediato. Vincent se ha quedado con él en el salón. Subamos. Puedes retirarte a tu habitación después.

—Pedí que nos llevaran la bandeja con el té en cuanto Vincent oyó que tu carruaje se acercaba —dijo Imogen—, pero seguro que seré la única que le dé uso a la tetera. Es lo que me pasa por aliarme con una horda de bárbaros.

—La verdad —repuso Hugo— es que una taza de té caliente me parece perfecta, Imogen. Espero que hayas ordenado que el tiempo mejore para mañana y para las semanas venideras, George.

—Es que estamos en marzo —le recordó el duque mientras subían la escalera—. Pero si insistes, Hugo, el sol brillará durante el resto de tu estancia. Algunas personas parecen robustas, pero en realidad son flores de invernadero.

Sir Benedict Harper estaba de pie cuando entraron en el salón. Se apoyaba en unos bastones, pero no con todo el peso del cuerpo. Y, de hecho, caminó hasta Hugo. Cómo se equivocaron los expertos que lo tacharon de idiota por negarse a que le amputaran las piernas cuando cayó y quedó aplastado debajo de su caballo, al que mataron de un disparo. Juró que volvería a andar, y eso estaba haciendo, más o menos.

—Hugo —lo saludó—, benditos los ojos que te ven. ¿Has crecido o solo es por el gabán?

—Más bien benditos los ojos que no pueden verlo —dijo Flavian con un suspiro—. Además, nadie le ha dicho a Hugo que los gabanes con múltiples capas se diseñaron para los que tienen poco desarrollados los hombros.

—Ben —dijo Hugo al tiempo que lo abrazaba con cuidado—. Así que de pie, ¿no? Debes de ser el hombre más terco que he conocido en la vida.

—Creo que tú me disputarías ese título —replicó el aludido.

Hugo se volvió hacia el séptimo miembro del Club de los Supervivientes, y también el más joven. Estaba de pie junto a la ventana, con el pelo rizado tan largo y tan rebelde como de costumbre, y un semblante abierto y risueño, casi angelical. Sonreía en ese momento.

—Vince —dijo Hugo al tiempo que cruzaba la estancia.

Vincent Hunt, lord Darleigh, lo miró directamente a la cara con unos ojos tan grandes y azules como recordaba... «Ojos seductores», los llamó Flavian en una ocasión para arrancarle una carcajada al muchacho. A Hugo siempre le había resultado muy desconcertante esa mirada tan directa.

Porque Vincent era ciego.

—Hugo —dijo él al tiempo que lo abrazaba—. ¡Cómo me alegro de volver a oír tu voz! Y de tenerte con nosotros este año. De haber estado aquí el año pasado, no habrías permitido que todo el mundo se riera de cómo toco el violín, ¿verdad? En fin, todo el mundo menos Imogen.

Todos suspiraron a su espalda.

—¿Tocas el violín? —le preguntó Hugo.

—Sí, y por supuesto que no habrías permitido que se rieran de mí —contestó Vincent con una sonrisa—. Me dicen que tienes el aspecto de un enorme y feroz guerrero, Hugo, pero si es así, eres un fraude, porque siempre detecto la amabilidad tras tu voz gruñona. Me oirás tocar este año, y no te reirás.

—Puede que se eche a llorar, Vince —dijo Ralph.

—Es un efecto que provoco a menudo en mis oyentes —replicó Vincent entre carcajadas.

Hugo se quitó el gabán y lo dejó sobre el respaldo de una silla antes de sentarse junto con los demás. Todos bebieron té pese al ofrecimiento del duque de algo más fuerte.

—Sentimos mucho no verte el año pasado, Hugo —dijo el duque después de llevar un rato de conversación—. Sentimos todavía más el motivo de tu ausencia.

—Lo tenía todo preparado para venir —explicó él— cuando me llegó la noticia del ataque al corazón de mi padre. Así que pude marcharme casi de inmediato y llegué antes de que muriera. Incluso pude hablar con él. Debería haberlo hecho antes. No había un motivo real para nuestro distanciamiento, aunque le partí el corazón después de insistir para que me comprase una comisión en el ejército, cuando él esperaba que siguiera sus pasos en el negocio familiar. Me quiso hasta el final, ¿sabéis? Supongo que siempre estaré agradecido de haber llegado a tiempo para decirle que yo también lo quería, aunque podría parecer que solo eran meras palabras.

Imogen, que estaba sentada a su lado en un diván, le dio unas palmaditas en la mano.

—Lo habría entendido —le aseguró ella—. Que sepas que las personas entienden el lenguaje del corazón aunque la cabeza no siempre lo haga.

Todos la miraron en silencio un instante, incluido Vincent.

—Le dejó una pequeña fortuna a Fiona, mi madrastra —continuó Hugo—, y una cuantiosa dote a Constance, mi hermanastra. A mí me dejó el grueso de su vasto imperio empresarial y comercial. Soy asquerosamente rico.

Frunció el ceño. La riqueza a veces le parecía como una pesadísima losa sobre los hombros. Sin embargo, la obligación que conllevaba era incluso peor.

—¡Ay, pobrecito Hugo! —dijo Flavian al tiempo que se sacaba un pañuelo de lino del bolsillo y se enjugaba los ojos—. No sabes cuánto te compadezco.

—Su deseo era que me encargase de dirigir todos los negocios —siguió Hugo—. No me lo exigió, claro. Pero esperaba que eso fuera lo que yo quería, y su cara se iluminó de placer por la idea aunque se estaba muriendo. Luego me dijo que se lo legara todo a mi hijo cuando llegara el momento.

Imogen le dio más palmaditas en la mano y le sirvió otra taza de té.

—El asunto es —continuó él— que he sido muy feliz con mi tranquila vida en el campo. Fui feliz en mi casita durante dos años, y he sido feliz en Crosslands Park este último año... aunque, por supuesto, compré la propiedad con mi recién adquirida fortuna. He podido excusar mi dilación diciéndome que estoy guardando el año de luto y que no estaría bien visto que llevara una actividad frenética como si hubiera estado deseando hacerme con su dinero. Pero el aniversario de su muerte es mañana. No tengo más excusas.

—Hugo, siempre te hemos dicho que ser un recluso no encaja en absoluto con tu naturaleza —repuso Vincent.

—En concreto —añadió Ben—, siempre te hemos comparado con un cohete sin explotar, Hugo, a la espera de que prenda la mecha.

Hugo suspiró.

—Me gusta mi vida tal cual —replicó él.

—¿De modo que el hecho de que te concedieran un título como recompensa por tu muestra de extraordinario valor no va a servir de nada después de todo? —quiso saber Ralph—. ¿Piensas regresar a tus raíces de clase burguesa, Hugo?

El aludido volvió a fruncir el ceño.

—Nunca he querido pertenecer a la alta sociedad. La despreciaría al completo, tal como siempre hizo mi padre, de no ser por vosotros seis. Comprar Crosslands Park tal vez pareciera un poco pretencioso, pero quería mi trocito de campo en el que estar tranquilo. Nada más.

—Y siempre te estará esperando —le aseguró el duque—. Será un refugio de serenidad cuando el estrés del negocio empiece a afectarte.

—Es la parte del «hijo» lo que me está afectando —confesó Hugo—. Porque tendría que ser legítimo, ¿verdad? Sería necesario que dispusiera de una esposa para poder tenerlo. A eso me enfrento cuando me vaya de aquí. He tomado una decisión. Tengo que encontrar una esposa. ¡No quiero ni pensarlo! Perdóname, Imogen. No tengo nada en contra de las mujeres. Es que no deseo a una de forma permanente en mi vida. Ni en mi casa.

—¿Eso quiere decir que no ansías el cortejo ni el amor romántico, Hugo? —preguntó Flavian—. Eres muy listo, amigo mío. El amor es el mismísimo demonio y hay que huir de él como de la peste.

La dama con la que Flavian estaba comprometido cuando se fue a la guerra rompió el compromiso al verse incapaz de lidiar con las heridas que él llevó consigo a casa desde la península ibérica. En cuestión de dos meses, se casó con otro hombre, uno al que él consideró en otra época su mejor amigo.

—¿Tienes a alguien en mente, Hugo? —quiso saber el duque.

—La verdad es que no. —Suspiró—. Tengo un ejército de primas y tías que se frotarían las manos por la idea de presentarme a un sinfín de posibilidades si llego a decir una sola palabra, aunque las he descuidado de forma vergonzosa durante años. Pero me sentiría fuera de control desde el principio. Lo detestaría. La verdad, esperaba que alguno de los presentes me diera algún consejo. Acerca de cómo buscar esposa, digo.

Eso los silenció a todos.

—Es bastante sencillo, Hugo —dijo Ralph al cabo de un rato—. Te acercas a la primera mujer medianamente atractiva que veas, le dices que tienes un título nobiliario y que además eres más rico que Creso, y le preguntas si le apetecería casarse contigo. Luego retrocedes un paso y ves cómo ni le salen las palabras en sus prisas por darte el sí.

Los demás se echaron a reír.

—Es así de sencillo, ¿verdad? —repuso él—. ¡Qué alivio! En ese caso, mañana iré a la playa, siempre que lo permita el tiempo, y esperaré a que algunas mujeres medianamente atractivas pasen por allí. Mi problema estará resuelto antes incluso de que me vaya de Penderris Hall.

—¡Ah! Mujeres no, Hugo —protestó Ben—. No en plural. Se pelearían por ti, y hay mucho por lo que pelearse, además de tu título y de tu riqueza. Ve a la playa y busca a una sola mujer. Te facilitaremos la labor al mantenernos lejos de allí todo el día. En mi caso, por supuesto, será muy fácil, dado que no tengo un buen par de piernas con las que bajar.

—Ahora que ya hemos resuelto tu futuro con total satisfacción, Hugo —dijo el duque al tiempo que se ponía en pie—, vamos a dejar que vayas a tu habitación para que te asees y te cambies de ropa, y tal vez también para que descanses un poco, antes de la cena. Sin embargo, hablaremos del asunto con más seriedad en los próximos días. Tal vez incluso consigamos ofrecerte un plan sensato. Mientras tanto, dejad que os diga lo maravilloso que es contar con el Club de los Supervivientes al completo este año. He ansiado que llegara este momento.

Hugo recogió el gabán y se marchó del salón con el duque, presa de la reconfortante y placentera sensación de estar de vuelta en Penderris Hall con las seis personas que más le importaban en el mundo.

Incluso la lluvia que golpeaba los cristales de las ventanas le resultaba acogedora.

1

Gwendoline Grayson, lady Muir, encorvó los hombros y se arrebujó aún más con la capa. Era un día de marzo ventoso y frío, una sensación que se acrecentaba porque se encontraba en el puerto pesquero situado a los pies del pueblo en el que estaba pasando una temporada. La marea había bajado y un buen número de barcas descansaban medio volcadas en la arena húmeda, a la espera de que regresara el agua para volver a flotar.

Debería regresar a la casa. Llevaba fuera más de una hora y una parte de sí misma ansiaba disfrutar de la calidez del fuego y del consuelo de una humeante taza de té. Sin embargo y por desgracia, la casa de Vera Parkinson no era suya, solo era el lugar donde iba a alojarse durante un mes. Vera y ella habían discutido, o al menos Vera había discutido con ella y la había irritado. Todavía no se sentía preparada para volver. Prefería enfrentarse a las inclemencias del tiempo.

No podía seguir caminando hacia la izquierda. Se lo impedía el promontorio que se adentraba en el mar. A la derecha, sin embargo, se extendía una playa rocosa al pie de los acantilados. Faltaban varias horas para que el agua la cubriera durante la pleamar.

Por regla general, evitaba pasear cerca del agua, aunque vivía a orillas del mar, en el pabellón de la viuda de Newbury Abbey, una propiedad situada en Dorsetshire. Las playas le parecían demasiado extensas; los acantilados, demasiado amenazadores; el mar, demasiado temperamental. Prefería un mundo más reducido y ordenado, sobre el que pudiera ejercer algo parecido al control. Como un jardín bien cuidado.

No obstante, ese día necesitaba mantenerse alejada de Vera un poco más, y también de las calles del pueblo y de los senderos donde podía encontrarse con los vecinos de Vera y sentirse obligada a entablar una conversación jovial. Necesitaba estar sola, y la pedregosa playa estaba desierta en toda su extensión o, al menos, hasta donde le alcanzaba la vista antes de que se curvara tras los acantilados. Decidió bajar.

Sin embargo, no tardó en comprender por qué no había nadie paseando por esos lares. Aunque la mayoría de los guijarros estaban redondeados por las mareas y el paso del tiempo, muchos de ellos aún tenían aristas afiladas y eran demasiado grandes. Caminar sobre ellos no era fácil, y tampoco lo sería aunque tuviera dos piernas sanas. En su caso, la pierna derecha no se había recuperado del todo de la fractura que sufrió ocho años antes, provocada por una caída mientras montaba a caballo. Caminaba con una evidente cojera aun en terreno llano.

Claro que no se dio media vuelta. Siguió avanzando como pudo, pero con mucho cuidado. Al fin y al cabo, no tenía prisa por llegar a ningún sitio.

Ese había sido el peor día de una quincena espantosa. Su intención había sido la de pasar un mes con Vera, una decisión totalmente impulsiva que tomó después de recibir una carta de su amiga en la que esta le informaba de la triste muerte de su marido, acaecida unos meses antes, después de haber pasado varios años enfermo. Vera se quejaba de que ningún miembro de su familia política, los Parkinson, ni de la suya propia le había prestado atención a su sufrimiento, aunque se encontraba postrada por el dolor y el agotamiento después de haberlo atendido durante tanto tiempo. Afirmaba que lo echaba muchísimo de menos. Y concluyó preguntándole si le gustaría hacerle compañía.

Habían sido más o menos amigas durante los meses que duró la vorágine de su temporada social como debutantes en Londres y mantuvieron una esporádica correspondencia después de que Vera se casara con el señor Parkinson, el hermano menor de sir Roger Parkinson, y de que ella se casara con el vizconde de Muir. Vera le envió una larga carta con sus condolencias después de la muerte de Vernon y la invitó a pasar con ella y con su marido una temporada tan larga como ella quisiera, ya que se sentía abandonada por todo el mundo, el señor Parkinson incluido, y su presencia sería de agradecer. Gwen rehusó la invitación en aquel entonces, pero sí aceptó la más reciente pese a los recelos. Conocía bien la pena, el agotamiento y la soledad que se sentían después de la muerte de un marido.

Fue una decisión de la que se arrepintió casi desde el primer día. Vera, tal como sus cartas dejaban entrever, era una quejica y una llorona, y aunque intentaba tener en consideración que había pasado varios años atendiendo a un hombre enfermo al que acababa de perder, Gwen llegó pronto a la conclusión de que los años transcurridos desde su presentación en sociedad habían transformado a Vera en una mujer avinagrada y desagradable. La mayoría de sus vecinos la evitaba en la medida de lo posible. Sus únicas amistades eran un grupo de señoras de carácter muy parecido al suyo. Gwen había descubierto que sentarse con ellas y oír sus conversaciones era como verse arrastrada a un agujero negro en el que no había aire para respirar. Solo parecían fijarse en lo malo de sus vidas y del mundo en general, sin ver las cosas buenas.

Y eso era precisamente lo que ella estaba haciendo en ese momento al pensar en ellas, comprendió al tiempo que negaba con la cabeza de forma imaginaria para reprenderse. Era alarmante lo contagiosa que podía ser la negatividad.

Antes incluso de esa mañana ya deseaba no haberse comprometido a pasar una temporada tan larga con Vera. Dos semanas habrían bastado y, a esas alturas, ya estaría camino de casa. Sin embargo, había accedido a pasar un mes con ella y un mes tendría que ser. No obstante, esa mañana Vera había puesto a prueba su paciencia.

Gwen había recibido una carta de su madre, que vivía con ella en el pabellón de la viuda de Newbury Abbey, en la que le contaba unas cuantas anécdotas graciosas protagonizadas por Sylvie y Leo, los hijos mayores de Neville y Lily. Neville, el conde de Kilbourne, era su hermano y residía en Newbury Abbey. Esa parte de la carta la leyó en voz alta durante el desayuno, con la esperanza de arrancarle una carcajada a Vera o, al menos, una sonrisa. En cambio, se descubrió recibiendo un sermón petulante cuyo mensaje principal redundaba en la idea de lo fácil que era para ella reírse y tomarse a la ligera su sufrimiento, porque su marido llevaba muerto muchos años y la había dejado en una posición acomodada, y porque contaba con un hermano y una madre ansiosos y dispuestos a acogerla de nuevo en el ámbito familiar, y porque de todas formas era una persona poco sensible. Según Vera, era fácil ser insensible y cruel porque Gwen se había casado por dinero y posición social, en vez de hacerlo por amor. Porque eso era lo que afirmaba todo el mundo durante la primavera de su presentación en sociedad, de la misma manera que afirmaban que ella, Vera, se había casado con un hombre inferior en cuanto a estatus social, pero porque se querían muchísimo y eso era lo único que importaba.

Cuando por fin se hizo el silencio, interrumpido tan solo por los sollozos de Vera contra el pañuelo, Gwen se limitó a mirarla sin poder hablar. No se atrevía siquiera a abrir la boca. Porque podía haberle devuelto el sermón y, por tanto, rebajarse al mismo nivel de rencor que había demostrado su amiga. Se negaba a verse arrastrada a una discusión tan vulgar. Pero casi temblaba por la furia. Y se sentía muy dolida.

—Vera, voy a salir para dar un paseo —dijo a la postre mientras se ponía de pie y arrastraba la silla hacia atrás al hacerlo—. Cuando vuelva, ten la amabilidad de decirme si deseas que siga aquí durante dos semanas más, como planeamos, o si prefieres que regrese a Newbury Abbey sin más dilación.

Tendría que viajar en coche de postas o en la diligencia pública. El carruaje de Neville tardaría por lo menos una semana en llegar a por ella, después de que le escribiera para informarle de que lo necesitaba antes de la fecha prevista.

Vera empezó a llorar más fuerte y a suplicarle que no fuera cruel, pero Gwen salió de la casa de todas formas.

Qué feliz sería, pensó en ese momento, si no tuviera que volver nunca más a la casa de Vera. Qué error más espantoso había cometido al aceptar su invitación, durante un mes además, basándose en una breve y antigua amistad.

Al final, rodeó el promontorio que vio desde el puerto y descubrió que la playa, más ancha en esa zona, parecía extenderse de forma infinita, y que a lo lejos, los guijarros desaparecían para dar paso a una zona arenosa, donde le sería más fácil andar. Sin embargo, no debía alejarse mucho. Aunque la marea seguía baja, era evidente que el agua empezaba a subir y, en algunos lugares planos, la pleamar era más rápida de lo que se pensaba. Había vivido a orillas del mar lo bastante como para saberlo. Además, no podía mantenerse lejos de Vera para siempre, por más que le apeteciera. Debía regresar pronto.

Vio que muy cerca de su posición había una especie de hendidura en los acantilados por la que parecía posible subir hasta la parte superior del promontorio, siempre y cuando se estuviera dispuesto a escalar una escarpada pendiente pedregosa y, después, una cuesta algo menos empinada y cubierta de hierba. Si pudiera llegar hasta allá arriba, podría volver al pueblo caminando por la parte superior de los acantilados en vez de dar media vuelta y tener que sufrir de nuevo los guijarros.

Se percató de que la pierna derecha le dolía un poco. ¡Qué tonta había sido al avanzar tanto!

Se detuvo un momento para contemplar cómo el agua iba avanzando a lo lejos. Y, de repente, la asaltó una inesperada oleada de soledad, que no de agua, que la arrastró y la dejó sin aliento y sin fuerzas para plantarle cara.

¿Soledad?

Nunca había pensado en sí misma como una mujer sola. Su matrimonio había sido tumultuoso, pero una vez que superó la peor época de la pena provocada por la muerte de Vernon, se acomodó en una vida serena y feliz con su familia. Nunca sintió deseos de volver a casarse, aunque su visión del matrimonio no era cínica. Su hermano estaba felizmente casado. Y también lo estaba Lauren, su prima política que le parecía más una hermana, ya que habían crecido juntas en Newbury Abbey. En su caso, sin embargo, estaba la mar de contenta siendo viuda y se definía como hija, hermana, cuñada, prima y tía. También tenía muchos otros familiares y amigos. Se sentía muy cómoda en el pabellón de la viuda, situado muy cerca de la mansión principal de la propiedad, donde siempre era bien recibida. Visitaba a menudo a Lauren y Kit, que vivían en Hampshire, y también le hacía visitas esporádicas al resto de sus parientes. En primavera, acostumbraba a pasar un mes o dos en Londres, para disfrutar de parte de la temporada social.

Siempre había considerado la suya como una vida dichosa.

Así que, ¿de dónde procedía esa repentina soledad? Y tan arrolladora además que le había aflojado las rodillas y tenía la impresión de que le había robado el aliento. ¿Por qué sentía esas repentinas ganas de llorar que le habían provocado un nudo en la garganta?

¿Soledad?

Ella no estaba sola, solo desanimada por encontrarse atrapada con Vera. Y dolida, por lo que esta había dicho sobre ella y sobre su supuesta insensibilidad. Lo que le pasaba era que se estaba compadeciendo de sí misma, nada más. Algo que no hacía jamás. Bueno, o casi nunca. Porque, cuando eso sucedía, siempre le ponía remedio. La vida era demasiado corta como para desaprovecharla por culpa de la melancolía. Siempre había muchos motivos por los que alegrarse.

Pero... ¿soledad? ¿Cuánto hacía que la esperaba, allí agazapada, a la espera de asaltarla? ¿Tan vacía era en realidad su vida como le parecía en ese momento de aterradora claridad? ¿Tan vacía como esa playa tan vasta y yerma?

¡Ah, cómo odiaba las playas!

Tras negar de nuevo con la cabeza de forma imaginaria, miró primero hacia el lugar por el que había llegado y, después, miró hacia arriba, hacia el empinado sendero que ascendía por el acantilado. ¿Qué camino debería tomar? Titubeó durante unos minutos y, después, se decidió por la subida. No parecía empinada hasta el punto de ser peligrosa y, una vez que llegara a la parte superior, seguro que encontraba una ruta sencilla de vuelta al pueblo.

Las piedras que encontró en el ascenso no eran mejores que los guijarros de la playa. De hecho, eran más traicioneras porque se movían al pisarlas a medida que iba subiendo. Había recorrido medio camino cuando empezó a desear haberse quedado en la playa. Sin embargo, a esas alturas sería tan difícil bajar como seguir adelante. Y ya veía algo más cerca la parte en la que empezaba a crecer la hierba. Siguió avanzando con tenacidad.

Y, entonces, sucedió el desastre.

Colocó el pie derecho sobre una piedra que parecía firme, pero resultó que apenas estaba encajada sobre las que tenía debajo, de manera que se movió y perdió pie, con el resultado de que acabó golpeándose la rodilla contra el suelo mientras detenía el resto de la caída con las manos, que plantó firmemente en el camino. Durante un segundo, la invadió el alivio de haber evitado caer hasta la playa. Después, sintió un doloroso pinchazo en el tobillo.

Se puso de pie con cuidado y apoyó el peso en el pie izquierdo, tras lo cual trató de apoyar el derecho. Tan pronto como lo hizo, el dolor la invadió por entero, y descubrió que también le dolía aunque no echara peso sobre él. Exclamó, exasperada, y después se dio media vuelta con cuidado para sentarse en las rocas, de cara al mar. Desde esa posición, el sendero parecía aún más empinado. ¡Oh, qué tonta había sido al intentar subir por ese lugar!

Levantó las rodillas, plantó los pies en el suelo con firmeza y se rodeó el tobillo derecho con las manos. Intentó rotar el pie despacio al tiempo que apoyaba la frente en la rodilla. Se dijo que solo era una torcedura momentánea y que se le pasaría al cabo de un momento. No había necesidad de dejarse llevar por el pánico.

No obstante, aunque ni siquiera había vuelto a poner el pie en el suelo, sabía que se estaba engañando. La torcedura parecía grave. O tal vez fuera algo peor. Tal vez ni siquiera podría andar.

Así que el pánico se apoderó de ella pese a sus esfuerzos por permanecer tranquila. ¿Cómo iba a regresar al pueblo? Además, nadie sabía dónde estaba. La playa que se extendía a sus pies y la parte superior de los acantilados estaban desiertos.

Respiró hondo varias veces. Sufrir un ataque de nervios no le serviría de nada. Se las arreglaría. Por supuesto que iba a arreglárselas. No tenía alternativa, ¿verdad?

Fue justo entonces cuando oyó una voz que le hablaba. Una voz masculina procedente de un lugar cercano. El dueño de dicha voz ni siquiera tuvo que alzarla.

—Tras observar lo sucedido, he llegado a la conclusión —dijo la voz— de que ese tobillo o bien ha sufrido una torcedura grave o bien está roto. En cualquier caso, no le aconsejaría que intentara apoyarse en él.

Gwen levantó la cabeza al instante y miró a su alrededor para localizar a la persona que acababa de hablar. A su derecha, vio que aparecía un hombre en su campo de visión, que ascendía por la cuesta rocosa del acantilado situada junto al sendero. Cambió de dirección y se acercó a ella como si no corriera el riesgo de resbalarse sobre la tierra y los guijarros y perder pie.

El recién llegado parecía un gigante de hombros y torso anchos, y muslos musculosos. El gabán que llevaba, con cinco capas en la zona de los hombros, aumentaba su corpulencia. De hecho, su presencia resultaba amenazadora. No llevaba sombrero. Tenía el pelo corto y castaño. Sus rasgos eran fuertes y marcados. Los ojos, oscuros y de mirada intensa. La boca, apretada con un rictus severo. El mentón, tenso. La expresión de su cara no ayudaba en absoluto a suavizar la impresión que ofrecía. Había fruncido el ceño... Aunque quizá lo más acertado sería decir que su semblante era feroz.

No llevaba guantes, y sus manos eran enormes.

El terror la embargó de repente, y estuvo a punto de olvidar incluso el dolor de la torcedura.

Debía de ser el duque de Stanbrook. Debía de haber entrado en sus tierras, aunque Vera le había advertido de que no se acercara ni a él ni a su propiedad. Según su amiga, el duque era un monstruo cruel que muchos años atrás mató a su esposa empujándola desde los acantilados, si bien después afirmó que había saltado ella sola. «¿Qué mujer saltaría desde un acantilado en busca de una muerte tan espantosa?», añadió Vera, a modo de pregunta retórica. «Sobre todo siendo una duquesa que tenía a su alcance cualquier cosa que se le antojara.»

«Una mujer que acababa de perder a su único hijo tras recibir un disparo en Portugal», pensó Gwen en aquel momento, si bien no lo dijo en voz alta. Porque eso fue lo que sucedió poco antes de la muerte de la duquesa. Pero Vera, junto con el resto de las mujeres con las que se relacionaba, prefería creer la emocionante teoría del asesinato, pese al hecho de que, si se les preguntaba, ninguna de ellas podía aportar prueba alguna que la sustentara.

No obstante, aunque Gwen se mostró escéptica cuando le contaron la historia, en ese momento no estaba tan segura. Porque el duque tenía el aspecto de un hombre capaz de mostrarse implacable y cruel. Incluso parecía capaz de cometer un asesinato.

Y ella había entrado en su propiedad sin permiso. En una propiedad que estaba desierta.

Además, se encontraba incapacitada para huir.

Hugo había ido solo a la playa arenosa que se extendía más allá de los acantilados de Penderris Hall después del desayuno, ya que había escampado durante la noche. La decisión le había acarreado las bromas de los demás. Flavian le había dicho que se asegurara de traer a su futura esposa a la mansión para que todos pudieran conocerla y decidir si aprobaban su elección.

Todos le habían seguido el cuento y se habían reído a su costa.

Hugo le había dicho adónde podía irse y cómo podía llegar hasta allí, aunque se sintió obligado de inmediato a pedir perdón por haber usado un vocabulario de soldado delante de Imogen.

La playa siempre había sido su parte preferida de la propiedad. Durante los primeros días de su estancia en Penderris Hall, el mar lo había sosegado como ninguna otra cosa podía hacerlo. Ya en aquel entonces paseaba por la playa casi siempre solo. Pese a la cercanía y a la camaradería que se había creado entre los siete miembros del Club de los Supervivientes durante la convalecencia y la recuperación, jamás se habían importunado los unos a los otros. Al contrario, muchos de sus demonios debían enfrentarse a solas para poder exorcizarlos, un proceso que todavía no había acabado. Uno de los grandes atractivos de Penderris Hall siempre había sido el espacio más que suficiente que les ofrecía para acomodarlos a todos.

Tras su estancia en Penderris Hall, se recuperó de sus heridas... en la medida de lo posible, claro estaba.

Si contaba todo lo bueno que le había pasado en la vida, necesitaría los dedos de las dos manos. Había sobrevivido a su participación en la guerra. Como resultado del éxito de su última misión, le concedieron el ascenso a comandante que él deseaba, y lo recompensaron con un título nobiliario, algo inesperado. El año anterior heredó una inmensa fortuna y unas empresas muy rentables. Tenía familia, tíos, tías, primos y primas que lo querían, aunque había permanecido apartado de ellos durante años. Y, lo más importante, a su lado estaba Constance, su hermanastra, que ya tenía diecinueve años y que lo adoraba, aunque era muy pequeña cuando él se fue a la guerra. Tenía casa propia en el campo, una propiedad que le ofrecía toda la intimidad y la tranquilidad que podía desear. Contaba con los seis miembros del Club de los Supervivientes, que a veces le parecían más cercanos a él que su propio corazón. Disfrutaba de una salud de hierro, tal vez incluso de una salud perfecta. Y la lista seguía.

Pero cada vez que hacía un repaso mental de todo lo bueno que le había pasado en la vida, acababa enfrentándose a una espada de doble filo. ¿Por qué había sido él tan afortunado cuando tantos otros habían muerto? Y, lo más importante, ¿había sido su implacable ambición, esa que le había brindado éxito personal y recompensas mucho mayores de las que esperaba, la responsable de muchas de esas muertes? El teniente Carstairs le diría que sí sin titubear.

No había mujeres medianamente atractivas paseando por la playa, ni tampoco las había poco atractivas, ya puestos. Claro que tendría que inventarse la presencia de unas cuantas para hacer reír a sus amigos cuando volviera a la casa, así como unas cuantas historias relatando sus encuentros con cada una de ellas. Tal vez incluso añadiera un par de sirenas. Sin embargo, no tenía prisa por regresar aunque el día era frío, una sensación que el fuerte viento acentuaba.

Una vez que regresó a la playa pedregosa y llegó hasta la parte de los acantilados que se desplomó en algún momento del pasado más lejano, a través de la cual se accedía al promontorio y a Penderris Hall, se detuvo un instante para contemplar el mar mientras el viento le azotaba el pelo y le congelaba las orejas hasta entumecérselas. No llevaba sombrero. No había necesidad porque se habría pasado más tiempo persiguiéndolo por la arena que con él en la cabeza.

Se descubrió pensando en su padre. Supuso que era algo inevitable, la verdad, porque ese día marcaba el primer aniversario de su muerte.

Los recuerdos llevaron consigo la culpa. Cuando era pequeño, adoraba a su padre y lo seguía a todas partes, sobre todo después de que su madre muriera de una afección propiamente femenina cuando tenía siete años. Nunca le explicaron la causa exacta de su muerte. Su padre lo describía de forma cariñosa como su pequeña mano derecha y heredero incuestionable. Otros lo describían como la sombra de su padre. Pero entonces se produjo el segundo matrimonio de su padre y Hugo, que ya tenía trece años y pasaba por la incómoda fase de la adolescencia, desarrolló un rencor espantoso. Todavía era lo bastante joven como para sorprenderse de que a su padre se le hubiera ocurrido siquiera reemplazar a su madre, que había sido tan importante en sus vidas y en su felicidad que simplemente resultaba irremplazable. Su actitud se tornó irascible y rebelde, y decidió que debía establecer su propia identidad e independencia.

Al recordar aquella época, reconocía que su padre no dejó de quererlo, ni tampoco deshonró el recuerdo de su madre, solo porque se casara con una mujer más joven y exigente que pronto le dio una hija a la que consentir. Sin embargo, los adolescentes no siempre eran capaces de ver el mundo de forma racional. Una evidencia que demostraba esa teoría era el amor incondicional que Hugo le profesó a Constance desde que nació, cuando bien podía haberla odiado o guardarle rencor.

Solo era una etapa de su vida, típica en muchos muchachos a esa edad, que podría haber superado sin apenas sufrir ni provocar daños de no haber sucedido algo que acabó de inclinar la balanza. Dicha balanza se inclinó de forma irreversible cuando acababa de cumplir dieciocho años.

En aquel entonces, decidió de repente que quería ser soldado. No hubo forma de hacerlo cambiar de opinión, ni siquiera cuando le dijeron que no tenía el carácter adecuado para esa vida tan dura. En todo caso, esa afirmación tuvo el efecto contrario al deseado y se empecinó aún más en salirse con la suya. Su padre, decepcionado y entristecido, le compró una comisión de oficial en un regimiento de infantería a su único hijo varón, pero no pensaba comprarle ni una más. Se lo dejó muy claro. Después de aquello, Hugo tendría que apañárselas solo. Tendría que ganarse los ascensos, porque su acaudalado padre no pensaba comprárselos como acostumbraba a hacer la mayoría de los oficiales. Su padre siempre había detestado a la clase alta, para cuyos miembros los privilegios y la holgazanería iban de la mano.

Hugo procedió a ganarse dichos ascensos. De hecho, le gustó sentir que dependía de sí mismo. Se entregó con energía, decisión, entusiasmo y ambición a la profesión que había elegido con el fin de llegar a lo más alto. Y habría llegado, si su mayor triunfo no se hubiera producido un mes después de su mayor humillación y no hubiera acabado en Penderris Hall.

Su padre siguió queriéndolo durante todos esos años. Pero Hugo le dio la espalda, casi como si fuera el causante de todas sus desdichas. O tal vez lo hizo motivado por la vergüenza. O por la imposibilidad de regresar a casa.

¿Y cómo respondió su padre a ese abandono? Dejándole casi todas sus posesiones, esa fue su respuesta, cuando podría habérselo dejado todo a Fiona o a Constance. Confiaba en que su hijo mantuviera sus empresas a flote y se las entregara a su vez a su propio hijo cuando llegara el momento. Confiaba en que se encargara de ofrecerle a Constance un futuro seguro y brillante. Debió de percatarse de que la privaría de esa posibilidad si la dejaba únicamente en manos de su madre. Nombró a Hugo su tutor.

A esas alturas, el año de luto, la excusa a la que se había aferrado para no hacer nada, había acabado.

Se detuvo a mitad de la subida al acantilado. Todavía no estaba preparado para volver a la casa. Se dio media vuelta y decidió subir por el sendero pedregoso con la intención de detenerse en una especie de cornisa llana y rocosa que había descubierto años atrás. Era un lugar resguardado del viento y, aunque desde ella no se podía contemplar la playa arenosa que se extendía hacia el oeste, siempre se podían admirar los acantilados, la playa pedregosa a los pies de estos y el mar. Era una panorámica bastante yerma, pero tenía una belleza particular. Frente a él pasaron volando un par de gaviotas, comunicándose entre ellas a graznidos.

Se relajaría en la cornisa un rato antes de ir en busca de la compañía de sus amigos.

Tomó un guijarro del suelo y lo arrojó hacia la playa. La piedra cayó trazando un arco amplio. Oyó el golpe que hizo al impactar y la vio rebotar una vez. Sin embargo, detuvo los dedos justo cuando cogía un segundo guijarro porque, en ese momento, captó algo colorido con el rabillo del ojo.

El acantilado que se extendía al otro lado del sendero de piedra se curvaba hacia el mar. La marea cubría ese lateral más rápido que la zona donde él se había sentado. Había un sendero que ascendía desde la base del promontorio hasta el pueblo, situado a menos de dos kilómetros, pero podía ser una ruta traicionera si no se estaba muy pendiente de la marea.

Alguien ascendía por dicho sendero. Una mujer ataviada con una capa roja. Acababa de aparecer por la base del promontorio, aunque todavía estaba a cierta distancia. Llevaba la cabeza gacha y cubierta por el bonete. Parecía muy concentrada en el movimiento de sus pies. Se detuvo y miró el mar. Todavía quedaba un buen rato para la pleamar, de manera que no corría un peligro inminente. No obstante, si acababa de llegar procedente del pueblo sí debería dar media vuelta lo antes posible. Porque solo había otro camino para poder regresar y pasaba sobre el promontorio; aunque si lo tomaba, estaría traspasando la linde de Penderris Hall.

La mujer echó la cabeza hacia atrás para contemplar el sendero pedregoso y empinado que llevaba hasta la parte superior del promontorio como si le hubiera leído el pensamiento. Por suerte, no lo vio. Estaba oculto entre las sombras, y muy quieto. No quería que lo viera. Deseó que la mujer se diera media vuelta y se marchara por donde había llegado.

Claro que no lo obedeció. Al contrario, echó a andar hacia el sendero y empezó a subir mientras el viento le azotaba el ala del bonete y la capa. Parecía muy menuda. Y joven. Aunque era imposible saber su edad, ya que no podía verle la cara. Por esa misma razón bien podía ser atractiva o fea, o simplemente anodina.

Sus amigos se estarían riendo de él durante una semana entera si alguna vez se llegaban a enterar, pensó. Se imaginó que saltaba de la cornisa y que se acercaba con paso decidido a ella caminando sobre los guijarros, para informarla de que era un hombre con un título y con una enorme fortuna y preguntarle si le apetecía casarse con él.

Aunque no era una idea especialmente graciosa, se descubrió conteniendo las ganas de reírse, lo que habría delatado su presencia.

Siguió muy quieto con la esperanza de que la mujer se diera media vuelta aun a esas alturas. Le irritaba que su soledad se viera amenazada por la presencia de una desconocida y una intrusa. No recordaba que algo así hubiera sucedido antes. No mucha gente de la zona traspasaba los límites de la propiedad. El duque de Stanbrook era un hombre temido por muchos en esa parte del país. Tras la muerte de la duquesa, fue inevitable que se extendiera el rumor de que fue él quien la empujó para que se cayera por el borde del acantilado. Era difícil terminar con ese tipo de habladurías pese a la falta de pruebas. Hasta aquellas personas que no le tenían miedo se mostraban un tanto recelosas. Además, su carácter silencioso y sus rígidos modales no ayudaban a paliar las sospechas.

Tal vez la mujer de la capa roja fuera una forastera. Tal vez no supiera que caminaba directa a la guarida del dragón.

Se preguntó por qué estaba paseando sola por un lugar tan desolado.

Los guijarros del sendero se movían bajo sus pies a medida que ascendía. No era una subida fácil, Hugo lo sabía por experiencia. Y, en ese momento, justo cuando parecía haber dejado atrás la peor parte sin percatarse de su presencia, provocó una pequeña avalancha de piedras con el pie derecho y perdió el equilibrio. Acabó resbalándose y golpeándose la rodilla con las piedras. La postura hizo que la pierna derecha quedara estirada tras ella y se le subiera la capa, de manera que captó una breve imagen de la piel desnuda de dicha pierna por encima de la caña de la bota.

La oyó jadear por el dolor.

Pero esperó. No quería revelar su presencia. Sin embargo, no tardó en comprender que la mujer se había hecho daño de verdad en el pie o en el tobillo y que no podría levantarse y proseguir su camino sola. Era joven, se percató. Menuda y delgada. Unos mechones de pelo rubio se agitaban por debajo del ala del bonete. Sin embargo, seguía sin verle la cara.

Sería una grosería seguir guardando silencio.

—Tras observar lo sucedido, he llegado a la conclusión —dijo— de que ese tobillo o bien ha sufrido una torcedura grave o bien está roto. En cualquier caso, no le aconsejaría que intentara apoyarse en él.

La vio levantar la cabeza de golpe mientras él descendía hacia el sendero de guijarros y se acercaba a ella. Había abierto los ojos de par en par por el miedo más que por el alivio de saber que iban a prestarle ayuda. Tenía los ojos grandes y de color azul, y su rostro poseía una belleza exquisita, aunque no era muy joven. Supuso que andaría cerca de los treinta y tres años que él tenía.

La irritación lo embargó. Detestaba que la gente se asustara de él. Porque sucedía a menudo. Hombres y mujeres, pero sobre todo estas últimas.

Debería habérsele ocurrido que un semblante ceñudo no era la mejor manera de inspirar confianza, sobre todo en un lugar tan solitario y desolado como ese. Sin embargo, no se le ocurrió.

Siguió mirándola con el ceño fruncido desde su impresionante altura.

2

—¡Oh! —exclamó la desconocida—. ¿Quién es usted? ¿Es el duque de Stanbrook?

Eso quería decir que era una forastera.

—Trentham —contestó él—. ¿Ha venido andando desde el pueblo?

—Sí. Se me ha ocurrido regresar por el promontorio —le explicó ella—. Pero los guijarros son mucho más grandes y cuesta mucho más caminar sobre ellos de lo que esperaba.

Era una aristócrata, no le cabía la menor duda. Su ropa estaba bien confeccionada y parecía cara. Hablaba con acento culto. La envolvía un aura indefinible de buena educación.

No se lo tendría en cuenta.

—Será mejor que le eche un vistazo a ese tobillo.

—¡Oh, no! —Retrocedió, espantada—. Se lo agradezco, señor Trentham, pero es totalmente innecesario. Es mi tobillo malo. Se recuperará dentro de un momento, y me pondré en marcha.

¡Las mujeres y su dignidad! Así como su insistencia en negar una realidad desagradable.

—Le echaré un vistazo de todas formas. —Se acuclilló y estiró una de sus grandes manos. Ella se la miró, se apoyó en los brazos, se mordió el labio y no discutió más.

Le sujetó la bota con esa mano mientras que con la otra le palpaba el tobillo, con cuidado de no causarle más dolor. No creía que se lo hubiera roto, aunque no se atrevía a quitarle la bota para examinárselo con más detenimiento. La bota ofrecía cierta sujeción en caso de que fuera una fractura. Eso sí, el tobillo se le estaba hinchando. Se lo había lesionado. No podría regresar caminando al pueblo ni a ninguna otra parte ese día, ni siquiera con la ayuda de un brazo en el que apoyarse.

Una pena.

Seguía mordiéndose el labio cuando la miró a los ojos. Tenía la cara cenicienta y demudada por el dolor... y tal vez por la vergüenza. Le había desnudado la pierna hasta casi la rodilla. En la media de seda tenía un agujero, según pudo ver, y se había desollado la rodilla, que incluso le sangraba un poco. Se llevó la mano al bolsillo interior del gabán, donde esa mañana había guardado un pañuelo de lino limpio. Lo extendió, le hizo tres dobleces en diagonal y se lo ató alrededor de la rodilla antes de asegurarlo con un nudo justo por debajo del hueso. Acto seguido, le bajó la capa y se puso en pie.

Ella tenía las mejillas muy coloradas.

¿Por qué diantres no se había quedado en la playa, donde estaba su sitio?, se preguntó mientras la miraba. ¿O por qué no había tenido más cuidado mientras subía? Aunque había algo claro. No podía dejarla allí.

—Va a tener que venir conmigo a Penderris Hall —dijo, con voz bastante desabrida—. Un médico debería verle el tobillo lo antes posible, así como limpiarle y vendarle la rodilla como es debido. Yo no soy médico.

—¡Oh, no! —protestó, consternada—. A Penderris Hall, no. ¿Está cerca? No me había dado cuenta. Me aconsejaron que no me acercara a la propiedad. ¿Conoce al duque de Stanbrook?

—Soy uno de sus huéspedes —contestó con sequedad—. En fin, podemos hacerlo de la manera más difícil. Puedo ayudarla a ponerse sobre el pie sano y sujetarla por la cintura mientras da saltos a mi lado. Pero le advierto de que la casa queda bastante lejos. O podemos hacerlo de la manera más fácil, y yo me limitaré a llevarla en brazos.

—¡Oh, no! —protestó de nuevo, con más ímpetu en esta ocasión, y casi se encogió para alejarse de él—. Peso una tonelada. Además...

—Lo dudo mucho, señora —repuso él—. Creo que soy más que capaz de llevarla en brazos sin dejarla caer y sin dañarme la espalda de forma permanente.

Se inclinó sobre ella y le rodeó los hombros con un brazo mientras le pasaba el otro por debajo de las rodillas antes de erguirse. Ella se apresuró a sacar un brazo de debajo de la capa y echárselo al cuello. Pero pronto quedó patente que estaba sorprendida y alarmada... y, después, muy indignada.

Por supuesto, le había ofrecido una alternativa, pero no había esperado que ella tomara una decisión. Aunque tampoco había que tomarla. Solo una idiota habría escogido ir dando saltos a su lado con el único fin de conservar la dignidad.

Subió la cuesta con ella lo mejor que pudo mientras compensaba la tendencia de los guijarros a deslizarse.

—¿Siempre hace lo que le viene en gana, señor Trentham, aunque parezca darles una opción a sus víctimas? —le preguntó ella con voz jadeante y teñida de gélida altivez.

«¿Víctimas?», pensó él.

—Además —continuó ella sin darle oportunidad de responder—, no habría elegido ninguna de las dos opciones. Habría preferido volver a casa sobre mis propios pies.

—Eso habría sido una tontería —replicó Hugo, sin intentar siquiera ocultar el desdén que sentía—. Su tobillo está en malas condiciones.

Olía bien. No era la clase de perfume penetrante que solía acompañar a muchas mujeres, ese que asaltaba las fosas nasales y la garganta hasta provocar un ataque de estornudos y de tos. Sospechaba que era una fragancia muy cara. La envolvía de forma seductora, pero sin llegar a agobiarlo a él. Su vestido era de un tono marrón claro, y parecía confeccionado con un paño de lana de alta calidad. Un paño caro. No era una aristócrata venida a menos.

Pero sí era descuidada y tonta.

Por cierto, ¿no se suponía que las mujeres de la aristocracia debían ir acompañadas de damas de compañía y carabinas allí donde fueran? ¿Dónde estaba su séquito? Tal vez se habría librado de tener que involucrarse hasta ese punto con ella si hubiera estado acompañada como era debido.

—Ese tobillo siempre me da problemas —confesó la mujer—. Ya estoy acostumbrada. Sufro una cojera permanente. Me caí de un caballo y me lo partí hace unos años, y no se curó como es debido. Debo pedirle que me deje en el suelo y me permita marcharme.

—Se le ha hinchado mucho —le informó él—. Si ha venido desde el pueblo, tendría que recorrer más de kilómetro y medio para regresar. ¿Cuánto cree que tardaría en recorrer esa distancia dando saltos y arrastrándose?

—Señor Trentham —contestó ella con voz gélida y desdeñosa—, creo que eso es problema mío, no suyo. Pero empiezo a darme cuenta de que es usted de esos hombres que siempre tienen que llevar la razón, porque los demás siempre se equivocan... al menos, en su opinión.

¡Por el amor de Dios! ¿De verdad creía que le gustaba estar interpretando el papel de sir Galahad?

Seguían en la empinada cuesta, aunque ya habían dejado los guijarros atrás y se encontraban en tierra más firme, cubierta por hierba alta. Se detuvo de repente, la dejó sobre los pies y retrocedió un paso. Entrelazó las manos a la espalda y la miró fijamente con la misma expresión que solía encoger de miedo a los soldados.

Iba a disfrutar de lo lindo.

—Gracias —dijo ella con altivez..., aunque tuvo la decencia de mostrarse contrita de repente—. Le agradezco que haya acudido en mi ayuda, señor, cuando podría haberse quedado cruzado de brazos. Yo no había reparado ni siquiera en su presencia, tal como ha debido de darse cuenta. Soy lady Muir.

¡Ah! Una aristócrata, desde luego. Seguramente esperaba que le hiciera una reverencia y que se llevara una mano a la frente para saludarla.

Lady Muir se apartó un paso de él... y se derrumbó como un saco de patatas.

Siguió mirándola fijamente, con los labios apretados. No le iba a gustar esa tremenda pérdida de dignidad.

La vio ponerse de rodillas, colocar las manos en el suelo y... echarse a reír. Fue un sonido alegre y jovial, aunque terminó en un jadeo de dolor.

—Señor Trentham —dijo ella—, tiene mi permiso para decirme «Se lo dije».

—Se lo dije —repuso él, porque no había que contrariar a una dama—. Y es lord Trentham.

Tal vez fuera una tontería por su parte insistir en el detallito, pero esa mujer lo irritaba.

Ella se giró para sentarse en el suelo, que seguramente siguiera húmedo por la lluvia del día anterior, pensó. Se lo tenía merecido. La miró con expresión severa y el mentón tenso.

Lady Muir suspiró mientras lo miraba. Estaba blanca de nuevo. Apostaría lo que fuera a que el tobillo le dolía muchísimo. Tal vez a rabiar después de haber intentado apoyar el peso del cuerpo sobre él.

—Hace un momento me ha ofrecido dos opciones —dijo ella, desaparecida por completo la altivez de su voz, si bien el deje risueño seguía presente—. Y dado que no soy tonta o, al menos, no deseo parecerlo, escojo la segunda. Si acaso sigue en pie, por supuesto. Estaría en todo su derecho de retirar el ofrecimiento, pero yo le estaría muy agradecida si me llevara en brazos a Penderris Hall, lord Trentham —añadió, recalcando el tratamiento formal—, si bien la idea de imponer mi presencia me resulta inconcebible. Tal vez tendría la amabilidad de prestarme un carruaje cuando lleguemos para así no tener ni que entrar en...

Hugo se agachó y la levantó en brazos de nuevo. En cuanto a tragarse el orgullo, ella se había comido un buen pedazo.

Echó a andar hacia la casa. No intentó conversar. Se imaginaba cómo iban a recibirlo, y también las bromas que tendría que soportar durante el resto de su estancia en Penderris Hall.

—Pertenece o ha pertenecido al ejército, lord Trentham —aventuró ella, rompiendo el silencio unos minutos después—. Tengo razón, ¿verdad?

—¿Qué le hace pensar eso? —preguntó sin mirarla.

—Tiene el porte de un oficial —contestó ella— y la expresión severa y la mirada intensa de un hombre acostumbrado al mando.

La miró un instante. No le contestó con palabras.

—¡Ay, por Dios, qué vergüenza voy a pasar! —dijo ella al cabo de unos minutos, cuando ya se acercaban a la casa.

—Pero supongo que será mejor —replicó él con sequedad— que quedarse tirada en la empinada cuesta del acantilado, expuesta a los elementos y a la espera de que las gaviotas aparezcan para sacarle los ojos a picotazos.

Con cierta crueldad, deseó que estuviera allí precisamente, aunque no deseaba que le arrancaran los ojos a picotazos.

—¡Oh! —exclamó ella con una mueca—. Expresado de esa forma, debo admitir que tiene razón.

—A veces la tengo —repuso él.

¡Por Dios! La mayor broma de ese día era que iba a bajar a la playa en busca de una mujer adecuada con la que casarse. Y allí estaba, tal como le habían pedido, llevando en brazos a una aristócrata ni más ni menos. Y muy guapa, además.

Aunque tal vez no fuera soltera. De hecho, seguro que no lo era. Se había presentado como lady Muir. Eso sugería que en algún lugar, tal vez en el pueblo a kilómetro y medio de distancia, había un lord Muir. Algo que no le ahorraría las burlas. De hecho, solo las acentuaría. Lo acusarían de haber cometido el error de cálculo más inocente del mundo.

Iba a tardar mucho en poder olvidarse de todo ese asunto.

Gwen estaría abrumada por la vergüenza más espantosa que había experimentado jamás si no le preocupara tanto el dolor. De todas formas, estaba avergonzada.

No solo la llevaban a una casa desconocida, propiedad de un hombre de cierta notoriedad que no esperaba su llegada, sino que además la llevaba en brazos un hombre alto y taciturno que no ocultaba el desprecio que sentía por ella. Y el problema era que no podía culparlo realmente. Se había comportado mal. Se había puesto en ridículo.

Estaba pegada a ese cuerpo musculoso y fuerte que había visto acercarse a ella caminando por los guijarros, y su masculinidad le resultaba perturbadora. Sentía su calor corporal a través de la gruesa ropa de ambos. Olía su colonia o su jabón de afeitar, un aroma sutil, incitante e inconfundiblemente masculino. Oía su respiración, aunque no jadeaba por el esfuerzo. De hecho, hacía que se sintiera más ligera que una pluma.

Ciertamente el tobillo le dolía muchísimo. No tenía sentido seguir fingiendo que podía volver andando a casa de Vera una vez que se le hubiera pasado lo peor del dolor.

¡Ay, por Dios! Era un hombre muy taciturno. Y callado. Ni siquiera había confirmado o negado haber pertenecido al ejército. Y no había añadido nada a la conversación aunque, para ser justos, seguramente necesitara de todo su aliento para llevarla en brazos.

Tendría pesadillas con ese momento durante mucho tiempo.

Iba derecho a la puerta principal de Penderris Hall, que parecía una mansión magnífica. Había obviado, tal como se temía, su súplica de que la llevara a la cochera para así evitar la casa. Solo esperaba que el duque no estuviera cerca cuando entraran. Tal vez un miembro del servicio ordenara que preparasen un carruaje para llevarla a casa de Vera. Una calesa valdría.

Lord Trentham subió la corta escalera y se giró para llamar con el codo a una de las hojas. La abrió, casi de inmediato, un hombre de aspecto sobrio vestido de negro, que se parecía a todos los mayordomos del mundo. El hombre se echó a un lado sin mediar palabra mientras lord Trentham entraba con ella en brazos en un espacioso vestíbulo de planta cuadrada, con suelo de baldosas blancas y negras.

—Tenemos a un soldado herido, Lambert —anunció lord Trentham sin el menor rastro de humor en la voz—. Voy a llevarla al salón.

—¡Oh, no, por favor!

—¿Mando llamar al doctor Jones, milord? —preguntó el mayordomo.

Sin embargo, antes de que lord Trentham pudiera contestar o ella protestar de nuevo, otra persona salió a escena, un caballero alto, delgado, rubio y guapísimo con unos burlones ojos verdes y una ceja enarcada. «El duque de Stanbrook», pensó Gwen mientras el alma se le caía a los pies. No se le ocurriría una situación más humillante que esa ni aunque lo intentara.

—Hugo, querido amigo —dijo el caballero con un deje hastiado en la voz—, ¿cómo lo has conseguido? Eres increíble. Has encontrado a la mujer de la playa, ¿verdad?, y la has encandilado hasta que ha caído rendida entre tus brazos con tu encanto, por no mencionar tu título y tu fortuna.

»Es una imagen enternecedora, lo confieso. Si fuera un artista, co-correría a por mi lienzo y mis pinceles a fin de inmortalizar la alegría para vuestros descendientes de tercera o cuarta generación.

Bajó la ceja y se llevó el monóculo al ojo mientras hablaba.

Gwen lo fulminó con la mirada y dijo con toda la gélida dignidad de la que fue capaz:

—Me he torcido el tobillo y lord Trentham ha tenido la amabilidad de traerme. No es mi intención aprovecharme de su hospitalidad más de lo necesario, excelencia. Solo le pido que me preste uno de sus carruajes para regresar al pueblo, donde me hospedo. Porque es usted el duque de Stanbrook, ¿no?

—Me ha ascendido de rango, señora —repuso el aludido—. Me halaga. Pero, por desgracia, no soy Stanbrook. Supongo que Lambert mandará preparar la calesa si insiste, aunque Hugo parece ansioso por impresionarla con su fuerza superior al co-correr escaleras arriba con usted en brazos y llegar al salón sin haber perdido el aliento.

—Menos mal que no eres yo, Flavian —dijo un caballero de más edad que se acercaba a ellos desde el otro extremo del vestíbulo—. Parece que desconoces por completo las normas de la hospitalidad. Señora, soy de la misma opinión que Hugo y que mi estimado mayordomo. Hay que llevarla al salón para que descanse el pie en un sofá mientras mando a llamar al médico para que examine los daños. Por cierto, soy Stanbrook, a su servicio. Dígame, por favor, a quién llamar para que le ofrezca consuelo. ¿Tal vez a su esposo?

¡Ay, por favor! La situación empeoraba por momentos. Si hubiera un agujero negro en mitad del vestíbulo, pensó Gwen, estaría encantada de que lord Trentham la arrojara dentro. El duque se parecía mucho a la figura que había imaginado en un principio: alto, delgado y elegante, con un rostro afilado y pelo oscuro salpicado de canas en las sienes. Sus ademanes eran amables, pero, en contraste, sus ojos grises parecían fríos y su voz, gélida. Había mencionado la hospitalidad, pero había logrado que se sintiera como la peor de las intrusas.

—Soy la viuda del difunto vizconde de Muir —le dijo Gwen al duque—. Soy una invitada en casa de la señora Parkinson, que vive en el pueblo.

—¡Ah! —dijo el duque—. La señora Parkinson perdió a su marido hace poco, si mal no recuerdo, después de que padeciera una larga enfermedad. Pero sube, Hugo. Espero poder tener el placer de conversar con usted más adelante, lady Muir, después de que le hayan curado el tobillo.

Tal vez parecía que sentiría cualquier cosa salvo placer. O tal vez la incomodidad extrema que estaba sintiendo hacía que fuera injusta con él. El duque le estaba ofreciendo hospitalidad y los servicios de un médico, al fin y al cabo.

¿Cómo era posible que una torcedura de tobillo doliera tanto? Tal vez se lo hubiera roto.

Lord Trentham se volvió para echar a andar hacia una amplia escalinata que ascendía trazando una elegante curva. Oyó que el duque de Stanbrook ordenaba que fueran a buscar al médico y a Vera sin dilación. El caballero del monóculo, el que había hablado con un suspiro afectado y una ligera tartamudez, parecía dispuesto a hacerlo en persona.

El salón estaba vacío. Menos mal. Era una estancia amplia y de planta cuadrada, con paredes empapeladas de brocado de color vino tinto y adornadas con retratos de gruesos marcos y una chimenea de mármol tallado justo enfrente de la puerta. El techo abovedado estaba pintado con escenas mitológicas, y la moldura que había por debajo era dorada. Los muebles eran elegantes y lujosos a la vez. A través de los altos ventanales se veía un jardín delimitado por setos, y a lo lejos se alcanzaban a ver los acantilados y el mar. El fuego crepitaba en la chimenea, y la calidez de la estancia evitaba que el exterior pareciera demasiado lúgubre.

Gwen solo necesitó un instante para abarcar la estancia y las vistas con la mirada, y sintió todo el peso de la humillación de ser una invitada impuesta, e indeseada, en semejante mansión. Aunque, por el momento al menos, parecía no tener sentido protestar y pedir de nuevo que le prestasen un carruaje para volver a casa de Vera.

Lord Trentham la dejó en un sofá de brocado y estiró una mano para colocarle un cojín debajo del tobillo lastimado.

—¡Oh! —exclamó—. Voy a manchar el sofá con las botas.

Eso sería la gota que colmara el vaso.

Sin embargo, él no le permitió que bajara los pies al suelo. Ni tampoco le permitió que se inclinara hacia delante para quitarse las botas ella sola. Insistió en hacerlo en su lugar. Claro que no emitió una sola orden, pero costaba mucho apartar unas manos tan grandes y unos brazos tan fuertes, o imponerse a unos oídos tan sordos.

Había sido muy amable con ella, admitió a regañadientes, pero ¿tenía que mostrarse tan desagradable al respecto?

Le desató los cordones de la bota izquierda y se la quitó sin el menor problema antes de dejarla en el suelo. Procedió a hacer lo mismo con la otra bota, pero mucho más despacio. Entretanto, ella se desató las cintas del bonete y lo dejó a un lado del sofá para poder apoyar la cabeza en el mullido reposabrazos. Cerró los ojos..., pegó la cabeza con fuerza contra el reposabrazos y apretó los ojos al sentir una oleada de dolor. Lord Trentham usó las manos con una delicadeza inusitada, pero no le resultó sencillo quitarle la bota, y una vez que se la sacó, ya nada le sujetaba el pie ni impedía que siguiera hinchándose. Notó cómo le colocaba el pie sobre el cojín.

Sin embargo, el dolor a veces mitigaba la sensibilidad, pensó ella poco después, cuando lo sintió meter las manos por debajo de la falda, primero para quitarle el pañuelo que le había colocado alrededor de la rodilla y después para bajarle la media rota y quitársela.

Unos cálidos dedos le palparon el tobillo hinchado.

—Creo que no se ha roto nada —dijo lord Trentham—. Pero no puedo estar seguro. Debe mantener el pie donde está hasta que llegue el médico. El corte de la rodilla es superficial y se curará en pocos días.

Gwen abrió los ojos y fue muy consciente de que tenía el pie desnudo, así como un buen trozo de pierna, sobre el cojín. Lord Trentham estaba de pie, con las manos entrelazadas a la espalda y las botas algo separadas... Un militar en posición de descanso. Sus ojos oscuros la miraban fijamente a la cara, y tenía el mentón tenso.

Le molestaba su presencia, pensó ella. En fin, había hecho todo lo posible para evitarlo. A ella también le molestaba estar allí.

—La mayoría de las mujeres no soporta bien el dolor —dijo él—. Usted, sí.

Estaba insultando a todo su sexo, pero halagándola a ella. ¿Se suponía que tenía que desmayarse de gratitud?

—Lord Trentham —repuso—, se le olvida que somos las mujeres quienes traemos a los hijos al mundo. Hay consenso general en cuanto al hecho de que el dolor del parto es el peor dolor existente.

—¿Tiene usted hijos? —le preguntó él.

—No. —Cerró los ojos y, sin saber por qué, continuó hablando precisamente de un tema del que casi nunca hablaba, ni siquiera con sus más allegados—. Perdí al único que he concebido. Sucedió después de que me tirase el caballo y me partiera la pierna.

—¿Qué hacía montando a caballo estando encinta? —quiso saber él.

Era una buena pregunta, aunque también fuera impertinente.

—Saltando cercas —contestó—, incluida una que ni Vernon, mi marido, ni yo habíamos saltado antes. Su caballo la pasó sin problemas. El mío no y me tiró al suelo.

—¿Sabía su marido que estaba embarazada? —le preguntó.

Era una pregunta imperdonablemente íntima, pero ella había empezado.

—Por supuesto —dijo—. Estaba de casi seis meses.

Y, en ese momento, lord Trentham pensaría muchas cosas desagradables de Vernon sin entender lo más mínimo. Había sido injusta al haber contado tanto sin estar preparada para ofrecer una explicación más larga. Parecía que solo mostraba su peor cara desde que lo vio por primera vez y se encogió por el miedo. Sí, eso había hecho. Encogerse de miedo.

—¿Y era un hijo que deseaba tener? —le preguntó él.

Gwen abrió los ojos de golpe y lo fulminó con la mirada, incapaz de hablar. ¿Qué clase de pregunta era esa?

Sus ojos la miraban con severidad. Acusándola. Condenándola.

Claro que ¿qué esperaba? Los había pintado a Vernon y a ella misma como dos personas increíblemente imprudentes e irresponsables.

Era hora de cambiar de tema.

—¿El caballero rubio de la planta baja también es un huésped en Penderris Hall? —le preguntó—. ¿He impuesto mi presencia en una fiesta campestre?

—Es el vizconde de Ponsonby —contestó él—. Somos seis huéspedes, además de Stanbrook. Nos reunimos aquí unas cuantas semanas al año. Stanbrook nos abrió las puertas de su casa durante varios años, después de la guerra, mientras nos recuperábamos de las diversas heridas.

Gwen lo miró. No había muestras aparentes de heridas que pudieran haber incapacitado a lord Trentham durante tanto tiempo. Pero había acertado con él. Era un hombre que había pertenecido al ejército.

—¿Todos eran o son oficiales? —quiso saber.

—Lo éramos —contestó él—. Cinco en las guerras recientes, Stanbrook en las anteriores. Su hijo luchó y murió en las guerras napoleónicas.

¡Ah, sí! Poco antes de que la duquesa muriera al tirarse por el acantilado.

—¿Y la séptima persona? —le preguntó.

—Una mujer —respondió él—, la viuda de un oficial de reconocimiento torturado hasta la muerte después de que los capturaran. Ella estaba presente cuando por fin murió de un disparo.

—¡Oh! —dijo Gwen, que hizo una mueca.

Se sentía incluso peor que antes. Eso era mucho peor que aparecer de repente en una fiesta campestre. Su torcedura de tobillo parecía increíblemente trivial en comparación con lo que el duque y sus seis huéspedes debieron de soportar.

Lord Trentham tomó un chal del respaldo de una silla cercana y se acercó para extenderlo sobre la pierna herida. En ese mismo instante, las puertas del salón se abrieron de nuevo para dejar entrar a una mujer, que llevaba una bandeja con té en las manos. Era una aristócrata, no una doncella. Alta y de porte erguido. Llevaba el pelo rubio oscuro recogido en un moño, pero la sencillez, incluso la severidad, del peinado acentuaba la perfecta estructura ósea de su rostro ovalado, con pómulos pronunciados, una nariz recta y unos ojos azules verdosos con unas pestañas un tono más oscuras que el pelo. Tenía una boca ancha de labios carnosos. Era guapa, a pesar de que parecía tener la cara tallada en mármol. No solo daba la sensación de que nunca sonreía, sino de que sería incapaz de hacerlo aunque quisiera. Tenía unos ojos grandes y serenos, tanto que casi no parecían normales.

La mujer se acercó al sofá y habría dejado la bandeja en la mesita que había junto a Gwen de no ser porque lord Trentham se la quitó de las manos.

—Ya me encargo yo, Imogen —dijo.

—George ha supuesto que le parecería inapropiado estar a solas con un caballero desconocido, lady Muir —dijo la recién llegada—, aunque dicho caballero la haya rescatado y la haya traído a la casa. He sido nombrada su carabina.

Su voz era desapasionada, pero no fría.

—Le presento a Imogen, lady Barclay —dijo lord Trentham—, a quien nunca parece resultarle inapropiado estar en Penderris Hall con seis caballeros y sin carabina.

—Dejaría mi vida en las manos de cualquiera de vosotros o en las de todos —repuso lady Barclay al tiempo que la saludaba con una inclinación de cabeza—. Ciertamente, ya lo he hecho. Parece usted avergonzada, pero no es necesario que lo esté. ¿Cómo se ha lastimado el tobillo?

Lady Barclay sirvió tres tazas de té mientras ella les contaba lo sucedido. Esa era, pensó, la mujer que había estado con su marido cuando sus torturadores lo mataron. Gwen se hacía una idea del tormento que debía de haber padecido cada minuto de cada día desde entonces. Se preguntaría para siempre si podría haber hecho algo para evitar semejante desastre. De la misma manera que ella siempre se lo preguntaría con respecto a la muerte de Vernon.

—Me siento muy tonta —dijo para terminar.

—Es normal que se sienta así —replicó lady Barclay—. Pero le aseguro que podría habernos pasado a cualquiera de nosotros. Bajamos a la playa y subimos constantemente, y esa cuesta es muy traicionera incluso sin los guijarros.

Gwen miró a lord Trentham, que bebía té en silencio con esos ojos oscuros clavados en ella.

Era, pensó con cierta sorpresa y un estremecimiento, un hombre muy atractivo. No debería serlo. Era demasiado grande para resultar elegante o distinguido. Llevaba el pelo demasiado corto, lo que resaltaba la dureza de sus facciones y la tensión del mentón. Su boca era demasiado recta y tenía un rictus demasiado serio para resultar sensual. Sus ojos eran demasiado oscuros y demasiado penetrantes como para que una mujer quisiera perderse en ellos. No había nada que sugiriese encanto, humor o una personalidad cálida.

Y, sin embargo...

Y, sin embargo, lo envolvía un aura física abrumadora. Un aura muy viril.

Sería una experiencia absolutamente maravillosa acostarse con él, pensó.

Fue una idea que la escandalizó hasta lo más hondo de su ser. En los siete años que habían pasado desde la muerte de Vernon, se había encogido por la mera idea de vivir otro cortejo y otro matrimonio. Y nunca en la vida había pensado en un hombre en otro contexto.

¿Acaso esa inesperada y ridícula atracción tenía algo que ver con la igualmente inesperada oleada de soledad que la asaltó en la playa justo antes de conocerlo?

Conversó con lady Barclay mientras esos extraños pensamientos le rondaban la cabeza. Aunque, la verdad, le costaba mucho concentrarse ya fueran en las palabras o en los pensamientos. El dolor, como bien recordaba de la ocasión en la que se rompió la pierna, nunca se quedaba confinado en una parte del cuerpo, sino que lo recorría por entero hasta que no se sabía qué hacer con uno mismo.

Lord Trentham se puso en pie en cuanto ella terminó de beberse el té, tomó una servilleta de lino limpia de la bandeja y se acercó hasta el aparador, donde debió de encontrar una jarra con agua fresca entre las licoreras. Regresó con la servilleta mojada, aunque le había quitado el exceso de agua, se la extendió sobre la frente y la sostuvo en su sitio con una mano. Ella volvió a apoyar la cabeza sobre el cojín y cerró los ojos.

La frescura, incluso la presión de su mano, era maravillosa.

¿Dónde estaba el bruto insensible por el que lo había tomado?

—He intentado distraerla charlando —adujo lady Barclay—. La pobre está más blanca que un fantasma. Pero no ha protestado ni una sola vez. Se ha ganado mi admiración.

—Jones está tomándose su tiempo —repuso lord Trentham.

—Vendrá tan pronto como pueda —replicó lady Barclay—. Siempre lo hace, Hugo. Y no hay mejor médico en el mundo.

—Lady Muir se lastimó anteriormente la misma pierna —le explicó lord Trentham—. Seguro que está rabiando de dolor.

Hablaban de ella como si no pudiera hablar por sí misma, pensó Gwen. Pero, de momento, le daba igual. De momento, se estaba distanciando todo lo posible del dolor.

Y en sus voces había un deje cálido, se percató. Como si se tuvieran cariño. Casi como si se preocuparan por ella de verdad.

De todas formas, deseó que el médico llegara pronto para poder pedirle de nuevo al duque de Stanbrook que le prestase un carruaje que la devolviera a casa de Vera.

¡Ah, cómo detestaba estar en deuda con alguien!

3

Flavian regresó con el médico y con la señora Parkinson, que fue la primera en entrar de forma apresurada en el salón. Tras saludar a Imogen y a Hugo con una profunda genuflexión, procedió a decir que Su Excelencia, el duque de Stanbrook, era la personificación de la amabilidad, que ellos también eran la personificación de la amabilidad, que durante el resto de su vida le estaría agradecida a lord Ponsonby por haberle informado del percance de su amiga con semejante celeridad y por insistir en llevarla a Penderris Hall en el carruaje de Su Excelencia, aunque habría estado encantadísima de caminar una distancia diez veces mayor de haber sido necesario.

—Caminaría ocho, qué digo ocho, ¡dieciséis! Caminaría dieciséis millas por mi querida lady Muir —les aseguró—, aunque haya cometido el descuido de traspasar los límites de la propiedad de Su Excelencia cuando le advertí de que evitara ofender a tan ilustre par del reino. Su Excelencia habría estado en todo su derecho de no permitirle la entrada en Penderris Hall, aunque me atrevo a decir que se lo habría pensado mejor al descubrir que la intrusa es lady Muir, una aristócrata. Supongo que se debe a ese detalle que me hayan invitado a llegar en carruaje, porque jamás me habían ofrecido semejante distinción hasta la fecha, a pesar de que el señor Parkinson era el hermano menor de sir Roger Parkinson, cuarto en la línea de sucesión al título por detrás de sus tres sobrinos.

Solo cuando acabó de soltar tan asombroso discurso, apartó la mujer la vista de Imogen y Hugo para mirar a su amiga, con las manos unidas por delante del pecho.

Hugo e Imogen intercambiaron una mirada sin que sus rostros delataran lo que pensaban, si bien el gesto hablaba por sí solo. Flavian estaba justo al lado de la puerta, en silencio y con semblante hastiado.

—¡Gwen! —gritó la señora Parkinson—. ¡Ay, mi pobre Gwen! ¿Qué te has hecho ahora? Estaba muerta de la preocupación al ver que pasaba una hora y no volvías del paseo. Me temía lo peor y me culpaba amargamente por no haber estado de humor para acompañarte. ¿Qué habría sido de mí si hubieras sufrido un accidente mortal? ¿Qué podría haberle dicho al conde de Kilbourne, tu querido hermano? Ha sido un gesto feísimo por tu parte preocuparme de esa manera. Sobre todo cuando te quiero tantísimo, por supuesto.

—Vera, solo me he torcido un tobillo —le explicó lady Muir—. Pero, por desgracia, no puedo andar, al menos de momento. Espero no tener que abusar durante mucho más tiempo de la hospitalidad del duque. Confío en que tendrá la amabilidad de permitirnos regresar en carruaje al pueblo una vez que el médico me examine el tobillo y me lo vende.

La señora Parkinson miró espantada a su amiga y soltó un gritito mientras se apretaba aún más las manos contra el pecho.

—¡Ni se te ocurra pensar en que te trasladen de aquí! —exclamó—. ¡Ay, mi pobre Gwen! Te causarás un daño irreparable en la pierna como se te ocurra hacer algo tan temerario. Ya sufres de esa desafortunada cojera debido a tu anterior accidente y me atrevo a decir que ese ha sido el motivo que ha impedido que otros caballeros te cortejen desde la muerte de lord Muir. No debes correr el riesgo de quedarte completamente coja. Estoy segurísima de que Su Excelencia me dará la razón al insistir en que te quedes aquí hasta que se te cure del todo el tobillo. Y no temas un abandono por mi parte. Vendré caminando todos los días para hacerte compañía. Al fin y al cabo, eres mi mejor amiga. Estoy segura de que esta señora y este caballero insistirán en que te quedes, de la misma manera que lo hará el vizconde de Ponsonby. —Miró a Imogen primero y a Hugo después con una sonrisa amable, tras lo cual Flavian los presentó con un tono de voz más hastiado que el que acostumbraba a usar.

La señora Parkinson debía de tener la misma edad que lady Muir, supuso Hugo, aunque el paso del tiempo no había sido tan amable con ella como con su amiga. Mientras que lady Muir seguía siendo hermosa a pesar de que, seguramente, pasaba de los treinta años, la belleza que pudiera haber tenido la señora Parkinson había desaparecido sin dejar rastro. Además, su figura era bastante voluminosa, y ese exceso de kilos se le había acumulado de forma bastante poco agraciada en la papada, en el pecho y en las caderas. Su pelo castaño había perdido el lustre de la juventud que, posiblemente, tuviera antaño.

Lady Muir abrió la boca para hablar. Saltaba a la vista que estaba mortificada por la sugerencia de que se quedara en Penderris Hall. Sin embargo, la llegada de George y del doctor Jones, que aparecieron por la puerta en ese momento, evitó que pudiera expresar sus sentimientos. El doctor Jones era el médico que George logró traer de Londres tantos años antes cuando abrió su casa para alojarlos a los seis y a otros más, cuya estancia fue más breve. El médico se quedó en la zona para atender tanto a los pobres que no podían pagar sus honorarios como a los ricos que sí podían hacerlo.

—Lady Muir, aquí le traigo al doctor Jones —dijo George—. Es un médico fabuloso, se lo aseguro. Puede estar tranquila poniéndose en sus manos. Imogen, ¿serías tan amable de quedarte aquí con lady Muir? Los demás nos retiraremos a la biblioteca. Señora Parkinson, si nos acompaña, podrá tomarse un té con pastas. Ha sido un detalle que haya podido venir con Flavian y con el médico de forma tan repentina.

—Soy yo quien debería quedarse con lady Muir —protestó la susodicha, si bien se dejó guiar hasta la puerta—. No obstante, excelencia, reconozco que tengo los nervios alterados después de haber atendido durante tanto tiempo a mi querido esposo. El doctor Jones le puede asegurar que han llegado casi al límite de su alcance desde su muerte. No sé cómo voy a poder atender en mi casa a lady Muir como se merece, aunque estoy más que dispuesta a que se traslade allí, como puede usted imaginar. Me siento responsable de lo sucedido. Si hubiera estado con ella, que es lo que habría sucedido si no hubiera estado tan desanimada esta mañana, nos habríamos mantenido a una buena distancia de Penderris Hall. Me siento muy contrariada porque ha traspasado los límites de su propiedad, aunque supongo que no lo ha hecho de forma deliberada y que más bien se debe a un descuido.

George cerró la puerta de doble hoja del salón cuando la mujer llegó a ese punto, y empezó a bajar la escalinata con la señora Parkinson tomada de su brazo. Hugo y Flavian los seguían.

—Señora, será un placer atender aquí a lady Muir hasta que pueda volver a andar —le aseguró George—. Y el médico ha confirmado que está usted exhausta después de haber atendido con tanta devoción a su marido durante su larga enfermedad.

—Es muy amable de su parte que lo diga, ciertamente —replicó la mujer—. Por supuesto, vendré todos los días a ver a lady Muir.

—Me alegra mucho saberlo, señora —repuso George al tiempo que le hacía un gesto a un criado para que abriera la puerta de doble hoja de la biblioteca—. Mi carruaje está a su disposición.

Flavian y Hugo intercambiaron una mirada, y el primero enarcó una ceja.

«¿Nos escabullimos ahora que podemos hacerlo?», parecían haberse preguntado.

Hugo apretó los labios. La idea le resultaba tentadora. Sin embargo, siguió a George y a su invitada al interior de la biblioteca, de manera que Flavian se encogió de hombros y lo imitó.

—Excelencia, siento muchísimo que tengamos que aprovecharnos de su hospitalidad de esta manera —le aseguró la señora Parkinson a George—. Pero me es imposible abandonar a una amiga cuando me necesita. Así que aceptaré su ofrecimiento para usar el carruaje todos los días, aunque estaría encantada de venir andando. No los molestaré en absoluto, ni a usted ni a sus invitados, mientras esté aquí. Porque vendré a visitar a lady Muir. Por supuesto, no esperaré que me inviten a tomar el té todos los días.

En ese momento, entró una criada con una enorme bandeja que procedió a colocar en la mesa de roble emplazada junto a la ventana.

No era sorprendente que la señora Parkinson mantuviera una amistad con lady Muir, concluyó Hugo. Al fin y al cabo, la segunda era la viuda de un aristócrata con título y la hermana de un conde, y la señora Parkinson era extremadamente obsequiosa. Lo que no tenía tan claro era por qué lady Muir aceptaba dicha amistad. Le había parecido una mujer altiva y muy estirada. Pese a su innegable belleza, no sentía simpatía alguna por ella. Bien era cierto que se había reído de sí misma después de haberse caído al suelo tras insistir en que la soltara y le había pedido que la llevara en brazos. Pero, al parecer, había perdido a un hijo nonato por haber demostrado un comportamiento increíblemente temerario y por la despreocupación de su marido. Era el tipo de aristócrata que más despreciaba. Solo parecía preocuparse de sí misma. Sin embargo, era amiga de la señora Parkinson. Tal vez le gustara sentirse adorada y adulada.

El pobre George se había visto obligado a llevar el peso de la conversación a solas porque él, Hugo, permanecía sumido en un silencio taciturno mientras deseaba no haber subido a la cornisa del acantilado y, en cambio, haber regresado directamente a casa. Flavian estaba junto a una de las estanterías, hojeando un libro con actitud desdeñosa. Se le daba extremadamente bien proyectar desdén. No necesitaba ni hablar.

Pero para George era muy injusto.

—Señora Parkinson, ¿hace mucho que conoce usted a lady Muir? —preguntó Hugo.

—¡Ay, milord! —exclamó la mujer, que soltó la taza y el platillo para llevarse las manos unidas al pecho de nuevo—. Nos conocemos de toda la vida. Fuimos presentadas en sociedad durante la misma temporada social, ¿sabe usted? Le hicimos la reverencia a la reina el mismo día y, después, asistimos a nuestros respectivos bailes de presentación. La gente afirmaba que éramos las dos jóvenes más deslumbrantes en el mercado matrimonial aquel año, aunque me atrevo a decir que en mi caso era un cumplido vacío. Pero sí es cierto que tuve bastantes admiradores. Más que Gwen, de hecho, aunque supongo que eso se debe en parte a que solo necesitó mirar una vez a lord Muir para decidir que tanto su fortuna como su título merecían que le echara el anzuelo. De haberlo querido, yo también podría haberme casado con un marqués o con un vizconde, o con cualquier barón. Pero me enamoré profundamente del señor Parkinson, y en ningún momento me he arrepentido de haber renunciado a los oropeles de los que podría haber disfrutado de haberme casado con un caballero con título y unas rentas anuales de más de diez mil libras. No hay nada más importante en la vida que el amor romántico, aunque el objeto de ese amor sea el hermano menor de un baronet.

Tras dejar que su mente divagara, Hugo se preguntó cómo habría muerto lord Muir. Sin embargo, no hizo la pregunta en voz alta.

El médico llegó en ese momento y confirmó sus sospechas de que el tobillo de su paciente había sufrido una torcedura grave, aunque no parecía haber fractura alguna. De todas formas, les informó de que era imperativo que mantuviera la pierna inmovilizada y que no apoyara peso en ella durante al menos una semana.

Tal parecía que el Club de los Supervivientes tendría que expandirse para admitir a un nuevo miembro, aunque fuera de forma temporal. George había cedido a la presión de la señora Parkinson y le había ofrecido la oportunidad de imponerles su compañía durante los días venideros. Lady Muir se quedaría en Penderris Hall.

La señora Parkinson era la única que parecía encantada con el veredicto, aunque al mismo tiempo se llevó un pañuelo a los ojos y soltó un hondo suspiro.

Habría sido mejor, concluyó Hugo, no haber ido ese día a la playa. La broma de la noche anterior debería haber sido suficiente advertencia. A Dios le gustaba a veces participar de las bromas y darles una vuelta de tuerca peculiar.

La torcedura se había agravado por la fractura anterior, que a su vez no sanó como debía. Después de explicarle la situación a Gwen, el doctor Jones afirmó que le encantaría poder intercambiar unas palabras con el médico que la atendió en aquel entonces. Le ordenó que no pusiera el pie en el suelo durante al menos una semana y que lo mantuviera elevado en todo momento. Que ni siquiera usara un escabel, sino que lo mantuviera a la misma altura que el corazón.

Una recomendación que habría sido desalentadora en cualquier circunstancia. Incluso en casa, la idea de mantenerse inmovilizada durante tanto tiempo le habría resultado irritante. Y, en casa de Vera, otra semana sin poder escapar de la compañía de su anfitriona y de sus amigas habría sido el equivalente a que la sentenciaran al purgatorio. Sin embargo, eso habría sido el paraíso en comparación con la realidad a la que se enfrentaba. Tendría que pasar una semana, ¡por lo menos!, en Penderris Hall como invitada del duque de Stanbrook. Se veía obligada a imponer su presencia en una reunión de hombres, y de una mujer, que habían pasado una larga temporada en la propiedad mientras se recuperaban de las heridas sufridas en la guerra. Seguramente fueran un grupo muy unido. Lo último que querrían era que les impusieran la presencia de una forastera, desconocida para todos, que lo único que había sufrido era una simple torcedura en un tobillo.

¡Oh, aquello era una pesadilla!

Se sentía humillada y dolorida, y echaba de menos su casa... de forma espantosa. Pero, sobre todo, estaba enfadada. Enfadada consigo misma por haber seguido caminando por la playa tras descubrir lo dificultoso que era el terreno y por haber decidido subir por esa cuesta tan traicionera. Ya tenía un tobillo delicado. Conocía bien sus limitaciones y normalmente elegía con sensatez el tipo de ejercicio que realizaba.

Sí, estaba enfadada, furiosa más bien, con Vera. ¿Qué mujer que se considerara educada y decente le cerraría las puertas de su casa a la amiga a la que le había suplicado que pasara una temporada con ella para aliviar la pena y la soledad cuando esa misma amiga sufría un leve percance? ¿No debería haber reaccionado justo al revés? Sin embargo, Vera había demostrado un vergonzoso y evidente egoísmo al negarse a permitir que la trasladaran a su casa. Aunque había criticado duramente al duque de Stanbrook en numerosas ocasiones, saltaba a la vista que le había encantado ir ese día a Penderris Hall, más aún por haberlo hecho en el carruaje con el blasón del ducado a la vista de todos los vecinos del pueblo. Se le había presentado la oportunidad de seguir disfrutando de esa emocionante circunstancia y de convertirse en una visitante diaria durante al menos una semana más, y la había aprovechado sin consideración alguna por los sentimientos de Gwen.

Acostada en la cama de la habitación de invitados donde la habían instalado, Gwen reflexionaba sobre su humillación, su dolor y su furia. Lord Trentham la había llevado en brazos, la había dejado sobre la cama y se había marchado sin mediar palabra. Sí que le había preguntado si necesitaba algo, pero lo había hecho con voz y expresión neutras, y le resultó evidente que no esperaba un sí por respuesta.

¡Oh! No debía ceder a la tentación de trasladar toda la culpa de su incomodidad a los ocupantes de Penderris Hall cuando la habían acogido con tanta amabilidad. Lord Trentham la había llevado en brazos desde la playa, o casi desde la playa, y esas manos tan grandes le habían quitado la bota con sorprendente delicadeza. Le había llevado el paño húmedo y se lo había colocado en la frente justo cuando el dolor llegaba a un punto insoportable.

No debía detestarlo.

Pero sí que deseaba que no la hiciera sentirse como una colegiala caprichosa, consentida y pedante.

Al cabo de un rato, llegó una criada que la distrajo de sus reflexiones. Le llevó más té y las noticias de que acababa de llegar del pueblo una bolsa de viaje con las pertenencias de Su Ilustrísima, que habían dejado en el vestidor contiguo al dormitorio.

La misma criada la ayudó a lavarse y a ponerse un vestido más adecuado para la noche. Le cepilló el pelo y se lo recogió. Después, se marchó, y Gwen se preguntó qué iba a suceder a continuación. Esperaba desesperadamente poder quedarse en la habitación y que la criada le llevara una bandeja con la cena.

No obstante, sus esperanzas se hicieron añicos al cabo de un rato.

Alguien llamó a la puerta y la abrió, y apareció lord Trentham, que le pareció muy grande y elegante, vestido con un frac que le sentaba de maravilla. Y también le pareció que la miraba echando chispas por los ojos. No, eso era injusto. Su semblante era ceñudo por naturaleza, pensó. Tenía la expresión de un guerrero feroz. Daba la impresión de que las sutilezas de la vida civilizada le importaban bien poco.

—¿Está preparada para bajar? —le preguntó.

—¡Oh! —exclamó ella—. Preferiría quedarme aquí, lord Trentham, y no molestar a nadie. Si no le importa, ¿podría ordenar que me subieran una bandeja?

Le sonrió.

—Señora, creo que sí me importa —contestó él—. Me han enviado para que la lleve a la planta baja.

Gwen sintió que le ardían las mejillas. ¡Qué bochornoso! Y qué respuesta más maleducada. ¿No podría haberlo dicho de otra manera? Le podría haber contestado que su presencia no molestaría a nadie. Incluso podría haber llegado al extremo de asegurarle que tanto el duque como sus invitados estaban deseando que se reuniera con ellos.

Podría haber sonreído.

En cambio, se acercó a la cama, se inclinó sobre ella y la levantó en brazos.

Gwen le colocó una mano en torno al cuello y lo miró a la cara, aunque estaban demasiado cerca. Ella al menos debía hacer gala de sus buenos modales aunque él no se molestara en hacerlo.

—¿Qué hacen durante sus reuniones? —le preguntó con educación—. ¿Rememorar las batallas?

—Eso sería absurdo —respondió él.

¿Por qué tenía que ser tan grosero? ¿O se debía más bien a que estaba molesto con ella y le resultaba imposible mostrarse educado? Sin embargo, podría haberla llevado al pueblo en vez de llevarla a Penderris Hall. Era un gigante tan fuerte que su peso no parecía molestarlo en lo más mínimo.

—Entonces, ¿evitan mencionar la guerra? —le preguntó mientras bajaban la escalinata.

—Todos sufrimos en esta casa —le dijo él—. Y todos nos curamos aquí. Aquí fue donde desnudamos nuestras almas los unos a los otros. Marcharnos cuando lo hicimos fue lo más duro que tuvimos que hacer en mucho tiempo, tal vez en toda nuestra vida. Pero era necesario si queríamos darle sentido a la vida de nuevo. Sin embargo, una vez al año nos reunimos para volver a sentirnos bien o para reforzarnos con la idea de que lo estamos.

Viniendo de lord Trentham, fue un discurso muy largo. Sin embargo, no la miró en ningún momento mientras hablaba. Su voz parecía feroz y resentida. Y volvió a dejarla en mal lugar. Porque acababa de insinuar que era una mujer débil y consentida incapaz de entender el sufrimiento que habían soportado tanto él como sus amigos. O el hecho de que ese sufrimiento jamás desaparecía, que aquel que lo experimentaba quedaba marcado para siempre.

Pero sí que lo entendía.

Cuando las heridas sanaban, todo lo demás debería curarse también. La persona en cuestión debería sentirse bien de nuevo. Eso tenía sentido.

Pero ella no volvió a sentirse bien después de que su pierna rota sanara. Porque no le colocaron bien los huesos. Claro que no se habría sentido bien aunque la pierna hubiera sanado perfectamente. Porque, como consecuencia de la caída, también perdió a su hijo. Podría decirse que fue ella quien lo mató. Y Vernon tampoco fue el mismo después de la caída, aunque eso suscitaba otra pregunta: ¿el mismo que cuándo?

Una experiencia dolorosa siempre iba seguida de una debilidad, de una vulnerabilidad allí donde antes todo era perfecto. Desaparecían la fuerza... y la inocencia.

Claro que lo entendía.

Lord Trentham la llevó hasta el salón y la dejó en el mismo sofá de antes. Sin embargo, en esa ocasión la estancia no estaba vacía. De hecho, había seis personas más aparte de ellos dos. Una era el duque de Stanbrook. Lady Barclay era otra. El vizconde de Ponsonby era la tercera. Gwen se preguntó de pasada qué heridas habría sufrido. Era un hombre guapísimo con un físico perfecto, de la misma manera que lord Trentham parecía enorme y con un físico perfecto.

Lo que le sucedía a uno de los caballeros era evidente. Se puso en pie con la ayuda de dos bastones que llevaba atados a los brazos cuando ella entró en el salón. Entre los bastones, sus piernas parecían torcidas de forma poco natural, y parecía que sostenía la mayor parte del peso del cuerpo con los brazos.

—Lady Muir —la saludó el duque, que se encontraba junto al fuego—, le agradezco que haya hecho el esfuerzo de acompañarnos. Entiendo que debe de haber sido un gran esfuerzo. Estoy encantado de tenerla como invitada en mi hogar, pese a las desafortunadas circunstancias. Me complace llegar a conocerla mejor durante la semana que tenemos por delante. Espero que no dude a la hora de solicitar cualquier cosa que necesite.

—Gracias, excelencia —replicó ella, ruborizándose—. Es usted muy amable.

Las palabras del duque no podían ser más educadas, pero su actitud resultaba tensa, distante y severa. Claro que, al menos, se mostraba cortés. A diferencia de lord Trentham, el duque era un caballero de los pies a la cabeza. Un caballero muy elegante, además.

—Ya conoce a Imogen, lady Barclay, y a Flavian, el vizconde de Ponsonby —siguió el duque, que atravesó la estancia para llenar una copa de vino que después le ofreció—. Permítame presentarle a sir Benedict Harper. —Señaló al hombre de las piernas torcidas. Era alto y delgado, con la cara enjuta y de rasgos marcados que en otra época tal vez fueron hermosos. En ese momento, eran el vivo testimonio del sufrimiento y del dolor prolongados.

—Lady Muir...

—Sir Benedict —replicó ella al tiempo que inclinaba la cabeza.

—Y Ralph, el conde de Berwick —siguió el duque mientras señalaba a un joven muy guapo si uno no reparaba en la cicatriz que le desfiguraba un lado de la cara. El muchacho la saludó con un gesto de cabeza, pero no habló ni le sonrió.

Otro hombre poco amable.

—Milord —dijo ella.

—Y Vincent, lord Darleigh —continuó Su Excelencia.

El aludido era un joven delgado, de pelo rizado y rubio. Tenía un semblante alegre y sonriente, y los ojos más azules y grandes que Gwen había visto en la vida. Ese sí que era un hombre destinado a romper los corazones de las jovencitas, pensó. No había indicios de que hubiera sufrido herida alguna en el cuerpo ni en el alma. Y era tan joven... Si había sido oficial durante la guerra, debió de ser tan solo un niño.

Parecía fuera de lugar en ese grupo. Demasiado joven y alegre como para haber padecido un hondo sufrimiento.

—Milord —lo saludó ella.

—Lady Muir, posee usted la voz de una mujer hermosa —dijo el muchacho— y me han dicho que el físico la acompaña. Es un placer conocerla. Imogen me ha dicho que está usted muy avergonzada por tener que quedarse aquí, pero no hay motivo alguno para que se sienta así. Sepa que enviamos esta mañana a Hugo a la playa en su busca. Tiene la merecida fama de no fallar jamás en ninguna misión que se proponga, y esta vez no iba a ser menos. Ha traído a una belleza inusual.

Gwen estaba descompuesta por la sorpresa, y no se debía a la última frase de lord Darleigh. De hecho, en un primer momento apenas si reparó en ella. Porque, de repente, había comprendido que pese a la belleza de sus ojos y al hecho de que parecían estar mirándola directamente, lord Darleigh estaba ciego.

Tal vez esa fuera la peor herida de todas, pensó. No alcanzaba a imaginar nada peor que el hecho de perder la vista. Sin embargo, el muchacho no había perdido la sonrisa y desbordaba encanto. Claro que, ¿estaría sonriendo también por dentro? Esa actitud tan jovial le parecía bastante inquietante tras haber descubierto cómo la guerra le había destrozado la vida.

—Vincent, a ti te daría lo mismo si Hugo hubiera traído a una gárgola —terció el conde de Berwick—, ¿no es cierto?

—¡Ah! —exclamó lord Darleigh al tiempo que sonreía con dulzura y volvía la cabeza hacia el lugar donde estaba el conde—. Ralph, me daría exactamente igual siempre y cuando tuviera el alma de un ángel.

—Te la ha devuelto, Ralph —repuso el vizconde de Ponsonby.

Y, en ese momento, fue cuando Gwen recordó las palabras que le había dicho el vizconde de Darleigh. «Enviamos esta mañana a Hugo a la playa en su busca. Ha traído a una belleza inusual.»

—¿Lord Trentham fue a buscarme? —preguntó—. Pero ¿cómo sabía que yo estaba allí? No planeé el paseo con mucha antelación.

—Vincent, harías bien en morderte la lengua —dijo lord Trentham.

—Demasiado tarde —replicó el vizconde de Ponsonby—. Hugo, debemos desvelar tu secreto. Lady Muir, por un buen número de razones que a él le parecen válidas, Hugo ha decidido que este año debe encontrar novia. Su único pro-problema es la selección. No cabe duda de que es el mejor soldado que han tenido las tropas británicas en los últimos veinte años. Sin embargo, no se puede decir que tenga la misma fama en las lides románticas para conquistar al sexo opuesto. Cuando anoche nos explicó la situación y añadió, como hombre listo que es, que no buscaba una gran historia de amor, le aconsejamos que buscara en las proximidades a una mujer atractiva, que le explicara que es un aristócrata poseedor de una enorme fortuna y que le propusiera matrimonio. De manera que estuvo de acuerdo en bajar hoy a la playa para buscar a dicha mujer. Y aquí está usted.

Si se ponía más colorada, acabaría estallando en llamas, pensó Gwen. El bochorno y la furia que sintió esa tarde regresaron con fuerza. Miró a lord Trentham, que estaba erguido como un soldado en posición de descanso, pero no estaba relajado, y alzó la barbilla al tiempo que lo miraba echando chispas por los ojos.

—En ese caso, lord Trentham, tal vez le gustaría informarme del origen de su título nobiliario y de la cuantía de su fortuna en presencia de sus amigos. Y proponerme matrimonio.

—Señora —terció lord Darleigh clavando de nuevo en ella esos ojos azules, aunque en ese momento su expresión parecía tan preocupada como su tono de voz—, solo pretendía que todos nos riéramos un poco. No me he percatado de que mis palabras le resultarían imperdonablemente bochornosas hasta que las he pronunciado. Anoche todos bromeábamos, por supuesto, y ha sido fruto de la casualidad que usted estuviera en la playa, que haya sufrido un percance y que Hugo estuviera allí para ofrecerse a ayudarla. Le pido que me perdone y que perdone a Hugo. Él no ha sido partícipe del bochorno que debe de estar sufriendo usted. La culpa es toda mía.

Gwen lo miró y soltó una carcajada.

—Soy yo quien le pide perdón —dijo—. Ciertamente la situación es muy graciosa.

No sabía bien si estaba diciendo la verdad o no.

—Gracias, señora —replicó el muchacho, que parecía aliviado.

—Ha llegado el momento de que ese tema de conversación quede en el olvido —terció sir Benedict—. Lady Muir, ¿dónde vive usted? Cuando no reside con... la señora Parkinson, me refiero.

—Vivo en Newbury Abbey, en Dorsetshire —contestó Gwen—. Bueno, en realidad, resido en el pabellón de la viuda de la propiedad con mi madre. Mi hermano y su familia viven en la casa principal. Es el conde de Kilbourne.

—Lo conocí en la península ibérica —dijo lord Trentham—, aunque en aquel entonces era vizconde. Si no recuerdo mal, lo enviaron de vuelta a casa después de que su patrulla de reconocimiento sufriera una emboscada en las montañas de Portugal que estuvo a punto de causarle la muerte. ¿Se ha recuperado por completo?

—Está bien —contestó ella.

—La esposa de Kilbourne fue quien resultó ser la hija del duque de Portfrey que estuvo tantos años desaparecida, ¿no es cierto? —quiso saber el duque.

—Sí —respondió Gwen—. Mi cuñada, Lily.

—Portfrey y yo fuimos muy amigos durante nuestra juventud, hace ya muchos años —añadió el duque de Stanbrook.

—Está casado con mi tía —le informó Gwen—. Mi familia es extensa y los vínculos familiares son difíciles de explicar, cuando menos.

El duque asintió con la cabeza.

—Lady Muir —dijo—, creo que será mejor para usted si le evitamos sentarse a la mesa del comedor con nosotros. Aunque puedo ordenar que coloquen un taburete para que apoye la pierna, no sería adecuado. El médico se mostró inflexible en sus órdenes de que debe usted mantener la pierna en alto durante al menos una semana. Espero que no sea un inconveniente excesivo para usted. Sin embargo, no la abandonaremos por completo. Hemos designado a Hugo para que le haga compañía. Le aseguro que no le provocará un dolor de cabeza hablándole de su fortuna ni sugiriéndole que se case con él para poder disfrutar de ella.

Gwen esbozó una sonrisa circunspecta.

—Estoy seguro de que no me perdonarán en la vida semejante desliz —dijo lord Darleigh con tristeza.

El duque le ofreció el brazo a lady Barclay y juntos salieron de la estancia. Los demás los siguieron. Sir Benedict Harper no usaba los bastones como muletas, se percató Gwen, aunque parecían lo bastante fuertes como para soportar su cuerpo. En cambio, solo los usaba para mantener el equilibrio mientras caminaba tan despacio que costaba mirarlo.

El silencio que se hizo en el salón una vez que se cerró la puerta tras él resultó casi ensordecedor.

4

No había sido culpa de lord Trentham, pensó Gwen, que tanto la broma como su presencia en la playa coincidieran precisamente ese día. Pero sí daba la sensación de que lo había sido. Estaba molesta con él de todas formas. Acababa de pasar una vergüenza espantosa.

Y lord Trentham parecía molesto con ella. Seguramente porque él también acababa de pasar una vergüenza espantosa.

Tenía los ojos clavados en la puerta, como si todavía pudiera ver a sus amigos a través de la madera y ansiara estar al otro lado con ellos. Gwen deseaba con fervor lo mismo.

—¿Podrá andar sir Benedict sin los bastones alguna vez? —preguntó para llenar el silencio.

Él apretó los labios y, por un instante, creyó que no le iba a contestar.

—Todo el mundo fuera de estos muros —empezó con voz templada, sin apartar la vista de la puerta— respondería con un no rotundo. Todo el mundo lo consideró un idiota por negarse a que le amputaran las piernas primero y después por no aceptar pasar el resto de lo que le queda de vida en una cama o, al menos, en una silla. Las seis personas que están en esta casa apostarían por él una fortuna. Él jura que algún día bailará, y lo único que nos preguntamos es quién será su pareja.

¡Ay, Dios!, pensó ella tras otro breve silencio, iba a ser una batalla campal.

—¿Es habitual que se encuentre con otras personas en la playa? —le preguntó.

Lord Trentham se volvió para mirarla.

—No —le contestó—. Jamás me he encontrado en ella con un alma que no se hospedara también en esta casa. Hasta hoy.

Su voz tenía un deje reprobatorio.

—En ese caso —replicó Gwen—, fue algo inofensivo decirles a sus amigos que estaban bromeando. Me refiero a que encontraría a una mujer a la que proponerle matrimonio en la playa.

—Sí —convino él—, lo fue.

Lo miró con una sonrisa y, después, se echó a reír entre dientes. Él la miró, aunque en su cara no había ni rastro de humor.

—Es muy gracioso, la verdad —dijo—. Salvo que ahora, sin duda alguna, se burlarán de usted sin compasión. Y yo estoy aquí confinada durante al menos una semana con una torcedura en un tobillo. Y —añadió cuando vio que él seguía sin sonreír— seguramente usted y yo nos sentiremos muy avergonzados mientras estemos juntos hasta que por fin me vaya.

—Si pudiera estrangular al joven Darleigh —repuso él— sin cometer asesinato, lo haría.

Gwen se echó a reír de nuevo.

Y el silencio se hizo una vez más.

—Lord Trentham, que sepa, de verdad, que no tiene por qué hacerme compañía. Ha venido a Penderris Hall para disfrutar de la compañía del duque de Stanbrook y de los demás huéspedes. Supongo que haber sufrido aquí juntos durante tanto tiempo creó un vínculo especial entre ustedes, y yo he irrumpido en esa intimidad. Todo el mundo se ha mostrado muy amable y cortés conmigo, pero estoy decidida a molestar lo menos posible mientras deba permanecer aquí. Por favor, no tenga reparos en reunirse con los demás en el comedor.

Él siguió mirándola fijamente, con las manos entrelazadas a la espalda.

—¿Me está diciendo que contradiga la voluntad de mi anfitrión? —le preguntó él—. No lo haré, señora. Me quedaré aquí.

Lord Trentham. Podía ser cualquier cosa desde un barón a un marqués, pensó Gwen, aunque nunca había oído hablar de él hasta ese día. Y si lo que el vizconde de Ponsonby había dicho era correcto, también era muy rico. Sin embargo, tenía unos modales muy toscos.

Le hizo un gesto con la cabeza y decidió no volver a pronunciar una sola palabra antes de que él lo hiciera, aunque para ello tuviera que rebajarse a su nivel. Que así fuera.

No obstante, antes de que el silencio se volviera incómodo, la puerta se abrió para dejar paso a dos criados, que procedieron a acercar una mesa al sofá y a poner la mesa para un comensal. Antes de que dichos criados tuvieran tiempo de marcharse, llegaron otros dos con bandejas llenas. Una la dejaron sobre el regazo de Gwen, mientras que la otra la llevaron a la mesa, donde depositaron varios platos para la cena de lord Trentham.

Los criados se fueron tal como habían llegado, sin hacer ruido. Gwen bajó la vista a su sopa y tomó la cuchara mientras lord Trentham se sentaba a la mesa.

—Lady Muir —dijo él—, le pido disculpas por la vergüenza que una broma inocente le ha provocado. Una cosa es recibir las burlas de los amigos y otra muy distinta ser humillada por desconocidos.

Lo miró, sorprendida.

—Estoy segura de que sobreviviré al mal trago.

Él la miró, se percató de que sonreía y asintió con un gesto brusco de cabeza antes de concentrarse en la cena.

El duque de Stanbrook contaba con un cocinero excelente, pensó Gwen, a juzgar por la sopa de rabo de buey.

—¿Está usted buscando esposa, lord Trentham? —le preguntó—. ¿Tiene a alguna mujer en concreto en mente?

—No —contestó él—. Pero quiero a alguien de mi misma clase. A una mujer capaz y práctica.

Lo miró. «Alguien de mi misma clase.»

—No nací siendo un caballero —le explicó él—. Me concedieron el título durante la guerra, como resultado de algo que hice. Seguramente mi padre fuera uno de los hombres más ricos de Inglaterra. Era un hombre de negocios de mucho éxito. Pero no era un caballero, ni tenía deseos de serlo. Tampoco tenía aspiraciones sociales para sus hijos. Despreciaba a la aristocracia y consideraba a sus miembros unos vagos inútiles, si le soy sincero. Quería que encajáramos en el que era nuestro lugar. No siempre he honrado sus deseos, pero en ese particular coincido con él. Me vendría mejor encontrar a una esposa de mi misma clase.

Eso explicaba mucho, pensó Gwen.

—¿Qué hizo? —le preguntó al tiempo que apartaba el cuenco de sopa vacío y se acercaba el plato de ternera asada y verdura.

Lord Trentham la miró con las cejas enarcadas.

—Debió de ser algo extraordinario si la recompensa fue un título nobiliario —añadió ella.

Lo vio encogerse de hombros.

—Comandé una carga suicida —contestó.

—¿Una carga suicida? —Mantuvo el cuchillo y el tenedor en el aire—. ¿Y sobrevivió?

—Como puede ver.

Lo miró, maravillada y presa de la admiración. Una carga suicida era casi una sentencia de muerte que casi siempre acababa en fracaso. No debió de fracasar si lo habían recompensado de esa manera. Y, por el amor de Dios, ni siquiera era un caballero. Había pocos oficiales que no lo fueran.

—Es un tema del que no hablo —dijo él mientras cortaba la carne—. Nunca.

Gwen siguió mirándolo fijamente un rato antes de empezar a comer de nuevo. ¿Eso quería decir que los recuerdos eran tan dolorosos que ni siquiera la recompensa los atenuaba? ¿Fue durante ese ataque cuando resultó herido de tanta gravedad que se vio obligado a pasar mucho tiempo en esa casa para recuperarse?

Sin embargo, el título no le hacía ni pizca de gracia, se percató.

—¿Cuánto tiempo lleva viuda? —le preguntó él en lo que supuso era un esfuerzo decidido para cambiar de tema.

—Siete años —contestó.

—¿Nunca ha deseado volver a casarse? —quiso saber él.

—Nunca —le aseguró... y pensó en esa abrumadora y rara soledad que sintió en la playa.

—¿Eso quiere decir que quería usted a su marido?

—Sí. —Era verdad. Pese a todo, quiso a Vernon—. Sí, lo quería.

—¿Cómo murió? —le preguntó él.

Un caballero no habría hecho semejante pregunta.

—Se cayó —contestó— por encima de la barandilla de la galería que rodeaba el vestíbulo de mármol de nuestra casa. Cayó de cabeza y murió al instante.

Se le pasó por la cabeza demasiado tarde que podría haber contestado con otra verdad, tal como él acababa de hacer... «Es un tema del que no hablo. Nunca.»

Lord Trentham tragó la comida que tenía en la boca. Sin embargo, supo lo que le iba a preguntar incluso antes de que volviera a hablar.

—¿Cuánto tiempo había pasado desde que usted se cayó del caballo y perdió a su hijo nonato?

En fin, ya no podía echarse atrás.

—Un año —contestó—. Un poco menos.

—Tuvo un matrimonio con una violencia inusitada —repuso él.

Su contestación no necesitaba réplica. O, mejor dicho, no una semejante. Gwen dejó los cubiertos cruzados sobre el plato medio vacío con cierta brusquedad.

—Es usted impertinente, lord Trentham —le dijo.

¡Oh! Pero en realidad había sido culpa suya. La primera pregunta que le hizo ya fue impertinente. Debería habérselo dicho entonces.

—Lo sé —dijo él—. Así no se comporta un caballero, ¿verdad? Ni un hombre que no es un caballero cuando habla con una mujer refinada. Nunca me he librado de la costumbre de preguntar sin más, cuando deseo saber algo. Aunque no siempre es lo más educado, según he aprendido.

Gwen apuró la comida, apartó el plato hasta la parte posterior de la bandeja y se acercó el pudin. Tomó la copa de vino y bebió un sorbo. Luego la dejó en la bandeja y suspiró.

—Mi familia más allegada siempre ha preferido creer con devoción que Vernon y yo disfrutamos de una relación muy romántica y maravillosa, teñida por la tragedia y los accidentes. Otras personas mantienen un notorio silencio sobre mi matrimonio y la muerte de mi marido, pero a veces casi puedo oír sus pensamientos y las suposiciones de que se trató de un matrimonio lleno de violencia y maltrato.

—¿Y lo fue? —quiso saber él.

Gwen cerró los ojos un momento antes de contestar.

—A veces, la vida es demasiado complicada para que haya una respuesta sencilla a una pregunta sencilla. Lo quise, y él me quiso. Nuestro amor fue maravilloso casi siempre. Pero..., en fin, a veces me daba la sensación de que Vernon era dos personas distintas. A menudo, en realidad, casi todo el tiempo, era alegre, simpático, ingenioso, inteligente y cariñoso, y un montón de cosas más que me hacían quererlo mucho. Pero de vez en cuando, aunque en muchos aspectos conservaba las mismas cualidades, había algo casi..., no sé, casi desesperado en su euforia. Y siempre tuve la sensación de que, en esos momentos, la línea entre la felicidad y la desesperación era muy delgada, y él caminaba sobre ella. El problema era que nunca caía del lado de la felicidad. Siempre caía hacia el otro lado. Y durante días, a veces incluso durante varias semanas, se sumía en la más absoluta desolación y nada de lo que yo dijera o hiciera podía sacarlo de ese lugar... Hasta que un día, sin previo aviso, volvía a ser como siempre. Aprendí a reconocer el momento en el que su estado de ánimo empezaba a cambiar. Aprendí a temer dichos momentos, porque era imposible alejarlo del borde del precipicio. Durante el último año, su estado de humor osciló entre la tristeza y la más absoluta desesperación. Y es usted, lord Trentham, la única persona a la que le he contado estas cosas. No tengo la menor idea de por qué he quebrado mi silencio con alguien que es casi un completo desconocido.

Se sentía horrorizada y aliviada a partes iguales por haberle revelado tanto a un hombre que ni siquiera le caía bien. Aunque había mucho más, por supuesto, que no había contado.

—Es este lugar —repuso él—. Ha sido el escenario de muchas confesiones a lo largo de los años, algunas prácticamente indescriptibles, todas absolutamente inconcebibles. Hay confianza en esta casa. Todos confiamos en todos aquí, y nadie ha traicionado dicha confianza jamás. ¿La descabellada cabalgada en la que perdió a su hijo se produjo cuando lord Muir se encontraba sumido en uno de sus periodos de euforia?

—En aquella época de mi matrimonio —contestó ella—, todavía me aferraba a la idea de que podría evitar sus momentos de desolación si le seguía la corriente. Quería que montara a caballo con él aquel día e hizo caso omiso de mis protestas. De modo que lo acompañé, y lo seguí allá donde me condujo. Me aterraba la idea de que se hiciera daño. Pero no entiendo qué creía que podía hacer yo para evitar que se lastimara por el mero hecho de acompañarlo.

—Pero no fue él quien acabó herido.

Salvo que, en muchos aspectos, acabó tan herido como ella. Y ninguno de ellos resultó peor parado que su hijo.

—No. —Gwen cerró de nuevo los ojos con fuerza. Tenía la cuchara aferrada en la mano, olvidada.

—Y fue él quien resultó herido la noche que murió —replicó él.

Abrió los ojos y volvió la cara para mirarlo con frialdad. ¿Qué se creía que era? ¿Un inquisidor?

—Ya basta —lo reprendió—. No me maltrató, lord Trentham. Jamás me levantó la mano ni la voz, ni me humilló ni me rebajó con palabras. Creo que estaba enfermo, aunque no haya nombre para su enfermedad. No estaba loco. Su lugar no estaba en un asilo. Ni tampoco debía estar postrado en una cama. Pero estaba enfermo de todas formas. Cuesta mucho entenderlo para alguien que no convivió con él a todas horas, día y noche, como yo. Pero es verdad. Lo quería. Prometí quererlo en la salud y en la enfermedad hasta que la muerte nos separase, y lo quise hasta el final. Pero no fue fácil, ni mucho menos. Después de su muerte, lloré por él. Pero el matrimonio me había dejado extenuada. Me ofreció una dicha infinita, pero también más desdicha de la que era capaz de soportar. Cuando todo terminó, solo quería paz. La quería para el resto de mi vida. La he tenido durante siete años y me complace seguir como estoy.

—¿Ningún hombre podría hacerla cambiar de idea? —le preguntó él.

Hasta el día anterior, habría dicho que no sin duda alguna. Esa misma mañana, había estado negando la existencia del vacío y la soledad esenciales de su vida. O tal vez ese breve momento en la playa fue instigado tan solo por la discusión con Vera y la desolación del entorno, nada más.

—Tendría que ser el hombre perfecto —contestó ella—, y no existe el hombre perfecto, ¿verdad? Tendría que ser un compañero ecuánime, jovial y cómodo que no haya conocido grandes sufrimientos en la vida. Tendría que ofrecer una relación que prometiera paz y estabilidad y..., ¡ah!, simplicidad sin excesivos altibajos.

Sí, pensó con cierta sorpresa, semejante matrimonio sería placentero. Pero dudaba mucho de que hubiera un hombre perfecto para sus necesidades. Y en el caso de que hubiera uno que pareciera perfecto y deseara casarse con ella, ¿cómo sabría con seguridad cómo era hasta que se casara, viviera con él y ya fuera demasiado tarde para cambiar de opinión?

¿Y cómo podría ser merecedora algún día de la felicidad?

—¿Nada de pasión? —le preguntó él—. ¿No tendría que ser bueno en la cama?

Volvió la cara hacia él con rapidez. Se percató de que ponía los ojos como platos y de que le ardían las mejillas.

—Es usted un hombre muy directo, lord Trentham —dijo— o tal vez muy impertinente. El placer en el lecho conyugal no necesita de pasión, tal como acaba de decir. Puede ser un consuelo mutuo. Si buscara un marido, me contentaría con el consuelo mutuo. Y si busca una esposa práctica y cabal, la pasión tampoco debe de ser tan importante para usted, ¿no?

Se sentía muy descompuesta y había hablado con una absoluta falta de discreción.

—Una mujer puede ser práctica, cabal y también poseer pasión carnal —aseguró él—. Tendría que poseer dicha pasión carnal para que yo me casara con ella. Voy a renunciar a todas las mujeres cuando me case. No sería adecuado buscar mi placer fuera del lecho conyugal, ¿no le parece? No sería justo para mi esposa ni tampoco un buen ejemplo para mis hijos. Y ahí tiene una clase de moralidad burguesa, lady Muir. Poseo una sana pasión carnal, pero creo en la fidelidad conyugal.

Gwen dejó la cuchara en el plato, con mucho cuidado en esa ocasión para que no hiciera ruido. Y luego se cubrió la cara con las manos y se echó a reír. ¿De verdad lord Trentham había dicho lo que ella sabía muy bien que había dicho?

—Estoy segurísima de que este ha sido el día más raro de toda mi vida, lord Trentham —dijo ella—. Que ha culminado en un breve sermón sobre el placer carnal y la moralidad burguesa.

—En fin —replicó él al tiempo que apartaba la silla para levantarse—, eso es lo que sucede cuando se tuerce el tobillo delante de un hombre que no es un caballero. Le quitaré la bandeja del regazo y la dejaré en la mesa con mis platos. Ha terminado de comer, ¿verdad?

—Sí —contestó mientras él llevaba a cabo lo que acababa de decir y se volvía para mirarla.

—¿Por qué demonios se hospeda con la señora Parkinson? —quiso saber él—. ¿Por qué es su amiga?

Ella enarcó las cejas tanto por el lenguaje como por las preguntas.

—Perdió a su marido hace poco —contestó— y se sentía triste y sola. Estoy familiarizada con ambas sensaciones. La conocí hace mucho y, desde entonces, hemos mantenido correspondencia de forma esporádica. Estaba en disposición de venir y así lo hice.

—Supongo que sabe que no siente lo más mínimo por usted —repuso él—, solo le interesa su título y su estrecho vínculo con el conde de Kilbourne. Y que solo va a venir todos los días porque estamos en Penderris Hall, hogar del duque de Stanbrook.

—Lord Trentham, la soledad de Vera Parkinson es muy real. Si he ayudado a aliviarla aunque sea un poquito durante estas dos semanas, me doy por satisfecha.

—El problema con la aristocracia —dijo él— es que rara vez dice la verdad. Vera Parkinson es un espanto de mujer.

¡Por el amor de Dios!, pensó Gwen, que mucho se temía que recordaría esa frase con regocijo durante mucho tiempo.

—A veces, lord Trentham, atemperar la verdad con tacto y amabilidad es lo que llamamos «buenos modales».

—Usted hace gala de ellos incluso cuando regaña —señaló él.

—Eso intento.

Deseó que él volviera a sentarse. Aunque estuviera de pie a su lado, lord Trentham seguiría mirándola desde arriba. Tal como estaba, le parecía todo un gigante. Tal vez el enemigo contra el que comandó la carga suicida lo viera y saliera huyendo. No la sorprendería en lo más mínimo.

—No es usted, ni por asomo, la clase de mujer que busco como esposa —confesó él— y yo pertenezco a un universo totalmente distinto al del marido que usted espera encontrar. Pero, pese a todo, siento un tremendo deseo de besarla.

¿Qué había dicho?

Sin embargo, el problema era que sus osadas palabras despertaron un deseo tan arrollador en todas las partes importantes de su cuerpo que la dejó jadeante y sin aliento. Y pese a su enorme corpulencia, a su pelo corto y a su severo y feroz semblante, además de su falta de modales caballerosos, seguía encontrándolo irresistiblemente atractivo.

—Supongo que debería contenerme. Pero, verá usted, hemos tenido ese encuentro fortuito en la playa.

Gwen cerró la boca y consiguió controlar la respiración. No pensaba dejar pasar semejante impertinencia, ¿verdad?

—Sí —se oyó decir mientras lo miraba a los ojos, que quedaban muy por encima de los suyos—, está ese detalle. Y según tengo entendido, hay una escuela de pensamiento que proclama que las coincidencias no existen.

¿De verdad iba a besarla? ¿Y ella iba a permitirlo? Llevaba siete años sin que nadie la besara. Había permitido algún que otro corto abrazo de parte de varios caballeros que conocía. Pero no había sentido verdadera atracción por ellos, más bien cierta afinidad. Y ningún abrazo había sido fruto de un deseo físico real..., al menos, no por su parte.

Durante unos segundos, creyó que, al final, no iba a besarla. Lord Trentham no suavizó su rígida postura, ni tampoco su expresión. Sin embargo, después se inclinó hacia delante, y ella levantó las manos para colocárselas en los hombros. ¡Oh, por Dios, eran unos hombros anchos y fuertes! Pero ya lo sabía. La había llevado en brazos...

Él le rozó los labios con los suyos.

Y, de repente, se vio envuelta en un repentino deseo.

Esperaba que la estrechara entre sus brazos y que se apoderase de su boca con fuerza. Esperaba tener que lidiar contra un súbito ardor.

En cambio, él le colocó las manos a ambos lados de la cintura, con los pulgares por debajo de los pechos, pero sin intentar tocarlos. Y sus labios le rozaron con suavidad los suyos, saboreándola, incitándola. Ella deslizó las manos para ponerlas contra su formidable cuello. Sentía su aliento contra la mejilla. Captó la suave nota del jabón o de la colonia de la que ya se había percatado antes, un aroma muy masculino y maravilloso.

La oleada de deseo que la había envuelto se enfrió. Pero lo que la reemplazó fue casi peor. Porque no se trataba de un abrazo tibio. Todos sus sentidos estaban puestos en lord Trentham. Y acababa de descubrir que, pese a las apariencias, había delicadeza en él. Ya la percibió en las caricias de sus manos en el tobillo, por supuesto, pero en aquel entonces se desentendió de ella. Parecía incongruente con todo lo que había observado en él.

Lord Trentham alzó la cabeza para mirarla fijamente a los ojos. ¡Ay, por Dios! Su expresión no era menos feroz que de costumbre. Ella le devolvió la mirada y enarcó las cejas.

—Supongo que, de ser un caballero, ahora mismo me estaría disculpando profusamente —dijo él.

—Pero me ha avisado de antemano —repuso—, y yo no me he negado. ¿Le parece, lord Trentham, que acordemos que ha sido un día muy raro para ambos, pero que ya está acabando? Mañana nos olvidaremos de este tema y retomaremos un comportamiento más decoroso.

Él se irguió y entrelazó las manos a la espalda. Gwen empezaba a reconocer que era una pose muy habitual.

—Me parece muy sensato —convino él.

Por suerte, no hubo tiempo de añadir nada más. Alguien llamó a la puerta y aparecieron de inmediato dos criados para recoger los platos y las bandejas. Y, en cuestión de minutos después de que se cerrara la puerta tras ellos, se volvió a abrir para dejar entrar al duque y al resto de sus invitados, que regresaban del comedor.

Lady Barclay y lord Darleigh se sentaron junto a Gwen y charlaron con ella mientras lord Trentham se alejaba para jugar a las cartas con tres de los otros caballeros.

Si se despertase en ese momento, pensó Gwen, creería que ese día había sido el sueño más extraño que había tenido en su vida. Por desgracia, los eventos, desde la llegada de la carta de su madre esa mañana, habían sido demasiado extraños para no ser reales. Además, ¿era posible soñar un sabor? De alguna manera, todavía distinguía el sabor de lord Trentham en los labios, aunque había comido los mismos platos y bebido el mismo vino que ella.

5

Los miembros del Club de los Supervivientes siguieron en el salón hasta mucho después de que Hugo llevara a lady Muir a su dormitorio. Acostumbraban a relajarse durante el día, bien en grupos reducidos o con frecuencia en soledad, pero por la noche les gustaba sentarse hasta bien entrada la madrugada para hablar de sus preocupaciones más serias.

Esa noche no fue una excepción. Empezó con las disculpas de Vincent y con las bromas de todos los demás. Se burlaron de Vincent por haberse ido de la lengua. Y de Hugo, por los progresos que había hecho en su búsqueda de esposa. Ambos se lo tomaron bien. Era imposible no hacerlo, por supuesto, porque de lo contrario se arriesgaban a ser objeto de burlas peores.

Sin embargo, al final todos se sumieron en el silencio. George llevaba una temporada sufriendo el sueño recurrente de siempre, en el que se le ocurría el argumento perfecto para evitar que su esposa saltara al vacío en el mismo momento en el que lo hacía. Así que se despertaba bañado en sudor frío y gritando mientras estiraba el brazo para agarrarla. Durante una velada londinense en Navidad, Ralph se encontró con la hermana de uno de sus tres mejores amigos, ya muertos, y ella se había alegrado muchísimo de verlo y se mostró encantada de poder hablar de su hermano con alguien que lo conoció tan bien. Ralph lo conoció muy bien. Los cuatro fueron inseparables durante la etapa escolar y juntos se marcharon a la guerra cuando cumplieron los dieciocho años. Vio cómo sus tres amigos volaban en pedazos un instante antes de que él estuviera a punto de seguirlos también al más allá. Se alejó de la señorita Courtney para llevarle un vaso de limonada. Su intención era la de llevárselo. En cambio, salió de la casa y se marchó de Londres a la mañana siguiente. No ofreció explicación alguna, ni tampoco se disculpó, y no había vuelto a verla desde entonces.

A la mañana siguiente, Hugo se sentía muy avergonzado por lo sucedido la noche anterior. Más concretamente, por el beso. No se le ocurría explicación alguna que lo justificara. Él no era un donjuán. Sí, siempre había llevado una vida sexual activa, aunque no tanto en los últimos años, primero por la enfermedad y, más recientemente, porque era lord Trentham, esa piedra que llevaba atada al cuello, y no le parecía correcto visitar burdeles cada vez que le apeteciera. Además, vivía en la campiña, lejos de ese tipo de tentaciones. No recordaba haber besado a una mujer respetable desde que cumplió los dieciséis años y acabó escondido en el mismo armario escobero que una de las amigas del colegio de su prima mientras jugaban al escondite durante la fiesta de cumpleaños de la prima en cuestión.

Jamás, jamás, había besado a una aristócrata. Ni había sentido el menor deseo de hacerlo.

Lady Muir ni siquiera le caía bien. La había tomado por una mujer irresponsable, frívola, arrogante, aburrida y malcriada, aunque hermosa, eso sí. Por supuesto, la historia que le había contado de su marido le había añadido cierta profundidad de carácter. Sin duda, había sufrido un matrimonio difícil, con el que había lidiado como buenamente pudo. Además, admitió a regañadientes, tenía sentido del humor y una risa contagiosa.

Claro que nada de eso explicaba el repentino deseo de besarla que lo invadió después de apartarle del regazo la bandeja de la cena. Ni tampoco le ofrecía explicación de por qué sucumbió a dicho deseo.

Y por lo más sagrado, ¿por qué se lo permitió lady Muir? No había hecho nada para congraciarse con ella. Al contrario, se había mostrado bastante desagradable. Acostumbraba a mostrarse así con todos los aristócratas, salvo con los miembros del Club de los Supervivientes. En el ejército, no fue bien recibido por sus colegas oficiales. Casi todos ellos se mostraron desdeñosos y condescendientes. Algunos incluso fueron abiertamente hostiles por el hecho de que la fortuna de su padre le hubiera permitido irrumpir en sus filas. Sus esposas no le habían hecho el menor caso, tal como hacían con los sirvientes. No obstante, nada de eso lo molestó. Su ambición era la de ser oficial, no la de pertenecer a un club social. Quería distinguirse en el campo de batalla, y eso fue lo que hizo.

Pero la noche anterior había besado a una aristócrata. Sin motivo alguno, salvo que la había visto llevarse las manos a las mejillas arreboladas y reírse alegremente después de que él afirmara que dejaría los servicios de las prostitutas después de casarse. Y después añadió con voz risueña: «Estoy segurísima de que ha sido el día más raro de toda mi vida, lord Trentham. Que ha culminado con un breve sermón sobre el placer carnal y la moralidad burguesa.»

Sí, eso fue lo que despertó en él el deseo de besarla.

Y, en ese momento, deseó de buena gana haberse refrenado.

Iba a evitarla todo lo posible durante el resto de su estancia en Penderris Hall. Porque sería muy incómodo encontrársela de nuevo cara a cara.

Mantuvo su resolución hasta después del almuerzo. Pasó la mañana en el invernadero con Imogen, mientras llovía en el exterior. Ella regó las plantas y obró su magia con ellas hasta dejarlas más bonitas y primorosas, y él se entretuvo leyendo la carta de su hermanastra que había llegado con el correo matinal. Constance le escribía al menos dos veces por semana. Tenía diecinueve años y era una muchacha alegre y bonita, preparada y ansiosa para encontrar el amor y casarse. Sin embargo, su madre era una mujer egoísta y posesiva que había usado su delicada salud y sus achaques, reales o imaginarios, para manipular a todos los que la rodeaban desde que Hugo la conocía. Mantenía a su hija prácticamente prisionera en casa, siempre a su disposición. Constance rara vez salía, salvo para hacer recados específicos y breves. No tenía amigas, ni vida social, ni pretendientes. Y tampoco se quejaba. Sus cartas siempre eran alegres, y casi vacías de contenido real porque, en realidad, no tenía nada que contar.

La obligación de Hugo era corregir esa circunstancia. Una obligación instigada por el amor. Y por el hecho de ser su tutor legal. Y por la promesa que le hizo a su padre de asegurarle un futuro feliz en la medida de lo posible.

Ella era una de las razones principales por las que había decidido casarse. No tenía ni la menor idea de cómo llevar a cabo la tarea de presentarla en sociedad en un ambiente burgués ni de cómo conseguir que conociera a hombres adecuados de su misma clase. Pero si se casaba... No, nada de «si». Cuando se casara, su esposa sabría cómo presentarle a su cuñada el tipo de hombres que pudieran ofrecerle seguridad y felicidad durante el resto de su vida.

También había otro motivo que lo había hecho decidirse por el matrimonio. No era un hombre célibe por naturaleza, y su apetito sexual se manifestaba de forma dolorosa de un tiempo a esa parte y lo hacía debatirse contra su inclinación por la intimidad y la independencia.

Cuando se marchó de Penderris Hall tres años antes, decidió que por encima de todo quería una vida tranquila. Vendió su comisión de oficial y se instaló en una casa en la campiña de Hampshire. Se mantenía cultivando sus propias verduras y hortalizas, con unas cuantas gallinas, y haciendo trabajos para los vecinos. Al fin y al cabo, era un hombre grande y fuerte. Sus servicios estaban muy demandados, sobre todo entre los más mayores. Mantuvo su título nobiliario en secreto.

Fue una época feliz. Bueno, más que feliz, satisfactoria, pese a las advertencias de sus seis amigos, que le decían que se parecía a un cohete sin explotar y que seguramente volviera a la vida en algún momento del futuro, cuando menos lo esperara.

El año anterior, después de la muerte de su padre, compró Crosslands Park, una propiedad ubicada no muy lejos de la casita en la que había estado viviendo, y se instaló para vivir con algo más de lujo. De algún modo, la gente descubrió lo del título. En la nueva propiedad tenía un jardín mayor, sembraba cereales, tenía más gallinas y añadió unas cuantas vacas y ovejas. Contrató a un administrador, que a su vez contrató a algunos jornaleros para que llevaran a cabo las labores de la explotación agraria. No obstante, él siguió ocupándose en persona de muchas cosas. La ociosidad no le sentaba bien. También siguió haciendo reparaciones para sus vecinos, aunque se negaba a aceptar dinero a cambio. Los terrenos de la propiedad dedicados al esparcimiento seguían en estado agreste y prácticamente todas las estancias de la mansión estaban cerradas, porque solo usaba tres habitaciones de forma habitual. Contaba con un reducido número de criados que se encargaban de las labores domésticas.

Pero había sido un año feliz. O satisfactorio, al menos. Su vida no era emocionante. Carecía de desafíos. Carecía de todo tipo de compañía, aunque se llevaba bien con sus vecinos. Era la vida que quería.

Pero iba a cambiar todo eso al contraer matrimonio, porque no tenía alternativa.

La carta yacía olvidada en su regazo. Imogen todavía estaba en el invernadero. Se había sentado en el alféizar de una ventana y había doblado las rodillas para apoyar un libro en las piernas. Estaba leyendo.

Alzó la vista al percibir su mirada y cerró el libro.

—Es la hora del almuerzo —dijo—. ¿Nos vamos?

Hugo se puso en pie y le ofreció la mano.

Cuando llegó al comedor, le informaron de que lady Muir estaba en la salita matinal, ya que George había pensado que sería un lugar más acogedor donde pasar el día. Un criado la había trasladado a la planta baja, y George y Ralph habían desayunado con ella en la salita. Después, les pidió papel, pluma y tinta para escribirle a su hermano. La señora Parkinson se encontraba con ella en ese momento. Había llegado varias horas antes.

—Pobre lady Muir —dijo Flavian—. Se siente uno inclinado a rescatarla como si fuera un caballero de brillante armadura. Pero se corre el riesgo de que lo engatusen para llevar a la amiga a su casa, y semejante idea basta para que el caballero de brillante armadura se dé media vuelta y mande al cuerno la caballerosidad.

—Todo está arreglado —le aseguró George—. Antes de que la señora Parkinson llegara, le sugerí a lady Muir que, dada su condición, tal vez preferiría descansar por la tarde en vez de verse obligada a sufrir los rigores de una visita prolongada. Me entendió perfectamente y me dijo que sí, que era probable que necesitara dormir una siesta después del almuerzo. Mi carruaje estará listo en la puerta dentro de tres cuartos de hora.

Una hora después, cuando Hugo salió a la terraza para intentar decidir si daba un largo paseo hasta el promontorio o si se lo tomaba con más calma y se quedaba por las cercanías de la mansión, las nubes se habían alejado y había salido el sol. Se decidió por el paseo más tranquilo y estuvo una hora deambulando por los terrenos de la propiedad, que no habían sido diseñados en su totalidad por un paisajista en busca de un efecto ornamental, pero que contaban con jardines, senderos que se internaban en arboledas, prados salpicados de árboles y un templete emplazado en una hondonada que lo resguardaba del viento procedente del mar. Desde la pequeña estructura se disfrutaba de la visión de un camino flanqueado por árboles que llevaba hasta una estatua de piedra emplazada en el otro extremo.

Todo eso hizo que Hugo pensara con cierto desencanto en los terrenos de Crosslands Park. La propiedad era extensa, pero carecía de todo atractivo, y no sabía cómo cambiar eso. Era imposible llegar y empezar a poner caminos, templetes y arboledas atravesadas por senderos por doquier. La casa en sí misma parecía un establo de grandes dimensiones del que los animales habían huido. El potencial para la belleza estaba presente. Lo había percibido cuando decidió comprar la propiedad.

Sin embargo, aunque era capaz de apreciar la belleza y el diseño cuando los veía, su mente carecía por completo de creatividad, de manera que era imposible que diseñara algo original que después cobrara vida. Necesitaba contratar a alguien que lo hiciera todo por él, supuso. Había paisajistas que se dedicaban precisamente a eso, y él tenía dinero para pagar por sus servicios.

Regresó despacio a la casa tras una hora de paseo o así.

¿Estaría lady Muir durmiendo de verdad?, se preguntó cuando llegó a la puerta principal. ¿O simplemente se había alegrado de poder aferrarse a la excusa que le había ofrecido George para librarse de la pesada de su amiga? Si estaba sola en la salita matinal y no estaba durmiendo, por supuesto, George habría dispuesto que alguien le hiciera compañía, por supuesto. Se le daba bien mostrarse hospitalario y encargarse de esos pequeños detalles.

No necesitaba acercarse a ella y tampoco quería hacerlo, desde luego. Le alegraría muchísimo no volver a verla en la vida. Por tanto, le resultaba difícil explicar por qué se detuvo al llegar a la puerta de la salita matinal y se inclinó para acercar la oreja.

Silencio.

O bien estaba arriba, descansando, o bien estaba dentro, dormida. En cualquier caso, era libre para proseguir su camino hasta la biblioteca, donde había planeado escribirles a Constance y a William Richardson, el competente administrador que se encargó del imperio empresarial en tiempos de su padre y que seguía al cargo todavía.

En cambio, descubrió que su mano aferraba el pomo de la puerta. Lo giró, tratando de hacer el menor ruido posible, y entreabrió la puerta.

Lady Muir estaba allí. Acostada en un diván, al que le habían dado media vuelta para que pudiera mirar por la ventana y ver el jardín que se extendía al otro lado. Algunas plantas ya habían florecido y otras empezaban a retoñecer y a crecer, a diferencia del jardín de Crosslands Park, del que tan orgulloso había estado el verano anterior. Había sembrado plantas de floración estival y durante unos meses había disfrutado de un espectáculo magnífico, pero luego... nada. Más tarde descubrió que todas eran plantas anuales y que no volverían a florecer ese año.

Tenía mucho que aprender. Había crecido en Londres y, después, se había ido a luchar a la guerra.

O bien lady Muir no lo había oído entrar o bien estaba dormida. Era imposible saberlo desde el lugar donde se encontraba él. Entró, cerró la puerta tan silenciosamente como la había abierto y echó a andar hacia el diván para poder mirarla de cerca.

Estaba dormida.

Frunció el ceño.

Lady Muir tenía mala cara y estaba pálida.

Debería marcharse antes de que se despertara.

Gwen se había quedado dormida, sosegada por el maravilloso silencio reinante después de la marcha de Vera y por la dosis de medicina que el duque de Stanbrook la había convencido de que se tomara al percatarse, por su mala cara, de que el dolor era más fuerte de lo que podía soportar.

No había visto a lord Trentham en toda la mañana. Un gran alivio, porque se había despertado recordando su beso y había descubierto que era un recuerdo difícil de desterrar. ¿Por qué quiso besarla cuando no había dejado entrever en ningún momento que le gustaba o que se sentía atraído por ella? ¿Y por qué narices se lo había consentido ella? No podía aducir ni mucho menos que le había robado un beso antes de que ella pudiera protestar.

Como tampoco podía aducir que había sido una experiencia desagradable.

Porque nada estaba más lejos de la realidad.

Y, tal vez, ese hecho fuera el más perturbador de todos.

Había soportado a Vera durante varias horas antes de que el duque entrara en la salita como le prometió y la acompañara, con educación, pero con firmeza, hasta el carruaje que la esperaba en la puerta, tras asegurarle que se lo enviaría de nuevo al día siguiente.

Vera había protestado abiertamente por el hecho de haber estado a solas con ella durante toda la visita. Cuando les llevaron el almuerzo a la salita matinal, por más delicioso que fue, protestó por la descortesía de Su Excelencia al no haberla invitado a unirse al grupo de invitados en el comedor. También se sintió molesta porque su vuelta a casa estuviera preparada de antemano... y por la hora tan temprana. Le había dicho a Gwen que, en cuanto llegó, le aseguró a Su Excelencia que estaría encantada de regresar a casa caminando para ahorrarle de esa manera la molestia de tener que pedir de nuevo su carruaje, siempre y cuando uno de los caballeros fuera tan amable de acompañarla al menos durante parte del camino. El duque hizo caso omiso de su generosa sugerencia.

Pero claro, ¿qué se podía esperar de un hombre que había matado a su propia esposa?

Ya adormilada, Gwen deseó de corazón que Neville no perdiera tiempo en enviarle el carruaje en cuanto recibiera su carta. Le había asegurado que se encontraba perfectamente bien como para viajar.

¿Vería a lord Trentham ese día? Tal vez era mucho desear que no sucediera, pero esperaba que mantuviera las distancias y que el duque no le asignara esa noche de nuevo el deber de cenar con ella. El bochorno que sentía por lo sucedido el día anterior le duraría toda la vida y un par más.

Él fue en la última persona en la que pensó antes de quedarse dormida. Y fue la primera persona que vio cuando se despertó algún tiempo más tarde. Estaba de pie, cerca del diván en el que ella estaba acostada, con los pies un tanto separados y calzados con botas de montar, las manos entrelazadas a la espalda y el ceño fruncido. Tenía todo el aspecto de un oficial del ejército, aunque iba ataviado con una ceñida chaqueta verde de paño de lana, unos pantalones de montar de ante y las botas, tan limpias que brillaban. La estaba mirando con el ceño fruncido. Al parecer, esa era su expresión habitual.

Gwen sintió una gran desventaja, acostada en el diván como estaba.

—La mayoría de la gente ronca cuando duerme boca arriba —comentó él.

Típico de él decir algo totalmente inesperado.

Gwen enarcó las cejas.

—¿Y yo no lo hago?

—No en esta ocasión —contestó él—, aunque duerme con la boca entreabierta.

—¡Ah!

¿Cómo se atrevía a quedarse allí plantado mirándola mientras dormía? Era una situación tan íntima que resultaba incomodísima.

—¿Cómo tiene hoy el tobillo? —le preguntó.

—Creía que estaría mejor, pero resulta que no es así, y eso me irrita —contestó Gwen—. Al fin y al cabo, solo es una torcedura. Me avergüenza estar causando tanto revuelo solo por eso. No hace falta que hablemos del tema ni que me pregunte si estoy mejor. Ni que siga haciéndome compañía.

«Ni que me observe mientras duermo.»

—Debería respirar un poco de aire fresco —dijo él—. Está muy pálida. Supongo que la moda dicta que las damas tengan el cutis muy blanco, pero dudo mucho que quieran tener mala cara.

¡Maravilloso! Acababa de decirle que tenía mala cara.

—Hace frío —siguió él—, pero el viento ha amainado y brilla el sol, así que a lo mejor le gusta sentarse un rato en el jardín. Si le apetece, le traigo la capa.

Solo tenía que decir que no. Si lo hacía, lord Trentham se daría media vuelta y se mantendría alejado de ella.

—¿Cómo voy a salir? —preguntó, en cambio, y le entraron ganas de morderse la lengua porque la respuesta era obvia.

—Puede gatear, si le apetece mostrarse tan testaruda como lo fue ayer —contestó él—. Puede pedir que venga un criado fornido, creo que uno de ellos la bajó esta mañana desde el dormitorio. O puedo llevarla yo si confía en que no volveré a extralimitarme.

Gwen sintió que se ruborizaba.

—Lord Trentham —replicó—, espero que no se culpe usted por lo de anoche. Ambos somos culpables de ese beso, si acaso «culpable» es la palabra adecuada. Al fin y al cabo, ¿por qué no íbamos a besarnos si a ambos nos apetecía hacerlo? Ninguno de los dos estamos casados ni comprometidos con otras personas.

Tuvo la impresión de que su intento por aligerar la cuestión fracasaba miserablemente.

—En ese caso —repuso él—, ¿debo suponer que no desea salir al jardín gateando?

—Supone usted bien —respondió Gwen.

No se mencionó más al criado fornido.

Lo vio darse media vuelta y salir de la estancia sin pronunciar una sola palabra más, seguramente para ir en busca de su capa.

¡Qué airosa había salido del momento!, pensó con mucha ironía.

Claro que la idea de disfrutar del aire libre le resultaba irresistible.

En cuanto a la idea de estar en compañía de lord Trentham...

6

Hacía frío. Sin embargo, el sol brillaba, y estaban rodeados de prímulas y de crocos, incluso de unos cuantos narcisos. Hasta ese momento, a Gwen no se le había ocurrido preguntarse por qué tantas flores primaverales eran de distintas tonalidades de amarillo. ¿Sería la forma de la naturaleza de añadir un poco de luz a la estación que seguía a la melancolía del invierno, pero que precedía al fulgor del verano?

—Es precioso —dijo al tiempo que aspiraba el aire fresco, con un ligero toque salado—. La primavera es mi estación preferida.

Gwen se envolvió mejor con la capa roja cuando lord Trentham la dejó en un banco de madera emplazado bajo la ventana de la salita matinal. Acto seguido, lo observó mientras él cogía los dos cojines que ella llevaba por insistencia suya y le colocaba uno a la espalda para protegerla del brazo de madera y el otro, debajo del tobillo derecho, con mucho cuidado. Le tapó las piernas con la manta que había llevado consigo.

—¿Por qué? —le preguntó él al tiempo que se erguía.

—Prefiero los narcisos a las rosas —contestó—. Y la primavera está llena de cosas nuevas y de esperanza.

Lord Trentham se sentó en el pedestal de un macetero de piedra que estaba cerca y apoyó los brazos sobre las rodillas separadas. Era una pose relajada, informal, pero la miraba con intensidad.

—¿Qué desea en su vida que sea nuevo? —le preguntó—. ¿Qué esperanzas tiene depositadas en el futuro?

—Lord Trentham —dijo ella—, empiezo a entender que debo elegir las palabras con tiento cuando esté en su compañía. Se toma todo lo que digo de forma literal.

—¿Por qué decir algo si sus palabras no significan nada? —replicó él.

Era una pregunta muy sensata.

—¡Ah! En fin —se rindió—. Déjeme pensar.

Su primer pensamiento fue que no se arrepentía de que él hubiera ido a la salita matinal y sugiriera llevarla al exterior para tomar el aire. Si tenía que ser absolutamente sincera consigo misma, debía admitir que se llevó una decepción al ver que era un criado el que aparecía en su habitación esa mañana para llevarla a la planta baja. Y fue una decepción que lord Trentham no la buscara en toda la mañana. Sin embargo, también había esperado evitarlo durante el resto de su estancia. Tenía razón en eso de las palabras que no significaban nada, aunque dichas palabras solo estuvieran dentro de la cabeza.

—No quiero algo nuevo —contestó—. Y mi esperanza es que pueda permanecer contenta y en paz.

Él siguió mirándola como si sus ojos pudieran llegarle hasta lo más profundo del alma. Y se dio cuenta de que, aunque creía haber dicho la verdad, en realidad no estaba del todo segura al respecto.

—¿Se ha dado cuenta de que quedarse quieto, a veces, puede ser no muy distinto de retroceder? Porque el resto del mundo sigue adelante y uno se queda atrás.

¡Ay, Dios! Era la casa, le dijo él la noche anterior, la que inspiraba semejantes confidencias.

—¿La han dejado atrás? —quiso saber él.

—En mi familia, fui la primera de mi generación en casarse —explicó—. También fui la primera, y la única en realidad, en enviudar. Ahora mi hermano está casado, como también lo está Lauren, mi prima y mi mejor amiga. Todos mis primos están casados. Todos están ampliando la familia y, al parecer, han pasado a otra fase de sus vidas que a mí me está vedada. No se trata de que no sean amables y hospitalarios. Lo son. Me invitan constantemente a pasar temporadas con ellos, y su deseo de disfrutar de mi compañía es auténtico. Lo sé. Sigo manteniendo una amistad muy estrecha con

Lauren, con Lily, que es mi cuñada, y con mis primos. Y vivo con mi madre, a quien quiero con locura. Mi vida está colmada de bendiciones.

La afirmación sonó vacía a sus oídos.

—Un luto de siete años por un marido es bastante largo —comentó él—, sobre todo si la mujer es joven. ¿Cuántos años tiene?

Solo lord Trentham preguntaría lo inexcusable.

—Tengo treinta y dos años —contestó—. Es posible llevar una vida plena y satisfactoria sin volver a casarse.

—No si quiere tener hijos sin provocar un escándalo —replicó él—. Haría bien en no postergarlo mucho más si quiere tenerlos.

Enarcó las cejas al oírlo. ¿Acaso su impertinencia no conocía límites? Y, aun así, lo que sería impertinencia en cualquier otro hombre estaba segura de que no lo era en su caso. No de verdad. Solo era un hombre directo y franco que decía lo que pensaba.

—No estoy segura de poder tener hijos —confesó—. El médico que me atendió después del aborto me dijo que no podría tenerlos.

—¿Fue el mismo que le recolocó la pierna rota? —quiso saber él.

—Sí.

—¿Y nunca ha pedido una segunda opinión?

Negó con la cabeza en respuesta.

—En realidad, tampoco importa —aseguró—. Tengo sobrinos y sobrinas. Les tengo mucho cariño, y ellos a mí.

Aunque sí importaba, y solo en ese instante se dio cuenta de lo mucho que importaba. La negación era muy poderosa. ¿Qué tenía esa casa? O tal vez fuera ese hombre.

—Me parece —dijo él— que ese médico era un charlatán de tomo y lomo. La dejó con una cojera permanente y, al mismo tiempo, destruyó toda esperanza de tener un hijo después de haber perdido uno..., sin sugerirle siquiera que consultara con un médico con mayores conocimientos y experiencia en esos temas.

—Algunas cosas es mejor no saberlas con certeza, lord Trentham —replicó.

Él por fin apartó la vista. Clavó los ojos en el suelo y aplanó la gravilla con la punta de una enorme bota.

¿Qué lo hacía tan atractivo? Tal vez fuera su tamaño. Porque, aunque era increíblemente grande, no tenía nada de torpe. Cada parte de su cuerpo estaba en perfecta proporción con todas las demás. Incluso su pelo corto, que debería rebajar cualquier apostura que tuviera, se adecuaba a la forma de su cráneo y a la dureza de sus facciones. Sus manos podían ser tiernas. Sus labios podían...

—¿A qué se dedica? —le preguntó—. Me refiero a cuando no está aquí. Ha dejado el ejército, ¿verdad?

—Vivo en paz —contestó él, que la miró de nuevo—. Como usted. Y estoy contento. Compré una casa con tierras poco después de que muriera mi padre, y vivo allí solo. Tengo ovejas, vacas y gallinas, una pequeña explotación agraria, un huerto para verduras y un jardín. Trabajo en todo. Me ensucio las manos. Se me llenan las uñas de tierra. Mis vecinos no dan crédito, ya que soy lord Trentham. Mi familia no da crédito, ya que soy el dueño de un vasto imperio de importaciones y exportaciones, y también inmensamente rico. Podría vivir en Londres con gran pompa. Crecí siendo el hijo de un hombre rico, aunque siempre se esperó de mí que trabajase duro para cuando llegara el momento de suceder a mi padre. En cambio, insistí en que me comprara una comisión de oficial en un regimiento de infantería y trabajé con ahínco en la profesión que escogí. Me distinguí. Luego lo dejé. Y ahora vivo en paz. Y estoy contento.

Su voz tenía un deje indefinible. ¿Desafiante? ¿Furioso? ¿Defensivo? Gwen se preguntó si era feliz. Ser feliz y estar contento no era lo mismo, ¿verdad?

—¿Y el matrimonio se sumaría a ese estado? —le preguntó.

Él apretó los labios.

—No fui creado para vivir sin sexo —repuso.

Esa se la había buscado. Intentó no ponerse colorada.

—Decepcioné a mi padre —continuó él—. Lo seguía como si fuera su sombra cuando era niño. Me adoraba, y yo lo veneraba. Supuso... Supuse que seguiría sus pasos cuando deseara jubilarse. Pero luego llegó el momento inevitable en mi vida en el que quise ser yo mismo. Sin embargo, lo único que veía en mi futuro era convertirme cada vez más en mi padre. Lo quería, pero no deseaba ser él. Empecé a sentirme inquieto y desdichado.

También me volví grande y fuerte..., herencia de la rama materna de mi familia. Necesitaba hacer algo. Algo físico. Supongo que habría disfrutado de mis correrías de forma más o menos inocua antes de volver al nido de no ser por... En fin, no tomé ese camino. En cambio, le rompí el corazón a mi padre al marcharme y mantenerme alejado. Me quiso y estuvo orgulloso de mí hasta el final, pero se le rompió el corazón de todos modos. En su lecho de muerte, le dije que me haría cargo de todas sus empresas y que haría todo lo que estuviera en mi mano para legárselas a mi hijo. Después, cuando murió, me fui a mi casita y compré Crosslands Park, una propiedad que estaba cerca y que daba la casualidad de que se encontraba a la venta, y me dediqué a vivir tal cual lo había hecho los dos años anteriores, aunque con mayores lujos. En privado, me refiero a esa época como mi «año de luto». Pero el año se acaba, y mi conciencia me impide retrasarlo más. Además, el tiempo va pasando. Tengo treinta y tres años.

Levantó la vista, al igual que Gwen, cuando una bandada de gaviotas pasó volando, graznándose entre sí.

—Tengo una hermanastra —continuó él cuando las gaviotas se perdieron de vista—. Constance. Vive en Londres con su madre, mi madrastra. Necesita que alguien la saque a pasear. Necesita amigos y pretendientes. Necesita y quiere un marido. Pero su madre es prácticamente una inválida y no está dispuesta a dejarla marchar. Tengo una responsabilidad con mi hermana. Soy su tutor legal. Pero ¿qué puedo hacer con ella mientras siga soltero? Necesito una esposa.

El brazo del banco se le estaba clavando en la espalda pese al cojín. Gwen se removió para adoptar otra postura, y lord Trentham se puso en pie de un salto para ahuecar el cojín y colocárselo de nuevo tras la espalda.

—¿Está lista para volver dentro? —le preguntó él.

—No —contestó—. No a menos que usted lo desee.

Lord Trentham no replicó. Se sentó de nuevo en el pedestal de piedra.

¿Por qué se había convertido prácticamente en un recluso? Todo en su vida hacía esperar que fuera justo lo contrario.

—¿Fue durante la carga suicida que comandó cuando sufrió las heridas que lo trajeron hasta aquí? —le preguntó.

La miró con una expresión tan ardiente y tan fija que casi se apartó hacia el respaldo del banco en un intento por poner más distancia entre ellos. Era un tema del que no hablaba, le dijo el día anterior... Nunca.

Además, ¿por qué quería saberlo ella? No solía ser curiosa hasta el punto de resultar entrometida.

—No sufrí ni un arañazo durante esa misión —le contestó él—. Ni en ninguna batalla en la que participé. Si me examinara de la cabeza a los pies, nunca adivinaría que he sido soldado durante diez años. O creería que fui la clase de oficial que se escondía en una tienda de campaña y que daba órdenes sin salir de la tienda para no arriesgarse a recibir el impacto de una bala perdida.

Eso quería decir que había tenido una trayectoria tan afortunada como la del duque de Wellington. Se decía que Wellington cabalgaba a menudo con osadía a tiro de las armas enemigas, pese a los esfuerzos de sus ayudantes de campo de apartarlo del peligro.

—En ese caso, ¿por qué...? —empezó ella.

—¿Por qué vine a Penderris Hall? —la interrumpió—. ¡Oh! Sufrí bastantes heridas, lady Muir. Si bien no eran visibles. Perdí la cabeza. Aunque no es una descripción acertada de mi particular forma de locura, porque de haberla perdido, no habría pasado nada. El hecho es que seguía muy presente, ese era el problema. Era incapaz de dejar de pensar. Quería matar a todos los que me rodeaban, sobre todo a los que más amables se mostraban conmigo. Odiaba a todo el mundo, sobre todo a mí. Quería suicidarme. Creo que empecé a hablar en una voz que no bajaba del grito ensordecedor, y de tres palabras que decía, una de ellas era siempre tan ordinaria que incluso parecía malsonante en el vocabulario de un soldado. Me enfurecía quedarme sin palabras lo bastante groseras como para poder sacarme el odio de dentro.

Lord Trentham clavó la vista en el suelo de nuevo, entre sus pies. Gwen solo le veía la coronilla.

—Me mandaron a casa con una camisa de fuerza —continuó él—. No se me ocurre nada más calculado para aumentar la rabia más allá de todo control, y tampoco quiero saber si lo hay. No querían mandarme a Bedlam, por más que creyeran que ese era mi sitio. Les parecía vergonzoso, ya que tenía cierta fama y me acababan de ascender y de homenajear, además de que acababa de recibir un título nobiliario de manos del rey... o del príncipe regente, en realidad, ya que el rey estaba loco. Irónico, ¿verdad? Me negaba a volver con mi padre. Alguien comentó que conocía al duque de Stanbrook y sabía lo que estaba haciendo aquí con otros oficiales. Así que fue a verme y me trajo a Penderris Hall... sin la camisa de fuerza. Corrió el riesgo. No creo que hubiera matado a nadie, salvo a mí mismo, pero era imposible que él lo supiera. Me pidió que no me suicidara... Me lo pidió, no me lo ordenó. Su esposa lo había hecho, me contó, y en cierto sentido era el mayor acto de egoísmo, ya que dejaba detrás un sufrimiento eterno e indescriptible para aquellos que lo presenciaban y habían sido incapaces de evitarlo. De modo que seguí viviendo. Era lo menos que podía hacer como expiación.

—¿Qué tenía que expiar? —le preguntó Gwen en voz baja. Por algún motivo, tenía la manta que él le había extendido sobre las piernas arrugada contra el pecho, sujeta con ambas manos.

Lord Trentham levantó la vista y la miró, inexpresivo, como si se hubiera olvidado de que ella estaba allí. En ese momento, recuperó la conciencia.

—Había matado a cerca de trescientos hombres —contestó—. A trescientos de mis propios hombres.

—¿Matado?

—Matado, hecho que los mataran... —replicó él—. Da igual. Fui responsable de sus muertes.

—Cuéntemelo —le dijo, también en voz baja.

Él volvió a clavar la vista en el suelo. Lo oyó tomar una honda bocanada de aire que después soltó despacio.

—No es una historia apta para los oídos de una mujer —le advirtió, pero continuó de todas formas—: Conduje a mis hombres por una empinada cuesta hacia los cañones. Era una muerte segura. Nos detuvieron en seco a mitad de camino. La mitad ya estábamos muertos; la otra mitad, descorazonados. El éxito parecía imposible. Mi teniente quería que diera la orden de retirada. Nadie nos habría culpado. Continuar era un suicidio inútil. Pero fue para eso para lo que todos nos ofrecimos voluntarios, y estaba decidido a continuar y morir en el intento antes que volver derrotado. Di la orden de avanzar y no miré atrás para comprobar si alguien me seguía. Y tuvimos éxito. Aunque no quedaba casi nadie, conseguimos abrir una brecha que permitió el paso del resto de las fuerzas. De los dieciocho supervivientes, yo fui el único que salió indemne. Y unos pocos más murieron después. Pero me daba igual. Había aceptado la misión y la había llevado a cabo con éxito. Me cubrieron de alabanzas y de recompensas. Solo a mí. ¡Ah! Y mi teniente ascendió a capitán. Los demás hombres, vivos y muertos, daban igual. Eran carne de cañón. Insignificantes en vida, olvidados de inmediato una vez muertos. Me dio igual. Estaba envuelto en gloria. —Levantó la gravilla que había aplanado antes—. ¿Y por qué no iba a estarlo? —se preguntó—. Era una carga suicida. Todos esos hombres se presentaron voluntarios. Todos ellos esperaban morir. Yo también, porque comandaba desde primera línea.

Gwen se humedeció los labios. No sabía qué decir.

—Dos días antes de que perdiera la cabeza —siguió lord Trentham al tiempo que la miraba con una expresión tan desolada que daba miedo—, fui a ver a dos de esos hombres. Uno era mi teniente, recién ascendido. Tenía muchas heridas internas y no se esperaba que viviera. Le costaba muchísimo respirar. De todas formas, consiguió acumular la flema necesaria en la boca para escupirme. Al otro le habían amputado ambas piernas y no cabía la menor duda de que iba a morir, aunque se estaba tomando su tiempo. Me tomó de la mano y... me la besó. Me dio las gracias por pensar en él y por haber ido a verlo. Dijo que había conseguido que se sintiera orgulloso. Dijo que moriría siendo feliz. Y un montón de idioteces por el estilo. Quise arrodillarme y besarlo en la frente, pero me dio miedo lo que diría o pensaría después la gente que deambulaba por allí. Me limité a darle un apretón en la mano y le dije que volvería al día siguiente. Volví, pero había muerto media hora antes de que yo llegara. —La miró fijamente—. Así que ya conoce mi vergüenza —dijo—. Pasé de ser un héroe orgulloso a un idiota balbuceante en cuestión de un mes. ¿He respondido todas sus preguntas?

Había cierta dureza en sus ojos, cierta sequedad en su voz.

Gwen tragó saliva.

—Sentirse culpable cuando uno ha hecho algo mal —repuso— es natural e incluso deseable. Tal vez se pueda decir o hacer algo para enmendar el error. Sentirse culpable cuando no ha habido una mala acción evidente es muchísimo más ponzoñoso. Y, por supuesto, lord Trentham, usted no actuó mal. Actuó bien. Aunque no tiene sentido que yo me extienda en este sentido, ¿verdad? Habrá incontables personas que ya se lo habrán dicho. Sus amigos del Club de los Supervivientes se lo han tenido que decir. Pero no ayuda en nada, ¿verdad?

Él la miró fijamente a los ojos, de modo que Gwen bajó la vista mientras se afanaba con las manos para recolocar la manta.

—Lo siento por usted —continuó ella—. Pero su colapso solo parece vergonzoso cuando se considera desde el punto de vista de la virilidad más tosca e implacable. Uno no espera que un comandante militar se preocupe por los hombres que sirven a su mando. El hecho de que usted sí se preocupara por ellos, de que siga haciéndolo, lo convierte en alguien mucho más admirable a mis ojos.

—Lady Muir, no se ganarían muchas batallas si los comandantes antepusieran la seguridad y el bienestar de sus hombres a la derrota del enemigo.

—No —convino ella—, supongo que no. Pero usted no hizo eso, ¿verdad? Usted cumplió con su deber. Solo después se permitió llorar.

—Va a convertir mi cobardía en un acto de heroísmo —repuso él.

—¿Cobardía? —replicó—. Ni por asomo. ¿Cuántos comandantes dirigen a sus hombres hacia una muerte segura desde primera línea? ¿Y cuántos visitan después a los heridos, sobre todo a aquellos que seguramente mueran? Incluso a los que los odian y les tienen inquina.

—La he traído aquí para que disfrute del aire fresco y de las flores —le recordó él.

—Y he hecho ambas cosas —le aseguró—. Me siento mucho mejor. Incluso el tobillo me duele algo menos que antes. O tal vez sean los efectos de la medicina analgésica que el duque de Stanbrook sugirió que me tomase, que todavía no se han mitigado. La brisa es maravillosa hoy, aunque resulte un tanto fría. Me recuerda a mi hogar.

—¿Newbury Abbey? —le preguntó él.

Asintió con la cabeza.

—Está tan cerca del mar como Penderris Hall —le explicó—. Hay una playa privada bajo la mansión, con unos acantilados altísimos a la espalda. Se parece mucho a este lugar. Aunque fue una novedad que ayer estuviera paseando junto al mar. En casa no acostumbro a bajar a la playa.

—¿No le gusta que le entre arena en los zapatos? —quiso saber él.

—En fin, eso es algo a tener en cuenta —contestó—. Pero se debe a que el mar me resulta demasiado vasto. Me asusta un poco, aunque no sé muy bien el motivo. No es por el miedo de ahogarme. Creo que es más porque el mar me recuerda el poco control que tenemos sobre nuestras vidas, por más que intentemos planificarlas y ordenarlas con sumo cuidado. Todo cambia de formas que no nos esperamos, y todo es tan vasto que resulta aterrador. Somos muy pequeños.

—Ese hecho puede ser reconfortante a veces —le aseguró él—. Cuando nos fustigamos por haber perdido el control, eso nos recuerda que nunca podemos tener un control pleno, que lo único que la vida nos pide es que hagamos lo que podamos para lidiar con lo que se nos cruza en el camino. Es más fácil decirlo que hacerlo, por supuesto. Ciertamente, a menudo es imposible hacerlo. En mi caso, un paseo por la playa siempre me resulta reconfortante.

Gwen lo miró con una sonrisa y se sorprendió al descubrir que le caía bastante bien. Al menos, lo comprendía un poco mejor que el día anterior.

—El aire fresco le ha devuelto el color a sus mejillas —comentó él.

—Y también a mi nariz, sin duda —repuso.

—Intentaba comportarme como un caballero y evitar mencionarlo —replicó lord Trentham—. Incluso me he estado esforzando para no mirarla siquiera.

La broma la sorprendió y la maravilló. Se llevó una mano a la nariz y se echó a reír.

Lord Trentham se puso en pie y acortó la distancia que los separaba. Tomó la manta, que ella seguía teniendo arrugada en torno a la cintura, y se la extendió de nuevo sobre las piernas antes de erguirse y mirarla a la cara. Después entrelazó las manos a la espalda. Gwen buscó algo que decir, pero no se le ocurrió nada.

—No soy un caballero, como ya sabe —dijo él tras un breve silencio—. Nunca he querido serlo. Cuando deba mezclarme con la aristocracia, que me acepte o me rechace según le plazca. No me ofendo por que me consideren inferior. Sé que no lo soy. Solo soy distinto.

Gwen ladeó la cabeza.

—¿Qué quiere decirme con eso, lord Trentham? —le preguntó.

—Que no me siento inferior a usted —contestó—, aunque desde luego sé que soy muy distinto. No tengo la ambición de cortejarla ni de casarme con usted, ascendiendo así de forma imperceptible en el escalafón social.

La irritación que le provocó ese hombre el día anterior volvió con fuerza.

—Me alegro por su bien —replicó—, dado que estaría destinado a llevarse una tremenda decepción.

—Pero me encuentro irresistiblemente atraído por usted —siguió él.

—¿Irresistiblemente?

—Resistiré si debo hacerlo —le aseguró él—. Con una palabra suya, resistiré.

Gwen abrió la boca y volvió a cerrarla. ¿Cómo habían llegado a ese punto? Apenas unos segundos antes, lord Trentham le estaba desnudando su alma. Aunque tal vez esa fuera la explicación. Tal vez la emoción que lo había consumido en ese momento tenía que traducirse en otra cosa, en algo más cálido y familiar.

—¿Resistir el qué? —le preguntó con el ceño fruncido.

—Me gustaría volver a besarla —dijo él—, como poco.

Le hizo la pregunta que debería haberse callado.

—¿Y como mucho?

—Me gustaría acostarme con usted —contestó él.

Sus miradas se encontraron, y Gwen sintió que una oleada de deseo la dejaba sin aliento. ¡Por el amor de Dios! Debería abofetearlo..., salvo que su cara quedaba demasiado alta para alcanzarla. De todas formas, le había hecho una pregunta y él la había contestado. De repente, tuvo la sensación de que, en el jardín, estaban en julio y no en marzo.

—Gwendoline —dijo él—. ¿Es ese su nombre?

Lo miró, sorprendida. Claro que Vera había usado su nombre el día anterior, delante de él.

—Todo el mundo me llama Gwen —repuso.

—Gwendoline —insistió él—. ¿Por qué acortar un nombre que es hermoso en toda su extensión?

Nadie la llamaba jamás por su nombre completo. Dicho por él, le parecía raro. Íntimo. Debería protestar con vehemencia porque se estuviera tomando semejantes libertades.

Él era Hugo. Un nombre que encajaba con él.

Se sentó junto a ella de repente, y Gwen se apartó hacia el interior del banco para hacerle sitio. A continuación, él se giró un poco y apoyó una mano en el respaldo del banco.

¿Iba él a...? ¿Iba ella a...?

Inclinó la cabeza y la besó. Con los labios separados. Ella los separó también por instinto, y de repente hubo una oleada de calor entre ellos. Le introdujo la lengua en la boca con fuerza, y la rodeó con uno de los brazos mientras que el otro se lo colocaba por detrás de la cabeza. Gwen pegó las manos, que tenía atrapadas bajo la capa, contra su torso fuerte y amplio.

No fue un abrazo breve, como el beso de la noche anterior. Pero se suavizó y, al cabo de un momento, lord Trentham le acarició la cara, las sienes y una oreja con los labios, donde pudo sentir su aliento, su lengua y sus dientes mientras le mordisqueaba el lóbulo de la oreja. Le dejó un reguero de besos por el mentón hasta regresar de nuevo a sus labios.

«Me gustaría acostarme con usted.»

¡Oh, no! Eso era demasiado. Y era el eufemismo del siglo. Le empujó el torso con las manos y él levantó la cabeza. Gwen se descubrió mirando esos ojos oscurísimos y muy intensos.

Le daba un poco de miedo. O, al menos, debería dárselo.

Tomó aire para hablar.

—Corréis el peligro de no llegar a tiempo a la hora del té —dijo una voz cantarina, haciendo que se separaran de un salto— y parece que el cocinero de George se ha superado con las pastas hoy... o eso me han dicho. Todavía no las he probado. Decidí posponer ese placer y salir a buscaros. Ralph, que fue a buscar a lady Muir, vio desde la ventana de la salita matinal que estabais aquí.

Lord Darleigh, que los miraba directamente de ese modo tan increíble que tenía aunque no podía verlos en realidad, esbozó una sonrisa dulce.

—Gracias, Vincent —dijo lord Trentham—. Iremos enseguida.

Se puso en pie y se dobló la manta sobre el brazo mientras Gwen cogía los dos cojines. Y luego se agachó para levantarla en brazos. No la miró, y ella tampoco llegó a mirarlo del todo. No hablaron mientras la llevaba al interior, seguidos por lord Darleigh.

Había sido muy imprudente, pensó ella. Otro eufemismo enorme. Y una indiscreción. El conde de Berwick los había visto por la ventana. ¿Qué había visto exactamente?

Lord Trentham la llevó al salón, donde todos la saludaron con educación y no los miraron con sorna, ni a ella ni a lord Trentham.

7

Hugo pasó el resto del día más callado de lo que era habitual en él y apartado de los demás. Descubrió que le irritaba injustamente la presencia de lady Muir. Sin ella, estaría relajándose con sus amigos, hablando, riendo, tomándoles el pelo y siendo objeto de sus bromas, jugando a las cartas, leyendo, sentado con ellos en silenciosa y agradable compañía... Lo que les apeteciera hacer, en resumen. Las actividades que se realizaban en Penderris Hall rara vez se planeaban de antemano.

Todos los demás parecían disfrutar con la compañía de lady Muir. Nadie más parecía irritado. Tal vez porque era una aristócrata y formaba parte de su mundo. Se unía a las conversaciones con aparente facilidad, pero sin tratar de dominarlas. Podía hablar prácticamente de cualquier tema. Era capaz de escuchar y de reírse y de hacer el comentario o la pregunta adecuados. Todos le caían bien y el sentimiento parecía mutuo. Era perfecta.

O tal vez se debiera a que ninguno de ellos la había besado... dos veces.

Esa noche le tocó a Ben acompañarla durante la cena. Tanto él como ella parecían encantados con el arreglo. Poco después de la cena, ella insinuó que quería retirarse a sus aposentos.

—Lady Muir, ¿le duele el tobillo? —preguntó George.

—Muy poco cuando lo mantengo inmovilizado —contestó ella—. Pero ustedes tienen un club. Me atrevo a decir que la noche es el momento que más les gusta para disfrutar de su mutua compañía y para conversar. Me retiraré a mis aposentos.

También era perspicaz. Y diplomática. Más pruebas de su perfección.

—No es necesario, se lo aseguro —repuso George.

—Una torcedura de tobillo puede clasificarse como herida de guerra —terció Ben— y un club se estanca si sus miembros no aumentan. Nos expandiremos para incluirla, lady Muir, al menos durante este año. Considérese usted miembro honorario del Club de los Supervivientes.

Ella se echó a reír.

—Gracias —dijo—. Es un honor. Pero es cierto que me siento incómoda, aunque no pueda decir exactamente qué me duele. Estaré más cómoda acostada en la cama.

—En ese caso, mandaré llamar a un criado —se ofreció George, pero Hugo ya se había puesto en pie.

—No hace falta —dijo—. Yo llevaré a lady Muir a la planta alta.

Lo irritaba sobre todo porque lo perturbaba. No lo desagradaba, como sí le sucedió el día anterior. Pero pertenecía a un mundo diferente del suyo. Era hermosa, refinada, elegante, serena y simpática. Era todo lo que se esperaba de una aristócrata. Y se sentía atraído por ella, un detalle que lo molestaba. Siempre había sido capaz de mirar a las mujeres de la aristocracia, a veces incluso de admirar su físico y su atractivo, sin desearlas. No era sensato desear a los miembros de otra especie, por muy hermosos que fueran.

¿Se había vuelto tonto de remate?

Esa tarde incluso le había dicho, era imposible que la memoria le estuviera jugando una mala pasada, que le gustaría acostarse con ella.

Se preguntó si debería disculparse. Pero si lo hacía, solo conseguiría que la escena del jardín cobrara vida de nuevo. Tal vez era mejor olvidarla o dejarla dormida.

Además, ¿cómo se disculpaba uno por haber besado a una mujer en dos ocasiones? Una vez podía tildarse de un accidente impulsivo. Dos veces dejaba entrever que había sido intencionado o que se adolecía de una seria falta de control.

Acababa de pisar el escalón superior de la escalinata cuando se atrevieron a hablar.

—Lord Trentham, ha estado usted muy callado esta noche —señaló lady Muir.

—Ahora mismo necesito todas mis fuerzas para llevarla en brazos —replicó.

Se detuvo al llegar a su dormitorio, mientras ella giraba el pomo de la puerta. Entró con ella y la dejó en la cama. Le colocó varios cuadrantes en la espalda y uno debajo del pie derecho. Una vez hecho eso, se enderezó y unió las manos a la espalda. Se percató de que alguien había encendido las velas.

Le encantaría darse media vuelta y salir del dormitorio sin mediar una sola palabra más y sin mirar atrás, pero eso lo haría parecer un idiota o un patán grosero.

—Gracias —dijo ella, que añadió acto seguido—: Lo siento.

Hugo enarcó las cejas.

—¿Lo siente? —preguntó.

—Regresar todos los años a Penderris Hall debe de ser un deleite muy ansiado —añadió lady Muir—. Pero esta noche se ha sentido incómodo, y la única conclusión a la que he podido llegar es que yo soy la culpable. Le he escrito a mi hermano y le he pedido que envíe su carruaje lo antes posible, pero aún faltan unos cuantos días antes de que llegue para llevarme a casa. Entre tanto, intentaré mantenerme alejada de usted. Cualquier tipo de relación entre nosotros es impensable por muchos motivos... Es impensable para los dos. Nunca he sido dada a los coqueteos irrelevantes ni a los amoríos. Y creo que ese es también su caso.

—¿Se ha retirado temprano esta noche por mí? —le preguntó Hugo.

—Usted forma parte del grupo —respondió ella—. Me he retirado temprano por el grupo. Aunque es cierto que estoy un poco cansada. Pasarme el día sentada me da sueño.

«Cualquier tipo de relación entre nosotros es impensable por muchos motivos...»

A él solo se le ocurría un motivo. Ella era una aristócrata. Él era de clase baja, pese al título. Ese era el único motivo. Lady Muir no estaba siendo sincera consigo misma. Pero era un motivo de peso. Para los dos, tal como había afirmado ella. Necesitaba una esposa que pudiera arrancar coles del huerto con él, que lo ayudara a darle de comer a los corderos que no quisieran mamar de sus madres, apartar a las gallinas y soportar sus cacareos y sus aleteos para recoger los huevos. Necesitaba a alguien que conociera el ambiente social de la burguesía para poder encontrarle marido a Constance.

Le hizo una tensa reverencia. Era evidente que las palabras sobraban.

—Buenas noches, señora —dijo y salió de la estancia sin esperar a que ella replicara.

Creyó oír un suspiro mientras cerraba la puerta.

Esa noche fue casi toda para Vincent.

Por la mañana se despertó con un ataque de pánico y se había pasado todo el día tratando de controlarlo. Según les dijo, esos episodios cada vez eran más esporádicos, pero, cuando aparecían, eran tan intensos como de costumbre.

Cuando llegó por primera vez a Penderris Hall, Vincent estaba casi sordo además de ciego, como resultado de la explosión cercana de un cañón cuya fuerza estuvo a punto de devolverlo directamente a Inglaterra en mil pedazos. Por obra de algún milagro, se libró tanto del desmembramiento como de la muerte, pero en un primer momento se encontraba en un estado casi cercano a la locura, y solo George era capaz de calmarlo. George acostumbraba a abrazarlo, a veces durante horas, y a susurrarle como si fuera un niño hasta que se dormía. En aquel entonces, Vincent tenía diecisiete años.

La sordera desapareció; no así la ceguera, que no lo abandonaría nunca. Vincent perdió la esperanza de recuperar la vista bastante pronto y se adaptó a las nuevas condiciones de su vida con admirable determinación y tenacidad. Pero la esperanza, que seguía enterrada en lo más hondo en vez de haber sido desterrada por completo, aparecía de vez en cuando siempre que bajaba las defensas, normalmente mientras dormía. Y se despertaba esperando ver, de manera que se aterraba al comprobar que no lo hacía, y eso lo catapultaba al fondo de un abismo infernal cuando recordaba que jamás volvería a ver.

—Me deja sin aliento —dijo—, y creo que voy a morir por la falta de aire. Parte de mi mente me dice que deje de luchar y que acepte la muerte como un regalo misericordioso. Pero el instinto de supervivencia es más poderoso que cualquier otro, y vuelvo a respirar.

—Y bien que haces —repuso George—. Pese a todos los argumentos que defienden lo contrario, esta vida merece que la vivamos hasta el último aliento que la naturaleza nos concede.

El ensordecedor silencio que siguió a esas palabras puso de manifiesto el hecho de que no siempre resultaba fácil seguir dicha filosofía.

—Puedo ver con claridad en la mente algunas cosas y a algunas personas —siguió Vincent—. Pero otras, no. Esta mañana caí en la cuenta, por enésima vez, de que nunca he visto vuestras caras y de que nunca las veré. Sin embargo, cada vez que me ronda ese pensamiento, me resulta tan demoledor como la primera vez que lo tuve.

—Vincent —replicó Flavian—, que sepas que es una bendición en el caso de Hugo, por lo feo que es. Nosotros nos vemos obligados a verlo todos los días. Y en el caso de mi cara... En fin, si la vieras, caerías presa de la desesperación porque tú jamás podrás ser tan guapo como yo.

Vincent se echó a reír y todos los demás sonrieron.

Hugo se percató de que Flavian estaba parpadeando muy rápido para librarse de las lágrimas.

Imogen le dio unas palmaditas a Vincent en una mano.

—Hugo, dime una cosa —siguió Vincent—. ¿Estabas besando a lady Muir cuando salí a buscaros para tomar el té? No os oí hablar mientras me acercaba al jardín, aunque Ralph me aseguró que estabais fuera. Seguramente me lo dijo a mí de forma deliberada para evitar que lady Muir se sintiera avergonzada porque alguien la había visto.

—Si crees que voy a responder a esa pregunta —repuso Hugo—, es que te falta un tornillo.

—Y con esa respuesta me basta —replicó Vincent, moviendo las cejas.

—Mis labios están sellados —apostilló Ralph—. Ni niego ni confirmo lo que vi a través de la ventana de la salita matinal, aunque sí admito que me dejó estupefacto.

—Imogen —dijo George—, ¿te importaría satisfacer nuestra pereza masculina y servir tú el té?

El duque de Stanbrook apareció a la mañana siguiente con unas muletas para Gwen y le explicó que fueron necesarias cuando la casa se convirtió en un hospital, pero que desde entonces habían pasado años olvidadas. Le aseguró que las había probado para comprobar que fueran seguras. Las midió de largo y ordenó que las acortaran unos centímetros. Acto seguido, las lijaron y las enceraron. A partir de ese momento, Gwen recuperó un mínimo de movilidad.

—Eso sí, lady Muir, debe prometerme que no me convertirá usted en el objeto de la ira del doctor Jones —le dijo el duque—. No debe pasarse dieciocho de las veinticuatro horas del día paseando por la casa y subiendo y bajando la escalinata. Debe seguir descansando y manteniendo el pie en alto la mayoría del tiempo. Pero, al menos, ahora podrá moverse por las estancias e incluso ir de una a otra sin tener que esperar a que alguien la lleve en brazos.

—¡Oh, muchas gracias! —exclamó—. No sabe lo mucho que esto significa para mí. —Se dio una vuelta por la salita matinal para acostumbrarse a las muletas y, después, se acostó de nuevo en el diván.

Durante el resto del día se sintió menos confinada, aunque no se movió mucho. Vera pasó con ella casi toda la mañana, como el día anterior, y se quedó hasta después del almuerzo.

Sus amigas, le informó con alegría, la detestaban por el hecho de haber entablado amistad con el duque de Stanbrook hasta el punto de visitar su casa todos los días. Habían visto el carruaje con el blasón ducal en la puerta en varias ocasiones. Seguramente acabarían dándole la espalda a causa de los celos si no lograban sacarle partido de alguna manera a su triunfo y no podían presumir de su amistad delante de los menos afortunados del pueblo. También se quejó del hecho de que Su Excelencia no tuviera el detalle de enviar en el carruaje a alguien que le hiciera compañía y que ese día tampoco la hubieran invitado a almorzar en el comedor con él y sus invitados.

—Vera —le dijo Gwen—, estoy segura de que el duque está conmovido por tu devoción y cree que te ofenderías si te obligara a separarte de mí cuando yo no puedo sentarme a almorzar a la mesa del comedor contigo.

Se preguntó por qué se molestaba siquiera en intentar aplacarla cuando era inevitable que se ofendería por otra cosa en breve.

—Tienes razón, por supuesto —replicó Vera a regañadientes—. Me ofendería si Su Excelencia me apartara de ti por una simple comida cuando he renunciado a la mayor parte de mis actividades diarias para ofrecerte el consuelo de mi compañía. Pero, al menos, podría ofrecerme la oportunidad de rehusar su invitación. Me sorprende que su cocinero solo sirva tres platos para almorzar. Al menos, solo nos sirven tres aquí, en la salita. Me atrevo a decir que en el comedor disfrutan de un menú bastante más copioso.

—Pero la comida es abundante y está deliciosa —repuso Gwen.

Las visitas de Vera le resultaban una tortura.

Después de que el duque de Stanbrook acompañara a su amiga al carruaje que ya la esperaba en la puerta, Gwen empezó a ponerse nerviosa. ¿Aparecería lord Trentham de nuevo como el día anterior? Hacía un tiempo igual de maravilloso. No soportaba la idea de otro *tête-à-tête* con él. No debía sentirse atraída por él, y viceversa. No debía permitirle que la besara, y él no debía ponerla en semejante tesitura.

Se le ocurrió que, si aparecía esa tarde, podía fingir que estaba dormida y seguir dormida. Él no tendría más alternativa que marcharse. Pero ese día no tenía sueño.

De todas formas, no se vio obligada a poner en marcha semejante subterfugio. Poco después de que Vera se marchara, llamaron a la puerta y, cuando se abrió, apareció el vizconde de Ponsonby.

—Voy de camino a la bi-biblioteca —le informó con su tono de voz lánguido y su ligero tartamudeo—. Los demás están fuera disfrutando del sol, pero yo tengo tanta correspondencia para contestar que corro el riesgo de acabar enterrado bajo tanta carta, o de perderme detrás de ellas o alguna desgracia similar. Así que, aunque me pese, debo coger pa-papel y pluma. He pensado que tal vez le gustaría poner a prueba sus nuevas muletas y acompañarme para elegir un libro.

—Me encantaría —replicó ella.

El vizconde permaneció en el vano de la puerta mientras Gwen se ponía en pie ayudada por las muletas y se acercaba a él.

Todavía tenía el tobillo hinchado y le dolía si se lo tocaba. Era imposible que se pusiera un zapato o que apoyara peso en él. Sin embargo, parecía que ese día le dolía algo menos. Y el corte que se había hecho en la rodilla ya tenía costra.

Lord Ponsonby caminó a su lado hasta la biblioteca y, una vez dentro, le dio media vuelta a un sofá emplazado junto a la chimenea para que recibiera la luz que entraba por la ventana.

—Puede sentarse aquí y leer o mi-mirarme mientras trabajo —dijo—, o puede regresar a la salita matinal después de elegir un libro. O, si lo prefiere, puede subir y bajar la escalinata varias veces. No soy su carcelero. Si necesita algún libro que esté en una balda de las más altas, solo tiene que de-decírmelo.

Con esas palabras, se alejó para rodear la enorme mesa de roble situada cerca de la ventana.

Gwen se preguntó por el origen de su tartamudeo. Era la única imperfección que podía detectar en su persona. Tal vez él también había salido de la guerra físicamente intacto, pero perdió la cabeza, tal como lo había descrito lord Trentham. Antes de esa semana, no había pensado mucho en la tensión mental que sufría un militar. Y el no haberlo hecho demostraba una lamentable falta de imaginación por su parte.

Leyó un rato, y luego lady Barclay fue a buscarla para invitarla a ir al invernadero para ver las plantas. Le explicó que había unos sillones grandes de mimbre en los que podía sentarse y poner el pie en alto. Se sentaron y estuvieron hablando durante una hora. Después, se trasladaron al salón para tomar el té.

Esa noche fue lady Barclay quien cenó con ella.

Quiso abordar el tema de la pérdida de lady Barclay y asegurarle que ella la entendía, que también había perdido a un marido en unas circunstancias violentas y horribles, que también se sentía culpable de su muerte y dudaba mucho de que alguna vez se librara de ese sentimiento. Y que tal vez fuera más que un sentimiento. Tal vez fuera realmente culpable.

Pero no dijo nada. La actitud de lady Barclay no la invitó en ningún momento a compartir semejante intimidad. En cualquier caso, ella jamás hablaba de los acontecimientos que propiciaron la muerte de Vernon ni de la caída que la causó. Sospechaba que nunca lo haría.

Ni siquiera pensaba en esos acontecimientos. Sin embargo, en cierto modo no pensaba jamás en otra cosa.

Esa misma noche, algo más tarde, admitió que tocaba el piano, aunque carecía de talento y de gracia. No importó. La persuadieron de que atravesara la estancia con las muletas para sentarse al instrumento y tocar, aunque tuviera los dedos oxidados. Por suerte, se defendió bastante bien. Y después la convencieron de que siguiera en la banqueta para acompañar a lord Darleigh, que tocaba el violín. Acto seguido, se trasladó al arpa con él, mientras el vizconde le explicaba cómo estaba aprendiendo a identificar todas las cuerdas sin verlas.

—Lady Muir, su siguiente truco será tocar las cuerdas una vez que las haya identificado —terció el conde de Berwick.

—¡Que el Señor nos asista! —repuso lord Ponsonby—. Vincent era mucho menos pe-peligroso cuando veía y las únicas armas que tenía a su alcance eran un sable y un cañón gigante. Nos ha amenazado con empezar a bordar, lady Muir. Sabrá el Señor dónde va a acabar esa aguja. Además, todos conocemos las historias de terror que circulan sobre los nudos en los hilos de seda.

Gwen se unió a las carcajadas de todos los presentes, lord Darleigh incluido.

Cuando se retiró a sus aposentos poco después, no le permitieron subir la escalinata con las muletas. Mandaron llamar a un criado para que la llevara en brazos.

Lord Trentham no se ofreció.

No lo había visto en todo el día. Apenas oyó su voz en toda la noche.

Detestaba la mera posibilidad de haberle arruinado la estancia en Penderris Hall. Solo esperaba que Neville no se retrasara al enviarle el carruaje una vez que recibiera la carta.

Se sintió deprimida en cuanto se quedó a solas en el dormitorio. No estaba cansada. Todavía era temprano. También se sentía inquieta. Las muletas le habían permitido saborear un mordisquito de libertad, pero no era lo mismo que disfrutar de plena libertad. Ojalá pudiera planear salir a pasear por la mañana o, mejor aún, a disfrutar de una rápida caminata.

No le apetecía leer.

¡Por Dios, qué atractivo le resultaba lord Trentham! Las terminaciones nerviosas de su cuerpo al completo habían estado pendientes de él durante toda la noche. Si era sincera consigo misma, debía admitir que había elegido su vestido de noche preferido de color melocotón con él en mente. Había tocado el piano consciente tan solo de él entre el reducido público. Había mirado a cualquier sitio de la estancia, salvo a él. Le había parecido que hablaba de asuntos triviales y alegres porque sabía que él la estaba escuchando. Su risa le había resultado demasiado alta y demasiado forzada. No era habitual en ella mostrarse tan insegura en público.

Había detestado cada segundo de una velada que, en apariencia, había sido muy agradable. Se había comportado como una jovencita entusiasmada con su primer enamoramiento... De lo más ridículo.

Porque no podía estar enamorada de lord Trentham. Unos cuantos besos y una atracción física no eran amor, ni un enamoramiento. ¡Por el amor de Dios! Se suponía que era una mujer adulta.

No recordaba haber pasado una velada tan incómoda en la vida.

Ni siquiera a esas alturas, a solas en su dormitorio, era inmune..., al menos en lo que a la atracción física se refería.

¿Qué sentiría si se acostaba con él?, se descubrió pensando.

Desterró el pensamiento y tomó el libro que había sacado de la biblioteca. Tal vez le tomara el gusto a la lectura una vez que empezara.

Ojalá apareciera el carruaje de Neville al día siguiente, como si fuera un milagro. Bien temprano.

De repente, se vio invadida por la nostalgia del hogar.

8

Los dos últimos días habían sido soleados y primaverales, salvo por la temperatura. Una circunstancia que ese día se había corregido con creces. El cielo era de un azul brillante, el sol brillaba, la temperatura era cálida y, lo más inusitado de todo en la costa, casi no soplaba el viento.

Parecía más verano que primavera.

Hugo estaba de pie, solo, justo delante de la puerta principal, sin saber qué iba a hacer esa tarde. George, Ralph y Flavian habían salido a cabalgar. Decidió no acompañarlos. Aunque sabía montar a caballo, por supuesto, no era algo que hiciera por placer. Imogen y Vincent habían salido a dar un paseo por la propiedad. Por ningún motivo en especial, había declinado la invitación a acompañarlos. Ben estaba en la antigua aula en la planta alta, un espacio que George había reservado para que pudiera realizar los brutales ejercicios a los que sometía su cuerpo varias veces a la semana.

Ben le había asegurado a George que pasaría a ver a lady Muir cuando terminase y que se aseguraría de que no se quedara mucho tiempo sola tras la marcha de su amiga.

Hugo había accedido a acompañar a la señora Parkinson hasta el carruaje de George, y eso era justo lo que acababa de hacer. La mujer lo había mirado con altivez, había esbozado una sonrisa falsa y había dicho que cualquier mujer que tuviera la suerte de contar con su presencia en un carruaje jamás se sentiría nerviosa..., al menos, no por los peligros del camino, había añadido. Hugo no picó el anzuelo para interpretar el papel de galante caballero y acompañarla al pueblo. En cambio, dirigió su atención hacia el corpulento cochero que estaba subido en el pescante y le aseguró a la mujer que nunca había oído historias sobre salteadores de caminos en esa parte del país.

Lo que debería hacer, pensó en ese momento, dado que prácticamente se había aislado esa tarde, era bajar a la playa, su lugar preferido. La marea estaba subiendo. Le encantaba estar cerca del agua, y le gustaba estar solo.

No había mirado a lady Muir cuando entró en la salita matinal para acompañar a su amiga hasta el carruaje. Se había limitado a inclinar la cabeza en su dirección.

La verdad, era muy desconcertante comprobar cómo dos besos bastante castos podían perturbar a un hombre. Y seguramente también a una mujer. Ella no le había dirigido la palabra antes de que acompañara a su amiga al exterior y, aunque no la había mirado, estaba casi seguro de que ella tampoco lo había mirado.

¡Por Dios, menuda ridiculez! Se estaban comportando como dos colegiales torpes.

Se dio media vuelta y entró en la casa. Llamó a la puerta de la salita matinal, la abrió y entró sin esperar a que lo invitaran a hacerlo. Ella estaba de pie junto a la ventana, apoyada en las muletas, con la vista clavada en el exterior. Al menos, suponía que eso estaba haciendo. En ese momento lo miraba por encima del hombro, con las cejas enarcadas.

—¿Vera se ha marchado? —le preguntó.

—Sí. —Dio unos pasos hacia ella—. ¿Cómo tiene el tobillo?

—La hinchazón ha bajado de forma considerable —contestó—, y me duele bastante menos. De todas formas, no puedo apoyar el pie en el suelo y seguramente no deba ni intentarlo. El doctor Jones fue muy concreto con sus instrucciones. Estoy molesta conmigo misma por haber propiciado el accidente, y también estoy molesta conmigo misma por ser tan impaciente a la hora de curarme. Y estoy molesta conmigo misma por estar de mal humor. —Sonrió de repente.

—Hace un día estupendo —dijo él.

—Ya lo veo. —Lady Muir miró de nuevo por la ventana—. Estaba aquí, pensando si me llevo un libro y me siento a leer un rato en el jardín. Puedo andar esa distancia sin ayuda.

—Cuando sube la marea —repuso—, el agua deja aislada una parte de la larga playa y crea una cala muy pintoresca. He estado allí muchas veces cuando me apetece sentarme un rato, ya sea para pensar o para soñar, o a veces cuando quiero nadar. Está a unos tres kilómetros por la costa, pero forma parte de la propiedad de George. Es un lugar bastante íntimo. Se me ha ocurrido ir allí esta tarde. —En realidad, no había pensado en la cala hasta que empezó a hablar con ella—. Se puede llegar en calesa —añadió—, y el acantilado no es alto en aquel lugar. Se llega con facilidad a la arena. ¿Le apetecería acompañarme?

Ella movió las muletas y se volvió para mirarlo. Era muy menuda, pensó. Dudaba mucho de que su coronilla le llegara al hombro. Iba a decirle que no, pensó, aliviado. ¿Qué demonios lo había llevado a hacer semejante proposición?

—¡Oh! Me encantaría.

—¿Dentro de media hora? —sugirió—. Supongo que tendrá que subir a prepararse.

—Puedo subir sola —le aseguró ella—. Tengo las muletas.

Sin embargo, se acercó a ella, se las quitó y la levantó en brazos, tras lo cual echó a andar hacia la escalinata. Esperó que le echara un sermón que no llegó. Aunque sí la oyó suspirar.

Fue a buscarla media hora después, tras informar a Ben de que la llevaría a dar un paseo en carruaje y recoger las cosas que necesitarían llevarse: una manta en la que ella pudiera sentarse, cojines para la espalda y el tobillo y, en el último momento, una toalla. También fue a las caballerizas y a la cochera, y enganchó un caballo a la calesa antes de llevarla a la puerta principal.

No era una buena idea, pensó. Pero ya se había comprometido. Era incapaz de arrepentirse del todo. Hacía un día estupendo. Un hombre necesitaba compañía cuando el sol brillaba y corría una brisa cálida. Claro que jamás se le había pasado semejante idiotez por la cabeza. ¿Por qué un día soleado iba a hacer que un hombre se sintiera más solo de lo que se sentía en uno nublado?

Llevó a lady Muir escaleras abajo y la dejó en la calesa antes de sentarse a su lado. Tomó las riendas y azuzó al caballo para que se pusiera en marcha.

La primavera era su estación preferida, le había dicho ella dos días antes, llena de cosas nuevas y de esperanza. Por algún motivo, ese día era capaz de comprender a qué se refería.

Era uno de esos días perfectos de principios de primavera que parecían casi de verano, salvo por una indefinible tonalidad en la luz que proclamaba que todavía era demasiado pronto. El verde de la hierba y de las hojas todavía conservaba el brillo de un año nuevo.

Era la clase de día que hacía que uno se alegrara de estar vivo.

Y era la clase de día en que nada podría ser mejor que dar un paseo en carruaje con un hombre atractivo a su lado. Por alguna razón que se le escapaba, y pese a las molestias del tobillo lastimado, Gwen se sentía diez años más joven esa tarde de lo que se había sentido en mucho tiempo.

No debería sentir nada parecido. Claro que ¿por qué no? Era una viuda que no le debía fidelidad a ningún hombre. Lord Trentham estaba soltero y, al menos de momento, sin compromiso. ¿Por qué no podían pasar la tarde juntos? ¿A quién iban a hacerle daño?

No había nada de malo en un breve romance.

Si hubiera llevado consigo su sombrilla, la estaría haciendo girar con ganas por encima de la cabeza. En cambio, tocó una alegre tonada en un piano invisible sobre sus muslos antes de entrelazar las manos en el regazo.

La calesa recorrió un breve trecho por el camino que llevaba al pueblo, pero luego enfiló por detrás de la casa un camino más estrecho que corría en paralelo a los acantilados, en la dirección opuesta al pueblo. Había un manto irregular de campos marrones, amarillos y verdes, así como de prados, a un lado. El mar, de un azul varios tonos más oscuros que el cielo, se veía más allá de la propiedad. En el aire flotaban los olores de la vegetación nueva, de la tierra arada y de la brisa salada del mar.

Y también flotaba el ligero olor almizcleño del jabón o de la colonia de lord Trentham.

Era imposible evitar que su hombro y su brazo se rozaran con los de él en el estrecho asiento de la calesa, se percató Gwen. Era imposible no ser consciente en todo momento de esos poderosos muslos contra los suyos, envueltos en los ceñidos pantalones, así como de sus grandes manos, que manejaban las riendas.

Ese día llevaba un sombrero de copa alta. Le ocultaba casi todo el pelo y le ensombrecía los ojos. Parecía menos feroz, menos marcial. Parecía más atractivo que nunca.

La reacción física a su presencia era un poco inquietante, dado que nunca la había experimentado con ningún otro hombre. Ni siquiera con Vernon. Cuando se conocieron, le pareció increíblemente apuesto y la mar de encantador, y se había enamorado de los pies a la cabeza a la velocidad del rayo. Le habían gustado sus besos antes de casarse, y había disfrutado a menudo del lecho conyugal una vez que lo hicieron.

Pero nunca se había sentido así con Vernon ni con ningún otro hombre.

Jadeante.

Rebosante de una energía bulliciosa.

Consciente de cada mínimo detalle con los sentidos. Consciente de que él era consciente, aunque ninguno de los dos habló durante el trayecto. Al principio, no se le ocurría nada de lo que hablar. Después se dio cuenta de que no necesitaba hablar en absoluto y de que el silencio entre ellos daba igual. No era incómodo.

Después de un par de kilómetros, el camino empezó a descender, y casi al final de una prolongada colina enfilaron un camino más estrecho si cabía en dirección al mar. Ese camino no tardó en desaparecer, de modo que la calesa siguió avanzando sobre la basta hierba que crecía junto al borde del bajo acantilado.

Lord Trentham se apeó para soltar el caballo y atarlo a un fuerte arbusto cercano. Le dio la suficiente cuerda para que pudiera pastar mientras estaban en la playa.

Se echó la manta sobre un brazo y le dio a ella unos cojines, tal como hizo cuando la llevó al jardín dos días antes, y después la levantó en brazos y la llevó a la cala emplazada más abajo, por un zigzagueante sendero, antes de descender una leve pendiente de guijarros para llegar a la lisa arena dorada. Unos grandes peñascos se extendían hasta el mar a ambos lados de la pequeña playa. Ciertamente era un pequeño paraíso privado.

—La costa siempre sorprende, ¿verdad? —comentó, rompiendo por fin el silencio—. Hay largas extensiones de preciosas playas. Y a veces trocitos de paraíso, como esta cala. Y son igual de hermosas.

Él no le contestó. ¿Había esperado que lo hiciera?

La llevó hacia una larga roca situada en mitad de la cala. Rodeó la roca para quedar de frente al mar y la dejó sobre el pie izquierdo, con la espalda contra la roca, mientras extendía la manta en la arena. Le quitó los cojines de los brazos y los tiró al suelo antes de ayudarla a sentarse en la manta. Acto seguido, le colocó un cojín tras la espalda, ahuecó otro para ponérselo bajo el tobillo derecho y dobló el otro para dejárselo bajo la rodilla. Lo hizo todo con el ceño fruncido, como si la tarea requiriera de toda su concentración.

¿Se estaba arrepintiendo? ¿La había invitado por un impulso?

—Gracias —le dijo al tiempo que lo miraba con una sonrisa—. Es usted una enfermera excelente.

Él la miró un instante a los ojos antes de ponerse en pie y clavar la vista en el mar.

Allí abajo no soplaba ni un poco de aire, se percató Gwen. Y la roca atraía el calor del sol. Parecía más que nunca que era un día de verano. Se desabrochó la capa y se la quitó de los hombros. Debajo llevaba un vestido de muselina, pero sentía la agradable calidez del aire en los brazos desnudos.

Lord Trentham titubeó unos segundos antes de sentarse a su lado, con la espalda contra la roca, una pierna estirada y la otra, doblada y con la suela de la bota sobre la manta, y con un brazo sobre la rodilla doblada. Su hombro estaba a una esmerada distancia de ella, pero de todas formas percibía su calor corporal.

—Toca bien —dijo él de repente.

Por un instante, no supo a qué se refería.

—¿El piano? —Volvió la cabeza para mirarlo. Tenía el sombrero inclinado sobre la frente. Casi le cubría los ojos y, por un extraño motivo, le confería una apostura increíble—. Gracias. Creo que me defiendo, pero no tengo talento como tal. Y no lo digo buscando otro halago. He oído tocar a pianistas con talento y sé que podría practicar diez horas al día durante diez años sin acercarme siquiera a su nivel.

—Supongo que se defiende en todo lo que hace —repuso él—. Las damas de la aristocracia suelen hacerlo, ¿no es cierto?

—¿Está sugiriendo que nos defendemos en muchos aspectos, pero que dominamos pocos y que mostramos talento en menos todavía? —Se echó a reír—. Sin duda alguna, ha acertado en nueve de cada diez casos, lord Trentham. Pero eso es mejor que ser totalmente inútil e incapaz en todo salvo, tal vez, en servir de adorno.

—Mmm —murmuró él.

Esperó a que fuera lord Trentham quien hablara de nuevo.

—¿Qué hace para divertirse? —le preguntó.

—¿Para divertirme? —Era una palabra muy extraña para aplicársela a una mujer adulta—. Hago lo habitual. Visito a la familia y juego con sus hijos. Asisto a cenas, a tés, a fiestas en jardines y a veladas sociales. Bailo. Paseo y monto a caballo. También...

—¿Monta a caballo? —le preguntó él—. ¿Después del accidente que tuvo?

—¡Oh! Estuve mucho tiempo sin montar. Pero siempre me ha gustado hacerlo, y no hacerlo me impedía relacionarme más con mis amistades y reducía mucho mi placer personal. Además, detesto no hacer algo por la sencilla razón de carecer del valor necesario. Al cabo de un tiempo, me obligué a montar de nuevo y, hace poco, incluso me obligué a azuzar mi montura para que fuera más rápido que el paso de un caracol. Cualquiera día de estos, puede que incluso le permita ir al trote. He descubierto que hay que desafiar al miedo. Es una bestia muy poderosa si se le otorga el control.

Él miraba con los ojos entornados la acometida de las olas. El sol se reflejaba en la superficie del agua.

—¿Qué hace usted para divertirse? —le preguntó ella a su vez.

Lord Trentham se lo pensó un rato.

—Alimento a los corderos y a los terneros cuando sus madres no pueden hacerlo —contestó él—. Trabajo en los campos de mi propiedad y, sobre todo, en el huerto que tengo detrás de la casa. Observo y, de alguna manera, participo en todos los milagros de la vida, tanto animal como vegetal. ¿Alguna vez ha echado tierra sobre las semillas y ha dudado de que vuelva a verlas? Y luego, unos cuantos días después, ve los delgados y frágiles brotes abriéndose camino en la tierra y se pregunta si tendrán la fuerza y la resistencia necesarias para sobrevivir. Y antes de que se dé cuenta, tiene una robusta zanahoria o una patata del tamaño de mi puño, o una calabaza que hay que sujetar con ambas manos.

Gwen se echó a reír de nuevo al escucharlo.

—¿Y eso es divertirse? —le preguntó.

Él volvió la cabeza, y sus miradas se encontraron. Sus ojos parecían muy oscuros bajo el ala del sombrero.

—Sí —contestó él—. Fomentar la vida en vez de extinguirla es divertido. Hace que un hombre se sienta bien aquí. —Se dio unos golpecitos con el puño en la pechera izquierda del abrigo.

Era un hombre con un título nobiliario. Muy rico. Sin embargo, trabajaba en su explotación y se entretenía con su huerto. Porque disfrutaba haciéndolo. También porque le ofrecía cierta absolución tras haberse pasado años como un oficial del ejército que mataba a otros hombres y que permitía que los que servían bajo su mando murieran.

No era el antiguo oficial del ejército duro y frío por el que lo había tomado cuando se conocieron. Era... un hombre.

Esa idea hizo que se estremeciera un poco, aunque no de frío.

—¿Qué va a hacer para buscar esposa? —le preguntó.

Él apretó los labios y apartó la mirada de nuevo.

—El hombre que se encarga de dirigir el imperio industrial de mi padre —comenzó él—, mejor dicho, el mío, tiene una hija. La conocí cuando fui a Londres para asistir al funeral de mi padre. Es muy guapa y está muy versada en todo lo que necesita saber la esposa de un rico empresario de éxito. Además, también está muy dispuesta, al igual que sus padres, y es muy joven.

—Parece ideal —repuso ella.

—Y me tiene un pánico mortal —añadió lord Trentham.

—¿Cuántos años tiene? —quiso saber Gwen.

—Diecinueve.

—¿Intentó usted hacer algo para que le tuviera menos miedo? —le preguntó—. Por ejemplo, ¿le sonrió? O, al menos, ¿no frunció el ceño? ¿Ni la miró con expresión feroz?

Él la miró de nuevo.

—Ella era quien me estaba cortejando. Sus padres me estaban cortejando. ¿Por qué debía ser yo quien sonriera?

Gwen rio entre dientes.

—Pobrecilla —dijo—. ¿Se va a casar con ella?

—Posiblemente no —contestó él—. De hecho, sé con total seguridad que no lo voy a hacer. Su pasión carnal no sería lo bastante para mí. Y mi propia pasión se enfriaría enseguida si se encogiera de miedo al verme en la cama.

¡Oh! Intentaba escandalizarla a propósito. Gwen lo veía en la severidad de sus ojos. Creía que se estaba riendo de él.

—En ese caso, disfrutará de una feliz escapatoria —dijo—, aunque la muchacha no se dé cuenta. Necesita usted a alguien de más edad, alguien que no se deje intimidar con facilidad, alguien que no se encoja de miedo cuando le haga el amor.

Lo miró fijamente a los ojos mientras hablaba, aunque le costó muchísimo lograrlo. No tenía la menor experiencia en esa clase de conversación.

—Tengo parientes en Londres —siguió él—. Muy prósperos. Parece que el éxito en los negocios es un don familiar, aunque a nadie se le ha dado tan bien como a mi padre. Estoy seguro de que estarán encantados de presentarme a mujeres adecuadas de mi misma clase.

—Y con eso de «misma clase» se refiere a mujeres burguesas que tal vez se diviertan ensuciándose las uñas con la tierra —apostilló.

—Lady Muir —replicó él, entrecerrando de nuevo los ojos—, según mi experiencia, las mujeres burguesas pueden ser tan quisquillosas como las aristócratas. A menudo mucho más, porque, por motivos que me cuesta entender, muchas de ellas aspiran a ser como estas últimas.

No pienso poner a trabajar a mi esposa después de que nos casemos, al menos no en los campos ni en el cobertizo. No a menos que ella decida participar libremente. En el pasado comandé hombres. Ahora no deseo comandar mujeres.

¡Ah! No estaba resultando la tarde relajada y con un cierto toque romántico que se había imaginado.

—Lo he ofendido —dijo ella—. Lo siento. Habrá muchas mujeres adecuadas ansiosas por conocerlo, lord Trentham. Posee usted un título y es rico, y tiene la reputación de un héroe. Lo considerarán un gran partido. Y, tal vez, algunas mujeres ni siquiera se incomoden cuando las mire con expresión feroz.

—Es evidente que usted no se incomoda —señaló él.

—No, pero no me está cortejando, ¿verdad? —replicó.

Esas palabras parecieron quedarse flotando entre ellos. Gwen era muy consciente del sonido de las olas, de los graznidos de las gaviotas que los sobrevolaban, de la intensa mirada de lord Trentham. Del calor del sol.

—No —contestó él, que se puso en pie de repente y se apoyó contra la roca al tiempo que cruzaba los brazos por delante del pecho—. No, no la estoy cortejando, lady Muir.

Solo quería acostarse con ella.

Y ella quería acostarse con él. Lo veía en sus ojos y en la tensión que le embargaba el cuerpo, aunque seguramente ella lo negaría, incluso para sí misma, si llegara a decírselo a la cara.

Algo que no pensaba hacer.

Tenía un mínimo de instinto de supervivencia.

Llevarla a la cala había sido un terrible error. Lo supo desde el primer momento, desde antes de sacarla de la salita matinal a fin de que se preparara para la excursión.

Para ser alguien con un mínimo de instinto de supervivencia, parecía tener bastante más tendencia a la autodestrucción.

Una contradicción desconcertante.

Ella no rompió el silencio. Y él fue incapaz de hacerlo. No se le ocurría ni una sola cosa que decir. Y luego se le ocurrió algo que al menos podía hacer. Y eso le brindó algo que decir.

—Voy a darme un chapuzón —anunció.

—¿Cómo? —Ella volvió la cabeza con rapidez y lo miró. Parecía sorprendida, pero después una sonrisa le iluminó la cara—. Se va a congelar. Estamos en marzo.

Le daba igual.

Se apartó de la roca y arrojó el sombrero a la manta.

—Además —continuó ella—, no se ha traído una muda de ropa.

—No me meteré vestido en el mar —replicó.

Eso le congeló la sonrisa en la cara... y le provocó un intenso rubor en las mejillas. Sin embargo, volvió a reírse cuando lo vio levantar el pie derecho para quitarse una de las botas de montar.

—¡Oh! —exclamó ella—. No se atreverá. No, por favor, olvide lo que he dicho. Es imposible que se resista a un desafío, ¿verdad? No conozco a ningún hombre que se precie de serlo que pueda resistirse. Pues quítese las botas y los calcetines, y chapotee en la orilla. Yo me quedaré aquí sentada mientras lo miro con envidia.

Sin embargo, tras quitarse las botas y los calcetines, se quitó la chaqueta, una tarea nada sencilla sin su ayuda de cámara. A continuación, se quitó el chaleco, y ella se humedeció los labios y lo miró con expresión alarmada.

Se desanudó la corbata y la tiró sobre el montón de ropa que empezaba a formarse. Se sacó la camisa de la cinturilla de los pantalones y se la sacó por encima de la cabeza.

Tal vez el aire no pareciera tan cálido como cuando estaba completamente vestido, pero el calor procedía de su interior. De todas formas, era demasiado tarde para echarse atrás.

—¡Oh, lord Trentham! —Lady Muir se estaba riendo de nuevo—. Le pido que no me avergüence más.

Titubeó un momento. No obstante, quedaría como un idiota si se limitaba a mojarse los pies a esas alturas. Y los pantalones empapados serían incomodísimos en el trayecto de vuelta a la casa.

No le quedaba otra opción, la verdad.

Se quitó los pantalones y se quedó solo con los calzoncillos. Esos no se los quitaría, decidió a regañadientes, aunque antes solo había nadado desnudo.

Echó a andar hacia la orilla sin mirarla.

El agua que le mojó primero los pies y, después, los tobillos, las rodillas y los muslos parecía recién salida del Polo Norte. Lo dejó sin aliento incluso antes de que se sumergiera por completo. Pero al menos tendría un lado bueno. Sería el antídoto perfecto para un ardor indeseado y más que inapropiado.

Se zambulló cuando llegaba una ola, creyó que estaba paralizado por el frío, descubrió que no era así y nadó hasta alejarse de la espuma del rompeolas. Después, nadó con poderosas brazadas en paralelo a la playa hasta que sintió de nuevo los brazos y las piernas, se le acompasó la respiración y el agua solo parecía estar fría. Dio la vuelta y nadó de regreso en la otra dirección.

Intentó recordar cuándo fue la última vez que había estado con una mujer. Dado que no obtuvo una respuesta satisfactoria, era evidente que había pasado demasiado tiempo.

9

Gwen se olvidó por completo del tobillo durante un rato. Se sentó con las rodillas dobladas, abrazándose las piernas, y con los pies apoyados en la manta.

Tenía la impresión de que el corazón le latía en el pecho como si fuera un ente propio, tratando de escapar. Parecía incapaz de calmarlo y tampoco podía relajar la respiración. Además, pese a las mangas cortas del vestido, parecía que estaban más en julio que en marzo.

Nunca había visto a un hombre desnudo, ni siquiera desnudo salvo por los calzoncillos. Tal vez fuera extraño cuando había estado casada durante varios años. Pero Vernon era muy puntilloso con la respetabilidad. Durante el día ni siquiera quería que lo viera en mangas de camisa. Por la noche la visitaba en su dormitorio con la camisa de dormir y la bata.

Bueno, recordaba haber visto a Neville y a sus primos en calzoncillos cuando eran pequeños y se bañaban en verano, de la misma manera que ellos la habían visto a ella en camisola. Pero, en aquel entonces, todos eran niños.

De manera que ver cómo lord Trentham se desnudaba delante de ella la sorprendió, como era natural. Era..., en fin, era de lo más vulgar. Ningún caballero se habría quitado ni siquiera la chaqueta sin pedirle permiso antes. Y la mayoría ni siquiera habría llegado a pedirle permiso simplemente por lo inapropiado del acto en sí.

Pero mientras lo veía nadar, tuvo que admitir para sus adentros que su sorpresa no se debía tanto al pudor como al hecho de poder contemplar su cuerpo casi desnudo. Era la imagen de la perfección. De hecho, podía decirse que era magnífico. Cierto que no tenía nada con lo que compararlo, pero no creía que ningún hombre pudiera compararse con él. Era ancho de hombros y de torso amplio. Tenía las caderas estrechas y las piernas, largas y musculosas. Cuando estaba quieto, parecía un dios esculpido en piedra. Claro que jamás había visto una escultura semejante. Cuando se movía, sus músculos se contraían y se hacían más visibles, y parecía un dios de la guerra que acabara de cobrar vida.

¿Qué culpa tenía ella de encontrarlo tan atractivo que le aflojaba las rodillas y le aceleraba el corazón hasta el punto de dejarla sin aliento y hacerla olvidar algo tan mundano como un tobillo dolorido?

¿Qué culpa tenía ella de desear que se repitieran los besos? ¿De desear, de hecho, mucho más que unos simples besos? ¿De sentir algo tan carnal y vulgar como la lujuria?

Tal vez era acertado que se hubiera dado un baño y usara la energía que había percibido que quería usar con ella, porque su ausencia le daría tiempo para controlar tanto su cuerpo como sus emociones. De hecho, nada de «tal vez»; podía afirmar con rotundidad que era lo mejor.

Pero ¿cómo podía controlarse cuando lo veía nadar con tanta facilidad, elegancia y energía? ¿Cómo iba a hacerlo cuando, incluso desde esa distancia, podía admirar los poderosos músculos de sus brazos, de sus hombros y de sus piernas, porque la luz y el agua hacían que su piel brillara como si estuviera engrasada? Como era natural, no podía apartar los ojos de él. ¿Cómo iba a hacerlo cuando al cabo de unos días tendría que marcharse de Penderris Hall y jamás volvería a verlo?

Se abrazó las piernas con más fuerza y sintió el escozor de las lágrimas en la garganta y en la nariz. También sintió el dolor palpitante de la torcedura de tobillo. Le hizo caso y estiró de nuevo la pierna. Se colocó los cojines con esmero debajo de la rodilla y del pie. No miró hacia el mar o, más concretamente, hacia el hombre que nadaba casi desnudo en él.

Tendría bien merecido que se le congelaran las extremidades y se le cayeran.

Porque se estaba pavoneando delante de ella con total premeditación. Los pavos reales usaban los preciosos colores y el tamaño del plumaje de sus colas para atraer a las hembras. Lord Trentham usaba su cuerpo casi desnudo.

¿Se había desnudado y se había metido en el agua para refrescarse? ¿O lo había hecho para que a ella le pasara justo lo contrario y le subiera más la temperatura?

Inclinó la cabeza hacia atrás para apoyarla en la piedra que tenía a su espalda, pero el bonete se lo impidió, así que se desató las cintas con un par de tirones impacientes para quitárselo. Volvió a echar la cabeza hacia atrás y cerró los ojos. El sol brillaba con fuerza. Veía la parte interior de los párpados de color anaranjado.

No importaba por qué estaba nadando. Lord Trentham no era importante. Esa era la verdad. O al menos no era importante lo que sentía por él. Porque estaban ahí para relajarse, para disfrutar de un día atípicamente precioso en un entorno maravilloso.

«Pero no me está cortejando, ¿verdad?», le había preguntado. En realidad, no había sido una pregunta, pero él la había contestado de todas formas. «No, no la estoy cortejando, lady Muir.» Y, en cierto modo, fueron la pregunta y la respuesta las que lo iniciaron todo. Así que ella era la culpable.

Tenía treinta y dos años. Había tenido pretendientes después de su presentación en sociedad y, luego, se casó. Había vivido una larga viudez durante la cual había tenido algún que otro pretendiente. No era una mujer inexperta. No era una jovencita inocente e ingenua. Pero, de repente, se sentía así, porque nunca había experimentado nada semejante al deseo descarnado que lord Trentham y ella sentían mutuamente. ¿Cómo iba a entenderlo cuando él no se parecía en nada al tipo de hombre por el que esperaba sentirse atraída ni para iniciar un coqueteo ni como posible marido?

Supuso que esa nueva e inesperada emoción era lo que impulsaba a la gente a mantener aventuras amorosas.

Debería apresurarse a regresar a la seguridad de la casa antes de que él saliera del agua, pensó. Hasta que abrió los ojos y recordó que estaba a unos cuantos kilómetros de la casa y que todavía no podía apoyar peso en el pie derecho. Ni siquiera se había llevado las muletas. Además, era demasiado tarde. Lord Trentham ya nadaba hacia la orilla y no tardó nada en ponerse de pie y en echar a andar hacia la arena.

El agua le resbalaba por el cuerpo y las gotas relucían a la luz del sol mientras se acercaba a ella. El pelo se le había pegado a la cabeza y los calzoncillos parecían una segunda piel. Gwen ni siquiera intentó apartar la mirada.

Lo vio agacharse para coger la toalla que habían llevado, tras lo cual se secó el pecho, los hombros y los brazos. Por último, se secó la cara. Y la miró. Al parecer, el ejercicio de natación no le había mejorado el humor. Estaba frunciendo el ceño. Podía decirse que la miraba con semblante feroz.

—Dijo usted que me miraría con envidia —le dijo.

¿Había dicho ella eso?

—¡Oh! Pero ¿qué hace? —le preguntó, alzando la voz por la sorpresa.

Lord Trentham se había inclinado para levantarla en brazos. Tenía la piel fría y olía a sal y a hombre. Le pareció muy... desnudo. Sintió la humedad de sus calzoncillos en el costado antes de que la levantara del todo. Le rodeó el cuello con los brazos.

—No.

Sin embargo, él ya había echado a andar de nuevo hacia el agua, que estaba más alta que cuando se introdujo anteriormente en el mar, ya que la marea estaba subiendo.

—¿Qué sentido tiene venir a la playa y sentarse en la orilla para mirarlo todo? —replicó él—. Para eso, casi mejor se queda uno en casa leyendo.

—¡Ay, por favor! —le suplicó Gwen mientras él se adentraba en el agua, que le salpicó, de manera que sintió su frialdad en los brazos—. ¡Por favor se lo pido, lord Trentham! No me tire al agua. No he traído muda de ropa. Y debe de estar congelada.

—Lo está —corroboró él.

En ese momento, Gwen se aferró con más fuerza a su cuerpo y le hundió la cara en el cuello mientras se echaba a reír sin poder controlarse.

—Aunque le parezca que me estoy riendo porque me hace gracia —le dijo—, no es así. Por favor. Por favor, Hugo.

Se percató de que todavía la seguía manteniendo muy por encima del agua. Y de que la estrechaba con fuerza. ¿Un truco? ¿Para infundirle una falsa sensación de seguridad?

—No voy a dejarla caer al agua —le aseguró en voz baja al oído—. Jamás sería tan cruel. Pero no hay nada comparable a estar aquí en el mar y ver cómo la luz crea colores y sombras en el agua, oírla y olerla.

Empezó a girar hacia la derecha con ella en brazos, y Gwen levantó la cabeza. Acto seguido, empezó a girar más rápido mientras ella se reía por la alegría genuina del momento. La temperatura era más fresca sobre el agua, aunque no podía decir que hiciera frío. Tal vez tuviera mucho que ver que estuviera pegada a su cuerpo, claro. Parecían estar en un mundo infinito de líquido resplandeciente, un mundo de belleza absoluta que no resultaba amenazador en lo más mínimo. Se sentía perfectamente a salvo en los cálidos y fuertes brazos de un hombre que no iba a tirarla al agua. Que jamás la tiraría.

Lo había llamado Hugo, recordó. ¡Por Dios! ¿Se había percatado él?

—Gwendoline... —lo oyó decir mientras dejaba de girar y se detenía.

Sí, se había percatado.

Sus miradas se encontraron. Estaban a escasos centímetros de distancia. Pero no soportó la intensidad que vio en esos ojos. Inclinó la cabeza y escondió de nuevo la cara en su cuello, tras lo cual cerró los ojos. ¿Recordaría la absoluta maravilla que era ese momento durante el resto de su vida? ¿O tal vez era un capricho ridículo imaginar que lo haría?

Porque de repente se le ocurrió que entre ellos había algo más que atracción física. Que lo que sentía no solo era deseo, aunque el deseo era un componente indudable. También había... ¡Ay, por Dios! ¿Por qué nunca encontraba las palabras para describir con exactitud las emociones? Quizá se estaba enamorando de él, sin importar lo que eso significara. Pero no iba a analizar ese pensamiento en ese instante. Ya reflexionaría después al respecto.

Lord Trentham suspiró en ese momento. Fue un suspiro largo y sentido.

—Esperaba despreciarte —le dijo, tuteándola—. O al menos, esperaba que me sacaras de quicio.

Gwen abrió la boca para replicar y volvió a cerrarla. No quería empezar una conversación. Simplemente quería disfrutar. Levantó la cabeza y pegó una sien a su mejilla. Contemplaron juntos el agua y supo, entonces, que recordaría ese instante. Siempre y eternamente.

Al cabo de unos minutos él se dio media vuelta sin decir nada y salió del agua para echar a andar por la arena en dirección a la manta, donde la soltó. Acto seguido, se quitó los calzoncillos mojados, tomó la toalla y procedió a secarse sin volverse siquiera.

Gwen no apartó la mirada. O más bien no pudo hacerlo. Ni siquiera se sintió escandalizada.

—Puedes decir que no —le dijo él, que la miró mientras arrojaba la toalla al suelo—. Lo mejor sería que lo dijeras ahora, eso sí. Pero puedes decirlo en cualquier momento antes de que te penetre. No te tomaré a la fuerza.

¡Ah! Un hombre de palabras claras.

Gwen se percató de que estaba conteniendo el aliento. ¿Habían llegado a ese momento, pues?

¡Qué pregunta más tonta!

Conocía a muchas mujeres que eran de la opinión de que las viudas disfrutaban de una situación envidiable, siempre y cuando contaran con los medios económicos suficientes para vivir de forma independiente..., como era su caso. Las viudas eran libres para tener amantes mientras fueran discretas. De hecho, en algunos círculos incluso se esperaba que lo hicieran.

Ella jamás había sentido la tentación.

Hasta ese momento.

¿Quién iba a enterarse?

Ella se enteraría. Y Hugo también lo sabría.

¿Quién acabaría herido?

Ella, tal vez. Era bastante improbable que Hugo sufriera. Nadie más. Ella no tenía marido, ni hijos ni pretendiente estable. Él no tenía esposa.

Sabía que después se arrepentiría. Se arrepentiría, tomara la decisión que tomase. Si decía que no, se pasaría la vida preguntándose cómo habría sido y se arrepentiría de no haberlo descubierto. Si no decía que no, la culpa la acompañaría siempre.

Tal vez.

O tal vez no.

Su mente era un hervidero de pensamientos contradictorios.

—No voy a decir que no —replicó—. Ni ahora ni luego. Yo no soy así.

Y de esa manera se tomaban las decisiones trascendentales, pensó. De forma impulsiva, sin la debida reflexión. Siguiendo los dictados del corazón más que los de la cabeza. Por impulso más que por toda una vida de experiencias y moralidad.

Él se sentó a su lado sobre la manta y colocó el cojín de manera que Gwen pudiera apoyar la cabeza en él. Apartó la capa y los dos cojines que usaba para elevar la pierna derecha. Acto seguido, le hundió esos largos dedos en el pelo, le ladeó un poco la cabeza y la besó con los labios entreabiertos. Le introdujo la lengua y, después, la retiró.

Se arrodilló a su lado y le bajó el vestido por los hombros para dejarle al descubierto los pechos, elevados gracias al corsé.

La contempló mientras ella resistía el ridículo impulso de taparse con las manos. Algo que fue él quien hizo al colocarle una mano sobre un pecho e inclinar la cabeza hacia el otro. Gwen apoyó las manos en la manta, a ambos lados del cuerpo y estiró los dedos mientras él se llevaba el pezón a la boca y lo succionaba, acariciándolo con la lengua al mismo tiempo. Entretanto, le pellizcó con suavidad el otro usando el índice y el pulgar sin que le resultara doloroso en ningún momento.

Sintió un anhelo descarnado que se extendió hacia arriba, hasta la garganta, y hacia abajo para detenerse entre los muslos. Levantó las manos y le colocó una en la muñeca y la otra, en la nuca. Hugo tenía el pelo húmedo y tibio.

En ese momento, él la besó de nuevo y simuló con la lengua el acto de la cópula, al introducírsela y sacársela de la boca con movimientos lentos y profundos.

A lo largo de los siguientes minutos comprendió que tenía diez o, mejor, cien veces más experiencia que ella, que solo conocía los besos dados con los labios y el acto en sí mismo.

No la desnudó por completo, pero sus manos encontraron sin el menor problema el camino para colarse debajo de la ropa y le desataron el corsé, tras lo cual descubrieron ciertos lugares que a él le resultaron agradables de acariciar y a ella le provocaron una dulce agonía. Tenía unos dedos ásperos y largos que podían ser muy delicados, como ya había descubierto. Pero en ese momento no solo eran delicados. Había descubierto que era capaz de tocarla como si se tratara de un instrumento musical. No solo de forma competente, pensó con ironía, sino con genuino virtuosismo.

Al final, cuando su cuerpo vibraba de deseo y necesidad hasta un punto rayano en el dolor, Hugo la acarició con una mano en la parte más íntima de su cuerpo. Lo hizo por debajo del vestido de muselina y sin quitarle tampoco la camisola de seda. Sus dedos la exploraron y le hicieron el amor con delicadeza, la acariciaron, la torturaron e incluso la arañaron. La penetró con uno, y la rígida invasión la hizo aprisionarlo por instinto con los músculos internos, de manera que oyó el sonido que provocaba su propia humedad. Sacó el dedo, pero acto seguido la penetró con dos, que sacó para poco después sumar uno más e introducirle tres. Ella trató de inmovilizarlos y aprisionarlos mientras se movían en su interior, enloqueciéndola de placer. Se aferró a sus hombros y le clavó los dedos, porque al mismo tiempo que la acariciaba por dentro, le estaba haciendo algo con la yema del pulgar que no reconocía, pero a lo que respondió con un grito, estallando de placer en torno a sus dedos y a su mano.

Hugo se colocó en ese momento sobre ella, bloqueándole el sol y separándole los muslos con las piernas mientras apoyaba el peso en los brazos y la miraba con intensidad.

—Si quieres, podemos contentarnos con eso —le dijo con voz áspera—. Todavía no es demasiado tarde para decir que no.

De esa forma, parte de su virtud quedaría intacta.

—No pienso decir que no —replicó ella.

Y, acto seguido, lo sintió en esa zona tan sensible que había acariciado hacía tan solo un instante. Notó cómo buscaba el ángulo perfecto, tras lo cual la penetró con una embestida certera y se introdujo hasta el fondo en ella.

Gwen se percató de que había contenido el aliento. Sin duda, era un hombre de gran tamaño. Pero no le estaba haciendo daño. Todo lo contrario. Se había asegurado de que estuviera lo bastante mojada como para acogerlo sin que le resultara incómodo. Soltó el aire, relajada, y después tensó los músculos internos en torno a él.

Se alegraba. Se alegraba muchísimo. Jamás se arrepentiría.

Hugo la estaba esperando, se percató. Todavía la estaba mirando, aunque ya no con esa intensidad tan propia de él, porque había entornado los párpados y lo hacía con los ojos rebosantes de deseo. Pero no parecía estar dispuesto a esperar más. Le había provocado un placer exquisito antes incluso de penetrarla. Había llegado su turno. Y lo aprovechó. Bajó la cabeza hasta apoyarle la frente en un hombro y empezó a moverse, penetrándola con poderosas y rápidas embestidas, sin apoyar del todo el peso sobre ella porque seguía apoyado en los brazos. Lo oía respirar de forma acelerada.

Gwen levantó las piernas de la manta y le rodeó los muslos con ellas. Sintió una dolorosa punzada en el tobillo derecho, pero decidió desentenderse de la sensación. Elevó las caderas un poco para poder sentirlo aún más adentro. Y oyó el sonido de sus cuerpos húmedos cada vez que se retiraba y la penetraba, algo que le resultó muy satisfactorio. Aunque sabía que en ese momento no estaba pensando exclusivamente en ella, porque Hugo estaba atrapado en las garras de sus propias necesidades físicas, volvió a sentir un deseo y una pasión renovadas, de manera que se frotó contra él y empezó a seguir la cadencia de sus envites, tensando sus músculos internos y haciendo un movimiento circular con las caderas.

Carecía de experiencia. ¡Ay, por increíble que pareciera, su experiencia era casi nula! Respondía a su carnalidad por instinto.

Pero era evidente que no había cometido error alguno que enfriara su ardor. Hugo siguió haciéndole el amor con el mismo ímpetu hasta que, de repente, se quedó quieto con el cuerpo rígido, enterrado hasta el fondo en ella, sudoroso y acalorado, y en ese momento ella sintió la cálida liberación de su orgasmo en su interior al tiempo que le susurraba al oído:

—Gwendoline...

Tras pronunciar su nombre, se relajó por completo y dejó caer todo su considerable peso sobre ella.

No había colchón tras su espalda, solo la arena bajo la manta. ¿Quién iba a imaginar que pudiera ser tan dura e incómoda? Pero no le importó. No le importó.

Seguramente debiera importarle. Tal vez le importara dentro de nada.

Pero no de momento. No todavía.

Al cabo de un par de minutos, Hugo murmuró algo y se apartó de ella para acostarse a su lado sobre la manta, con un brazo sobre los ojos y una rodilla doblada.

—Lo siento —lo oyó decir—. Debía de estar aplastándote.

Ella ladeó la cabeza para apoyarla sobre su hombro. ¿Cómo era posible que el sudor oliera así de bien? Se le ocurrió que debía subirse el vestido para cubrirse el pecho y bajarse las faldas, pero al final no hizo concesión alguna al decoro.

Se dejó llevar hasta sumirse en un estado de duermevela. El sol los calentaba de forma agradable. Se oían de nuevo los graznidos de las gaviotas. Esos graznidos incasables. Un sonido desapacible y fúnebre. Y también se oía el mar, tan ineludible y rítmico como los latidos del corazón.

No se veía capaz de arrepentirse.

Pero por supuesto que se arrepentiría.

Era el ciclo eterno de la vida. El equilibrio de los opuestos.

Recuperó la plena conciencia cuando él se puso de pie y sin mediar palabra, echó a andar la escasa distancia que los separaba del agua. Se introdujo un poco en el mar y se inclinó para limpiarse.

¿Para librarse del sudor?

¿O para librarse de ella?

Gwen se sentó y, tras llevarse las manos a la espalda y atarse las cintas como buenamente pudo, se colocó bien el vestido. Se echó la capa sobre los hombros y se la abrochó al cuello. De repente tenía frío.

Regresaron a la casa sumidos en un silencio casi absoluto.

El sexo había estado bien. Muy bien, de hecho. Sobre todo, porque llevaba demasiado tiempo sin disfrutar de él, reflexionaba Hugo.

Pero, de todas formas, había sido un error.

Y calificarlo como tal era quedarse muy corto.

¿Qué se suponía que debía hacer un hombre después de acostarse con una aristócrata? Sobre todo, cuando existía la posibilidad de haberla dejado embarazada.

¿Se le daba las gracias y se le decía adiós?

¿No se le decía nada?

¿Se le ofrecía una disculpa?

¿Se le proponía matrimonio?

No quería casarse con ella. El matrimonio no se basaba en las relaciones sexuales. No por completo, en todo caso. Y la parte del matrimonio que no tenía nada que ver con eso, era tan importante como el sexo en sí. Casarse con Gwendoline era imposible. Y, para ser justo, lo era para los dos, no solo para él.

Se preguntó si ella esperaba una proposición matrimonial por su parte.

Y si la aceptaría en caso de que él se lo propusiera.

Supuso que la respuesta a ambas cuestiones era la misma: un no rotundo. Esa conclusión hacía que fuera seguro hacerle una proposición matrimonial, supuso, y de esa forma, podría quedarse tranquilo tras haber hecho lo correcto y no sufrir remordimientos de conciencia.

¡Qué idea más ridícula!

Eligió la opción de guardar silencio.

—¿Cómo está el tobillo? —le preguntó.

¡Qué idiota! ¡Qué gran conversador era!

—Va mejorando despacio, pero mejora —contestó ella—. Me cuidaré mucho de no volver a hacer nada tan arriesgado.

Si hubiera sido más cuidadosa unos días antes, habría pasado de largo por su escondite, sin darse cuenta de su presencia, y él no habría vuelto a pensar en ella. La vida de Gwendoline sería distinta. La suya, también.

Y si su padre no hubiera muerto, pensó con exasperación, todavía estaría vivo.

—¿Su hermano enviará pronto el carruaje? —le preguntó, distanciándose al hablarle de «usted».

De repente, se le ocurrió que podría haberse ofrecido a llevarla él mismo a Newbury Abbey para evitarle una estancia más prolongada en Penderris Hall.

No. Mala idea.

—Si no se retrasa, que estoy segura de que no lo hará —respondió ella—, debería llegar pasado mañana. O, con total seguridad, dentro de tres días.

—Le alegrará poder seguir recuperándose en casa, rodeada de su familia —dijo.

—¡Ah! Sí que me alegraré —replicó ella.

Estaban hablando como un par de desconocidos educados que no juntaban ni medio cerebro entre los dos.

—¿Irá a Londres después de la Pascua? —preguntó—. Para la temporada social.

—Eso espero —contestó ella—. Para entonces tendré el tobillo curado por completo. ¿Y usted? ¿Irá a Londres también?

—Sí —respondió—. En fin, es donde crecí. Allí está la casa de mi padre. Mi casa ahora. Mi hermana vive en ella.

—Y querrá buscar esposa allí —añadió ella.

—Sí.

¡Por el amor de Dios! ¿De verdad habían compartido semejante intimidad en la cala hacía poco menos de una hora?

Carraspeó.

—Gwendoline... —comenzó.

—Por favor —lo interrumpió ella—. No diga nada. Vamos a aceptar lo sucedido como lo que ha sido. Algo... agradable. ¡Ah, qué adjetivo más ridículo! Ha sido mucho más que agradable. Pero es algo de lo que es mejor no hablar, ni de lo que hay que disculparse, ni justificarlo en absoluto. Ha sucedido y ya está. No me arrepiento y espero que usted tampoco lo haga. Vamos a dejarlo estar.

—¿Y si está embarazada? —preguntó él.

Ella volvió la cabeza con brusquedad para mirarlo, claramente sorprendida. Hugo mantuvo la mirada en el camino que se extendía frente a ellos, con los ojos firmemente clavados entre las orejas del caballo que avanzaba al trote, tirando de la calesa. ¿De verdad no se le había ocurrido la posibilidad? Al fin y al cabo, era ella quien tenía más que perder.

—No lo estoy —contestó—. No puedo tener hijos.

—Según un medicucho de tres al cuarto —replicó él.

—No estoy embarazada —repitió ella con testarudez y un tanto molesta.

Hugo le dirigió una breve mirada.

—Si lo está —insistió—, debe escribirme de inmediato.

Le dio su dirección londinense.

Ella no replicó, se limitó a mirarlo en silencio.

George, Ralph y Flavian habían debido de dar un largo paseo a caballo. Cuando la calesa se acercaba a las caballerizas, los vieron desmontando. Todos se volvieron para mirarlos.

—Hemos ido a la cala —dijo Hugo, tan pronto como detuvo al caballo—. Es un lugar muy pintoresco cuando sube la marea.

—El aire fresco ha sido muy agradable —añadió lady Muir—. Es un lugar resguardado e incluso hace calor.

¡Por el amor de Dios! Parecían un par de conspiradores incluso a sus propios oídos, pensó Hugo, tan ansiosos por fingir una actitud inocente que, en realidad, los proclamaba tan culpables como el demonio.

—Imagino que en los salones solo se hablará de las agoreras predicciones del mal tiempo que vamos a sufrir como castigo por el maravilloso día que hace hoy —repuso Ralph.

—Sin duda, nevará mañana —apostilló Flavian—. Y la nieve llegará acompañada de un fuerte viento del norte. Y jamás seremos tan tontos como para volver a pensar en disfrutar de un día tan inusualmente bueno como el de hoy.

Todos rieron.

—Lady Muir, ¿no se ha llevado usted las muletas? —preguntó George.

—Las muletas no son de mucha utilidad en los senderos de los acantilados, con los guijarros y con la arena —dijo Hugo—. Acercaré la calesa hasta la puerta y luego la llevaré en brazos.

—Muy bien, pues —replicó George al tiempo que le dirigía una mirada penetrante.

A él, al menos, no lo habían engañado, y sería un milagro que hubieran conseguido engañar a Flavian. O a Ralph, ya puestos.

—Supongo que Imogen nos ha visto llegar a todos y ha pedido que preparen la bandeja del té.

Hugo los precedió de camino a la casa, con una callada lady Muir a su lado.

10

El sol brillaba con la misma intensidad al día siguiente, aunque Gwen comprobó desde la ventana de la salita matinal antes de que llegara Vera que las ramas de los árboles se agitaban. Debía de hacer viento. Y también hacía algo más de frío, según había dicho el duque de Stanbrook después de un paseo matutino a caballo.

Cuando Vera llegó, le dijo con voz agorera que todas sus amistades le habían dado la razón al afirmar que pagarían por ese buen tiempo quedándose sin verano.

—Recuerda lo que digo —dijo Vera—. No es natural que disfrutemos de todo el buen tiempo a estas alturas de año. Estoy decidida a no disfrutarlo. Me limitaré a dejarme llevar por el desánimo cuando empiece a llover, como es inevitable que suceda, y vuelva el frío. Y sabes muy bien que no es habitual en mí estar desanimada, Gwen. He venido para alegrarte un poco. No había nadie para recibirme cuando llegué hace cinco minutos, solo el mayordomo. No soy de las que se quejan, pero creo que es muy descortés por parte de Su Excelencia desatender a la cuñada de sir Roger Parkinson de una forma tan evidente. Pero ¿qué se puede esperar?

—Tal vez el carruaje ha regresado antes de lo que anticipaba —repuso Gwen—. Al fin y al cabo, no se le ha olvidado enviarlo a buscarte, y eso es lo más importante. Habría sido una larga caminata para ti. Y aquí viene la bandeja con café y galletas para dos. Te agradezco que hayas venido, Vera. Es muy amable de tu parte.

—En fin —dijo Vera mientras miraba con interés el plato de galletas de la bandeja que el criado acababa de dejar en la mesa—, no soy de las que descuidan a sus amigos, Gwen, como bien sabes. Veo que no somos lo bastante importantes para que nos ofrezcan las galletas de pasas que tomamos ayer. Hoy son solo de avena.

—¡Pero qué aburrido sería comer lo mismo día tras día! —replicó—. ¿Te importa servir, Vera?

Algo más de tres horas después, Vera volvía a casa pese a su sugerencia de que Gwen debía de estar sucumbiendo con facilidad al abatimiento si todavía necesitaba descansar por la tarde a consecuencia de su insignificante accidente.

Gwen, por supuesto, no necesitaba dormir. Había dormido de sobra la noche anterior o, al menos, había estado tumbada demasiado rato. Había tomado la salida más cobarde y se había excusado cuando el criado llegó a su habitación para llevarla al salón a la hora de la cena. La excursión la había agotado, aseguró, y le pidió a Su Excelencia que la disculpara durante el resto de la velada.

Había dormido. También estuvo varias horas en vela, durante las cuales revivió lo sucedido en la playa y se preguntó qué habría dicho lord Trentham si le hubiera permitido continuar cuando empezó a hablar en la calesa, de camino a la casa.

«Gwendoline», dijo él tras tomar una honda bocanada de aire.

Y lo detuvo.

Se preguntaría toda la vida qué iba a decir.

Pero tenía que detenerlo. Se sentía muy expuesta, incapaz de lidiar con nada más. Había deseado con desesperación estar a solas.

No lo había visto desde que la llevó a su habitación tras tomar el té en el salón con los demás. No le dirigió la palabra. Ella tampoco. Se había limitado a dejarla en la cama, tras lo cual se enderezó, la miró con esa expresión tan intensa en sus ojos oscuros, inclinó la cabeza con un gesto rígido y salió del dormitorio, cerrando la puerta sin hacer ruido.

Abrió el libro, pero era inútil intentar leer, comprendió al cabo de unos minutos, durante los cuales sus ojos leyeron al menos una decena de veces la misma frase sin entender lo que quería decir.

La hinchazón parecía haber desaparecido del tobillo por completo, y casi todo el dolor con ella. Pero el doctor Jones le volvió a vendar el tobillo y le aconsejó que siguiera sin apoyarlo en el suelo y que tuviera paciencia cuando fue a verla antes de que Vera se marchase.

Era muy duro ser paciente.

El carruaje de Newbury Abbey podría llegar al día siguiente, pero lo más probable era que llegara al cabo de dos días. Era un espera interminable, fuera cual fuese el día de llegada. Quería marcharse ya.

Abandonó la idea de fingir que leía y se puso el libro, bocabajo, sobre la cintura. Apoyó la cabeza en el cojín y cerró los ojos. Ojalá pudiera dar un paseo por el exterior.

Si no se había enamorado de lord Trentham, pensó, no sabía qué otras palabras usar para describir el estado de su corazón. Era más que lujuria o el recuerdo de lo que habían hecho en la cala. Desde luego que era más que una mera atracción y muchísimo más que el agrado. ¡Oh! Estaba enamorada. ¡Qué tonta!

Porque no era una muchacha inocente. No era una romántica empedernida. Era un amor que no le reportaría nada más que desolación si intentaba aferrarse a él o perseguirlo. Seguramente no podría perseguirlo si quisiera. Hacían falta dos personas. Se marcharía pronto de Penderris Hall. Aunque tanto lord Trentham como ella estarían en Londres esa misma primavera, no había muchas probabilidades de que sus caminos se cruzaran. Se movían en círculos sociales distintos. Ella no se conformaría con una aventura. Dudaba mucho que él lo hiciera. Y los dos habían convenido en que el matrimonio era imposible.

¡Oh! ¿Por qué el carruaje de Neville no podía llegar ese mismo día?

Y en ese momento, justo mientras lo pensaba, alguien llamó a la puerta de la salita matinal y la abrió despacio. Gwen miró con miedo, ¿tal vez también con esperanza?, por encima del hombro y vio al duque de Stanbrook.

No estaba decepcionada, se dijo mientras le sonreía.

—¡Ah! Está despierta —dijo el duque al tiempo que abría más la puerta—. Le he traído una visita, lady Muir. Pero esta vez no se trata de la señora Parkinson.

Se hizo a un lado, y otro caballero entró en la estancia.

Gwen se incorporó de un salto.

—¡Neville! —exclamó.

—Gwen.

Los ojos no la engañaban. De verdad se trataba de su hermano, con el rostro demudado por la preocupación mientras cruzaba la estancia a toda prisa y se agachaba para estrecharla entre sus brazos.

—¿Qué te has hecho mientras no estaba yo para vigilarte? —le preguntó.

—Ha sido un accidente muy tonto —contestó mientras le devolvía el abrazo con fuerza—. Pero me lastimé la pierna mala, Nev, y todavía no puedo apoyar el peso en ese pie. Me siento como una tonta, y también como una especie de impostora, porque solo es una torcedura de tobillo, pero le ha causado un sinfín de inconvenientes a muchas otras personas. Pero ¡qué maravillosa sorpresa! No esperaba la llegada del carruaje hasta mañana como muy pronto, y desde luego no esperaba que tú vinieras en él. ¡Ay, pobre Lily y pobrecillos los niños! Van a tener que estar sin ti varios días por mi culpa. No me van a mirar con buenos ojos, estoy convencida. Pero, ¡ay, cariño!, parece que fue hace un año en vez de hace un mes cuando estuve en casa.

Neville se sentó en el borde del diván y le dio un apretón en las manos. ¡Cuánto había echado de menos su rostro!

—Fue Lily quien me sugirió que viniese —le explicó él—. De hecho, insistió en que lo hiciera, y no hay peor tirano que Lily una vez que se le mete algo en la cabeza. Al parecer, Devon y Cornualles están plagados de sanguinarios salteadores de caminos, que te arrebatarán las joyas y la sangre, aunque no necesariamente en ese orden, si no estoy a tu lado en el viaje, y que, por supuesto, huirán con el rabo entre las piernas si lo estoy.

La miró con una sonrisa.

—Mi queridísima Lily —dijo.

—Pero ¿por qué no estás en casa de la señora Parkinson? —le preguntó él.

—Es una larga historia —contestó con una mueca—. Pero, Neville, el duque de Stanbrook ha sido increíblemente amable y hospitalario. Al igual que sus invitados.

—El placer ha sido nuestro —dijo el duque cuando Neville lo miró—. Mi ama de llaves le preparará una habitación, Kilbourne, mientras lady Muir y usted me acompañan a tomar un té temprano en el salón. Lady Muir tiene muletas.

Neville levantó una mano.

—Le agradezco el ofrecimiento, Stanbrook —repuso—, pero todavía es muy temprano y el tiempo es perfecto para viajar. Si Gwen se ve capaz de viajar con el pie en alto en el asiento del carruaje, nos marcharemos en cuanto hagan su equipaje y lo bajen. A menos que cause más inconvenientes de la cuenta, por supuesto.

—Como prefieran —dijo el duque al tiempo que inclinaba la cabeza hacia Neville y luego la miraba a ella con expresión interrogante.

—Estaré lista para marcharme en cuanto me haya puesto la ropa adecuada para el viaje —les aseguró ella a ambos.

¿Dónde estaba lord Trentham?

Se hizo la misma pregunta en silencio al cabo de una media hora, después de cambiarse de ropa y de que la llevaran a la planta baja. El criado la dejó en el vestíbulo, donde lady Barclay la esperaba con sus muletas. El duque de Stanbrook y el resto de los huéspedes también estaban allí reunidos, hablando con Neville. Gwen les estrechó la mano con calidez y se despidió de ellos.

Pero ¿dónde estaba lord Trentham?

Fue como si lady Barclay le leyera el pensamiento.

—Hugo nos acompañó a Vincent y a mí a dar un paseo por el promontorio después del almuerzo —dijo la mujer—. Pero cuando emprendimos la vuelta, él bajó a la playa. Es habitual que se pase allí varias horas.

Todos los huéspedes clavaron la vista en ella.

—Eso quiere decir que no volveré a verlo —comentó—. Lo siento. Me habría gustado agradecerle en persona todo lo que ha hecho por mí. Tal vez pueda transmitirle mi agradecimiento y despedirme, lady Barclay.

No iba a volver a verlo.

Tal vez nunca más.

El pánico amenazó con abrumarla. Sin embargo, Gwen miró a los presentes con una sonrisa y se volvió hacia la puerta.

Antes de que lady Barclay pudiera responder, el mismísimo lord Trentham apareció en la puerta, con la respiración agitada, el aspecto de un gigante y una mirada feroz. Echó un vistazo a su alrededor antes de clavar la vista en ella.

—¿Se va? —le preguntó.

El alivio la inundó. Pero también deseó que se hubiera mantenido alejado un poco más.

Las contradicciones de siempre.

—Mi hermano ha venido a buscarme —repuso ella—. El conde de Kilbourne. Neville, te presento a lord Trentham, que fue quien me encontró cuando me torcí el tobillo y me trajo en brazos hasta aquí.

Los dos se miraron entre sí. Evaluando al contrario de esa forma tan atávica que tenían los hombres.

—Lord Trentham —lo saludó Neville—, Gwen mencionó su nombre en su carta. Me resultó familiar al leerlo, y ahora que lo veo, entiendo el motivo. Es usted el capitán Emes, ¿verdad? Comandó la carga suicida en Badajoz. Es un honor. Y estoy en deuda con usted. Ha sido muy amable con mi hermana.

Le tendió la mano derecha, y lord Trentham se la estrechó.

Gwen se volvió con decisión hacia el duque de Stanbrook.

—Ha sido usted la amabilidad y la cortesía personificadas —le dijo—. No tengo palabras para expresarle mi gratitud.

—Nuestro club pierde a su miembro honorario —repuso el duque, con esa sonrisa austera tan suya—. La echaremos de menos, lady Muir. Tal vez nos veamos más adelante en la ciudad. Pienso pasar allí una corta temporada.

Y después se realizaron las despedidas, y ya solo quedó partir. Era algo que había ansiado hacer hacía menos de una hora. Sin embargo, en ese momento, tenía el corazón compungido y no se atrevía a mirar hacia el lugar que anhelaba mirar con todas sus fuerzas.

Neville se acercó a ella, con la intención de llevarla en brazos al carruaje, y ella se volvió para darle las muletas a un criado que estaba cerca.

Sin embargo, lord Trentham se movió más deprisa que su hermano y la tomó en brazos sin mediar palabra.

—Señora, fui yo quien la trajo a esta casa —dijo—, y seré yo quien la saque de ella.

Y atravesó las puertas y casi corrió escalones abajo con ella, muy por delante de Neville y de cualquier otra persona.

—Así que esto es el final —dijo él.

—Sí.

Había un millón de cosas que quería decir... como poco. No se le ocurría ni una sola. Aunque así era mejor. Porque, en realidad, no había nada que decir.

La portezuela del carruaje estaba abierta. Lord Trentham se inclinó hacia el interior y la dejó con cuidado en el asiento que miraba hacia delante. Agarró uno de los cojines del asiento contrario, lo ahuecó y le puso el pie encima. En ese momento, la miró a los ojos, con una expresión penetrante y ardiente. Tenía la boca apretada y sus labios parecían una fina línea. Su mentón parecía más pétreo que nunca. Volvía a parecer un curtido y peligroso oficial del ejército.

—Que tenga un buen viaje —le deseó él antes de sacar la cabeza del carruaje y enderezarse.

—Gracias —replicó.

Le sonrió. Él no lo hizo.

A esa misma hora, el día anterior, estaban haciendo el amor en la playa. Él desnudo y ella prácticamente igual de vestida que lo estaba en ese momento.

Neville se subió al carruaje y se sentó a su lado, alguien cerró la portezuela y emprendieron la marcha.

Gwen se inclinó hacia delante y hacia un lado para despedirse a través de la ventanilla. Todos estaban allí fuera, el duque y sus huéspedes, incluido lord Trentham, que se encontraba un poco separado de los demás, con una expresión impasible y las manos entrelazadas a la espalda.

—Me pregunto cómo no te moriste del susto, Gwen —comentó Neville, que se rio entre dientes—. Estoy seguro de que fue la cara del capitán Emes lo que abrió la brecha en los muros de Badajoz. Se mereció todos los galardones que siguieron, por cierto. Hay consenso generalizado en que ningún otro hombre del ejército pudo haber hecho lo que él consiguió aquel día. Debe de estar muy orgulloso de sí mismo, y con razón. ¡Ah, Hugo!

—Sí —convino al tiempo que apoyaba la cabeza en el respaldo del asiento y cerraba los ojos—. Neville, me alegro mucho de que hayas venido. Me alegro muchísimo.

Algo que no explicaba por qué, un segundo después, las lágrimas le resbalaban por las mejillas mientras empezaba a hipar en un vano intento por acallar los sollozos, tras lo cual Neville le rodeó los hombros con un brazo y le murmuró palabras de consuelo antes de sacarse un gran pañuelo de lino del bolsillo de la chaqueta.

—Pobre Gwen —dijo su hermano—. Has pasado por un horrible trance. Pero pronto estaremos de vuelta en casa, donde mamá podrá cuidarte hasta que se canse... y Lily también, no me cabe la menor duda. Y los niños han estado preguntando por su tía Gwen casi desde que te fuiste, exigiendo saber cuándo ibas a volver. Se alegraron de verme marchar al enterarse de que venía a buscarte. La pequeña, cómo no, se ha mostrado indiferente todo el tiempo. Mientras tenga a Lily cerca, es una criaturita feliz de la vida. ¡Ah! Y antes de que empieces a pensar lo contrario, yo también me alegraré de tenerte de vuelta en casa.

La miró con una sonrisa.

Gwen hipó una vez más antes de esbozar una sonrisa temblorosa.

—Y pronto tendrás mucho más para dejar de pensar en el tobillo lastimado —continuó Neville—. La familia nos invadirá en Pascua. ¿Lo recuerdas?

—Por supuesto —contestó, aunque, en realidad, se le había olvidado por completo. Lady Phoebe Wyatt, la flamante adición a la familia de Neville y de Lily, iba a ser bautizada, y una ingente cantidad de familiares iría a Newbury Abbey para celebrar la ocasión. Entre dichos familiares se encontraban los primos a los que más quería, Lauren y Joseph.

¡Oh! Era maravilloso regresar a casa. Regresar al mundo que conocía y a las personas a quienes quería y quienes la querían a su vez.

Volvió la cabeza para mirar por la ventanilla del carruaje.

«Que tenga un buen viaje», le había dicho él.

¿Qué se había esperado? ¿El lamento de un amante? ¿De lord Trentham?

—Será mejor que nos paremos un momento en el pueblo —dijo—. Debería despedirme de Vera.

Hugo fue directo a Londres después de abandonar Penderris Hall. Ansiaba ir a casa, a Crosslands Park, para estar tranquilo un tiempo, para ver a los corderos y a los terneros recién nacidos, para hablar sobre la siembra de primavera con su administrador, para planificar mejor que el año anterior las plantas ornamentales que sembrarían en el jardín, para... en fin, para lamerse las heridas.

Se sentía herido.

Pero si iba a Crosslands Park en primer lugar, podría inventarse excusas para quedarse allí de forma indefinida, y bien podría convertirse en el recluso que sus amigos del Club de los Supervivientes lo habían acusado de ser. Claro que ser un recluso no tenía nada de malo si se disfrutaba de la propia compañía, tal como hacía él, aunque sus amigos insistieran en que no era su naturaleza y en que se encontraba en peligro de explotar algún día, como un cohete a la espera de que se encendiera la mecha.

Pero sí estaba mal ser un recluso o incluso un granjero y jardinero feliz cuando se tenían responsabilidades en otra parte. Su padre llevaba muerto más de un año a esas alturas, y en todo ese tiempo él se había limitado a mirar los meticulosos informes que William Richardson le enviaba todos los meses. Su padre había escogido a su administrador con cuidado y confiaba en él ciegamente. Sin embargo, le había dicho a Hugo en sus últimas horas de vida, Richardson solo era un administrador, no un visionario. Tras leer con atención los informes, Hugo había reparado en algunos detalles y había sentido el impulso de hacer alguna modificación, de forzar un cambio de rumbo, de involucrarse. Pero era un impulso que se negaba con tozudez a seguir. No quería involucrarse.

Era una actitud que no podía mantener más tiempo.

Y Constance crecía por momentos. Con diecinueve años seguía siendo muy joven, por supuesto, aunque a veces sugiriera en sus cartas que ya era una anciana. Pero él sabía que las jovencitas creían que se habían quedado para vestir santos si no se casaban antes de los veinte. Sin embargo y con independencia de esa cuestión, todas las muchachas de dieciocho o diecinueve años deberían estar disfrutando con otros jóvenes de su edad. Deberían estar buscando a posibles parejas, tanteando el terreno, tomando decisiones.

Fiona estaba demasiado enferma para llevar a Constance a ninguna parte, y también estaba demasiado enferma para permitir que alguien alejara a Constance de su lado. ¿Cómo iba a apañárselas sin su hija a su lado todos y cada uno de los segundos que estaba despierta durante el día?

No había nadie más egoísta que su madrastra. Solo él podía enfrentarse a ella. Tendría que volver a hacerlo, ya que era el tutor legal de Constance.

Resistió la tentación de ir a Crosslands Park y, en cambio, se fue directo a Londres. Había llegado el momento.

Se armó de valor.

Constance se mostró encantada de verlo. Cuando anunciaron su llegada, chilló como una loca y cruzó corriendo el salón de su madre para lanzarse a sus brazos.

—¡Hugo! —exclamó—. ¡Oh, Hugo! Has venido. ¡Por fin! Y sin avisarnos siquiera, bribón.

La abrazó con fuerza y dejó que el amor y la culpa lo abrumaran a partes iguales. Era joven, delgada, rubia y bonita, con esos expresivos ojos verdes. Se parecía mucho a su madre, y eso le hizo comprender por qué su serio y formal padre había hecho algo tan fuera de lugar como casarse con la ayudante de una sombrerera dieciocho años más joven que él, dos semanas después de haberla conocido.

—Vengo para quedarme —anunció—. Prometí que vendría esta primavera, ¿no? Te veo muy bien, Connie.

La alejó un poco y la miró fijamente. Le brillaban los ojos y tenía las mejillas sonrosadas, aunque daba la impresión de que necesitaba que le diera un poco más el sol. Ya se encargaría él de remediar eso.

Su madrastra parecía igual de complacida de verlo. Aunque no solía pensar en Fiona como en su madrastra. Solo tenía cinco años más que él. Era un muchacho grandote cuando ella se casó con su padre, mucho más corpulento que ella. Fiona lo aduló, lo colmó de afecto, le demostró que se sentía orgullosa de él, lo ensalzó ante su padre... y, a la postre, lo alejó. No habría insistido en que su padre le comprara la comisión en el ejército de no ser por Fiona. Al fin y al cabo, no creció deseando ser un soldado. Una idea rara. Lo distinta que habría sido su vida.

Era una idea que añadir a todas las posibilidades no realizadas de su existencia.

Fiona le tendió una mano, con un pañuelo arrugado entre los dedos. Seguía siendo preciosa, aunque su aspecto era un tanto lánguido y desvaído. Era tan delgada como Constance. No tenía una sola cana en el pelo ni una arruga en el rostro, aunque tenía mal color de cara, algo que bien podría estar causado por una enfermedad real o por esas dolencias imaginarias que la mantenían en casa e inactiva a todas horas. Siempre había padecido esas dolencias. Las usaba para hacerse con la constante atención de su padre, aunque seguramente no habría necesitado de tales artimañas para conseguir su objetivo. Su padre la adoró hasta el final, si bien se entristeció al comprender cómo era en realidad.

—¡Hugo! —exclamó ella mientras le hacía una reverencia sobre la mano antes de llevársela a los labios—. Has vuelto a casa. Tu padre se habría alegrado. Quería que cuidaras de mí. Y también de Constance.

—Fiona —le soltó la mano y retrocedió un paso—, espero que tus necesidades hayan estado totalmente cubiertas durante el año pasado, incluso en mi ausencia. De no ser así, alguien responderá ante mí.

—¡Qué hombre más firme! —Esbozó una sonrisa desvaída—. Siempre me ha gustado eso de ti. Me ha faltado compañía, Hugo. Nos ha faltado compañía, ¿no es cierto, Constance?

—Pero ya estás aquí —repuso Constance con alegría al tiempo que entrelazaba el brazo con el suyo—. Y te vas a quedar. ¡Oh! ¿Me llevarás a ver a nuestros primos? ¿O los invitarás a que vengan? ¿Y me llevarás a...?

—Constance —protestó su madre.

Hugo se sentó y colocó una mano sobre la de su hermana, pequeña y suave, después de tirar de ella para que se sentara a su lado.

Se quedó durante casi dos semanas. No invitó a ningún familiar a casa. La salud de Fiona no lo permitiría. Aunque sí visitó a sus tíos, a sus tías y a sus primos, llevándose a Constance con él pese a las protestas de su madre por quedarse sola. Y no tardó en percatarse de algo. La mayoría de sus parientes eran muy sociables y tenían contactos en su mundo burgués. Estaban todos encantados de verlos, e igual de felices de ver a Constance. Algunos de los primos más jóvenes tenían su misma edad. Cualquiera de ellos estaría más que dispuesto a que Constance los acompañara. Seguramente tendría un gran número de admiradores en cuestión de días o de semanas. Podría casarse antes de que acabara el verano.

Lo único que Constance necesitaba era que alguien, que él, le plantara cara a su madre para que no tuviera que quedarse encarcelada en casa, como una dama de compañía sin sueldo. No se sentiría obligado a casarse. Al menos, no por el bien de Constance. Y no estaba ansioso por casarse por el otro motivo. Iba a estar en Londres una temporada. Podía satisfacer sus necesidades de otras formas, no solo a través del matrimonio.

Era una idea un tanto deprimente, la verdad, aunque también lo era el matrimonio.

Sin embargo, cumplir con la obligación que tenía hacia su hermanastra no iba a ser fácil de ninguna de las maneras. Porque Constance tenía ideas muy concretas sobre lo que la haría feliz, e iban más allá de moverse en el mundo de sus primos, por más que los quisiera y que disfrutase visitándolos.

—Eres un aristócrata, Hugo —le recordó ella una mañana, mientras paseaban por Hyde Park antes incluso de que Fiona se levantara de la cama—. Y eres un héroe. Es evidente que podrás moverte en círculos más exaltados que los que frecuentaba papá. En cuanto la gente descubra que estás en la ciudad, seguro que te llegan invitaciones. Sería lo más maravilloso del mundo asistir a un baile de la alta sociedad en una de las elegantes mansiones de Mayfair. Bailar en uno de esos salones. ¿Te lo imaginas?

La miró de reojo. Preferiría no tener que imaginarse nada semejante.

—Estoy seguro de que atraerás a muchísimos admiradores de nuestra misma clase si nuestros primos te acogen bajo su ala —repuso—. ¿Cómo no va a ser así, Connie? Eres preciosa.

Ella le sonrió y luego hizo un mohín con la nariz.

—Pero todos sois muy aburridos, Hugo —protestó ella—. Muy formales.

—¿Te refieres a nuestros primos? —le preguntó—. Son personas de éxito.

—Aburridos, con éxito y muy queridos como primos —replicó ella—. Pero todos los hombres que conocen van a ser iguales que ellos. Como maridos no serían adecuados en absoluto. No quiero aburrimiento, Hugo. Ni siquiera quiero éxito si va acompañado de esa respetabilidad tan rígida y formal. Quiero un poco de..., ¡oh!, de osadía. De aventura. ¿Hago mal?

No hacía mal, pensó él, aunque contuvo un suspiro. Suponía que todas las muchachas soñaban con casarse con un príncipe antes de hacerlo con alguien mucho más corriente que pudiera mantenerlas y cubrir sus necesidades básicas. La diferencia entre Constance y la mayoría de las demás muchachas era que ella veía una manera de hacer realidad sus sueños o, al menos, de acercarse lo suficiente a un príncipe para verlo de cerca.

—¿Y crees que los caballeros de la aristocracia te ofrecerán osadía, aventura, además de respetabilidad y felicidad?

Constance se rio de él.

—La esperanza es lo último que se pierde —contestó ella—, y tu trabajo consiste en asegurarte de que ningún libertino escandaloso se fugue conmigo por mi fortuna.

—Le aplastaría la nariz, junto con el resto de su cara, si la idea se le pasa por la cabeza siquiera —le aseguró.

Ella se echó a reír, y él también.

—Seguro que conoces a algún caballero —dijo ella—. Incluso a otros caballeros con título. ¿Es posible conseguir una invitación? ¡Oh! Seguro que sí. Si me llevas a un baile de la alta sociedad, Hugo, te querré para siempre. Aunque eso ya lo hago, claro. ¿Puedes conseguirlo?

Había llegado el momento de plantarse en firme.

—Supongo que sería posible —contestó.

Constance se detuvo en seco en el camino, chilló con alegría y le echó los brazos al cuello. Menos mal que solo había árboles y hierba mojada viéndolos.

—Claro que lo será —dijo ella—. Puedes hacer cualquier cosa, Hugo. ¡Oh, gracias, gracias! Sabía que todo se arreglaría en cuanto volvieras a casa. Te quiero, te quiero.

—Un amor de lo más interesado —masculló él mientras le daba palmaditas en la espalda. Se preguntó qué palabras habrían salido de sus labios de haber decidido no plantarse en firme.

¿Qué acababa de prometer... o más bien a qué se había comprometido? Mientras reanudaban el paseo, tuvo la sensación de que lo envolvía un sudor frío.

Y su mente regresó al deprimente asunto del matrimonio. Seguramente podría conseguir una invitación si se esforzaba un poquito, y seguramente podría llevar a Constance con él y esperar que unos cuantos caballeros la invitaran a bailar. Seguramente sería capaz de aguantar una velada, aunque detestaría cada segundo de la misma. Pero ¿se daría por satisfecha Constance con un solo baile o solo haría que tuviera ganas de más? ¿Y si conocía a alguien que mostraba más interés que el de bailar con ella? No sabría qué hacer salvo darle un buen puñetazo al hombre, algo que no sería ni sensato ni aconsejable.

Una esposa lo ayudaría a hacerlo bien.

Pero no una de la burguesía.

No se casaría con una mujer de la aristocracia solo por el bien de una hermana que no estaba dispuesta a aceptar el lugar que le correspondía en la sociedad.

¿Verdad?

Notaba el comienzo de un dolor de cabeza. Aunque nunca los había padecido, esa era una situación excepcional.

Permitió que Constance parloteara alegremente a su lado durante el resto del paseo. Fue medio consciente de que comentaba algo sobre que no tenía nada que ponerse.

Esperó, impaciente, la llegada del correo cada mañana durante esas dos semanas y lo revisaba dos veces todos los días como si creyera que la carta que buscaba se había traspapelado de alguna manera.

Temía verla y se llevaba una decepción cada vez que no lo hacía.

No le había dicho nada a Gwendoline después de acostarse con ella en la playa. Y como un colegial inexperto, la había evitado al día siguiente y casi no pudo despedirse de ella. Y cuando se despidió, le dijo algo muy profundo, algo como «Que tenga un buen viaje».

Empezó a hablar en la calesa cuando volvían de la cala, cierto, pero ella lo detuvo y lo convenció de que todo había sido muy agradable, gracias, pero que sería mejor dejarlo en eso.

¿Lo había dicho en serio? En aquel momento, creyó que sí, pero, la verdad, ¿podían las mujeres, más aún las aristócratas, mostrarse tan indiferentes en lo que se refería a los encuentros sexuales? Los hombres, sí. Pero ¿las mujeres? ¿Se había apresurado al aceptar lo que decía sin más?

¿Y si estaba embarazada y no le escribía?

Además, ¿por qué le resultaba imposible dejar de pensar en ella día y noche, por más ocupado que estuviera con otras cosas y con otras personas? Y estaba ocupado. Pasaba parte del día con Richardson, y empezaba a comprender mejor cómo funcionaban sus empresas, de modo que empezaban a ocurrírsele ideas... que hasta lo emocionaban.

Pero ella siempre estaba allí, en el fondo de su mente... y a veces no tan lejos.

Gwendoline.

Sería un idiota si se casaba con ella.

Pero ella lo salvaría de la idiotez. No se casaría con él ni aunque se lo pidiera. Le había dejado muy claro que no quería que se lo pidiera.

Pero ¿lo había dicho en serio?

Ojalá comprendiera mejor a las mujeres. Era un hecho bien sabido que no querían decir la mitad de las cosas que decían.

Pero ¿qué mitad era la que sí querían decir?

Sería un idiota.

La Pascua estaba a la vuelta de la esquina. Ese año se celebraba bastante tarde. Después de Pascua, ella iría a Londres para disfrutar de la temporada social.

No quería esperar tanto.

No le había escrito, pero y si...

Sería un idiota. Era un idiota.

—Tengo que ir al campo —anunció una mañana durante el desayuno.

Constance soltó la tostada y lo miró con evidente desolación. Fiona seguía acostada.

—Solo durante unos días —continuó—. Volveré en cuestión de una semana. Y la temporada social no empezará hasta después de Pascua, por cierto. No habrá oportunidad de asistir a un baile o a cualquier otro evento antes de esa fecha.

Su hermana se alegró un poco.

—¿Eso quiere decir que me vas a llevar? —le preguntó—. ¿A un baile?

—Es una promesa —contestó sin pensar.

A mediodía ya iba camino de Dorsetshire. Camino de Newbury Abbey en Dorsetshire, para ser más exactos.

11

Hugo llegó al pueblo de Upper Newbury una tarde grisácea y ventosa, y se dirigió a la posada para alquilar una habitación. No sabía si llegaría a necesitarla. Era más que posible que, antes de que llegara la noche, ardiera en deseos de poner la mayor distancia posible entre Newbury Abbey y su persona. Sin embargo, no quería dar la impresión de que estaba buscando la hospitalidad del conde de Kilbourne.

Fue andando hasta Newbury Abbey, temiendo que empezara a llover en cualquier momento, aunque las nubes decidieron retener su carga durante el tiempo necesario para que recorriera todo el camino sin mojarse. Poco después de atravesar los portones de la propiedad, vio lo que supuso que era el pabellón de la viuda, emplazado a su derecha, en mitad de una arboleda. Era un edificio de buen tamaño, que podría catalogarse de mansión en toda regla, no una simple casa. Titubeó un momento mientras sopesaba si debía dirigirse a ella en primer lugar. Allí era donde vivía Gwendoline. Sin embargo, intentó pensar como lo haría un caballero. Un caballero se dirigiría primero a la residencia principal para hablar con el hermano de la dama en cuestión. Una cortesía innecesaria, por supuesto. Gwendoline tenía treinta y dos años. Pero los miembros de las clases altas se regían por ese tipo de exquisiteces, ya fueran necesarias o no.

Se arrepintió de haber tomado esa decisión en cuanto llegó a la mansión, que era tan magnífica e imponente como Penderris Hall, pero sin la comodidad de que el dueño fuera uno de sus mejores amigos. El mayordomo le solicitó su nombre y se alejó escaleras arriba para ver si su señor estaba en casa... Una costumbre de lo más ridícula cuando se estaba en la campiña.

No lo hicieron esperar mucho. El mayordomo regresó para invitar a lord Trentham a que lo siguiera, de manera que subió la escalinata tras él en dirección al salón.

Una estancia que estaba, ¡maldita fuera su estampa!, atestada de gente, entre la cual daba la casualidad de que no se encontraba Gwendoline. No obstante, era demasiado tarde para darse media vuelta y salir corriendo. Lord Kilbourne lo esperaba en la puerta para saludarlo con una sonrisa en la cara y una mano tendida. A su lado se encontraba una mujer menuda y guapa, también muy sonriente.

—Trentham —dijo el conde al tiempo que le estrechaba la mano con cordialidad—, ¡qué detalle por su parte que nos visite! Imagino que va usted de vuelta a casa después de haber abandonado Cornualles, ¿verdad?

Hugo no lo corrigió.

—Se me ha ocurrido pasar por aquí —dijo— para ver si lady Muir se ha recuperado por completo del accidente.

—Pues sí —le confirmó lord Kilbourne—. De hecho, ha salido a pasear y es muy probable que acabe como una sopa como no se resguarde pronto bajo techo. Le presento a mi condesa, lady Kilbourne. Lily, amor mío, este es lord Trentham, el caballero que rescató a Gwen en Cornualles.

—Lord Trentham —lo saludó lady Kilbourne, que también le tendió la mano—. Neville nos ha hablado de usted y no voy a avergonzarlo con mi entusiasmo al conocerlo en persona, pero le aseguro que es un placer. Por favor, entre y conozca a la familia. Todos han venido para celebrar la Pascua y para asistir al bautizo de nuestra hija.

Y así, los dos juntos, lo acompañaron por la estancia como si fuera un trofeo muy codiciado mientras lo presentaban como el hombre que rescató a su hermana y que evitó que acabara desamparada en una playa desierta de Cornualles con una torcedura grave de tobillo. Y como el famoso héroe que lideró la carga del batallón suicida en Badajoz.

Hugo podría haberse muerto alegremente de la vergüenza, si acaso era posible semejante contradicción. Le presentaron a la condesa viuda de Kilbourne, que le sonrió con afabilidad y le agradeció lo que había hecho por su hija. También le presentaron a los duques de Portfrey (¿no le había dicho George que el duque fue un amigo de juventud?); a los duques de Anburey y a su hijo, el marqués de Attingsborough y su esposa, y a su hija, la condesa de Sutton y a su marido; al vizconde de Ravensberg y a su esposa; al vizconde de Stern y a su esposa, y a varias personas más. Ni uno solo de los presentes carecía de título.

Le pareció un grupo amigable. Los hombres le estrecharon la mano con entusiasmo y las mujeres se mostraron encantadas de que estuviera en la playa desierta para socorrer a lady Muir. Todos sonrieron, asintieron con las cabezas, le preguntaron si había tenido un buen viaje, hablaron del mal tiempo que llevaban sufriendo unos días y de lo encantados que estaban de poder conocer al fin al héroe que parecía haber desaparecido de la faz de la Tierra después de la gran hazaña de Badajoz cuando todo el mundo esperaba verlo.

Hugo asintió con la cabeza, unió las manos a la espalda y cayó en la cuenta de lo presuntuoso que había sido al ir a Newbury Abbey. Tal vez fuera un héroe, sí, a ojos de esas personas. Tenía también un título, algo vacío ya que todos sabían que era fruto de sus hazañas bélicas y que no lo había obtenido ni por herencia ni por nacimiento. Sin embargo, había ido para sugerirle a un integrante de su clase que considerara la idea de unir fuerzas con él mediante los lazos matrimoniales.

Decidió que la mejor estrategia era una retirada inmediata. No necesitaba esperar para verla. Supuestamente había llegado procedente de Cornualles tras abandonar Penderris Hall para dirigirse a casa, y se había desviado del camino por cortesía para preguntar si lady Muir se había recuperado del accidente. Tras haber confirmado que se había recuperado, podía marcharse sin que a nadie le resultara peculiar que no esperase.

¿O les resultaría peculiar?

Al cuerno con todos ellos. ¿Acaso le importaba lo que pensasen?

No estaba lejos del ventanal del salón, conversando con alguien, o más bien escuchando lo que le decía (a esas alturas ya había olvidado casi todos los nombres), cuando la condesa de Kilbourne exclamó desde un lugar cercano:

—¡Ahí está! Y está lloviendo... a mares. Pobre Gwen. Va a acabar hecha una sopa. Bajaré a por ella y la subiré a mi vestidor para que se seque un poco.

Acto seguido, se dio media vuelta y salió a la carrera de la estancia mientras varios invitados, Hugo entre ellos, miraban al lluvioso exterior y veían a lady Muir que se acercaba a la mansión atravesando en diagonal el prado que se extendía frente a la fachada. La cojera era bastante notable, el viento le azotaba la pelliza, que parecía empapada de agua, y llevaba en las manos un paraguas que sostenía de lado para protegerse todo lo posible.

Hugo tomó una lenta bocanada de aire.

Kilbourne estaba a su lado y lo oyó reírse entre dientes.

—Pobre Gwen —fueron sus palabras.

—Kilbourne, si no es un mal momento —dijo él—, me gustaría hablar con usted en privado.

Unas palabras con las que acababa de quemar unos cuantos puentes, pensó.

Gwen se había recuperado por completo de la torcedura de tobillo, pero no podía decir lo mismo de su decaído estado de ánimo.

Al principio, se dijo que una vez que pudiera empezar a moverse sin ayuda, su vida recobraría la normalidad. Era muy aburrido verse obligada a pasar la mayor parte del día sentada en un sofá, aunque pudiera realizar en él la mayoría de sus actividades preferidas como leer, bordar, hacer encaje o escribir cartas. Además, contaba con la compañía de su madre. Lily y Neville la visitaban todos los días, a veces juntos, a veces por separado. Los niños, incluida la más pequeña, solían acompañarlos. También la visitaban los vecinos.

Después, cuando por fin pudo andar de nuevo y vio que seguía con el ánimo decaído, se convenció de que en cuanto llegara la familia para pasar la Pascua, todo se arreglaría. Lauren iba a ir, y también lo harían Elizabeth y Joseph y... ¡oh, toda la familia! Deseaba con gran impaciencia que llegaran todos.

Pero ya no tenía más explicaciones razonables para el desánimo del que no parecía poder librarse. Había recuperado la movilidad por completo y la familia llevaba dos días instalada en Newbury Abbey. Aunque el tiempo era espantoso y todos empezaban a preguntarse si acabarían olvidándose de cómo era el sol, siempre había alguien de cuya compañía disfrutar y muchas actividades que podían realizarse en el interior.

Había descubierto con cierto desaliento que no disfrutaba de la compañía de los demás tanto como acostumbraba a hacer. Porque todos formaban parte de una pareja. Salvo su madre, claro. Y ella. Y qué lastimero sonaba eso. Estaba soltera por decisión propia. No se esperaba que una mujer que enviudaba a los veinticinco años permaneciera sola el resto de su vida. A ella se le habían presentado incontables ocasiones para volver a casarse.

No le había hablado de Hugo a nadie.

Ni a su madre, ni a Lily. Ni siquiera a Lauren. A ella le escribió una larga carta el día que descubrió que no estaba embarazada. Se lo contó todo, incluido el hecho de que se había enamorado y de que no parecía capaz de poder olvidarlo, aunque lo lograría, y también incluyó el sórdido detalle de que se había acostado con el hombre en cuestión y de que acababa de descubrir que no habría desastrosas consecuencias. Pero rompió la carta y le escribió otra. Se lo contaría a Lauren cuando la viera en persona, decidió. No tendría que esperar mucho.

Pero ya había visto a su prima y todavía no le había contado nada, aunque Lauren percibía que tenía algo que contarle, le había preguntado varias veces y había intentado quedarse a solas con ellas en varias ocasiones para tener una conversación privada. Siempre habían sido buenas amigas y confidentes. Gwen se había resistido en todas y cada una de esas ocasiones, y Lauren parecía preocupada.

Esa tarde había decidido salir a andar sola en vez de acompañar a su madre a la mansión y pasar allí el resto del día. Ya iría más adelante, le había dicho. Pese a los nubarrones, al viento y a la promesa de la lluvia inminente, cualquiera de sus primos habría aceptado acompañarla si se lo hubiera pedido. Podrían haber salido todos juntos, conformando un alegre grupo.

Lauren se sentiría dolida al descubrir que había decidido salir sola. Joseph la miraría con el ceño fruncido, un poco perplejo. Tal y como Lily, Neville y su madre la miraban de un tiempo a esa parte.

Porque no era normal en ella mantenerse alejada del grupo, no parecer alegre y contenta. Había intentado parecer alegre desde que volvió a casa. Pensaba incluso que lo había logrado. Pero era evidente que no.

Había llorado todos los días desde que descubrió que no estaba embarazada. Una reacción la mar de ridícula. Porque debería estar feliz por el alivio que suponía. Y se había sentido aliviada, sí. Pero no feliz. Porque, obviando lo demás, solo había sido otro recordatorio de que jamás podría ser madre.

A veces, bastante a menudo a decir verdad, intentaba imaginarse al bebé que había perdido, a la niña o al niño que sería en ese momento, con casi ocho años. Algo ridículo. Porque ese niño o esa niña no existían. Y semejante empeño solo conseguía dejarla alicaída por el dolor y la culpa.

¿Cuándo iba a conseguir librarse de esa melancolía tan grande y absoluta? Se sentía irritada consigo misma. Como se descuidara, acabaría convertida en una llorona y solo atraería a más llorones por amigos.

Había decidido pasear por el sendero resguardado por los árboles que discurría en paralelo a la linde de la propiedad y a los acantilados que se encontraban a escasa distancia, hasta que llegó a la bajada de la colina a cuyos pies se extendía el prado cubierto de hierba y el puente de piedra por el que se accedía a la playa arenosa. Siempre le había gustado ese sendero. Podía enfilarlo directamente desde el pabellón de la viuda y estaba cubierto por las frondosas ramas de los árboles, que ocultaban tanto el mar como los acantilados. Era un paseo sereno y agreste. Aunque no había mucho barro, tampoco se encontraba en las condiciones ideales para andar con comodidad y si volvía a llover, o más bien cuando volviera a llover, se embarraría de nuevo.

Tal vez se animara cuando todos se trasladaran a Londres después de la Pascua y empezaran los múltiples eventos de la temporada social.

Hugo también iría a Londres.

A buscar esposa. De su misma clase social.

En lo más recóndito de su corazón, había tomado una decisión. Iba a considerar seriamente a cualquier caballero que pareciera interesado en cortejarla ese año. Y siempre había unos cuantos. Al menos, sopesaría la idea de casarse de nuevo. Buscaría un hombre amable y de buen carácter, aunque también tendría que ser inteligente y sensato. Uno mayor sería mejor que uno joven. Tal vez un viudo que, como ella, estuviera buscando el consuelo de la mutua compañía en vez de algo más excitante. No buscaría pasión. Había disfrutado de ella recientemente y no quería volver a experimentarla. Era demasiado descarnada y demasiado dolorosa.

Tal vez el próximo año por esas mismas fechas estuviera casada de nuevo. Tal vez incluso... Pero no. No pensaría de nuevo en eso para evitar volver a sufrir una terrible desilusión. Y no consultaría a otro médico que pudiera ofrecerle una opinión bien formada de su fertilidad. Si le decía que no, perdería para siempre toda la esperanza. Y si le decía que sí, se arriesgaría a sufrir una decepción mucho mayor si, después de todo, no conseguía quedarse embarazada.

Podía vivir sin tener hijos propios. Claro que sí. Lo estaba haciendo en ese momento.

Había llegado al final del sendero y se encontraba justo al borde del brusco descenso hacia el valle. Era el paseo más largo que había dado desde que volvió de Cornualles.

Rara vez bajaba al valle, aunque era un lugar precioso con esa cascada que caía desde los acantilados y que alimentaba la profunda poza rodeada de helechos. Su abuelo le construyó una casita a su abuela junto a la poza, porque le gustaba dibujar en ese lugar. Ese día, Gwen decidió que tampoco bajaría. Ni siquiera lo habría hecho de no estar lloviendo; pero, de repente, empezó a llover y no de forma moderada como había llovido durante esa mañana y durante todo el día anterior. No, los cielos se abrieron de pronto, y cayó un diluvio del que ni siquiera el paraguas podía protegerla.

Se dio media vuelta para volver corriendo a casa. Sin embargo, el pabellón de la viuda estaba bastante lejos y sabía que sería un error caminar tan rápido semejante distancia con el tobillo debilitado y por un camino resbaladizo a causa de la lluvia. La mansión le quedaba mucho más cerca si atravesaba en diagonal el prado en vez de seguir por el camino. De todas formas, su intención había sido la de visitar la mansión más tarde.

Se decidió con presteza y echó a andar rápidamente por la hierba con la cabeza gacha, subiéndose el bajo del vestido y de la pelliza con una mano en un vano intento por evitar que las prendas acabaran empapadas y manchadas de barro, mientras sujetaba el paraguas con la otra en un ángulo que la protegiera de la lluvia lo máximo posible. Antes incluso de llegar a la mansión tuvo que hacer uso de las dos manos para sujetar el paraguas y evitar así que el viento se lo llevara.

Llegó empapada y sin aliento.

Lily debió de verla llegar por el ventanal del salón. Ya había bajado la escalinata y la esperaba en el vestíbulo de la planta baja mientras un criado aguardaba con la puerta abierta a que ella entrara.

—¡Gwen! —exclamó Lily—. Pobrecita mía, si pareces medio ahogada. Será mejor que subas a mi vestidor para secarte. Te prestaré algún vestido bonito. Todos están en el salón y, además, acaba de llegar un visitante.

Gwen no preguntó por la identidad de dicho visitante. Algún vecino, supuso. Agradecida, siguió a Lily escaleras arriba. No podía aparecer en el salón con semejante aspecto.

Sin embargo, la puerta del salón se abrió y Neville salió de la estancia justo cuando ellas llegaban al primer descansillo. Gwen esbozó una sonrisa que podía pasar por una mueca, pero en ese momento se quedó petrificada al ver que otro hombre se detenía detrás de su hermano en el vano de la puerta, ocupándolo con su impresionante presencia. Sus ojos oscuros la atravesaron.

¡Por el amor de Dios, el visitante!

—Lady Muir —la saludó lord Trentham, que inclinó la cabeza sin apartar los ojos de ella. Tenía un aspecto serio, feroz, y parecía tan tenso como un muelle.

¿Qué estaba haciendo en Newbury Abbey?

—¡Oh! —exclamó ella tontamente—. Parezco una rata empapada.

Los ojos de lord Trentham la recorrieron de la cabeza a los pies y, después, hicieron el camino a la inversa.

—Pues sí —convino—, aunque habría sido de mala educación señalarlo de no haberlo dicho usted en primer lugar.

Tan franco como de costumbre.

Lily decidió que el intercambio era gracioso y se rio. Gwen lo miró sin decir nada y se humedeció los labios, que debían de ser la única parte seca de su persona.

¡Por el amor de Dios! ¡Hugo estaba en Newbury Abbey!

—Estaba a punto de llevar a Gwen a la planta alta para que se seque y se cambie de ropa —les informó Lily— antes de que muera de una pulmonía.

—Hazlo, amor mío —replicó Neville—. No me cabe duda de que lord Trentham la esperará.

—Lo haré —dijo el aludido, y Gwen cedió a la presión de la mano de Lily, que tiraba de ella en dirección al siguiente tramo de la escalinata.

¿Qué estaba haciendo Hugo en Newbury Abbey?

Gwen se puso un vestido de lana de color celeste de Lily que le quedaba un poco largo, pero que, por lo demás, le sentaba bastante bien. Tenía el pelo húmedo y más rizado de lo normal, pero podía apañárselas con él. Se sentía sin aliento y un poco mareada mientras se preparaba para bajar al salón.

Lily sabía el motivo por el que lord Trentham había ido a Newbury Abbey. Iba de camino a casa desde Cornualles y, puesto que Newbury Abbey no quedaba demasiado lejos, había decidido visitarlos para comprobar si Gwen se había recuperado por completo del percance.

—Es muy amable por su parte —añadió Lily mientras recogía las prendas mojadas de Gwen y las dejaba en un montón junto a la puerta del vestidor—. Y todo un honor poder conocerlo. Todos están encantados de verlo por fin. Además, no decepciona, ¿verdad? Es tan grande y tan... severo. Parece un héroe.

«Pobre Hugo», pensó Gwen. «Debe de estar odiando cada minuto de la visita.» Además, ni siquiera se le habría pasado por la cabeza que toda su familia estuviera pasando unos días en la propiedad. Y todos eran aristócratas. Ninguno de ellos pertenecía a su mundo.

¿Cuál sería el verdadero propósito de su visita? Seguramente no habría estado todo ese tiempo en Penderris Hall. Claro que especular era ridículo. Ya lo descubriría.

—Me atrevo a decir —apostilló Lily mientras salían de la estancia— que ha hecho el desvío en su camino porque está enamorado de ti, Gwen. No sería sorprendente, ¿verdad? Como tampoco lo sería que tú estuvieras enamorada de él. Sí, es severo, pero también es... Mmm. ¿Cómo describirlo? ¿Espléndido? Sí, espléndido.

—¡Ay, Lily, por Dios! —replicó mientras bajaban la escalinata—. Siempre le das alas a la imaginación.

Lily se echó a reír.

—¡Qué pena que tú ni siquiera te permitas imaginar un segundo matrimonio! —repuso—. ¿O no es así?

Gwen no contestó. Sentía un nudo en la boca del estómago.

El silencio se hizo en el salón cuando ellas entraron. Neville estaba de pie junto al ventanal, con el ceño fruncido. Allí estaban todos los demás. Menos Hugo.

Lily también se percató de su ausencia.

—¡Oh! ¿Se ha marchado lord Trentham? —preguntó—. Hemos bajado lo antes posible. La pobre Gwen estaba calada hasta los huesos.

¿Se habría marchado? ¿Después de haber hecho todo el trayecto para preguntarle por el tobillo?

—Está en la biblioteca —le dijo Neville—. Acabo de dejarlo allí. Quiere hablar a solas con Gwen.

El silencio pareció acrecentarse.

—De verdad que es algo extraordinario —dijo su madre, poniéndole fin—. No es propio de ti que alientes las atenciones de un hombre como lord Trentham, Gwen. Sin embargo, ha venido para pedir tu mano.

—Gwen, me parece horriblemente presuntuoso por su parte —añadió Wilma, la condesa de Sutton—, aunque fuera tan amable de rescatarte cuando estuviste en Cornualles. Me atrevo a decir que el título y los elogios que recibió después de su indudable heroicidad se le han subido a la cabeza y se cree superior de lo que es en realidad.

Wilma nunca había sido su prima preferida. A veces le resultaba difícil de creer que fuera la hermana de Joseph.

—Gwen, lo siento, pero me ha parecido que no tengo derecho a hablar en tu lugar —le dijo Neville—. Tienes treinta y dos años. Sin embargo, su proposición no me parece tan impertinente como la pinta Wilma. Al fin y al cabo, lord Trentham tiene un título y una fortuna para acompañarlo. Además, es un gran héroe, tal vez el mayor de las recientes guerras. Si quisiera, podría convertirse en el favorito de la alta sociedad, tal y como lo ha demostrado nuestra reacción al verlo hace un rato. Tal vez debamos reconocerle el mérito de que nunca haya buscado la fama ni la adulación y de que pareciera un tanto incómodo al ser el protagonista de ambas esta misma tarde. Pero que haya venido hasta aquí para proponerte matrimonio es un poco embarazoso para ti. Siento mucho no haber podido pedirle que se marche sin más. Lo que sí he hecho ha sido advertirle de que llevas siete años llorando la muerte de Muir y de que es improbable que le des la respuesta que él espera.

—Neville, has hecho bien en no intentar hablar por Gwen —repuso Joseph, el marqués de Attingsborough, que la miró con una sonrisa—. No sé si sabes que a las mujeres no les gusta que lo hagan. Claudia me ha dejado bien claro que son capaces de hablar por sí mismas.

Claudia era su esposa.

—Joseph, todo eso está muy bien —replicó Wilma—, cuando se trata de un caballero.

—Wilma, por favor —intervino Lauren—. Lord Trentham me ha parecido todo un caballero.

—El pobre lord Trentham estará echando raíces en la biblioteca —dijo Lily—, o desgastando la alfombra de tanto andar de un lado para otro. Será mejor que dejemos a Gwen para que vaya a hablar con él. Ve, Gwen.

—Voy —replicó ella—. Pero, mamá, no tienes por qué preocuparte. Ni tú tampoco, Neville. Ni los demás. No voy a casarme con un soldado rudo de clase baja, aunque sea un héroe.

Se sorprendió al captar la amargura de su propia voz.

Nadie replicó, aunque su tía Elizabeth, la duquesa de Portfrey, la miró con una sonrisa y Claudia asintió vehementemente con la cabeza. Su madre había clavado la vista en las manos, que tenía unidas sobre el regazo. Neville la miraba con cierto reproche. Lily parecía preocupada. Lauren tenía una expresión arrobada en la cara.

Gwen salió de la estancia y bajó la escalinata con cuidado, levantándose el bajo del vestido para no pisarlo.

Todavía no había analizado su reacción al descubrir la presencia de Hugo. Por fin sabía cuál era el propósito de su visita. Pero ¿por qué? Ambos habían convenido desde el principio que un matrimonio entre ellos era imposible.

¿Por qué había cambiado Hugo de opinión?

Por supuesto, le diría que no. Estar enamorada de un hombre era una cosa; incluso hacer el amor con él. Pero casarse era harina de otro costal. El matrimonio implicaba mucho más que el amor y hacer el amor.

Le hizo un gesto con la cabeza al criado que esperaba junto a la puerta de la biblioteca para que la abriera.

12

A cada kilómetro que recorría en su camino a Newbury Abbey, Hugo se preguntaba qué creía que estaba haciendo. A cada kilómetro que recorría, intentaba convencerse de dar media vuelta antes de convertirse en un hazmerreír.

Pero ¿y si estaba embarazada?

Siguió su camino.

Para su consternación. Pasó quince minutos de lo más vergonzantes en el salón. Y después tuvo que vivir una conversación igual de vergonzosa en la biblioteca con Kilbourne.

El conde había sido educadísimo, incluso se había mostrado amigable. Pero le había dejado claro que creía que era un idiota por presentarse allí y esperar que «lady Muir» viera con buenos ojos su proposición de matrimonio. Con expresión algo avergonzada, prácticamente le dijo que su hermana no lo aceptaría. Le explicó que había querido muchísimo a su primer marido y que seguía desconsolada por su muerte. Que había jurado que no volvería a casarse y nunca había insinuado haber cambiado de opinión al respecto. Que no se lo tomara como algo personal si lo rechazaba. El conde casi dijo «cuando» lo rechazara. Llegó a formar la palabra con los labios, pero luego se corrigió para emplear el condicional.

Hugo seguía en la biblioteca, solo. Kilbourne había vuelto al salón con la promesa de que enviaría a su hermana en cuanto apareciera.

Tal vez no bajara. Tal vez Gwendoline enviara a Kilbourne con su respuesta. Tal vez estuviera a punto de sufrir la peor humillación de su vida.

Y lo tendría bien merecido. ¿Qué demonios estaba haciendo allí?

La verdad fuera dicha, había hecho bien poco para apoyar su causa, recordó con una mueca. Lo único que dijo Gwendoline al verlo en la puerta del salón fue que parecía una rata empapada. Y él, como el caballero elegante y sofisticado que era, le dio la razón. También podría haber añadido que estaba preciosa de todas formas, pero no lo había hecho, y ya era demasiado tarde.

«Una rata empapada.» ¡Qué bonito decirle eso a la mujer a la que había ido a proponerle matrimonio!

Pensó que la puerta de la librería no volvería a abrirse jamás, que lo dejarían vivir el resto de lo que le quedaba de vida clavado en ese punto de la alfombra de la biblioteca, con miedo a mover un músculo por si la casa se le caía encima. Se encogió de hombros con decisión y movió los pies para demostrarse que podía hacerlo.

Y, en ese momento, la puerta se abrió cuando menos lo esperaba, y entró Gwendoline. Una mano invisible cerró la puerta desde el otro lado, pero ella se apoyó en la hoja, con las manos a la espalda, seguramente aferrando el pomo. Como si estuviera preparándose para huir en cuanto se sintiera amenazada.

Hugo frunció el ceño.

El vestido prestado que llevaba le quedaba demasiado grande. Le cubría los pies y le quedaba un poco suelto en la cintura y en las caderas. Aunque el color le sentaba bien, al igual que la sencillez del diseño. Enfatizaba la delgada perfección de su cuerpo. Tenía el pelo rubio más rizado de lo normal. La lluvia debía de haberlo empapado pese al bonete y al paraguas que llevaba cuando cruzó a la carrera el prado. Tenía las mejillas sonrosadas; los ojos azules, abiertos de par en par; los labios, entreabiertos.

Como un colegial idiota, cruzó los dedos de ambas manos detrás de la espalda, incluso los pulgares entre sí.

—He venido —le dijo.

¡Por el amor de Dios! Si hubiera un premio al orador del año, estaría a puntito de ganarlo.

Ella no replicó, algo que tampoco era de sorprender.

Carraspeó.

—No me ha escrito —añadió.

—No.

Esperó a que dijera algo más.

—No —repitió ella—. No hubo necesidad. Le dije que no la habría.

La decepción que sintió le parecía muy ridícula.

—Bien. —Asintió con un gesto seco de la cabeza.

Y se hizo el silencio. ¿Cómo era posible que, a veces, el silencio pareciera algo físico con peso propio? Aunque no había un silencio real. Oía cómo la lluvia golpeaba los cristales de las ventanas.

—Mi hermana tiene diecinueve años —dijo—. Nunca ha disfrutado de mucha vida social. Mi padre acostumbraba a llevarla a visitar a nuestros parientes cuando estaba vivo, pero, desde su muerte, se ha encerrado en casa con su madre, que siempre tiene alguna dolencia y a quien le gusta mantenerla constantemente a su lado. Ahora soy su tutor legal. El de mi hermana, quiero decir. Y necesita una vida social más allá de la familia directa.

—Lo sé —repuso ella—. Me lo explicó en Penderris Hall. Es uno de los motivos de que quisiera casarse con una mujer de su misma clase. Una mujer práctica y capaz, creo que dijo.

—Pero ella..., Constance, no se contenta con conocer a alguien de su misma clase —dijo—. Si se contentara con eso, no pasaría nada. Nuestros parientes la llevarían a eventos y le presentarían a muchos hombres adecuados, y yo no tendría que casarme. No por ese motivo, al menos.

—Pero... —dijo ella, pronunciándolo como si fuera una pregunta.

—Está decidida a asistir, al menos, a un baile de la alta sociedad —le explicó—. Cree que mi título lo hará posible. Le he prometido que conseguiré que lo sea.

—Es usted lord Trentham —señaló ella— y el héroe de Badajoz. Por supuesto que puede conseguirlo. Tiene contactos.

—Todos hombres. —Hizo una mueca—. ¿Y si no basta con un solo baile? ¿Y si no atrae a ningún pretendiente?

—Es más que posible que lo haga —contestó ella—. Su padre era muy rico, según me dijo usted. ¿Es guapa?

—Sí —contestó. Se humedeció los labios—. Necesito una esposa. Una mujer acostumbrada a la vida de la alta sociedad. Una dama de la aristocracia.

Se hizo de nuevo un breve silencio, y Hugo deseó haber ensayado lo que iba a decir. Tenía la sensación de que lo estaba haciendo todo mal. Pero ya era demasiado tarde para empezar de nuevo. Solo podía seguir avanzando.

—Lady Muir —dijo al tiempo que apretaba tanto los dedos cruzados que casi se hizo daño—, ¿se casará conmigo?

Seguir avanzando cuando no se había estudiado el terreno que tenía por delante podía ser desastroso. Lo sabía por experiencia. Volvió a comprobarlo en ese momento. Todas las palabras que había pronunciado parecían haberse quedado delante de él, como impresas en una página, y podía ver con dolorosa claridad lo mal que sonaban.

E incluso sin esa imaginaria página, solo tenía que mirar la cara de Gwendoline.

Tenía la misma expresión que aquel primer día, cuando se lastimó el tobillo.

Gélida altivez.

—Se lo agradezco, lord Trentham —repuso—, pero debo rechazar su proposición.

En fin, ya estaba.

Lo habría rechazado indistintamente de cómo se lo hubiera propuesto. Pero, la verdad, tampoco tenía por qué haber metido la pata tanto.

La miró fijamente, apretando los dientes y frunciendo más el ceño sin darse cuenta siquiera.

—Por supuesto —dijo—. No esperaba otra cosa.

Ella lo miró, y la expresión altiva fue tornándose poco a poco en una de desconcierto.

—¿De verdad esperaba que me casase con usted solo porque su hermana desea asistir a un baile de la alta sociedad? —le preguntó.

—No —contestó.

—¿Y por qué ha venido? —quiso saber ella.

«Porque esperaba que estuvieras embarazada.» Pero eso no era del todo verdad. Porque no lo había estado «esperando».

«Porque he sido incapaz de dejar de pensar en ti.» El orgullo le impedía decir algo semejante.

«Porque el sexo entre nosotros fue bueno.» No. Era cierto, pero esa no era la razón de que estuviera allí. Al menos, no la única razón.

¿Y por qué estaba allí? Le alarmó no saber la respuesta a su propia pregunta.

—No hay más motivo que ese, ¿verdad? —preguntó ella en voz baja tras un largo silencio.

Había descruzado los dedos y tenía los brazos a los costados. Flexionó los dedos en ese momento para deshacerse del hormigueo que sentía.

—Me acosté con usted —dijo.

—Y no ha habido consecuencias —le recordó ella—. No me forzó. Consentí libremente, y fue todo muy... placentero. Pero nada más, Hugo. Está olvidado.

Lo había llamado «Hugo». La miró con los ojos entrecerrados.

—En aquel momento —repuso—, dijo que fue mucho más que placentero.

La vio ruborizarse.

—No me acuerdo —replicó ella—. Seguramente tenga razón.

Era imposible que lo hubiera olvidado. No era vanidoso en cuanto a sus habilidades, pero Gwendoline era viuda y llevaba siete años célibe. No habría podido olvidarse aunque él hubiera hecho el peor de los ridículos.

Claro que daba igual, ¿verdad? No se casaría con él aunque se lo suplicara de rodillas en el suelo, llorando y recitando mala poesía. Ella era lady Muir y él, un advenedizo. Ella había tenido una mala experiencia en su primer matrimonio y sería muy reticente a emprender otro. Él era un hombre con problemas. Ella era muy consciente de eso. Era grande, torpe y feo. En fin, tal vez eso fuera una exageración, aunque no demasiado grande.

Le hizo una brusca reverencia.

—Le doy las gracias, señora —le dijo—, por haber aceptado oír mi proposición. No la entretendré más.

Ella se dio media vuelta para marcharse, pero se detuvo con la mano en el pomo de la puerta.

—Lord Trentham —dijo sin volverse—, ¿su hermana ha sido el único motivo de que haya venido?

Sería mejor no contestar. O contestar con una mentira. Sería mejor ponerle fin a esa farsa lo antes posible, de modo que pudiera volver a salir al aire libre y empezar a lamerse las heridas de nuevo.

Así que, cómo no, contestó con la verdad.

—No —dijo.

Gwen se había sentido tan furiosa y tan triste que apenas sabía cómo era capaz de seguir respirando. Se había sentido insultada y agraviada. Había ansiado escapar de la biblioteca y de la casa, correr bajo la lluvia hasta el pabellón de la viuda con ese vestido que le quedaba largo y el tobillo débil.

Claro que el pabellón de la viuda tampoco habría estado lo bastante lejos. Ni el fin del mundo lo habría estado.

Hugo tenía el aspecto de un curtido y amargado oficial del ejército cuando ella entró en la biblioteca. Parecía un desconocido distante y severo que estaba allí en contra de su voluntad. Le había resultado casi imposible creer que, durante una gloriosa tarde, también fue su amante.

Imposible con el cuerpo y con la mente, al menos.

Sus emociones eran harina de otro costal.

Y luego anunció que había ido..., como si ella debiera estar esperándolo, deseando su presencia, anhelándola. Como si le estuviera haciendo un enorme favor.

Y luego..., en fin, ni siquiera había intentado ocultar la razón que había motivado su proposición de matrimonio. La posibilidad de usar su influencia para presentar a su queridísima hermana ante la alta sociedad, de modo que pudiera encontrar un hombre de alcurnia con el que casarse.

Debía de estar esperando que estuviera encinta para que su tarea fuera más sencilla.

Se quedó con la mano en el pomo de la puerta después de que la hubiera despachado... Y la había despachado de la biblioteca de su propio hermano. Estaba a un paso de la libertad y de lo que sabía que sería una ridícula y tremenda desolación. Porque ya no le caía bien siquiera, y los recuerdos que tenía de él se verían empañados para siempre.

Y, en ese momento, se le ocurrió algo.

Era imposible que hubiera ido a Newbury Abbey con la intención de decirle que su hermana necesitaba una invitación a un baile de la alta sociedad y que, por tanto, debía casarse con él. Era, sencillamente, demasiado absurdo.

Era más que posible que, cuando Hugo echara la vista atrás y repasara la escena y las palabras que había pronunciado, se llevara las manos a la cabeza. Gwen supuso que si había ensayado lo que iba a decir, el discurso entero se le había olvidado en cuanto ella entró en la biblioteca. Era más que posible que su rígida pose militar, sus dientes apretados y el ceño feroz estuvieran ocultando la vergüenza y la inseguridad que sentía.

Suponía que había debido de armarse de valor para ir a verla a Newbury Abbey.

O podía estar equivocada, por supuesto.

—Lord Trentham —dijo con la puerta delante de la cara—, ¿su hermana ha sido el único motivo de que haya venido?

Creyó que no iba a contestarle. Cerró los ojos y empezó a girar el pomo con la mano derecha. La lluvia golpeó los cristales de la ventana de la biblioteca con súbita fuerza.

—No —contestó él, y ella aflojó la mano con la que sujetaba el pomo, abrió los ojos, tomó aire y se dio media vuelta.

Hugo tenía el mismo aspecto que antes. De hecho, su expresión parecía más feroz si cabía. Parecía peligroso..., pero ella sabía que no lo era. No era un hombre peligroso, aunque debía de haber cientos de hombres, tanto vivos como muertos, que le llevarían la contraria si pudieran.

—Me acosté con usted —dijo él.

Ya lo había dicho antes, y luego se fueron por las ramas al discutir si a ella le había resultado placentero o más que placentero.

—¿Y eso quiere decir que debería casarse conmigo? —le preguntó.

—Sí. —La miró fijamente.

—¿Es la moralidad burguesa la que habla? —quiso saber—. Sin embargo, ha estado con otras mujeres. Lo admitió en Penderris Hall. ¿También se sintió en la obligación de proponerles matrimonio?

—Eso fue distinto —repuso él.

—¿En qué sentido?

—El sexo con ellas fue un intercambio comercial —contestó Hugo—. Yo pagaba y ellas proporcionaban un servicio.

¡Oh, por el amor de Dios! Gwen se sintió mareada un instante. A su hermano y a sus primos les daría un ataque si estuvieran escuchando la conversación.

—Si me hubiera pagado —dijo ella—, ¿no se sentiría en la obligación de proponerme matrimonio?

—Menuda idiotez —replicó él.

Gwen suspiró y miró la chimenea. El fuego estaba encendido, pero necesitaba más carbón. Se estremeció. Debería haberle pedido a Lily un chal con el que envolverse los hombros.

—Tiene frío —señaló lord Trentham, y él también miró la chimenea, tras lo cual se acercó a ella y se agachó sobre el cubo del carbón.

Gwen cruzó la estancia mientras él estaba ocupado y se sentó en el borde de la butaca de cuero situada junto al fuego. Estiró las manos hacia él. Lord Trentham se colocó a un lado de la chimenea, de espaldas a esta, y la miró.

—Nunca he sentido un fuerte impulso por casarme —admitió—. Lo sentí todavía menos después de mis años en Penderris Hall. Quería... Necesitaba estar solo. Ha sido durante este último año cuando he llegado a la conclusión, a regañadientes, de que debería casarme... con alguien de mi misma clase, alguien que pueda satisfacer mis necesidades básicas, alguien capaz de organizar mi casa y de ayudarme de alguna manera con la explotación agraria y el jardín, alguien que me ayude con Constance hasta que esté bien instalada en su nueva vida. Alguien que encaje, no que sea una intrusa. Alguien en cuya vida privada yo no sea un intruso. Una compañera cómoda.

—Pero que sea también una compañera de cama con una buena dosis de pasión carnal —apostilló Gwen, que lo miró un instante antes de clavar de nuevo la vista en el fuego.

—Y eso también —convino él—. Todos los hombres necesitan una vida sexual vigorosa y satisfactoria. No me disculpo por desearla dentro del matrimonio en vez de buscarla fuera.

Gwen enarcó las cejas. En fin, había empezado ella.

—Cuando la conocí —siguió Hugo—, quise acostarme con usted casi desde el principio, aunque me irritaba infinitamente con su altivo orgullo y su insistencia para que la dejase en el suelo mientras la llevaba en brazos desde la playa. Esperé despreciarla después de que me hablara de la cabalgada con su marido y sus consecuencias. Pero todos hacemos cosas en la vida que van en contra de nuestro sentido común y de las que luego nos arrepentimos amargamente. Todos sufrimos. La deseaba, y fue mía en aquella cala. Pero el matrimonio era imposible. Los dos estábamos de acuerdo en eso. Nunca podría encajar en su vida, y usted nunca podría encajar en la mía.

—Pero ha cambiado de opinión —repuso Gwen—. Está aquí.

—De alguna manera, esperaba que estuviera embarazada. O, si no lo esperaba exactamente, al menos sí me hice a la idea en ese sentido, de modo que pudiera estar preparado. Y como no tenía noticias suyas, pensé que tal vez me había ocultado la información y que tendría a un bastardo del que nunca sabría nada. Esa posibilidad me reconcomió. Aunque no habría venido ni en ese caso. Si se oponía a casarse conmigo hasta el punto de ocultarme la existencia de un hijo, venir aquí y pedirle que se casara conmigo no iba a cambiar nada. Y luego Constance me habló de sus sueños. Los sueños de juventud son algo muy valioso. No deberían tacharse de tontos o irreales solo porque son sueños de juventud. La inocencia no debería destruirse a manos de la certeza cruel de que es mejor poseer cierto cinismo.

«¿Eso fue lo que le pasó?», se preguntó ella.

No se atrevió a preguntarlo en voz alta.

—Una esposa burguesa no podría ayudarme —dijo él.

—Pero ¿yo sí?

Él titubeó.

—Sí —contestó.

—Pero no es ese el único motivo para que desee casarse conmigo, ¿verdad? —insistió ella.

Hugo titubeó de nuevo.

—No —contestó—. Me acosté con usted. La puse en peligro de concebir un hijo fuera del matrimonio. No hay nadie más con quien desee casarme..., al menos, de momento. Habría pasión en nuestra cama. Por parte de ambos.

—¿Y no importa que fuéramos incompatibles en cualquier otro aspecto? —le preguntó.

Una vez más, titubeó.

—Se me ha ocurrido que podríamos probar.

Levantó la vista y lo miró a los ojos.

—¡Ay, Hugo! —dijo—. Uno prueba con la pintura cuando nunca ha cogido un pincel. O prueba a subir un acantilado cuando le tiene miedo a las alturas. O prueba una comida extraña aunque no le guste su aspecto. Si a uno le gusta, sea lo que sea, puede continuar. Si no le gusta, puede parar y probar otra cosa. Uno no puede probar con el matrimonio. Una vez que se lleva a cabo, no hay escapatoria.

—Usted debería saberlo —replicó él—. Ya lo ha probado. En ese caso, me marcharé, señora. Espero que no se resfríe por haberse mojado y por estar aquí con un vestido de verano, poco adecuado para principios de primavera.

Le hizo una reverencia muy formal.

La llamaba «señora», mientras que ella lo llamaba «Hugo».

—Y uno prueba el cortejo —siguió Gwen antes de bajar la vista de nuevo. Cerró los ojos. Era una estupidez. Más que eso. Pero tal vez tampoco impediría que él se alejara para siempre de su vida.

Hugo no se fue. Se enderezó y se quedó donde estaba. Se hizo un silencio durante el que Gwen se percató de que la lluvia seguía cayendo con fuerza.

—¿El cortejo? —preguntó él.

—Ciertamente yo podría ayudar a su hermana —afirmó ella mientras abría los ojos y se miraba el dorso de las manos, que tenía en el regazo—. Si es bonita y tiene buenos modales, como estoy segura de que es el caso, y es rica, será aceptada sin problemas por la alta sociedad, aunque tal vez no por los estamentos más altos. Sería aceptada sin problemas, por supuesto, si yo la amadrinara.

—¿Estaría dispuesta a hacer eso aunque no la conoce siquiera? —preguntó él.

—Por supuesto, tendría que conocerla primero —admitió.

El silencio se hizo una vez más.

—Supongo que si nos caemos bien, la amadrinaré —añadió, mirándolo de nuevo—. Pero pronto se sabrá quién es la señorita Emes, y quién es su hermano. Seguramente se sorprenda al descubrir que es bastante famoso, lord Trentham. No muchos oficiales del ejército, sobre todo los que carecen de orígenes aristocráticos, son recompensados por sus servicios con títulos nobiliarios. Y cuando la gente descubra quién es la señorita Emes y quién la está amadrinando, no tardará en correrse la voz de que nos conocimos en Cornualles este mismo año. Empezarán a hablar del tema aunque no haya nada de lo que hablar.

—No consentiré que sea usted objeto de rumores —dijo él.

—¡Oh! No rumores, lord Trentham —lo corrigió—. Especulación. A la alta sociedad le encanta hacer de casamentera durante la temporada social o, al menos, especular acerca de quién corteja a quién y cuál será el resultado más probable. Pronto se correrá la voz de que me está cortejando.

—Y de que soy un pobre diablo impertinente —apostilló él— al que habría que colgar del árbol más cercano por los pulgares.

Sonrió al oírlo.

—Habrá quienes, por supuesto, se escandalicen con usted por su atrevimiento —convino ella—, y conmigo por alentarlo. Y habrá a quienes los enamore el romanticismo de la situación. Se harán apuestas.

Hugo apretó los dientes y su mirada se tornó más severa.

—Si de verdad desea casarse conmigo —continuó ella—, puede cortejarme durante la temporada social, lord Trentham. Habrá oportunidades de sobra..., siempre y cuando, por supuesto, me agrade su hermana y yo le agrade a ella.

—¿Eso quiere decir que se casará conmigo? —le preguntó él con el ceño fruncido.

—Seguramente, no —contestó—. Pero una proposición de matrimonio se hace después del cortejo, no antes. Cortéjeme y convénzame de que cambie de idea si usted no cambia de idea antes.

—¿Cómo demonios voy a hacerlo? —le preguntó él—. No tengo ni idea de cómo se corteja a alguien.

—Tiene más de treinta años —señaló Gwen—. Es hora de que aprenda.

Si antes había apretado los dientes, en ese momento Hugo parecía tener el mentón de granito. La miró fijamente.

Luego le hizo otra reverencia.

—Si tiene la amabilidad de informarme de su llegada a Londres, le haré una visita con mi hermana, señora —dijo él.

—Estaré ansiosa por recibirlos —repuso.

Y tras eso, él salió de la biblioteca y cerró la puerta a su espalda.

Gwen clavó la vista en el fuego, con las manos fuertemente entrelazadas en el regazo.

¿Qué había hecho?

Claro que no se arrepentía, comprendió. Sería... divertido presentar a una muchacha en la alta sociedad, sobre todo a una muchacha que no formaba parte de ella. Eso le alegraría la temporada social, la diferenciaría de todas las temporadas aburridas que la habían precedido. La libraría del desánimo que la había estado atormentando. Sería un desafío.

Y Hugo la cortejaría.

Tal vez.

¡Oh! Era un error colosal.

Sin embargo, el corazón le latía con algo muy parecido a la emoción. Y a la expectación. Se sentía completamente viva por primera vez en muchísimo tiempo.

13

Lauren se reunió con Gwen en la biblioteca diez minutos después. Cerró la puerta sin hacer ruido al entrar y se sentó en un sillón cercano al que ocupaba ella.

—Hemos visto que lord Trentham se alejaba andando de la casa, aunque está lloviendo a cántaros —dijo—. Hemos esperado a que volvieras al salón, pero no has aparecido. ¿Has rechazado su proposición, Gwen?

—Por supuesto que lo he hecho —contestó ella, que estiró los dedos sobre el regazo—. Es lo que todos esperabais, ¿no es cierto? Y lo que queríais, ¿verdad?

Se produjo un breve silencio.

—Gwen, estás hablando conmigo —repuso Lauren.

Gwen la miró.

—Lo siento —se disculpó—. Sí, le he dicho que no.

Su prima la miró a los ojos.

—Pero hay algo más —aventuró—. ¿Es lord Trentham el causante del desánimo que llevas sufriendo todo este tiempo?

—No estoy desanimada —protestó Gwen. Sin embargo, Lauren siguió mirándola sin flaquear—. Bueno, supongo que sí lo he estado. He llegado a la conclusión de que la vida se me escapa. Tengo treinta y dos años, estoy soltera y vivo en un mundo donde la soltería no es cómoda. No para una mujer, en todo caso. He estado pensando que este año voy a buscar un marido en Londres. O, al menos, a pensar seriamente en cualquier caballero que demuestre interesarse por mí. La familia al completo estará encantada, ¿a que sí?

—Sabes que todos lo estaremos —le contestó Lauren—. Pero ¿cómo es posible que esta decisión te haya desanimado hasta el punto de que ni siquiera quieres hablar?

Definitivamente parecía dolida, pensó Gwen. Suspiró.

—Me enamoré de lord Trentham durante mi estancia en Cornualles —confesó—. Ahí lo tienes. ¿Eso es lo que querías oír? Me... enamoré de él. Y hace diez días más o menos descubrí que no me había dejado embarazada y sentí un gran alivio y una terrible tristeza. Y... ¡Oh, Lauren! ¿Qué voy a hacer? Parece que me resulta imposible sacármelo de la cabeza. Y del corazón.

Lauren la miraba atónita, sumida en el silencio.

—Gwen —dijo—, ¿existía la posibilidad de que estuvieras embarazada?

—En realidad, no —contestó—. Después del aborto que sufrí hace ocho años, el médico me dijo que no podría tener hijos. Y en Cornualles solo pasó una vez. Claro que no es eso exactamente lo que me estás preguntando, ¿verdad? La respuesta a tu verdadera pregunta es sí. Me acosté con él.

Lauren se inclinó hacia delante en el sillón y estiró un brazo para acariciarle el dorso de una mano con la yema de los dedos. Repitió el movimiento varias veces antes de apoyarse de nuevo en el respaldo.

—Cuéntamelo —le dijo—. Cuéntamelo todo. Empieza por el principio y acaba aquí, con el motivo que te ha llevado a rechazar su proposición de matrimonio.

—Lo he invitado a que me corteje durante la temporada social —confesó—, sin garantía alguna de que vaya a darle el sí si vuelve a proponérmelo cuando la temporada termine. He sido bastante injusta, ¿verdad?

Lauren suspiró y, después, se echó a reír.

—¡Qué típico de ti empezar por el final! —dijo—. Empieza por el principio.

Gwen también rio.

—¡Ay, Lauren! —dijo—. ¿Cómo es posible que me haya resistido todos estos años al amor y que haya acabado sucumbiendo precisamente a un imposible?

—Si yo pude enamorarme de Kit, teniendo en cuenta mi forma de pensar cuando lo conocí —replicó Lauren— y el escándalo que estaba montando en mitad de Hyde Park, descamisado y peleándose a puñetazos con dos jornaleros a la vez mientras usaba un lenguaje de lo más soez... Pues eso, que si yo pude enamorarme, ¿por qué no vas a enamorarte tú de lord Trentham?

—Pero es un imposible —insistió ella—. No soporta a la clase alta, aunque algunos de sus mejores amigos son aristócratas. Nos ve como un grupo de frívolos perezosos. Él es burgués y se siente orgulloso de serlo. Además, ¿por qué no va a sentirse así? No hay nada inherentemente superior en nosotros, ¿verdad? El problema es que no estoy segura de que pueda convertirme en la esposa de un empresario, por mucho éxito y dinero que tenga. Además, lleva oscuridad en el alma, y no quiero tener que vivir otra vez con algo así.

—¿Otra vez? —le preguntó su prima.

Gwen clavó la vista en las manos de nuevo y guardó silencio.

—No pienso decir nada más —dijo Lauren— hasta que empieces por el principio y me cuentes la historia completa.

Gwen se lo contó todo.

Y, por extraño que pareciera, acabaron dobladas de la risa por el hecho de que Hugo hubiera estropeado su proposición matrimonial al dar la impresión de que su único interés en casarse con ella era que invitaran a su hermana a un baile de la alta sociedad.

—Supongo que la llevarás a algún baile, ¿verdad? —le preguntó Lauren mientras se secaba las lágrimas.

—Sí —contestó ella.

—Menos mal que sigo completamente enamorada de Kit —dijo su prima—. De no ser así, creo que podría enamorarme un poco de lord Trentham.

—Será mejor que regresemos al salón —sugirió Gwen, que se puso en pie—. Supongo que todos tuvieron mucho que decir una vez que yo salí. Wilma, por ejemplo.

—Bueno —repuso Lauren, que salió tras ella de la biblioteca—, ya la conoces. Todas las familias tienen su cruz.

Y volvieron a reírse mientras Lauren la tomaba del brazo.

La carta llegó más de dos semanas después.

Había sido una quincena eterna.

Hugo se zambulló de cabeza en el trabajo. Y recordó que nunca había sido capaz de hacer las cosas a medias. Cuando era pequeño, pasaba todo el tiempo posible junto a su padre, aprendiendo todo lo que se podía aprender del negocio y desarrollando ideas propias, algunas de las cuales su padre puso en práctica. Cuando compró la comisión del ejército, trabajó de forma incansable hasta lograr su objetivo de convertirse en general, tal vez el más joven del ejército británico. Podría haberlo conseguido, de no haber perdido la cabeza.

En ese momento, era el dueño de todos los negocios y estaba ocupado dirigiéndolos todos, aunque una parte de él ansiaba regresar a Crosslands Park, donde había vivido un tipo de vida totalmente distinto, alejado de las exigencias del trabajo y de las presiones de la ambición.

Salía con Constance casi todos los días, ya fuera a pasear, a pie o en carruaje, de compras con ella o a la biblioteca. También siguió acompañándola a visitar a sus familiares. Una noche la llevó a la fiesta que se celebraba en casa de un primo, y no tardó en adquirir dos posibles pretendientes, ambos respetables y de buen ver, aunque durante el trayecto de vuelta a casa su hermana afirmó que uno era un pelmazo ignorante y, el otro, un pelmazo jactancioso. Menos mal que Constance no decidió alentar sus atenciones, porque él se había pasado toda la velada ardiendo en deseos de asestarles un par de puñetazos.

No le había hablado a su hermana de su visita a Newbury Abbey ni del resultado de esta. No quería darle alas a su esperanza solo para que acabara desilusionada de nuevo si no llegaba ninguna carta. Claro que, aunque lady Muir no cumpliera su promesa, él sí tendría que cumplir la suya. Le había prometido a su hermana que la llevaría a un baile de la alta sociedad.

Debía de conocer a algunos antiguos oficiales que no se hubieran mostrado hostiles con él y que también estuvieran en la ciudad. Además, George le había dicho que visitaría Londres en breve. Flavian y Ralph a veces iban a la capital durante la primavera. Debía de haber algún modo de conseguir una invitación, aunque fuera uno de los bailes menos populares de la temporada, uno cuya anfitriona acogiera con los brazos abiertos a cualquiera que quisiera asistir, salvo que fuera el deshollinador.

Durante esas dos semanas, mantuvo las distancias con Fiona en la medida de lo posible. Su madrastra estaba bastante contrariada por el hecho de que la dejaran sola con tanta frecuencia, pero se negaba a salir con ellos. Hacía mucho tiempo que había cortado todas las comunicaciones con su propia familia, aunque Hugo sabía que su padre se había esforzado por sacar a sus suegros y a sus cuñados de la más absoluta pobreza. Les había comprado una casita y la tienda de ultramarinos de la planta baja para que vivieran y trabajaran. La familia había administrado bien el negocio y vivía bien gracias a él. Pero Fiona no quería saber nada de ellos. Tampoco quería relacionarse con su familia política, que la miraba por encima del hombro y la trataba con desprecio, según afirmaba, aunque Hugo jamás había sido testigo de ello.

Así que decidió quedarse en casa y regodearse en sus dolencias imaginarias. Aunque tal vez algunas fueran reales. Era imposible saberlo con seguridad.

Cuando Constance estaba con ellos, Fiona lo adulaba sin cesar. Pero, en las pocas ocasiones en las que se quedaban solos, se limitaba a quejarse. Se sentía sola y abandonada, y lo acusaba de odiarla. Cuando era joven y guapa, no la trataba tan mal. Entonces no la odiaba, afirmaba.

Pero sí que lo hacía.

En aquel entonces, solo era un niño, inteligente en el colegio y astuto para los negocios, pero inocente y torpe en otras cuestiones de índole más personal. Fiona, desencantada con ese marido tan rico, diligente y entregado a ella, que trabajaba tantas horas y que era muchos años mayor, se encaprichó de su joven hijastro a medida que este crecía y se propuso seducirlo. Estuvo a punto de conseguirlo, justo antes de que Hugo cumpliera los dieciocho años. Sucedió una noche que su padre estaba fuera y Fiona se sentó a su lado en el diván del salón y procedió a acariciarle el pecho mientras le contaba una historia a la que ni siquiera le prestó atención. La mano fue bajando hasta que no pudo hacerlo más.

La erección fue inmediata y total, y Fiona rio entre dientes al tiempo que lo acariciaba por encima del pantalón.

Menos de un minuto después estaba en su dormitorio, ocupándose él mismo de dicha erección y llorando al mismo tiempo. A la mañana siguiente, apareció temprano en el despacho de su padre y exigió que le comprara una comisión en un regimiento de infantería. Nada lograría hacerlo cambiar de opinión, afirmó. Su ambición siempre había sido la vida militar y no quería posponerlo más. Si su padre se negaba a comprarle una comisión, se alistaría por su cuenta como soldado raso.

Aquello destrozó a su padre. Y a él también.

Ya no era un muchacho ingenuo y torpe.

—Claro que te sientes sola, Fiona —le dijo—. Hace más de un año que mi padre nos dejó. Claro que te sientes abandonada. Está muerto. Pero ya ha pasado el año de luto y, por más difícil que te parezca, debes regresar al mundo. Todavía eres joven. Todavía tienes atractivo. Eres rica. Puedes quedarte aquí, compadeciéndote de ti misma y regodeándote con tus pastillas y tus sales. O puedes empezar una nueva vida.

Fiona lloraba en silencio, pero no intentó en ningún momento limpiarse las lágrimas ni ocultar la cara.

—Hugo, eres un insensible —dijo—. Antes no eras así. Antes me querías, hasta que tu padre lo descubrió y te mandó lejos.

—Me marché por decisión propia —replicó con brutalidad—. Fiona, nunca te quise. Eras y sigues siendo mi madrastra. La esposa de mi padre. Me habría encariñado contigo si me lo hubieras permitido, pero jamás lo hiciste. —Se dio media vuelta y abandonó la estancia.

¡Qué diferente habría sido su vida si Fiona se hubiera contentado con su afecto filial después del matrimonio con su padre! Pero no tenía sentido demorarse en esos pensamientos ni tampoco imaginar cómo podría haber sido esa otra vida. Podría haber sido peor. O mejor. Pero no existió. Nadie había vivido esa otra vida.

Porque la vida consistía en una toma de decisiones, todas las cuales, hasta las más insignificantes, provocaban un cambio en el curso de la existencia de una persona.

La carta llegó algo más de dos semanas después de que regresara a Londres procedente de Dorsetshire.

Según anunciaba la misiva, lady Muir se alojaba en Kilbourne House, en Grosvenor Square, y estaría encantada de que lord Trentham y la señorita Emes la visitaran a las dos de la tarde dentro de dos días.

Hugo volvió la página tontamente para asegurarse de que no había nada escrito en el reverso. Era una nota breve, muy formal, carente de cualquier rastro de confidencialidad.

¿Qué esperaba? ¿Una declaración de pasión eterna?

Gwendoline lo había invitado a cortejarla.

Necesitaba reflexionar al respecto. Era él quien debía cortejarla a ella. Sin garantía alguna de éxito. Corría el riesgo de emplearse a fondo durante toda la primavera y acabar declarándose con mucha floritura y una rodilla hincada en el suelo mientras le ofrecía una rosa perfecta solo para recibir una negativa.

Otra vez.

¿Estaba dispuesto a emplear tanta energía solo para acabar haciendo el ridículo? ¿De verdad que quería casarse con ella? Un matrimonio y la vida en común implicaban muchas más cosas además de lo que sucedía entre las sábanas. Y, tal como Gwendoline había señalado, en el matrimonio no había cabida para los intentos. La gente se casaba o no se casaba. Y, después, se vivía con las consecuencias de la decisión tomada.

Probablemente... No, con total seguridad, sería mejor mostrarse cauteloso y no cortejarla en absoluto. Ni proponerle matrimonio. Pero ¿desde cuándo practicaba él la cautela? ¿Cuándo se había resistido a un desafío solo por la posibilidad del fracaso? ¿Cuándo había contemplado siquiera la posibilidad de fracasar?

No debería casarse con ella. Aun suponiendo que ella le ofreciera esa posibilidad. Y si ayudaba a Constance durante la primavera y la llevaba a un par de bailes, y si por algún milagro su hermana conocía a alguien con quien podría llevar una vida feliz y segura, él no necesitaría casarse con

Gwendoline ni con nadie. Podría irse a casa en verano con la conciencia tranquila y regresar a su mansión con sus tres estancias en uso y la amplia y yerma propiedad que la rodeaba, y disfrutar de su chispeante y propia compañía.

Salvo por el detalle de que más o menos le había prometido a su padre que, cuando llegara el momento, le pasaría su imperio empresarial a su propio hijo. Y si quería que dicho hijo fuera una realidad y no un producto de su imaginación, necesitaba casarse.

¡Argggg!

Constance se reunió con él a la mesa del desayuno. Lo besó en la mejilla, le dio los buenos días y tomó asiento en su lugar de costumbre.

Hugo dejó la carta, abierta, junto al plato.

—He recibido noticias de una amiga —dijo—. Acaba de llegar a Londres y me ha invitado a visitarla y solicita que me acompañes.

—¿Una amiga? —Constance alzó la vista de la tostada, que estaba untando con mermelada, y esbozó una sonrisa traviesa.

—Lady Muir —dijo él—. Es la hermana del conde de Kilbourne. La conocí a principios de año cuando estuve en Cornualles. Se aloja en Kilbourne House, en Grosvenor Square.

Su hermana lo miraba con los ojos como platos.

—¿Lady Muir? ¡Una aristócrata! —exclamó—. ¿En Grosvenor Square? ¿Y quiere que yo te acompañe?

—Eso dice —contestó al tiempo que cogía la carta y se la ofrecía.

Constance la leyó, olvidando la tostada, con los labios entreabiertos y los ojos desorbitados por la sorpresa. Y la leyó una segunda vez. Después, lo miró.

—¡Oh, Hugo! —exclamó con un hilo de voz—. ¡Hugo!

Supuso que eso significaba que quería ir.

Lauren estaba en Kilbourne House la tarde que Gwen invitó a lord Trentham a tomar el té con su hermana. Su prima le había suplicado que le permitiera estar presente para la ocasión. Lily y su madre también se habían sumado. En un primer momento, querían que Gwen las acompañara a visitar a Elizabeth, la duquesa de Portfrey, de manera que se vio obligada a confesarles que esperaba visita. Y, después, tuvo que decirles sus nombres, porque no había manera de ocultárselos.

Habría preferido que solo Lauren la acompañara. ¡Ah, bueno! Y tal vez también Lily. Su cuñada se sintió muy desilusionada cuando lord Trentham se marchó sin despedirse siquiera. Lo veía como una figura romántica a la par que heroica y esperaba que fuera el hombre que la enamorara por completo.

Su madre parecía sorprendida y un tanto preocupada cuando descubrió la identidad de los visitantes. Lily, al contrario, la miró con entusiasmo y curiosidad, aunque no hizo comentario alguno.

—Mamá, me ha parecido de buena educación invitarlos —adujo Gwen—. Al fin y al cabo, lord Trentham me salvó del que podría haber sido un destino terrible mientras estaba con Vera en Cornualles.

Las cuatro se sentaron en el salón cuando llegó la hora acordada para la visita y contemplaron por la ventana la soleada tarde, mientras Gwen se preguntaba si aparecerían o no... y si de verdad quería que aparecieran.

Lo hicieron y no pudieron ser más puntuales, porque casi eran las dos.

—Lord Trentham y la señorita Emes —anunció el mayordomo justo antes de que entraran en el salón.

La señorita Emes era tan distinta de su hermano como la noche y el día. De estatura media, pero muy delgada. Rubia y de piel clara, con los ojos de un azul claro, abiertos de par en par en ese momento. ¡Pobre criatura! Debía de ser una espantosa sorpresa encontrarse delante de cuatro aristócratas cuando solo esperaba ver a una. Se mantuvo muy cerca de su hermano y casi se habría escondido detrás de él si Hugo no la hubiera tenido firmemente tomada del brazo.

Gwen lo miró con renuencia. A Hugo. Iba tan elegante como de costumbre. Sin embargo, seguía pareciendo un guerrero salvaje y bárbaro disfrazado de caballero. Y su expresión parecía más feroz que ceñuda. Debía de estar igual de sorprendido que su hermana al descubrir que no era un encuentro privado solo con ella.

Bueno, pensó, si querían moverse en círculos aristocráticos, debían acostumbrarse a estar en la misma estancia con más de un miembro de la alta sociedad a la vez y con más de una persona con título. Claro que Hugo ya había disfrutado de un breve aperitivo cuando estuvo en Newbury Abbey.

Los desbocados latidos de su corazón le resultaban incómodos.

—Señorita Emes —dijo al tiempo que se ponía en pie y se acercaba a ellos— ¡qué alegría que haya venido! Soy lady Muir.

—Milady... —contestó la muchacha al tiempo que se soltaba del brazo de su hermano para saludar a Gwen con una genuflexión sin apartar esos enormes ojos de ella.

—Esta es mi madre, la condesa viuda de Kilbourne —siguió—, y esta es la actual condesa, mi cuñada. Y esta es lady Ravensberg, mi prima. Lord Trentham, usted ya las conoce.

La muchacha hizo otra genuflexión y lord Trentham inclinó la cabeza con brusquedad.

—Siéntense —los invitó Gwen—. Enseguida traerán la bandeja del té.

Lord Trentham se sentó en un sofá y su hermana lo hizo a su lado, tan cerca que podría apoyarse en él desde la cadera hasta el hombro. Tenía las mejillas sonrojadas. Si hubiera sido todavía una niña, Gwen estaba segura de que habría escondido la cara en el brazo de su hermano. Sin embargo, no había dejado de mirarla en ningún momento.

Era bonita, decidió Gwen, aunque no poseía una belleza arrebatadora. E iba bien vestida, aunque sin mucho estilo.

Gwen le sonrió.

—Señorita Emes —le dijo—, me atrevo a decir que está muy contenta de tener a su hermano en Londres.

—Lo estoy, milady —replicó la muchacha, y después se produjo un silencio durante el cual Gwen pensó que tal vez sería difícil entablar conversación con ella. ¿Cómo podía ayudar a una joven incapaz de poner de su parte? No obstante, comprobó que la señorita Emes no había acabado de hablar—. Es un gran héroe. Mi padre se sentía muy orgulloso antes de que muriera el año pasado, y yo también lo estoy. Pero no solo por eso; siempre he adorado a mi hermano. Me han dicho que me pasé tres días seguidos llorando cuando era pequeña después de que se fuera a la guerra. Desde entonces, me he pasado la vida deseando que regresara a casa. Y ahora por fin lo ha hecho, y va a quedarse con nosotras al menos hasta el verano.

Tenía una voz bonita y fina. Aunque parecía estar sin aliento, algo comprensible dadas las circunstancias. Pero su expresión se había tornado radiante mientras hablaba, y eso aumentaba su belleza de forma considerable. La muchacha apartó la mirada de ella por fin para contemplar a su hermano con adoración.

Él la miró con evidente cariño.

—Señorita Emes —repuso Lauren—, sus palabras la honran. Eso es lo que hacen los hombres, marcharse a la guerra y dejarnos preocupadas a las mujeres, que somos mucho más sensatas.

Todos rieron por el comentario, y eso alivió un poco la tensión. La madre de Gwen se interesó por la salud de la señora Emes, y Lily le aseguró a la muchacha que no todas las mujeres eran lo bastante sensatas como para quedarse en casa en tiempos de guerra y que ella misma había crecido siguiendo al ejército y que incluso había pasado unos cuantos años en la península ibérica antes de regresar a Inglaterra.

—El país que me resultaba extranjero era Inglaterra —confesó—, aunque fuera inglesa de nacimiento.

Típico de Lily ponerse a hablar en vez de hacer preguntas. Era evidente que había logrado que la muchacha se relajara.

Cuando llegó la bandeja del té, Lily se apresuró a servir.

Gwen se recordó que no se trataba de una visita social, pese a lo que su madre y Lily supusieran. Intercambió una mirada con Lauren.

—Señorita Emes —dijo—, tengo entendido que sueña usted con asistir a un baile de la alta sociedad durante la temporada social.

La muchacha volvió a abrir los ojos de par en par y se sonrojó.

—¡Sí, milady! —exclamó—. Se me ocurrió que tal vez Hugo... En fin, él tiene un título. Pero supongo que es una ridiculez por mi parte. Aunque me ha prometido que lo hará antes de que acabe la temporada y él siempre cumple sus promesas. Pero... —Dejó de hablar y miró a su hermano con expresión contrita.

Gwen pensó que Hugo no le había dicho nada. Tal vez no la creyera capaz de cumplir su promesa y, por tanto, no había querido que su hermana se llevara una desilusión.

—Señorita Emes —dijo Lauren—, mi marido y yo, junto con sus padres, vamos a celebrar un baile en Redfield House a finales de la semana próxima. Como estamos al inicio de la temporada, imagino que vendrá todo el mundo. Será una fiesta muy concurrida, y podré presumir de mi gran triunfo. Estaría encantada de que asistiera usted con lord Trentham.

La muchacha abrió la boca por la sorpresa y luego la cerró de golpe, de tal forma que se oyó el chasquido de sus dientes.

La buena de Lauren. No habían acordado nada con anterioridad. Gwen había pensado en llevar a la señorita Emes a algún evento poco concurrido, al menos para su primera aparición. Pero tal vez un gran baile, tal como prometía ser el de Lauren, sería mejor. Habría mucha más gente y, por tanto, menos motivos para sentirse insegura.

—Milady —replicó lord Trentham, hablando por primera vez desde que entró en el salón—, es usted muy amable, pero no estoy seguro de que...

—Señorita Emes, si le parece bien, puedo amadrinarla —lo interrumpió Gwen mientras lo miraba a los ojos—. Siempre y cuando su hermano la acompañe a los eventos. Una joven debe contar con una madrina además de con la compañía de su hermano, y estaría encantada de representar ese papel. —Era muy consciente del silencio de su madre.

—¡Oh! —exclamó la señorita Emes, que unió las manos con tanta fuerza sobre el regazo que se le quedaron los nudillos blancos—. Milady, ¿haría usted eso por mí?

—Desde luego que sí —contestó ella—. Será divertido.

¿Divertido?

«¿Qué hace para divertirse?», le preguntó lord Trentham en una ocasión en Penderris Hall, y ella se extrañó de que esa palabra pudiera aplicarse a una mujer adulta.

—¡Ay, Hugo! —dijo la señorita Emes, que volvió la cabeza para mirar a su hermano con gesto implorante—. ¿Puedo?

Él estiró un brazo para cubrir las manos de la muchacha con la suya.

—Connie, si tú quieres, podemos probar —contestó.

«Se me ha ocurrido que podríamos probar», fueron las palabras que le dijo en Newbury Abbey después de proponerle matrimonio. En ese momento, la miró brevemente a los ojos, y Gwen supo que él también las estaba recordando.

—Gracias —repuso la muchacha, mirándolo primero a él, después a Lauren y, por último, a ella—. Gracias. Pero no tengo nada que ponerme.

—Lo solucionaremos —le aseguró lord Trentham.

—Yo tampoco tengo qué ponerme —replicó Gwen con una carcajada—. Algo que no es estrictamente cierto, como supongo que tampoco lo será en su caso, señorita Emes. Pero estamos en primavera y dentro de poco se inaugurará la nueva temporada social, así que necesitamos de forma imperiosa un nuevo guardarropa que esté a la moda para asombrar a la alta sociedad. ¿Le apetece que vayamos juntas de compras? ¿Mañana por la mañana tal vez?

—¡Ay, Hugo! —exclamó la señorita Emes, mirándolo de nuevo con gesto implorante—. ¿Puedo? Todavía tengo el dinero que me diste el año pasado para mis pasatiempos.

—Puedes ir —contestó él—. Y que me envíen las facturas, por supuesto. —Miró a Gwen—. Lady Muir, tiene usted carta blanca. Constance debe adquirir todo lo que sea necesario para el baile.

—¿Y también para otros eventos? —le preguntó ella—. En fin, sepa usted que un baile no bastará para satisfacernos, ni a su hermana ni a mí. Estoy segurísima.

—Carta blanca —repitió él, sosteniéndole la mirada.

Gwen le sonrió. ¡Ay, esa temporada social parecía muy distinta de todas las anteriores! Por primera vez desde hacía muchos años, se sentía viva en la ciudad, rebosante de optimismo y esperanza. Esperanza... ¿de qué? No lo sabía y, en ese momento, tampoco le importaba mucho. Le gustaba Constance Emes. Al menos, creía que le gustaría cuando llegara a conocerla un poco mejor.

Lord Trentham se puso en pie para despedirse en cuanto apuró el té y su hermana lo imitó. Antes de abandonar la estancia, sorprendió a

Gwen. Porque se volvió al llegar a la puerta y se dirigió a ella, sin hacer el menor intento por bajar la voz.

—Milady —le dijo—, hace un día soleado y prácticamente no hay viento. ¿Le gustaría acompañarme a dar un paseo por el parque en carruaje más tarde?

¡Oh! Gwen era muy consciente de la presencia a su espalda de su madre, de Lily y de Lauren. La señorita Emes la miró con los ojos brillantes.

—Gracias, lord Trentham —respondió—. Será un placer.

Y se fueron. La puerta se cerró tras ellos.

—Gwen —le dijo su madre tras un breve silencio—, no hacía falta que lo hicieras. Le estás demostrando una amabilidad extraordinaria a la muchacha, pero ¿qué necesidad hay de que te vean haciéndole favores al hermano? Rechazaste su proposición matrimonial hace escasas semanas.

—Madre, es un hombre magnífico a su estilo, que es de lo más particular —dijo Lily entre carcajadas—. ¿No te parece, Lauren?

—Es... distinguido —contestó la aludida—. Y es evidente que el rechazo de Gwen no lo ha desalentado. Eso lo convierte en un hombre ridículamente obstinado o perseverante en sus pasiones. El tiempo nos dirá qué opción es la correcta. —Y también se echó a reír.

—Mamá —dijo Gwen—, he invitado a lord Trentham a tomar el té con su hermana esta tarde y me he ofrecido a amadrinarla en algunos eventos de la alta sociedad. Me he ofrecido a ayudarla a adquirir un guardarropa adecuado y a la moda. Si lord Trentham me invita después a dar un paseo en carruaje por el parque, ¿resulta tan sorprendente que lo acepte?

Su madre la miró, frunció el ceño y negó despacio con la cabeza.

Lily y Lauren estaban ocupadas intercambiando una mirada la mar de elocuente.

14

Salvo por el carruaje de viaje, sin adornos ni parafernalia y que normalmente se pasaba semanas en Crosslands Park sin ser usado ni siquiera para ventilarlo, y una carreta, necesaria para los trabajos agrícolas, Hugo jamás había tenido vehículo propio. Siempre le había bastado con un caballo cuando la distancia que debía recorrer era demasiado larga para que sus pies lo llevaran.

Sin embargo, durante la semana transcurrida en Londres había adquirido un tílburi, uno deportivo, ni más ni menos, con un asiento bien alto y amortiguado, y con las ruedas pintadas de amarillo. También había comprado una pareja de caballos castaños como tiro y se sentía como un dichoso dandi. Dentro de poco, recorrería las aceras londinenses acompañado por un bastón, aspiraría con delicadeza un poco de rapé del dorso de una mano enguantada y contemplaría a las damas a través de un monóculo con incrustaciones de piedras preciosas.

Pero Flavian, que había llegado para pasar unas cuantas semanas en la capital, había insistido en que el tílburi de las ruedas amarillas era mucho mejor que el otro modelo más discreto al que Hugo ya le había echado el ojo, y que los castaños estaban muy por encima de cualquier otro caballo que Hugo hubiera preferido. Además, eran una pareja, los demás no lo eran.

—Hugo, si quieres im-impresionar a los demás —le dijo en el patio de Tatersall's—, y no hay razón para que no quieras hacerlo si has venido a Londres en busca de una esposa, debes hacerlo con estilo. Atraerás la atención de diez novias en potencia la primera vez que recorras la calle manejando las riendas de estas dos bellezas.

—Y después, ¿me detengo, les explico que tengo título y soy rico y les pregunto si quieren casarse conmigo? —replicó él, preguntándose si su padre habría pensado en comprar dos caballos que costaban el doble que los demás solo porque eran una «pareja».

—Amigo mío —repuso Flavian con voz afectada—, los hombres debemos mostrar un poco más de amor propio. Les toca a las damas descubrir esos datos una vez que se muestren interesadas por ti. Y los descubrirán, puedes estar tranquilo. Las mujeres son fantásticas en esas lides.

—En ese caso, recorreré la calle —dijo Hugo— y esperaré a que las mujeres me ataquen.

—Sin duda lo harán con más sutileza de la que implica el comentario —lo reprendió Flavian—. Pero sí, Hugo. Todavía podemos convertirte en un caballero elegante. ¿Vas a comprar los castaños antes de que alguien se los lleve?

Hugo los compró.

Y así fue como pudo invitar a lady Muir a pasear en carruaje por el parque en vez de invitarla simplemente a dar un paseo a pie.

Todavía se sentía como un imbécil redomado, allí encaramado en ese asiento tan alto, a la vista de todo el mundo. Y tal parecía que todo el mundo lo estaba mirando, según descubrió con consternación. Aunque se cruzó con otros vehículos tan a la moda como el suyo de camino a Grosvenor Square menos de dos horas después de haber visitado a lady Muir con Constance en su sencillo carruaje, su tílburi atraía muchas más miradas de admiración e incluso le dedicaron algún que otro silbido. Al menos, los caballos eran manejables, aunque Flavian los había descrito de forma alarmante como un par de bestias aladas.

Lady Muir ya estaba preparada. De hecho, ni siquiera tuvo que usar el llamador de la puerta. Estaba bajando de un salto del tílburi cuando la puerta se abrió y salió ella. La afirmación que le hizo a Constance según la cual ella tampoco tenía ropa que ponerse era una mentira descarada. Porque, en ese momento, estaba deslumbrante con un vestido de color verde claro, una pelliza a juego y un bonete de paja, adornado con prímulas y hojas, artificiales, supuso.

La vio bajar los escalones de la entrada sin ayuda y, después, se acercó a él cuando le tendió una mano para ayudarla a subir al alto asiento. Se percató de nuevo de su cojera. De hecho, era imposible no fijarse en ella. Porque no era algo leve.

—Gracias —dijo ella, que le sonrió mientras colocaba en la suya una mano enguantada y subía al asiento con gran elegancia.

Hugo la siguió y tomó otra vez las riendas.

No sabía por qué demonios estaba haciendo eso. Gwendoline no era, ni mucho menos, su persona preferida. Había rechazado su proposición matrimonial, algo para lo que ella estaba en su pleno derecho, por supuesto, y que a posteriori no le sorprendió que hiciera, cuando rememoró exactamente sus palabras y cayó en la cuenta de la elocuencia con la que se había expresado. Sin embargo, ella no se había contentado con una negativa. Se había ofrecido de todas formas a ayudar a Constance y, después, lo había invitado a cortejarla. Sin garantías de que fuera a mostrarse más receptiva a cualquier otra proposición matrimonial que pudiera hacerle al final de la temporada.

Como un puñado de alpiste que se le lanzara a un pájaro. O un hueso que se le arrojara a un perro.

Sin embargo, allí estaba él, aunque fuera del todo innecesario. Ella y su prima, lady Ravensberg, habían llegado a algún tipo de arreglo para que Constance hiciera una especie de debut en la alta sociedad, y Connie estaba emocionadísima. Por lo tanto, no necesitaba invitarla a pasear. Y tampoco necesitaba comprar el juguete tan caro y chillón que conducía en ese momento. ¿Lo había comprado con ella en mente? Era una pregunta cuya respuesta prefería no contemplar.

Entretanto, era muy consciente de la incomodidad que presentaba el reducido asiento del tílburi, diseñado para acomodar a una sola persona, sobre todo cuando dicha persona era corpulenta. Gwendoline era una presencia cálida, suave y femenina. Tal y como había descubierto en cierta playa de Cornualles. Y llevaba ese perfume tan caro que la acompañaba siempre.

—Lord Trentham, conduce usted un tílburi muy elegante —dijo—. ¿Es nuevo?

—Sí —contestó él mientras guiaba a los caballos para que adelantaran a un enorme carromato cargado con verduras, casi todas coles que no parecían muy frescas.

Poco después, dobló para entrar en el parque. Supuso que debía unirse a la procesión de elegantes paseantes, aunque nunca antes había participado de esa costumbre. Era el lugar al que la alta sociedad acudía a última hora de la tarde para exhibir frente a los demás sus costosas vestimentas e intercambiar cotilleos o, incluso en ocasiones, alguna que otra noticia verdadera.

—Lord Trentham —le dijo Gwendoline—, apenas ha pronunciado dos palabras desde que salimos de Grosvenor Square. Y porque se las saqué usando una pregunta que requería de una respuesta afirmativa o negativa. Además, está frunciendo el ceño.

—Quizá —replicó él con la vista clavada al frente— prefiera que la lleve de vuelta a casa en vez de continuar.

Desearía no haberla invitado. Había sido un impulso..., aunque había comprado el tílburi precisamente para eso. ¡Por el amor de Dios, era un desastre! Se sentía como pez fuera del agua y tenía la impresión de que corría peligro.

Lady Muir había vuelto la cabeza para mirarlo. Lo estaba observando con atención, se percató sin necesidad de mirarla.

—Pues no lo prefiero —contestó en voz baja—. Lord Trentham, ¿su hermana está contenta?

—Extasiada —respondió—. Pero no acabo de convencerme de estar haciendo lo correcto para ella. No sabe lo que le espera. Cree saberlo, pero se equivoca. Nunca formará parte de esa clase..., de su clase.

—Si eso es así —replicó ella— y lo entiende pronto, el daño no será grave. Podrá seguir adelante con su vida en un mundo que le resulte más conocido. Pero puede que usted se equivoque. Pertenecemos a dos clases sociales diferentes, pero somos de la misma especie.

—A veces, tengo mis dudas al respecto —repuso Hugo.

—Sin embargo —apostilló ella—, algunos de sus mejores amigos pertenecen a mi misma clase. Y usted es uno de sus mejores amigos.

—Eso es distinto —le aseguró.

Sin embargo, no hubo tiempo para continuar con la conversación. Acababan de acercarse a la multitud y debían unirse a la procesión de vehículos que avanzaba lentamente siguiendo un camino que trazaba un gran óvalo cuyo centro se encontraba desierto. La mayoría eran vehículos descubiertos, de manera que sus ocupantes pudieran saludar a sus conocidos y hablar cómodamente. Los jinetes se movían entre los carruajes y se detenían con frecuencia para intercambiar los saludos de rigor. En las cercanías caminaban los paseantes, lo bastante lejos como para no ser atropellados, pero lo bastante cerca como para ver y dejarse ver, saludar y ser saludados.

Lady Muir conocía a todo el mundo y todo el mundo la conocía a ella. Sonrió, saludó con la mano y habló con todos aquellos que se detuvieron junto al tílburi. A veces, si el saludo era breve, no lo presentaba. Otras veces sí lo hizo, y Hugo sintió las miradas especulativas que lo evaluaban con curiosidad.

Se descubrió saludando con la cabeza a personas cuyos nombres jamás recordaría, cuyas caras olvidaría. De no ser por Constance, se consolaría con la promesa de que nunca repetiría semejante actividad. Pero estaba Constance, la promesa que le había hecho y la invitación al baile que lady Ravensberg celebraría la semana siguiente, que ya habían aceptado.

Se había comprometido.

Pero no pensaba cortejar a lady Muir, caramba. No era una marioneta que se dejara manejar por otros. La noche anterior había cenado con la familia de uno de sus primos y la otra invitada a la mesa era una mujer joven que había perdido a su madre viuda recientemente, con quien había vivido para cumplir sus deberes filiales después de que sus hermanos y hermanas se casaran. Hugo supuso que tendría la misma edad que él, era agradable y sensata, y poseía una figura voluptuosa y bonita, aunque sus rasgos no fueran hermosos. Mantuvo una buena conversación con ella y, después, la acompañó a su casa. Sus primos estaban haciendo de casamenteros, por supuesto. Aun así, creyó estar interesado. O, al menos, creyó que debía estarlo.

En ese momento, algo le llamó la atención y lo devolvió al presente, sacándolo de sus reflexiones. Dos jinetes acababan de detenerse junto al tílburi, pero no reconoció al que tenía más cerca. Un detalle poco sorprendente porque no conocía a nadie.

Fue el que se encontraba más alejado de él quien le habló a lady Muir.

—¡Gwen, querida! —exclamó con una voz tan familiar que Hugo sintió una oleada de náuseas al instante.

—Jason —replicó ella.

El teniente coronel Grayson, vestido de paisano, tan apuesto, arrogante y desdeñoso como de costumbre. Era uno de los pocos oficiales a los que Hugo había odiado con todas sus fuerzas. Grayson se propuso convertir su vida en un infierno desde el primer día hasta el último y ostentaba el poder para hacerlo como le apeteciera. En dos ocasiones, logró paralizar un par de ascensos que Hugo se ganó tanto por antigüedad como por sus proezas. Subir en el escalafón fue un proceso lento bajo la lupa de ese hombre, que no se apartó de él en ningún momento, siempre contemplándolo con mirada desdeñosa por encima de su aristocrática nariz.

En ese instante, sintió que su mirada volvía a clavarse en él.

—El héroe de Badajoz —dijo, logrando que sus palabras parecieran el peor de los insultos—. Lord Trentham. ¿Estás segura de que sabes lo que haces, Gwen? ¿Estás segura de que no le concedes el honor de tu compañía a un espejismo?

—Jason —replicó lady Muir mientras Hugo seguía mirando al teniente coronel Grayson con los dientes apretados—, doy por supuesto que conoces a lord Trentham, ¿verdad? ¿Y que fue realmente el comandante del exitoso batallón suicida de Badajoz? Sir Isaac, ¿lo conoce usted? Sir Isaac Bartlett, lord Trentham.

Se refería al otro jinete. Hugo lo miró y lo saludó con una inclinación de cabeza.

—Bartlett —dijo.

—Gwen —siguió Grayson—, no sabía que estabas en la ciudad. Será un honor hacerte una visita en... ¿Kilbourne House?

—Sí —confirmó ella.

—Me da la impresión de que Kilbourne se muestra demasiado indulgente —apostilló—. Necesitas consejo y guía del cabeza de la familia de tu difunto esposo, ya que no pareces recibirlos de la tuya.

Con esas palabras, inclinó la cabeza y azuzó a su caballo para que se pusiera en marcha. Sir Isaac Bartlett les sonrió a ambos, se llevó la mano al ala del sombrero para despedirse de lady Muir y lo siguió.

El odio era inútil, decidió Hugo mientras agitaba las riendas para continuar. Lo que sucedió durante los años transcurridos en el ejército había quedado muy atrás y allí seguiría. Pero estaba demasiado ocupado extinguiendo el odio que sentía como para prestarle atención a lady Muir mientras completaban el recorrido y ella saludaba alegremente a un buen número de conocidos. De ahí que cuando volvió la cabeza para preguntarle si le apetecía hacer el circuito de nuevo, tal como parecía estar haciendo la mayoría de los presentes, le sorprendiera descubrir que tenía muy mala cara y parecía indispuesta. Hasta los labios tenía pálidos.

—Lléveme a casa —dijo.

Hugo alejó el tílburi de la multitud sin demora.

—¿Se encuentra mal? —quiso saber.

—Un poco... mareada —contestó ella—. Me repondré después de tomarme una taza de té.

Hugo volvió de nuevo la cabeza para mirarla. Y oyó el eco de las palabras que había cruzado con Grayson... O, más bien, las palabras que él había pronunciado.

—¿La ha molestado el teniente coronel Grayson? —le preguntó. Aunque era posible que el hombre hubiera ascendido y ostentara un rango mayor.

—¿El vizconde de Muir? —replicó ella.

Hugo frunció el ceño, sin comprender.

—Ahora es el vizconde de Muir —le explicó—. Era el primo de Vernon y su heredero.

¡Ah! El mundo era un pañuelo. Así que eso explicaba las palabras de despedida.

—¿La ha molestado? —le preguntó.

—Mató a Vernon —dijo ella—. Lo matamos entre los dos.

Volvió la cabeza para dejar de mirarlo mientras él guiaba a los caballos para enfilar la calle. Solo alcanzaba a ver el ala del bonete y las prímulas y hojas que lo adornaban.

Lady Muir no lo miró de nuevo ni pronunció una sola palabra más. No le ofreció más explicación.

A Hugo no se le ocurrió absolutamente nada que decir.

Por increíble que pareciera, Gwen no había visto a Jason, lord Muir, desde que heredó el título, o más bien desde el entierro de Vernon.

Tal vez no fuera tan increíble. Jason no había abandonado su carrera cuando heredó el título. Que ella supiera, todavía seguía en el ejército. Era general. Seguramente fuera una figura importante. Era posible que pasara la mayor parte del tiempo fuera de Inglaterra o en alguna zona del país alejada de Londres. Si frecuentaba la ciudad, debía de hacerlo cuando ella no estaba presente. A esas alturas, ya había dejado de contener el aliento por el temor de encontrárselo.

Jason era dos años mayor que Vernon y había superado a su primo en todos los aspectos imaginables, salvo en la apostura... y en el rango social. Era más corpulento y más fuerte, obtuvo mejores resultados en sus estudios, era más atlético, más popular entre sus compañeros y tenía un carácter más enérgico. Cada vez que podía ausentarse del regimiento, pasaba su tiempo libre con ellos. Siempre decía con una carcajada estentórea que necesitaba vigilar de cerca su herencia, como si estuviera bromeando. Vernon siempre se reía porque le hacía gracia de verdad. La risa de Gwen siempre fue más recelosa.

Vernon adoraba a su primo, y Jason parecía tenerle cariño a su vez. Intentaba sacar a Vernon de la melancolía cuando lo encontraba sumido en uno de sus episodios de mal humor y lo reprendía diciéndole que debía mirar por el título, que debía actuar como un hombre, como un marido de verdad para su bella esposa. Con Gwen siempre se había mostrado alegre y bromista, y no paraba de repetirle que debía engendrar un heredero y un repuesto para que él pudiera relajarse y concentrarse en su carrera militar. Siempre se reía a carcajadas de la broma y Vernon lo secundaba. En un par de ocasiones, le había echado a Gwen el brazo por encima de los hombros y le había dado un apretón, aunque jamás había tratado de propasarse con ella. De todas formas, ese simple gesto le provocaba una gran repulsión. Al parecer, fue el primero en llegar hasta ella cuando se cayó del caballo. Estaba con ellos en aquella ocasión, cabalgando a escasa distancia de ella, tan escasa cuando saltó que podría dar la impresión de que se había acercado para invitar a su caballo a realizar el salto.

Había llorado de forma incansable por la muerte de Vernon y durante el entierro.

Gwen nunca había logrado identificar hasta qué punto era sincero y hasta qué punto estaba fingiendo. Nunca había conseguido dilucidar si quería a Vernon o si lo odiaba; si ansiaba el título o si le resultaba indiferente; si su aborto lo entristecía o si se había regocijado en secreto.

Obviamente, no había sido el artífice material de la muerte de su marido. Como tampoco lo había sido ella.

Siempre lo había odiado con toda su alma y se había sentido culpable de hacerlo, porque nunca había hecho nada que lo mereciera y tal vez estuviera siendo muy injusta con él. Al fin y al cabo, ¿qué otro militar lloraría en público durante el entierro de un primo? Era uno de los pocos parientes de Vernon que seguía con vida y el único que se había mostrado atento con él. El padre de Vernon murió joven, y su madre lo siguió poco después. Vernon heredó el título a los catorce años y quedó bajo la tutela de dos tutores legales competentes, pero carentes de humor, hasta que alcanzó la mayoría de edad. No tuvo hermanos ni hermanas.

Se había reencontrado con Jason después de siete años. Y la había amenazado con visitar Kilbourne House. Había tenido la desvergüenza de decir que Neville era demasiado indulgente con ella. Que era él quien debía ofrecerle consejo ya que era el cabeza de familia de la familia de su difunto esposo. Como si fuera el cabeza de familia de su propia familia, pensó Gwen. La antipatía que sentía por él era la misma que sintió durante tantos años.

Por dentro estaba que echaba chispas, pero al llegar a casa no dijo nada.

Fue de visita a la casa de lord Trentham la mañana posterior a que él la visitara junto con su hermana y así fue como conoció a su lánguida madrastra, que guardaba un parecido sorprendente con su hija. Llevó a la señorita Emes a su propia modista.

El día de compras la alegró muchísimo, a pesar de ser largo y agotador. Siempre disfrutaba comprando, y contar con la compañía de una jovencita a la que vestir de los pies a la cabeza para todo tipo de eventos sociales le resultó más divertido de lo que esperaba. Sobre todo, porque el hermano de dicha jovencita le había dado carta blanca para que gastaran todo lo que quisieran.

Mientras estaba fuera, se perdió la visita de Jason. De la misma manera que se la perdieron su madre y Lily, que habían ido a pasar el día con Claudia, la mujer de Joseph, que sufría de las típicas náuseas de la primera etapa del embarazo, el segundo en su caso. Sin embargo, Neville sí estaba para recibirlo.

—Comentó algo sobre la responsabilidad que sentía hacia ti como cabeza de familia —le dijo su hermano durante el almuerzo, que degustaron tarde—. Me sentí obligado a torcer el semblante y a mirarlo con desdén mientras le preguntaba que a qué familia se refería. Gwen, sin ánimo de ofender, los Grayson no se han preocupado mucho por ti desde la muerte de Vernon, ¿no es así?

—Supongo que ha pensado que es una afrenta a la dignidad de los Grayson que un miembro de la familia, aunque sea la viuda de un Grayson, aparezca en Hyde Park con un exmilitar cuyo heroísmo fue tan extraordinario que el rey en persona lo premió con un título nobiliario —replicó ella.

—Insinuó que el capitán Emes —siguió Neville—, así fue como se refirió a lord Trentham, tal vez no fuera tan heroico en esa ocasión como le han hecho creer al rey, entre otros. No le pedí que se explicara. Lo siento, Gwen. ¿Debería haberlo hecho? Nunca has hablado mucho del heredero y sucesor de Vernon. ¿Le tienes cariño, quieres seguir sus consejos?

—Ninguna de las dos cosas —contestó ella—. Nunca me ha caído bien, aunque reconozco que jamás me ha dado motivos concretos para sentir esa antipatía por él. Nev, espero que le dijeras que alcancé la mayoría de edad hace muchos años y que ya no tengo un marido a quien le deba obediencia. Espero que le informaras de que soy muy capaz de elegir a mis propias amistades y acompañantes.

—Casi has clavado mis propias palabras —le aseguró su hermano—. Incluso me tentó la idea de llevarme el monóculo al ojo, pero decidí que sería un gesto demasiado pretencioso. ¿Te arrepientes de haber rechazado la proposición matrimonial que te hizo lord Trentham en Newbury Abbey?

—No. —Dejó de comer y miró a Neville. Le alegró que su madre no estuviera presente—. Pero, Neville, he accedido a amadrinar la presentación de su hermana en la alta sociedad y, por tanto, voy a verlo. Me gusta. ¿Te opones?

Su hermano apoyó los codos en la mesa, unió las palmas de las manos y se apoyó los dedos en los labios.

—¿Porque no es un caballero? —sugirió—. No, no me opongo, Gwen. No soy Wilma, algo que creo que te alegrará. Confío en tu buen juicio. Me casé con Lily en la península ibérica, como bien recordarás, cuando pensaba que era solo la hija de mi sargento. La quería entonces y la seguí queriendo cuando descubrí después que, en realidad, es hija de un duque. El aparente cambio en su estatus social no provocó la menor diferencia en mis sentimientos por ella. Es que Trentham parece un poco... taciturno.

—Lo es —le aseguró ella—. O más bien es la fachada tras la que se encuentra más cómodo. —Sonrió y no volvieron a hablar más del tema.

Jason no regresó a Kilbourne House.

15

Fiona había sucumbido a una misteriosa enfermedad, que la mantuvo en cama en una habitación a oscuras. Nadie salvo Constance podía ofrecerle consuelo. Su médico, a quien Hugo mandó llamar a petición suya, era incapaz de arrojar luz sobre el mal que la aquejaba más allá de decir que su paciente tenía una constitución delicada y que habría que evitarle grandes cambios en su rutina. Según el médico, todavía no se había recuperado de la muerte de su marido, acaecida hacía poco más de un año.

Constance se declaró dispuesta a dedicar todo su tiempo al cuidado de su madre... o a sacrificarse, pensó Hugo.

Fue a ver a su madrastra a su dormitorio.

—Fiona —dijo al tiempo que se sentaba en la silla situada junto a la cama, la misma que su hermana había ocupado demasiadas veces en los últimos días—, siento que te encuentres mal. Tu familia también lo siente. De hecho, está muy preocupada.

Ella abrió los ojos y volvió la cabeza sobre la almohada para mirarlo.

—Fui a su tienda de ultramarinos ayer —siguió—. El negocio les va bien y son felices. Me recibieron con los brazos abiertos. Lo único que empaña su felicidad es que nunca te ven, que no saben cómo estás. Tu madre, tu hermana y tu cuñada estarían encantadas de venir de visita, de pasar tiempo contigo, de ayudarte a recuperar la salud y el ánimo.

No sabía si era posible que Fiona tuviera ánimo de alguna clase. Sospechaba, por más doloroso que fuera para él dado que se trataba de su padre en quien estaba pensando, que su madrastra había sacrificado cualquier esperanza de ser feliz cuando se le presentó la oportunidad de casarse con un hombre que era tan rico que le resultó imposible negarse.

Ella lo miró con ojos enrojecidos y expresión apagada.

—¡Tenderos!

—Tenderos prósperos y felices —repuso—. El negocio va lo bastante bien para que puedan vivir todos de él, y eso incluye a tus dos sobrinos, los hijos de tu hermano. Tu hermana está prometida con un abogado, el hijo menor de un caballero de modesta fortuna. Les ha ido bien, Fiona. Y te quieren. Están deseando conocer a Constance.

Ella jugueteó con la sábana que la cubría.

—No tendrían nada —replicó— si no me hubiera casado con tu padre y él no hubiera despilfarrado una pequeña fortuna en ellos.

—Son muy conscientes de eso —le aseguró— y solo sienten gratitud hacia ti y hacia mi padre. Pero el dinero solo se despilfarra si se malgasta. La ayuda económica que les dio porque eran tus parientes y te adoraba fue usada con cabeza. Nunca le pidieron más dinero. Nunca les hizo falta. Deja que tu madre venga a verte. Me preguntó si seguías siendo tan bonita como antes, y le dije sin necesidad de mentir que lo eres... o que lo serás cuando te recuperes.

Fiona volvió la cabeza para no mirarlo.

—Ahora eres el cabeza de familia, Hugo —dijo con amargura—. Si decides traer a mi madre a esta casa, no puedo impedírtelo.

Hugo abrió la boca para hablar, pero la cerró. Supuso que Fiona no podía aceptar sin quedar mal. De modo que dejó que la responsabilidad de decidir recayera en sus hombros. En fin, eran lo bastante fuertes.

—Es hora de tu medicina —anunció al tiempo que se ponía en pie—. Le diré a Constance que venga.

Todas las personas, pensó con un suspiro mientras salía del dormitorio, tenían sus propios demonios con los que lidiar... o no. Tal vez en eso consistía la vida. Tal vez la vida fuera una prueba para saber hasta qué punto se era capaz de lidiar con los demonios particulares, y cuánta comprensión se les mostraba a los demás mientras recorrían su camino por la vida. Tal como alguien dijo una vez, ¿fue en la Biblia?, era fácil ver la paja en el ojo ajeno, sin atisbar siquiera la viga en el propio.

—Tu madre está lista para tomar su medicina —le dijo a Constance, que estaba bastante blanca y alicaída, con expresión resignada. Le echó un brazo por encima de los hombros—. Voy a traer a su madre, a tu abuela, para verla, Connie. Tal vez mañana. Ya va siendo hora. Estén como estén las cosas, vas a asistir al baile de lady Ravensberg y a cualquier otro evento al que lady Muir esté dispuesta a llevarte y tú desees asistir. Vas a tener una oportunidad de conseguir tu final feliz. Te prometí que la tendrías, y no rompo mis promesas a la ligera.

A su hermana se le iluminaron los ojos.

—¿A mi abuela? —preguntó ella.

—¿Sabías siquiera de su existencia? —La abrazó con fuerza para pegarla a su costado.

Sin embargo, una parte de su mente siempre estaba en otra parte.

¿Cómo había matado Grayson al marido de lady Muir?

¿Cómo lo había hecho ella?

Las preguntas zumbaban en su cabeza como abejas atrapadas, desde el paseo por el parque de varios días atrás.

¿Había pronunciado Gwendoline las palabras de forma literal? En fin, por supuesto que no. La conocía demasiado como para creerla capaz de un asesinato a sangre fría. Pero no había sido una broma. No se bromeaba con algo así.

Así que, ¿en qué sentido había matado a su marido? ¿O por qué se sentía responsable de su muerte?

Además, ¿por qué había asociado su nombre con el de Grayson? Estaba encantado de creer que Grayson era capaz de asesinar.

Si quería respuestas, pensó, iba a tener que conseguirlas tal como estaba acostumbrado a hacer. Iba a tener que preguntar.

La noche del baile de lady Ravensberg llegó de forma inevitable pese a los intentos de Hugo por pensar en la velada como algo muy lejano en el futuro. Sentir que el momento se acercaba se parecía bastante a saber que estaba en ciernes una brutal y sangrienta batalla, salvo que en la batalla al menos podía esperar acción y la certeza de que, una vez que empezase, se olvidaría de todo lo demás, incluso del miedo.

Tenía la espantosa sensación de que el miedo lo paralizaría en cuanto pisara un baile de la alta sociedad.

Supuso que podía evitarlo por completo, dado que lady Muir había accedido a amadrinar a Constance y que su presencia no era estrictamente necesaria. Aunque no sería justo para lady Muir, que estaba siendo amable con Constance solo por él. Y tampoco sería justo con Connie, a quien le había prometido llevarla a un baile.

Ayudaría mucho que supiera bailar. Sí, era capaz de dar vueltas más o menos al compás de la música tan bien como casi todo el mundo, supuso. Había asistido a varias veladas en la campiña a lo largo de los últimos años y nunca se había puesto en ridículo... salvo, tal vez, con el vals. Pero ¿bailar en un baile de la alta sociedad durante la temporada social en Londres? Era una combinación que lo llenaba de espanto. Antes se ofrecería voluntario para otra carga suicida.

Iba a escoltar a su hermana a Redfield House en Hanover Square, el lugar donde se celebraría el baile. Lady Muir se reuniría con ellos allí. Se vistió con mucho esmero, ya que Connie no era la única que tenía ropa nueva para la ocasión, y esperó en el salón de la planta baja con Fiona, su madre y su hermana. Las dos mujeres habían ido de visita por primera vez el día anterior. Hugo no había presenciado su encuentro con Fiona en el dormitorio. Pero mientras se marchaban, le informaron de que volverían esa noche para hacerle compañía mientras Constance y él estaban en el baile.

Fiona había bajado por primera vez desde hacía una semana y estaba sentada, mustia y sin hablar, cerca de la chimenea. Su madre, una mujer regordeta, serena y de mejillas sonrosadas, estaba sentada a su lado, sujetándole una de las débiles manos y dándole palmaditas. La hermana de Fiona, doce años menor que ella, se afanaba en silencio con la labor de crochet que se había llevado consigo. Se parecía a su madre más que a su hermana, aunque aún conservaba la delgadez de la juventud.

Era una situación prometedora, pensó Hugo.

—Iré a la cocina yo misma, Fi, en cuanto Constance y Hugo se hayan marchado, y prepararé un poco de sopa —estaba diciendo la madre de Fiona cuando él entró en la estancia—. No hay nada mejor para reponer las fuerzas de un inválido que una buena sopa caliente. ¡Ay, por Dios!

Había visto a Hugo.

Charló con ellas, aunque solo unos minutos. Constance no pensaba arriesgarse a llegar tarde a su primer baile. Apareció en tromba, como si literalmente fuera incapaz de contenerse, y luego se detuvo en la puerta del salón, muy colorada y tímida, mientras se mordía el labio inferior.

—¡Ay, por Dios! —repitió su abuela.

Como si se tratara de una novia, no había permitido que nadie viera el vestido que luciría esa noche ni que estuviera al tanto de ningún detalle. Iba de blanco de los pies a la cabeza. Pero su aspecto no tenía nada de anodino, decidió Hugo, a pesar de que incluso su pelo era rubio. Brillaba a la luz de la lámpara. No era un experto en ropa, mucho menos si se trataba de ropa femenina, pero le resultaba evidente que el vestido tenía dos capas, una de seda en el interior y una de encaje en el exterior. Era de talle alto, con escote bajo, y también era juvenil, bonito y perfecto. Llevaba escarpines blancos, guantes blancos, un abanico plateado y cintas blancas en el pelo.

—Estás preciosa, Connie —le dijo, sin la menor originalidad.

Ella volvió la cabeza para mirarlo con una sonrisa de oreja a oreja... y su abuela se echó a llorar y se colocó un enorme pañuelo de algodón sobre los ojos.

—¡Ay! —exclamó la mujer—. Eres clavadita a tu madre, Constance. Pareces una princesa. ¿No es verdad, Hilda, cariño?

Su hija menor, al verse interpelada, convino con una sonrisa después de soltar su labor en el regazo.

—Constance —su madre estiró una blanca mano hacia ella—, tu padre te aconsejaría que no olvidases tus raíces. Yo te aconsejaría que hicieras lo que sea que te haga feliz.

Era una declaración sorprendente en boca de Fiona. Constance le tomó la mano y se la llevó a la mejilla un instante.

—¿No te importa que vaya, mamá? —le preguntó.

—Tu abuela me va a preparar una sopa —contestó Fiona—. Siempre ha preparado la mejor sopa del mundo.

Cinco minutos después, Hugo y su hermana iban en el carruaje cerrado de camino a Hanover Square.

—Hugo —dijo ella al tiempo que le ponía una mano en la suya—, eres como una roca de estabilidad. Tengo tanto miedo que estoy segura de que, cuando lleguemos, silenciaré la música de la orquesta porque solo se oirá cómo me castañetean los dientes, así que todo el mundo me mirará con el ceño fruncido y lady Ravensberg me acusará de haber arruinado su baile. Por supuesto, tú no tienes que tener miedo. Eres lord Trentham. Mis abuelos son tenderos. Pero ¿a que la abuela es un encanto? Y los ojos de la tía Hilda brillan de amabilidad cuando habla. Me gusta. Y todavía tengo que conocer al abuelo, a mi tío, a mi tía y a mis primos... y al señor Crane, el prometido de la tía Hilda. Tengo una familia entera, además de a mamá y a ti y a los parientes de papá, aunque solo sean tenderos. Pero eso no importa, ¿a que no? Papá siempre decía que nadie, ni siquiera el barrendero más humilde, debería avergonzarse del hombre que es. O la mujer. Yo siempre le decía eso... «O la mujer, papá», eso solía decirle, y él se echaba a reír y lo repetía. Creo que mamá se alegra de ver a la abuela, ¿y tú? Y creo que está mejorando de nuevo. ¿Crees...? ¡Ay! Estoy parloteando. Nunca parloteo. Pero estoy aterrada. —Rio entre dientes.

Hugo le dio un apretón en la mano y se concentró en ser una roca de estabilidad. ¡Si ella supiera!

No pudieron llegar en carruaje hasta la grandiosa y bien iluminada mansión de Hanover Square y desaparecer en el interior para encontrar un rincón oscuro en el que esconderse. Había una fila de carruajes, y tuvieron que esperar su turno. Y cuando les llegó, tuvieron que permitir que un lacayo ataviado con una elegante librea les abriera la portezuela, y después tuvieron que bajar a una alfombra roja, que se extendía desde el borde de la acera y subía los escalones hasta la casa.

Y cuando por fin entraron en la mansión, se encontraron en un amplio vestíbulo de techos altos bajo las brillantes luces de unas enormes arañas y en mitad de una multitud de damas y de caballeros espléndidamente vestidos que no paraban de hablar. Hugo, tras echar un vistazo a su alrededor, descubrió sin sorprenderse que no conocía ni a un alma. Pero, al menos, Grayson no estaba presente.

—Mejor subimos, Connie —le dijo a su callada hermana, y su voz sonó, incluso a sus propios oídos, como la del capitán Emes ordenándole a los oficiales bajo su mando que formaran para la batalla.

Sin embargo, la amplia escalinata, que suponía que llevaba hasta el salón de baile, no estaba mejor que el vestíbulo. Hugo se percató enseguida de que estaba igual de iluminada, y atestada con personas que charlaban y reían mientras esperaban su turno para que los anunciaran y poder pasar por la línea de recepción.

¡Oh, por el amor de Dios, preferiría dos cargas suicidas!

—Ya no queda mucho —dijo con jovialidad al tiempo que le daba unas palmaditas en la mano a su hermana, que se aferraba a él.

—Hugo —susurró ella—, estoy aquí. Estoy aquí de verdad.

Y cuando la miró, se dio cuenta de que era emoción y alegría apenas contenida lo que su hermana estaba sintiendo. Y él que había estado sopesando la ignominiosa idea de sugerir que huyeran...

—Creo que tienes razón —le dijo, y la miró con una sonrisa.

En ese momento, llegaron a lo más alto de la escalinata y un mayordomo, rígido y formal, que le recordó a Hugo al mayordomo de Stanbrook, se inclinó para oír quiénes eran antes de anunciar sus nombres en tono firme y alto.

—Lord Trentham y la señorita Emes.

La línea de recepción estaba compuesta por cuatro personas: los vizcondes de Ravensberg, a quien Hugo recordaba haber visto en el salón de Newbury Abbey, y los condes de Redfield, que debían de ser los padres de Ravensberg. Él hizo una reverencia. Constance, una genuflexión. Se intercambiaron saludos y cumplidos. Lady Ravensberg admiró el vestido de Constance y, de hecho, le guiñó un ojo. A él lo miró con detenimiento y no le guiñó. Fue todo increíblemente fácil. Claro que los aristócratas tenían un don para hacer que semejantes ocasiones fueran fáciles. Sabían cómo charlar de temas intrascendentes, lo más difícil del mundo según él.

Entraron en el salón. Hugo, de un rápido vistazo, tuvo la impresión de que era un espacio enorme, con cientos de velas encendidas en las arañas que colgaban del techo y en los candelabros de las paredes, con ramos de flores y relucientes suelos de madera, con espejos y columnas, con la flor y nata de la alta sociedad ataviada con sus mejores galas y sus joyas más valiosas. Para Constance, la impresión fue más duradera. Hugo la oyó jadear y vio que volvía la cabeza de un lado para otro, además de mirar arriba y abajo, como si no pudiera cansarse de su primer salón de baile de la alta sociedad en su primer baile de la alta sociedad.

No obstante, fue un detallito de esa escena lo que pronto capturó la atención de Hugo. Lady Muir se acercaba para saludarlos.

Llevaba de nuevo un vestido en un tono verde claro. La tela del vestido, ¿de seda o tal vez de satén?, relucía y brillaba a la luz de las velas. Se le amoldaba a las curvas del cuerpo, revelando una deliciosa cantidad de pecho y la incitante silueta de sus piernas bien formadas, aunque una de ellas fuera más corta que la otra. Llevaba los guantes y los escarpines de color dorado bruñido. Lucía una sencilla cadena de oro con un pequeño diamante al cuello, y unos pendientes de oro y diamantes lanzaban destellos desde los lóbulos de sus orejas tras el pelo. Un abanico de marfil colgaba de una de sus muñecas.

Encarnaba todo lo hermoso y lo deseable... y lo inalcanzable. ¿Cómo había tenido la osadía de proponerle matrimonio no hacía mucho? Sin embargo, había poseído ese maravilloso cuerpo en una ocasión. Y tras rechazar su proposición, ella lo había invitado a cortejarla.

¿Se atrevería? ¿Quería hacerlo? Además, ¿cuántas veces se había hecho esas preguntas?

Ella le sonreía... a su hermana.

—Señorita Emes... Constance —la saludó—, estás maravillosa. ¡Oh! No me sorprendería en absoluto que bailes todas las piezas y que incluso tengas que rechazar a algún caballero que quisiera ser tu pareja. Por suerte, no es el baile de presentación de nadie, de modo que el centro de atención no estará puesto en ninguna otra muchacha. Ven. —Y le ofreció el brazo a Constance para que ella lo aceptara.

En ese momento, sí lo miró, después de que Constance se colgara de su brazo. Y Hugo tuvo la satisfacción de ver cómo se le sonrojaban las mejillas. Eso quería decir que no era del todo indiferente.

—Lord Trentham —le dijo—, puede mezclarse con los demás invitados si lo desea o incluso retirarse a la sala de juegos. Su hermana estará a salvo conmigo.

Lo estaban despachando. Para que se mezclara con el resto de los invitados. Una actividad muy sencilla, pero ¿con quién iba a hacerlo? Claro que sería ridículo dejarse llevar por el pánico. Había mencionado una sala de juegos. Podía ir a esconderse allí. Pero, antes de hacerlo, quería ver a Constance bailar su primera pieza en un baile de la alta sociedad. Podía confiar en que lady Muir se encargara de que bailase y de que lo hiciera con alguien respetable.

Habló antes de que ella se internara con Constance en la multitud.

—Espero, lady Muir —dijo—, que usted también baile esta noche. Y que me reserve una pieza.

Porque bailaba pese a la cojera. Se lo había dicho en Penderris Hall.

—Gracias —repuso ella, y a Hugo le intrigó ver que parecía casi sin aliento—. La cuarta pieza será un vals. Es el baile anterior a la cena.

¡Por Dios! ¡Un vals! La esposa del vicario y algunas otras damas del pueblo habían asumido la titánica tarea de enseñarle los pasos haría unos dieciocho meses o así, entre muchas risas y bromas por su parte, así como por parte de cualquier persona que estuviera allí congregada. Había terminado bailándolo con la esposa del boticario al final de la reunión, entre muchos aplausos y más risas. Lo mejor que se podía decir era que no había pisado ni una sola vez los pies de la buena mujer.

Se prometió que nunca volvería a bailarlo.

—En ese caso, le estaría agradecido si me lo reserva —le dijo.

Ella asintió con la cabeza, mirándolo a los ojos un instante, y luego se alejó con Constance.

Hugo se salvó de sentirse tremendamente incómodo y avergonzado, tal vez incluso de poner una expresión feroz en un baile de la alta sociedad, cuando el conde de Kilbourne y el marqués de Attingsborough se reunieron con él y empezaron a charlar de la manera en la que tan bien versada estaba su clase. Otros hombres se unieron a ratos, y se los presentaron por primera vez o se los volvieron a presentar. Algunos habían estado en el salón de Newbury Abbey. Y luego vio a Ralph.

Conocía a alguien.

Constance, que irradiaba felicidad, bailó la primera pieza con un joven caballero pelirrojo que parecía muy agradable y que tal vez fuera considerado guapo por una jovencita pese a las pecas. El muchacho la miraba con una sonrisa y le hablaba mientras ejecutaban los complicados pasos de una briosa contradanza con facilidad y elegancia estudiadas.

Lady Muir bailaba con uno de sus primos. Su cojera era muchísimo menos evidente cuando bailaba.

Sus miradas se encontraron, y ella no la apartó durante unos segundos.

Hugo contuvo el aliento y oyó cómo el corazón le martilleaba en los oídos.

16

Gwen bailó las dos primeras piezas con sus primos. Fue capaz de relajarse y de charlar con ellos sin quitarle la vista de encima a Constance Emes. Sin embargo, no tenía de qué preocuparse en ese aspecto. Era lo bastante bonita y vivaracha como para atraer a suficientes parejas de baile aunque no tuviera nada más que la recomendara. Aun así, había mucho más. Tenía a lady Muir como madrina, y era la hermana de lord Trentham, el afamado héroe de Badajoz. Ese hecho corrió por el salón como la pólvora después de que se susurrara entre varias personas; seguramente, supuso Gwen, lo hiciera su propia familia. Y, tal vez lo más importante, se rumoreaba que la señorita Emes era tan rica como cualquiera de las herederas más cortejadas de la alta sociedad.

La tarea de Gwen durante el resto de la velada consistiría en algo tan difícil como elegir a los caballeros que se disputarían un baile con la muchacha para que ningún libertino ni ningún cazafortunas recibiera semejante favor. Constance bailó la primera pieza con Allan Grattin, el hijo menor de sir James Grattin; la segunda, con David Rigby, sobrino por parte de madre del vizconde de Cawdor; y la tercera, con Matthew Everly, heredero de una propiedad y una fortuna decentes, y perteneciente a una antigua estirpe aunque la familia no contara con un título nobiliario. Todos eran caballeros más que respetables; el conde de Berwick, uno de los miembros del Club de los Supervivientes, la había invitado a bailar la pieza anterior a la cena, aunque era consciente de que Constance no podía bailar el vals hasta que una de las damas del comité organizador de Almack's le diera permiso. Sin embargo, ser vista en su compañía durante ese baile y también durante la cena sería beneficioso para la muchacha.

Gwen bailó la tercera pieza con lord Merlock, con quien mantenía una relación amistosa desde hacía dos o tres años y a quien le había permitido que la besara el año anterior en los jardines de Vauxhall. Se sonrieron con calidez en ese momento, y él le regaló un cumplido sobre su aspecto.

—Es usted la única mujer que conozco —dijo él— que rejuvenece a cada año que pasa. Me temo que algún día llegarán a acusarme de asaltacunas.

—¡Qué tontería! —repuso Gwen, que se echó a reír cuando los pasos del baile los separaron unos instantes.

Después de besarla, le había pedido que se casara con él. Se había negado sin titubear, y él había aceptado el rechazo con deportividad. Incluso se echó a reír cuando ella predijo que, seguramente, se sentiría muy aliviado a la mañana siguiente.

En ese momento, se preguntó si se había sentido aliviado. Tal vez lo habría alentado para que volviera a cortejarla ese año de no haber invitado a lord Trentham a hacer lo mismo. Ojalá no lo hubiera hecho. Aunque no conocía bien a lord Merlock, estaba bastante segura de que sería un marido agradable. Tenía unos modales impecables, era afable y tranquilo y..., en fin, sencillo. Si acaso había algún esqueleto en su armario, no lo conocía. Aunque nunca se podía saber, ¿verdad?

De cualquier modo, había invitado a lord Trentham a cortejarla, y no pensaba complicarse la vida arrastrando a dos pretendientes a la vez.

Lord Trentham abandonó el salón de baile diez minutos después de que empezara la primera pieza. Gwen supo el momento exacto de su marcha aunque no lo había estado mirando. Se preguntó si volvería. Aunque por supuesto que lo haría. Le había pedido un baile. Además, querría ver cómo le iba a su hermana.

Volvió. Por supuesto que lo hizo. Y ni siquiera esperó al último momento antes de que empezara la cuarta pieza. Se colocó a su lado en cuanto terminó el tercer baile, y luego procedió a no hacerle el menor caso. En cambio, estuvo hablando con su hermana, que estaba ansiosa por ofrecerle un detallado informe de cada instante del baile hasta ese momento. La muchacha prácticamente vibraba por la emoción mientras hablaba. Desconocía por completo lo que era el hastío que estaba tan de moda, pensó Gwen..., y menos mal. No había nada más ridículo que una jovencita, recién salida del aula y del campo, ataviada de blanco virginal, y con expresión aburrida y hastiada de otro baile y otra pareja.

El conde de Berwick se reunió con ellos, y la señorita Emes miró la cicatriz de su cara.

—¿Era usted oficial, milord? —le preguntó ella—. ¿Y conoció a Hugo en la península ibérica?

—Por desgracia, no, señorita Emes —contestó el conde—, aunque sí conocía su fama. No había un solo soldado en todo el ejército aliado, desde los generales hasta el recluta más bajo en el escalafón, que no conociera quién era el capitán Emes, que luego acabó siendo el comandante lord Trentham. Era el ejemplo al que aspirábamos, aunque siempre nos quedábamos cortos. Tal vez lo hubiéramos odiado de corazón de no ser por su modestia. Lo conocí en Penderris Hall, en Cornualles, mientras nos recuperábamos de nuestras experiencias en la guerra, y me quedé plantado, boquiabierto y sin poder hablar por el asombro, hasta que me invitó a que dejara de comportarme como un idiota. Recuerdo que mencionó la existencia de una hermana. Estoy seguro de que lo hizo. Pero el muy bribón no mencionó el hecho de que era, y es, una de las señoritas más encantadoras de todo el reino.

El conde había empleado el tono adecuado con ella. La muchacha miró a su hermano con adoración unos segundos y, después, con las mejillas sonrosadas, a lord Berwick. «¡Qué maravilla seguir siendo tan inocente!», pensó Gwen. El conde había hablado de tal forma que los halagos parecían más por amabilidad que por coqueteo. De hecho, sus modales eran casi paternales, aunque seguramente solo tuviera veintitantos años.

Debió de haber dejado la inocencia en algún campo de batalla en España o en Portugal.

Lord Trentham era el miembro silencioso del grupo, y todavía no la había mirado. Se habría sentido frustrada si no fuera porque empezaba a entenderlo bastante bien. Por más feroz y seco que pareciera por fuera, y parecía ambas cosas en ese momento pese a la mirada cariñosa que le dirigía a su hermana, se mostraba muy inseguro en los eventos sociales. Al menos, en un evento de la alta sociedad. Tal vez podía aducir como explicación que era un burgués y que se enorgullecía, y tal vez incluso fuera verdad. De hecho, seguramente lo era. Pero también era verdad que la alta sociedad lo intimidaba.

Hasta ella lo intimidaba.

De repente, recordó su imagen cuando salió del mar en la cala de Penderris Hall con una elegancia innata y el agua chorreándole por el cuerpo casi desnudo, con los calzoncillos pegados a las caderas y a los muslos. Y recordó lo que siguió, cuando la llevó al mar y cuando se quitó los calzoncillos más tarde. En aquel momento, no lo intimidaba.

Las parejas empezaban a ocupar la pista de baile para el vals, y lord Berwick le hizo una reverencia a Constance antes de ofrecerle una mano.

—¿Le parece que vayamos en busca de un vaso de limonada y de un sofá cómodo desde el que observar a los bailarines? —le sugirió él—. Aunque seguramente solo tenga ojos para cierta señorita que no está bailando.

—¡Qué tonto! —dijo Constance con una carcajada al tiempo que colocaba la mano sobre la suya.

Gwen los observó alejarse hacia la sala de refrigerios y esperó. La situación le hacía bastante gracia, y también la dejaba casi sin aliento por la expectación.

—He bailado el vals una sola vez en la vida —dijo lord Trentham de repente, con los ojos clavados en la espalda de su hermana—. No le aplasté los pies a mi pareja, y tampoco me alejé dando vueltas en una dirección mientras ella seguía bailando con elegancia en la contraria. Pero mi ejecución sí provocó las carcajadas y los aplausos burlones de todas las personas presentes en aquella fiesta en concreto.

¡Ay, por Dios! Gwen se echó a reír y abrió el abanico.

—Deben de tenerle mucho aprecio —repuso.

La miró de repente y frunció el ceño, sin comprender.

—Las personas educadas —le explicó ella— no se ríen de alguien ni lo aplauden con sorna a menos que sepan que dicha persona comprenderá su aprecio y se unirá a las risas. ¿Se rio usted?

Él siguió mirándola con el ceño fruncido.

—Creo que sí —le contestó—. Sí, debí hacerlo. ¿Qué otra cosa podía hacer?

Gwen se abanicó y se enamoró un poquito más de él. Le habría encantado presenciar esa escena.

—De modo que —le dijo— ahora se siente invadido por el miedo.

—Si bajara la vista —repuso él—, vería que me tiemblan las rodillas. Si no hubiera tanto ruido en el salón, también las oiría.

Gwen se echó a reír de nuevo al oírlo.

—He bailado tres piezas briosas seguidas —dijo—, y aunque el tobillo no me duele, me dolerá si no empleo el sentido común y le doy descanso. Confío en el conde de Berwick. ¿Y usted?

—Con mi vida —contestó él—. Y con la vida y la virtud de mi hermana.

—Hay una terraza detrás de esas puertas francesas —le dijo— y un bonito jardín más abajo. No hace demasiado frío esta noche. ¿Le apetece dar un paseo conmigo?

—Seguramente la esté privando del gusto de disfrutar de su baile preferido —replicó él.

Así era.

—Creo que disfrutaré más paseando con usted que bailando el vals con otro caballero, lord Trentham.

Unas palabras insensatas, desde luego. No las había planeado. No era una casquivana. O, al menos, nunca lo había sido. Solo había dicho la verdad. Pero, en ocasiones, las verdades, incluso las más sencillas, era mejor callárselas.

Lord Trentham le ofreció el brazo y ella lo aceptó. La condujo por la pista de baile hasta la terraza desierta y bajaron los escalones que daban al igual de desierto jardín situado más abajo. Sin embargo, no estaba a oscuras. Multitud de farolillos de colores colgaban de las ramas de los árboles e iluminaban los senderos de gravilla que serpenteaban entre los parterres de flores delimitados por los setos bajos de boj.

Desde el salón de baile les llegaban los acordes de un alegre vals.

—Tengo que agradecerle —dijo él, tenso— lo que ha hecho y lo que está haciendo por Constance. No creo que pueda ser más feliz de lo que lo es esta noche.

—Pero he sido, al menos en parte, egoísta —repuso Gwen—. Amadrinarla me ha reportado un inmenso placer. Y me temo que, entre las dos, hemos gastado mucho de su dinero.

—Del dinero de mi padre —la corrigió él—. Del dinero de su padre. Pero ¿será tan triste en un futuro cercano como feliz es ahora? No debería esperar muchas más invitaciones a bailes y a otros eventos, y no debería esperar que ninguno de los caballeros con los que baile esta noche vuelva a bailar con ella. Su madre, lady Muir, está en casa con su madre y su hermana. Se ganan la vida gracias a una modesta tienda de ultramarinos y difícilmente pueden clasificarse como burguesía.

—Pero es la hermana de lord Trentham, famoso por Badajoz.

Volvió la cabeza para mirarla en la penumbra.

—Seguramente ni siquiera se habrá dado cuenta de que el salón de baile está revolucionado por su fama —continuó ella—. Durante años, la gente ha esperado verlo, y de repente aquí está. Algunas cosas trascienden la clase social, lord Trentham, y esta es una de ellas. Es usted un héroe de proporciones casi míticas, y Constance es su hermana.

—Esa es la idiotez más grande que he oído en la vida —repuso él—. Es lo mismo que sucedió en el salón de Newbury Abbey la otra vez.

—Y en cuanto a usted —siguió ella—, supongo que eso bastaría para mandarlo corriendo de vuelta al campo con sus ovejas y sus coles. Pero no puede salir corriendo, porque tiene que pensar en la felicidad de su hermana. Y su felicidad es mucho más importante para usted que la suya propia.

—¿Quién lo dice? —le preguntó él, con el ceño fruncido.

—Lo ha dicho usted con sus actos —le contestó—. Nunca ha tenido que expresarlo con palabras, que lo sepa, aunque ha estado a punto de hacerlo en alguna ocasión.

—¡Maldición! —masculló él—. ¡Maldita sea mi estampa!

Gwen sonrió y esperó la disculpa por el lenguaje tan soez. No recibió ninguna.

—Además —continuó—, incluso con independencia de su fama, también corre el rumor de que la señorita Emes es increíblemente rica. Una joven guapa y bien educada, con la carabina adecuada, suscita interés en cualquier parte, lord Trentham. Si también cuenta con una grandiosa dote, resulta irresistible.

Él suspiró.

Había un banco de madera en el extremo más alejado del jardín, bajo la copa de un vetusto roble. Se sentaron el uno al lado del otro y, durante unos instantes, se hizo el silencio de nuevo. No sería ella quien le pusiera fin, decidió Gwen.

—Se supone que debo cortejarla —dijo él de repente.

Se volvió para mirarlo, pero tenía la cara oculta por las sombras.

—No se supone —lo corrigió—, solo lo invité a hacerlo si así lo deseaba. Y sin la promesa de que un cortejo por su parte fuera recibido de forma favorable.

—No estoy seguro de desearlo —añadió él.

En fin. Hablaba sin tapujos como de costumbre. Debería sentirse aliviada, pensó. Pero tenía la sensación de que el alma se le había caído a los pies, más o menos a la suela de los escarpines de baile.

—No creo que me apetezca cortejar a una asesina —dijo él—, si acaso lo es. Aunque no tengo muy claro por qué debería objetar, dado que a mí también podrían acusarme de múltiples asesinatos sin retorcer demasiado la verdad. Y he dejado a mi hermana en sus manos.

En fin. Nada de romanticismo ni de la charla informal adecuada para la festiva ocasión de un baile durante la temporada social.

Lord Trentham no tenía más que añadir. Se produjo un momentáneo silencio entre ambos. En esa ocasión, sí iba a tener que romperlo ella.

—No maté a Vernon literalmente —le explicó—. Como tampoco lo hizo Jason. Pero tengo la sensación de que ambos lo matamos. Tengo la sensación de que ambos provocamos su muerte de todas formas. O de que yo lo hice. Y siempre llevaré el peso de la culpa en la conciencia. Haría muy bien en no cortejarme, lord Trentham. Ya carga usted con demasiada culpa sin que yo le mancille el alma. Los dos necesitamos a alguien que nos libere de semejante carga.

—Nadie puede liberarla de algo así —le aseguró él—. Nunca se case con esa esperanza. Acabará destrozada antes de que pasen dos semanas.

Gwen tragó saliva y acarició el abanico que tenía sobre el regazo. A lo lejos veía las siluetas de los bailarines a través de las puertas francesas. Oía la música y las risas. Eran personas sin una sola preocupación en el mundo.

Una suposición ingenua. Todo el mundo tenía preocupaciones.

—Jason estaba de visita, como acostumbraba a hacer cuando tenía permiso —dijo ella—. Yo detestaba esas visitas tanto como le gustaban a Vernon. Lo detestaba a él, aunque nunca fui capaz de explicar el motivo. Parecía tenerle bastante aprecio a mi marido y estar preocupado por él. Aunque al final llegó demasiado lejos. Vernon estaba sumido en uno de sus estados de desánimo más profundos y se acostó pronto una noche. Se levantó de la mesa del comedor, dejándonos a Jason y a mí solos. No recuerdo cómo terminamos hablando en el vestíbulo en vez de seguir en el comedor, pero allí estábamos.

Era un vestíbulo de mármol, frío, duro, con eco, hermoso en un sentido puramente arquitectónico.

—Jason era de la opinión de que había que internar a Vernon en alguna institución —continuó—. Conocía de una donde lo cuidarían bien y donde, con mano firme y experta, podría aprender a recuperar el ánimo y a superar la muerte de un hijo que ni siquiera había nacido. Vernon siempre había sido un poco débil en el ámbito emocional, dijo, pero podría endurecerse con el adiestramiento necesario. Mientras tanto, él se tomaría un permiso más largo y administraría la propiedad para que su primo no tuviera que preocuparse mientras recuperaba el ánimo y aprendía a fortalecer su mente. El ejército le habría sentado bien, continuó, aunque siempre fue un imposible porque Vernon heredó el título cuando tenía catorce años. De todas formas, siempre según él, sus tutores no deberían haberse mostrado tan blandos con él. —Gwen abrió el abanico sobre el regazo, pero en la oscuridad no podía ver las delicadas flores pintadas que lo decoraban—. Le dije que nadie iba a internar a mi marido en una institución —siguió—. Estaba enfermo, pero no estaba loco. Nadie iba a tratarlo, ni con mano firme y experta ni de ninguna otra manera. Y nadie iba a fortalecer su carácter. Estaba enfermo y era sensible, y yo lo cuidaría y lograría que recuperase el ánimo. Y si nunca mejoraba, que así fuera. —Cerró el abanico con fuerza—. Vernon no se había acostado. Estaba de pie en la galería, a oscuras, mirándonos y escuchando todas y cada una de las palabras. Solo nos dimos cuenta de que estaba allí cuando habló. Recuerdo cada palabra. «¡Por Dios!», dijo, «no estoy loco, Jason. No puedes creer que esté loco». Jason miró hacia arriba y le dijo sin tapujos que lo estaba. Y Vernon me miró y dijo: «No estoy enfermo, Gwen. Ni soy débil. No puedes pensar eso. No puedes creer que necesito que me cuiden o que me sigan la corriente». Y entonces fue cuando lo maté. —El abanico temblaba sobre su regazo. Se dio cuenta de que eran sus manos las que temblaban cuando una mano cálida y grande se las cubrió—. «Ahora no, Vernon», le dije. «Estoy cansada. Estoy agotada». Y me di media vuelta para entrar en la biblioteca. Necesitaba estar sola. Estaba muy alterada por lo que Jason había sugerido, y estaba más alterada todavía por lo que Vernon había escuchado. Tenía la sensación de que había llegado a un punto crítico, y no me sentía capaz de lidiar con eso. Tenía la mano en el pomo de la puerta cuando dijo mi nombre. ¡Ah! La angustia de su voz, la sensación de que lo había traicionado. Todo eso en una sola palabra, mi nombre. Estaba volviéndome para mirarlo cuando se tiró por encima de la barandilla, así que lo vi de principio a fin. Supongo que duró un segundo, aunque me pareció una eternidad. Jason tenía los brazos levantados hacia él como si quisiera atraparlo, pero era algo imposible, por supuesto. Vernon estaba muerto antes de que yo pudiera abrir la boca o de que Jason pudiera moverse. No creo que gritara siquiera.

Se hizo un largo silencio. Gwen frunció el ceño mientras recordaba, algo que casi nunca se permitía hacer sobre aquellos momentos. Mientras recordaba que había visto algo desconcertante, algo... que no cuadraba. Ya en aquel momento su mente fue incapaz de captar de qué se trataba. Era imposible hacerlo en aquel instante.

—Usted no lo mató —le aseguró lord Trentham—. Sabe perfectamente que no lo hizo. Por más desanimado que estuviera Muir, fue él quien tomó la decisión deliberada de lanzarse hacia su muerte. Ni siquiera

Grayson lo mató. Sin embargo, entiendo por qué se siente culpable, por qué se sentirá siempre culpable. Lo entiendo.

Por raro que sonase, sus palabras le parecieron una bendición.

—Sí —dijo—, usted mejor que nadie sabe que, a veces, la culpa cuando no hay nada por lo que culparse puede ser peor que la culpa cuando sí lo hay. No se puede hacer un acto de contrición.

—En una ocasión, Stanbrook me dijo que el suicidio es la peor muestra de egoísmo, ya que normalmente solo es un grito de socorro a unas personas concretas que se quedan en la tierra de los vivos, incapaces de responder a dicho grito por toda la eternidad. Su caso se parece en muchos aspectos al suyo. Por un instante, usted fue incapaz de lidiar con la constante y titánica tarea de atender las necesidades de su esposo, y por ese momentáneo lapso, la castigó para toda la eternidad.

—¿Lo culpa a él? —le preguntó.

—Ni mucho menos —contestó lord Trentham—. La creo cuando dice que estaba enferma, que era incapaz de salir por sus propios medios del desánimo, tal como Grayson parecía creer que podía hacer, sobre todo con un poco de mano firme. También creo que le entregó todo lo que tenía... salvo cuando toda esa entrega la dejó exhausta y, por un instante, decidió que necesitaba un poco de tiempo para pensar y para recobrar algo de fuerza antes de volver a entregárselo todo. No me sorprende que durante siete años no haya pensado en casarse de nuevo.

Había vuelto una de las manos, se dio cuenta Gwen, para poder aferrar la suya. Tenían los dedos entrelazados. Su mano parecía diminuta. Por raro que pareciera, se sentía a salvo.

—Diga mi nombre —le dijo con un hilo de voz.

—¿Gwendoline? —preguntó él—. Gwendoline.

Cerró los ojos al oírlo.

—Me sucede con mucha frecuencia que solo oigo el otro nombre, pronunciado una y otra vez con su voz. Gwen, Gwen, Gwen.

—Gwendoline —repitió él—. ¿Le ha contado la historia a alguien?

—No —contestó—. Y esta vez no puede decirme que es la casa la que me ha arrancado semejante confesión. No estamos en Penderris Hall. Debe de ser usted.

—El instinto le dice que yo lo entenderé, que ni la acusaré ni le restaré importancia a su sentimiento de culpa al considerarlo una idiotez. ¿A quién se siente más apegada en este mundo?

«A ti», pensó ella. Pero eso no podía ser verdad. ¿A su madre? ¿A Neville? ¿A Lily? ¿A Lauren?

—A Lauren —contestó.

—¿Ella también ha sufrido? —quiso saber él.

—¡Oh! Más que casi cualquier otra persona que conozco —le aseguró—. Creció con nosotros porque su madre se casó con mi tío y se fueron de luna de miel para nunca regresar. La familia de su padre no quería saber nada de ella, y su abuelo materno se negó a acogerla. Creció con la expectativa de casarse con Neville, y lo quería muchísimo. Pero cuando él se marchó a la guerra, se casó con Lily en secreto, y al día siguiente creyó que su flamante esposa había muerto en una emboscada, y volvió a casa sin decirle nada a nadie sobre ella. Su boda con Lauren estaba planificada. Se encontraban en la iglesia de Newbury Abbey, atestada de invitados. Ella estaba a punto de enfilar el pasillo hacia el altar para conseguir su final feliz cuando apareció Lily con el aspecto de una pordiosera. De modo que todos los sueños de Lauren, su confianza, su mismo papel en esta vida, se hicieron añicos de nuevo. Fue un milagro que conociera a Kit. Sí, ha sufrido.

—En ese caso, es la persona ideal —dijo él—. Cuénteselo.

—¿Lo... lo que ha pasado? —Frunció el ceño.

—Cuénteselo todo —repitió él—. Seguirá sintiéndose culpable. La culpa siempre formará parte de usted. Pero compartirla, permitir que las personas la quieran de todas formas, le hará mucho bien. Los secretos deben tener una válvula de escape para que no se enconen y se conviertan en una carga insoportable.

—No me gustaría trasladarle esa carga a ella —protestó.

—Lauren no la sentirá como tal. —Le dio un apretón en los dedos—. Usted cree que ella se imagina que su matrimonio fue perfecto, pero que estuvo salpicado por la tragedia. En realidad, seguramente crea, al igual que otros, que fue víctima de abuso. Y fue usted una víctima, aunque no exactamente de abuso. Será un alivio para ella conocer la verdad. Podrá ofrecerle el consuelo que seguro que usted le ofreció durante su sufrimiento, mucho más público.

—El Club de los Supervivientes —dijo en voz baja—. Eso es lo que han hecho por usted.

—Lo que hemos hecho los unos por los otros —la corrigió—. Todos necesitamos ser amados, Gwendoline, por completo y de forma incondicional. Incluso cuando soportamos una tremenda culpa y estamos convencidos de que no lo merecemos. La verdad es que nadie se lo merece. No soy un hombre religioso, pero creo que en eso consisten las religiones. Nadie se lo merece, pero, de alguna manera, todos merecemos recibir amor.

Gwen levantó la vista para mirar el distante salón de baile. Por increíble que pareciera, todo el mundo seguía bailando el vals. La pieza no había terminado.

—Le pido disculpas —le dijo—. Es un evento social. Debería estar ayudando a que disfrutara de la ocasión, porque no ha disfrutado al venir y no lo habría hecho de no ser por su hermana. Debería ayudar a que se relajara y riera. Debería...

Dejó la frase a la mitad. El brazo libre de lord Trentham le rodeó los hombros, y la mano que había estado sujetando las suyas le sujetó el cuello, con la barbilla en el hueco entre su pulgar y su índice. La instó a levantar la barbilla y a volver la cara.

No podía verlo con claridad.

—A veces —dijo él—, dice usted unas idioteces tremendas. Debe de ser por su sangre aristocrática.

Y la besó, con los labios firmes sobre los suyos, cálidos, entreabiertos. Le introdujo la lengua en la boca. Ella se aferró a su muñeca y le devolvió el beso.

No fue un abrazo breve. Como tampoco fue lascivo ni especialmente ardiente. Pero fue algo que sintió hasta lo más profundo de su ser. Porque, aunque era físico, no se trataba del aspecto físico. Se trataba de... ellos. La estaba besando porque era Gwendoline, y porque le tenía afecto, pese a todos sus defectos. Ella lo besaba porque era Hugo y le tenía afecto.

Después de que terminara y de que le quitara la mano de la barbilla para volver a sujetarle la mano en el regazo, y de que ella volviera la cara para apoyar la cabeza en su hombro, Gwen sintió el escozor de las lágrimas en la garganta. Porque, por supuesto, no estaba enamorada de él. O, al menos, no solo estaba enamorada de él.

¿Cuándo se había convertido en el sol y la luna para ella, en el aire que respiraba?

¿Y cuándo lo imposible había pasado a ser solo improbable?

No debía dejarse llevar por el romanticismo. Y tal vez solo fuera eso. Y el resultado de su confesión.

¿Cuándo se había vuelto tan sabio, tan comprensivo, tan amable?

¿Después de haber sufrido?

¿En eso consistía el sufrimiento? ¿Eso era lo que le hacía a una persona?

Él movió la cabeza y la besó en la sien, en la mejilla.

—No llore —susurró—. El vals debe de estar a punto de terminar. Y mire, hay otra pareja en la terraza y están pensándose si bajan los escalones. Será mejor que entremos para que pueda sentarme con Constance y Berwick durante la cena. Para que podamos sentarnos con ellos.

Ella levantó la cabeza, se enjugó las lágrimas con las manos y se puso en pie.

—Todavía tengo que decidir si quiero cortejarla o no —añadió él cuando se agarró de su brazo—. Se lo haré saber. No sé si podré cortejar a una mujer que cojea.

Habían salido de debajo del árbol, y la luz de un farolillo se derramó sobre la cara de lord Trentham cuando ella lo miró, sorprendida.

No la estaba mirando. Pero tenía un brillo extraño en los ojos que tal vez fuera una expresión risueña.

17

Lo peor de todo era que lady Muir tenía razón. En el salón de baile no se hablaba de otra cosa que no fueran las noticias de su fama. Durante la cena, un nutrido grupo de caballeros quiso estrecharle la mano y, allá donde mirase, encontraba personas que lo saludaban con gestos de cabeza o que lo miraban con admiración. Una situación de lo más bochornosa que acabó obligándolo a clavar la mirada en el plato la mayor parte del tiempo, porque se sentía incómodo y demasiado expuesto. Se pasó el resto de la velada escabulléndose de un rincón oscuro a otro, aunque la estrategia no pareció servir de mucho. Además, no pudo marcharse temprano, porque Constance bailó hasta la última pieza de baile que interpretó la orquesta.

Esa mañana, habían recibido una avalancha de cartas con el correo, casi todas invitaciones para diversos eventos de la alta sociedad: meriendas al aire libre en jardines, conciertos privados, saraos, desayunos venecianos (algo que no sabía ni lo que era) y veladas musicales (¿en qué se diferenciaban de un concierto?). Además, ¿cómo era posible que un «desayuno veneciano» se organizara durante la tarde? ¿No era una contradicción en sí misma? ¿O acaso se debía a que los miembros de la alta sociedad dormían toda la mañana durante la temporada social, algo que tenía sentido, ya que se pasaban toda la noche de fiesta? Casi todas las invitaciones estaban dirigidas a su nombre e incluían a Constance, un hecho que hacía muy difícil que no les prestara atención o que las rehusara.

Había unas cuantas dirigidas solo a su hermana y tres ramos de flores, de Ralph, del joven Everley y de alguien que había firmado la tarjeta con una floritura tan extravagante que era imposible descifrar el nombre.

Salió de casa para pasar la mañana con William Richardson, su administrador, y dejó a Constance con su madre, con su abuela y con los dos niños con los que la última había llegado esa mañana. Por extraño que fuera, Fiona no parecía molesta por la energía que demostraban y por sus incesantes preguntas, y Constance estaba delirante de felicidad por la oportunidad de hablar y jugar con esos primos que acababa de conocer. Por la tarde, saldría a pasear en carruaje por Hyde Park con Gregory Hind, una de sus parejas de la noche anterior, el muchacho que se reía a carcajadas porque parecía encontrarlo todo gracioso. Sin embargo, había superado victoriosamente el escrutinio de lady Muir y a Connie le gustaba. Al parecer, los acompañarían la hermana del muchacho y su prometido, así que todo era de lo más respetable.

Se zambulló en el trabajo y deseó poder estar en el campo.

No estaba muy seguro de querer cortejar a lady Muir. Cojeaba. De forma muy evidente. Al pensarlo, chasqueó la lengua porque recordó el momento en el que se lo dijo tal cual, lo que provocó que Richardson lo mirara con curiosidad y acabara soltando una carcajada, porque pensó que se le había escapado un chiste y fingió que no era así.

No, no estaba seguro de querer cortejarla. No sería bueno para ella. Gwendoline necesitaba alguien que la apreciara, que la consintiera y que la hiciera reír. Necesitaba a alguien de su propio mundo. Y él necesitaba a alguien que... Pero ¿de verdad necesitaba a alguien? Necesitaba a alguien con quien engendrar a un hijo para que su padre descansara en paz. Necesitaba a una mujer con la que practicar el sexo. No obstante, el hijo podía esperar y el sexo podía encontrarse fuera del matrimonio.

Una idea deprimente.

No necesitaba a Gwendoline, lady Muir. Sin embargo, ella le había mostrado la noche anterior los rincones más oscuros de su alma y él se había sentido muy halagado, por extraño que pareciera. Y lo había besado como si..., en fin, como si le importara. Además, cuando comentó lo de su cojera, ella echó la cabeza hacia atrás y se rio con genuina jovialidad. Y, también, la había poseído en la cala de Penderris Hall y ella lo había recibido gustosa. Sí, lo había hecho. Lo había hecho y él, que solo había estado con prostitutas antes de estar con ella, había captado la diferencia, aunque Gwendoline careciera de la experiencia de las anteriores.

Se había sentido deseado, apreciado y amado.

¿Amado?

En fin, tal vez eso fuera ir demasiado lejos.

Pero ansiaba más. ¿La ansiaba a ella? ¿Era a Gwendoline a quien deseaba? ¿O lo que anhelaba era lo que sentía con ella? Anhelaba ese algo más.

¿Era amor lo que anhelaba?

No obstante, llevaba demasiado tiempo pensando en las musarañas y decidió que debía retomar el trabajo.

Esa misma tarde, se descubrió yendo a Grosvenor Square para llamar a la puerta de Kilbourne House y preguntarle al mayordomo si se encontraba lady Muir y si podía recibirlo. En el fondo, esperaba que hubiera salido. Era la hora en la que todo el mundo estaba paseando a pie, a caballo o en carruaje por el parque y hacía un día bastante apacible, aunque de vez en cuando se nublara. Hind había llegado para recoger a Constance cuando él salía de casa y lo había oído reírse con alegría por algo que había dicho su hermana. Tal vez por eso hubiera ido de visita. Porque estaba casi seguro de que no se encontraba en la casa.

Sería un milagro asombroso, reflexionó, si algún día llegaba a entenderse por completo a sí mismo.

Lady Muir no solo estaba en casa y no solo estaba dispuesta a recibirlo, sino que bajó la escalinata en primer lugar, por delante del mayordomo. Estaba pálida, no parecía muy animada y tenía ojeras.

—Venga a la biblioteca —dijo—. Neville y Lily han salido, y mi madre está descansando.

La siguió hasta la estancia y cerró la puerta al entrar.

—¿Qué le pasa? —quiso saber.

Ella se volvió para mirarlo con una pequeña sonrisa.

—Nada, la verdad —contestó—. Acabo de regresar después de haber pasado la tarde con Lauren. —De repente, no pudo seguir fingiendo y se tapó la cara con las manos—. Lo siento —dijo.

—¿Me ha hecho caso? —le preguntó Hugo.

¡Por el amor de Dios! ¿Y si había seguido su consejo y se había equivocado?

—Sí —contestó Gwendoline, que bajó las manos y controló de nuevo su expresión—. Sí, le he hecho caso, y tenía usted razón. Nos hemos pasado casi toda la tarde llorando como dos tontas. Según Lauren, soy la mujer más tonta del mundo por haber mantenido todo eso guardado en mi interior durante tanto tiempo.

—No —le aseguró él—, no es usted tonta en absoluto. En eso su amiga se equivoca. Si nos sentimos como si fuéramos huevos podridos, preferimos que nadie rompa la cáscara... por su bien.

—En ese caso, soy un huevo podrido. —Soltó una trémula carcajada—. ¿Su hermana está contenta hoy? He planeado visitarla mañana por la mañana.

—Ha salido a pasear con Hind y su hermana —le contestó—. La sala de estar parece y huele como un jardín florido. Ha recibido cinco invitaciones, sin contar las trece que he recibido yo que la incluyen a ella. Sí, está contenta.

—Pero usted no lo está tanto, ¿verdad? —replicó ella—. ¡Ay, Hugo! Venga a sentarse. Acabaré con tortícolis si tengo que pasarme mucho más rato con la cabeza echada hacia atrás para mirarlo.

Hugo se sentó en un diván mientras ella lo hacía en la antigua butaca de cuero situada enfrente.

—Me encantaría arrojarlos a todos a una hoguera —confesó—, pero debo pensar en Connie. He venido para pedirle consejo sobre qué invitaciones aceptar.

—¿De esas? —replicó ella, señalando con la cabeza los sobres que llevaba en una mano.

—Sí —contestó él, que se los ofreció—. Las de Constance están arriba. Las mías, debajo. ¿A qué eventos debemos ir? Si acaso debemos ir a alguno. Al fin y al cabo, solo le prometí un baile y no quiero darle demasiadas alas a su esperanza.

—¿Cree que solo puede encontrar la felicidad entre los de su clase? —le preguntó lady Muir al tiempo que aceptaba las invitaciones y las dejaba sobre su regazo.

—No necesariamente —respondió Hugo, que sintió cómo se le tensaba el mentón. Gwendoline se estaba riendo de él—. Pero sí probablemente.

Tardó unos minutos en leer las invitaciones, una a una. Hugo la observó mientras lo hacía y se sintió irritado. Porque quería acercarse a ella, levantarla en brazos como hacía en Penderris Hall cuando tenía la excusa perfecta para hacerlo y volver de nuevo al diván con ella en el regazo. Todavía tenía mal color de cara, pero Gwendoline no era su responsabilidad. No tenía por qué sentirse responsable de ofrecerle consuelo ni ninguna otra cosa. En ese momento, tenía la espalda tiesa como un palo. No, eso era injusto. La tenía erguida, pero su postura era relajada, elegante. No rozaba siquiera el respaldo de la butaca. Y su cuello se inclinaba hacia delante como el de un cisne. Era una dama desde la coronilla, pasando por esas manos de elegante manicura, hasta las puntas de los pies con sus elegantes zapatos.

Y la deseaba con vehemencia.

—Yo también he recibido la mayoría de estas invitaciones —dijo—. Lord Trentham, no me atrevería a decirle cuáles debe aceptar y cuáles debe rechazar, pero hay algunas que sería aconsejable que Constance rechazara y unas cuantas que le resultarían muy provechosas. De hecho, hay tres eventos en concreto a los cuales esperaba que la invitasen para no verme en la tesitura de tener que pedírselo yo misma a las anfitrionas. —Soltó una suave carcajada y lo miró—. No debe sentirse obligado a acompañarla —le dijo—. Estaré encantada de llevarla conmigo y de convertirme en una atenta carabina. Sin embargo, la alta sociedad se llevará una gran desilusión si el héroe de Badajoz desaparece otra vez de la faz de la Tierra después de anoche, sin que la mayoría haya tenido la oportunidad de hablar con usted o de estrecharle la mano, porque muchos no estaban presentes. La alta sociedad es un ente voluble. Al cabo de un tiempo, otra cosa reemplazará la sensación creada por la novedad de verlo por fin y ya no será el centro de atención allá donde vaya. Aun así, todos tendrán que verlo unas cuantas veces más antes de que eso suceda.

Hugo suspiró.

—Acompañaré a Constance a esos tres eventos —dijo—. Dígame cuáles son para enviar mi respuesta aceptando la invitación.

Gwendoline dejó los tres sobres en la parte superior del montón y se los devolvió.

—Me encantaría tomar un poco de aire fresco —confesó—. Lord Trentham, ¿le importaría acompañarme a dar un paseo o se sentirá avergonzado por mi cojera? —Aunque sonrió al preguntarlo, sus ojos lo miraron con una expresión tristona.

Hugo se puso en pie y se guardó los sobres en el bolsillo de la chaqueta, desfigurando horriblemente la elegante prenda, porque quedó muy abultada.

—Sabe que anoche lo dije a modo de broma —repuso—. Gwendoline, la cojera forma parte de su persona, aunque me gustaría que no fuera así por su bien. A mis ojos, es usted hermosa tal y como es. —Le tendió una mano—. Sin embargo, todavía no he decidido si quiero cortejarla. Una de esas invitaciones es para asistir a una merienda en un jardín.

Gwendoline rio y por fin apareció un poco de color en sus mejillas.

—Lo es —replicó—. Hugo, se adaptará muy bien si recuerda un pequeño detalle. Cuando beba té, sostenga el asa de la taza con el pulgar y tres dedos más... Jamás use el meñique. —Y fingió un estremecimiento de espanto.

—Vaya en busca del bonete —le dijo él.

—He decidido no cortejarla —dijo Hugo.

Iban paseando por la acera en dirección a Hyde Park, cogidos del brazo. Gwen se había sentido exhausta tras regresar de casa de Lauren. Seguramente se habría acostado si no hubiera aparecido Hugo. Le alegraba que lo hubiera hecho. Todavía estaba cansada, pero también relajada. Casi feliz.

No habían hablado. No les había parecido necesario hacerlo.

Con él se sentía... segura.

—¡Ah! —exclamó ella—. ¿Y cuál es el motivo en esta ocasión?

—Soy demasiado importante para usted —respondió él—. Soy el héroe de Badajoz.

Gwen sonrió. Era la primera vez que sacaba a colación ese episodio de su vida de forma voluntaria. Y para bromear al respecto, ni más ni menos.

—¡Caray! —exclamó—. Es cierto. Pero me consolaré con el hecho de que es usted demasiado importante para cualquier mujer. Claro que tendrá que casarse con alguna. Es usted un hombre apasionado, pero demasiado importante para frecuentar...

¡Ay, por Dios!... No estaba hecha para ese tipo de bromas.

—¿Burdeles? —acabó él.

—En fin, que es usted muy importante. Y si tiene que casarse, tendrá también que cortejar a la mujer elegida.

—No —protestó Hugo—. Soy demasiado importante para eso. Me limitaré a hacerle un gesto con el dedo para que se acerque y ella lo hará a la carrera.

—¿No se le habrá subido la fama a la cabeza por casualidad? —le preguntó.

—En absoluto —respondió él—. Solo me limito a constatar un hecho real, sin fanfarronear.

Gwen rio entre dientes y después, cuando alzó la vista para mirarlo, descubrió lo que podía ser el asomo de una sonrisa en sus labios. Hugo estaba tratando de hacerla reír.

—¿Planea usted hacer un gesto con el dedo para que me acerque?

Se produjo un silencio bastante largo antes de que le contestara, mientras atravesaban la calzada y él le arrojaba una moneda a un joven barrendero que acababa de quitar un humeante montón de estiércol de su camino.

—Todavía no lo he decidido —respondió él—. Ya se lo comunicaré cuando lo haga.

Gwen sonrió de nuevo y entraron en el parque.

Pasearon por la zona más elegante, donde todavía había una considerable multitud a caballo, en carruaje y andando, aunque no se demoraron mucho. Sin embargo, su llegada despertó más interés del que habría recibido de haber aparecido ella sola, pensó Gwen, y muchas personas los saludaron desde lejos o incluso se detuvieron para intercambiar los saludos de rigor. Les alegró encontrarse con el duque de Stanbrook, que paseaba a caballo con el vizconde de Ponsonby. El duque los invitó a tomar el té en su casa al día siguiente. Constance Emes los saludó alegremente con la mano desde el cabriolé de señor Hind, que se encontraba a cierta distancia.

No obstante, en vez de completar el recorrido como todos los demás, siguieron paseando hacia el interior del parque, donde se cruzaron con muchos menos vehículos y paseantes.

—Hábleme de su madrastra —dijo Gwen.

—¿De Fiona? —Hugo la miró, sorprendido—. Mi padre se casó con ella cuando yo tenía trece años. En aquel entonces, Fiona trabajaba en una sombrerería. Era muy hermosa. Mi padre se casó con ella a las dos semanas de conocerla. Yo ni siquiera supe de su existencia hasta que mi padre anunció que iba a casarse al día siguiente. Fue una sorpresa muy desagradable. Supongo que la mayoría de los niños, hasta los de trece años, imaginan que sus padres viudos quisieron tanto a sus esposas que son incapaces de mirar de nuevo a otra mujer con deseo. Así que estaba preparado para odiarla de entrada.

—¿Y siguió odiándola después? —aventuró Gwen al tiempo que saludaba con un gesto de cabeza a un trío de caballeros que pasó por su lado y que, a su vez, la saludaron llevándose las manos a sus respectivos sombreros, tras lo cual procedieron a mirar a Hugo boquiabiertos por el asombro. Él pareció ajeno por completo a su presencia.

—Me gusta pensar que en algún momento habría llegado a recuperar el sentido común —respondió—. Había tenido a mi padre a mi completa disposición durante gran parte de mi vida y lo adoraba, pero tenía trece años y ya había descubierto que mi vida no giraba en torno a él. Sin embargo, pronto nos resultó más que evidente que ella se aburría soberanamente. El motivo por el que casó con él no podía ser más obvio, por supuesto. Supongo que no es un crimen casarse con un hombre por su dinero. Es algo habitual. Y no creo que Fiona le fuera infiel, aunque no dudó en intentarlo conmigo unos años después, algo que no le permití. En cambio, me fui a la guerra.

—¿Ese fue su motivo para marcharse? —Lo miró con los ojos como platos.

—Lo más gracioso es que jamás fui capaz de matar ni a la más espantosa y pequeña de las criaturas —siguió Hugo—. Me pasaba la vida sacando arañas y tijeretas de la casa para dejarlas en el umbral de la puerta, rescatando ratones de las trampas si los encontraba vivos o llevando a casa a pajarillos con las alas rotas, a perros y a gatos vagabundos. Hubo una época en la que mis primos se burlaban de mí llamándome «el gigante bonachón». Y acabé matando hombres.

Eso explicaba muchas cosas, pensó Gwen. Muchísimas cosas.

—¿Su madrastra no se lleva bien con su familia política? —quiso saber.

—Se siente inferior —confesó Hugo— y, por tanto, cree que la desprecian. Yo no creo que lo hagan. Si les hubiera dado la oportunidad, la habrían querido y la habrían recibido con los brazos abiertos. Al fin y al cabo, todos proceden de orígenes humildes. Ella misma se alejó de su propia familia al creer, supongo, que una asociación con ellos la degradaría del nivel que había alcanzado al casarse con mi padre. Hace una semana fui a visitarlos. No han dejado de quererla y de echarla de menos. Por increíble que parezca, no le guardan rencor. Su madre y su hermana ya han estado con ella y, esta misma mañana, su madre ha llegado a la casa con sus dos nietos más pequeños, que son sobrinos de Fiona. Todavía tiene que hablar con su padre, con su hermano y con su cuñada, pero estoy seguro de que a su tiempo, todo llegará. Tal vez Fiona sea capaz de recuperar su vida. Todavía es joven y sigue siendo muy guapa.

—¿Ya no la odia? —le preguntó mientras él la apartaba hacia un lateral del camino al ver que se acercaba a ellos un carruaje descubierto.

—Odiar no es fácil —respondió— cuando se ha vivido lo suficiente como para saber que todo el mundo se ha enfrentado a un camino difícil de recorrer en la vida y que no siempre se toman las decisiones más sensatas o admirables. Hay pocos villanos de nacimiento, tal vez ninguno. Aunque hay algunos que están muy cerca de serlo.

Ambos alzaron la vista para mirar a los ocupantes del carruaje, que había aminorado la velocidad al pasar junto a ellos.

Era la vizcondesa de Wragley con su hijo pequeño y su nuera. Siempre le había dado mucha pena el señor Carstairs, un hombre delgado, pálido y, al parecer, tísico. Y su esposa también, una mujer que parecía descontenta con lo que le había tocado en la vida, pero que nunca se apartaba del lado de su marido. Sin embargo, no conocía bien a ninguno de los dos porque evitaban los eventos más multitudinarios y agotadores de la temporada social.

Les sonrió y les deseó que pasaran una buena tarde.

La vizcondesa respondió con un gesto elegante de cabeza. La señora Carstairs le devolvió el saludo con voz apática. El señor Carstairs no habló. Tampoco lo hizo lord Trentham. Aun así, Gwen se percató de que ambos hombres intercambiaban una mirada y de que una repentina tensión invadía el ambiente.

En ese momento, el señor Carstairs se inclinó por encima del lateral del vehículo.

—El héroe de Badajoz —masculló con desprecio, tras lo cual escupió al suelo, bien lejos de ellos dos.

—¡Francis! —exclamó la vizcondesa, espantada.

—¡Frank! —gimió la señora Carstairs.

—Siga adelante, cochero —ordenó el señor Carstairs, y el susodicho lo obedeció.

Gwen se había quedado de piedra.

—La última vez que lo vi —dijo lord Trentham—, me escupió directamente.

Gwen volvió la cabeza al instante y lo miró a la cara.

—¿El señor Carstairs es el teniente del que me habló? —quiso saber—. ¿El que intentó que abortara usted el ataque a la fortificación?

—El médico no esperaba que sobreviviera —contestó—. Era obvio que tenía graves heridas internas, además de las externas. Tosía y expulsaba mucha sangre. Lo enviaron a morir a casa. Pero sobrevivió de alguna manera.

—¡Ay, Hugo! —replicó.

—Su vida está arruinada —siguió él—. Es evidente. Y ahora le resultará doblemente difícil seguir adelante al haber descubierto que estoy aquí y que me han recibido como a un gran héroe. Él lo es en la misma medida que yo, si acaso la palabra «héroe» se nos puede aplicar. Quería abortar el ataque, pero me siguió cuando lideré la carga.

—¡Ay, Hugo! —repitió, y por un instante apoyó el ala del bonete en su brazo.

En vez de devolverla al sendero, la guio a través de un extenso prado verde hacia una hilera de vetustos árboles entre los cuales discurría un camino estrecho que estaba desierto.

—Siento mucho que se haya visto expuesta a algo así —se disculpó—. La acompañaré de vuelta a casa y me mantendré alejado de usted en el futuro si así lo desea. Puede acompañar a Constance a la merienda al aire libre y a los otros dos eventos si es tan amable. O no, como prefiera. Bastante generosa ha sido ya con ella.

—¿Eso significa que jamás me indicará con un dedo que me acerque a usted? —le preguntó ella.

Hugo volvió la cabeza y la miró, y Gwen pensó que jamás le había parecido más un soldado como en ese momento.

—Exactamente —respondió.

—Pues es una lástima —replicó ella—. Empezaba a pensar que a lo mejor, repito, a lo mejor, podía ver con buenos ojos su cortejo. Aunque admito que el orgullo tal vez me impida correr hacia usted si me hace un gesto con un dedo.

—Jamás volveré a exponerla a semejante situación —adujo él.

—En ese caso, ¿debo vivir protegida de la vida misma? —repuso Gwen—. Hugo, eso es imposible.

—No sé nada de cortejos —le confesó él al cabo de un breve silencio—. No he leído el manual.

—Se baila con la mujer en cuestión —dijo Gwen—. O, si se trata de un vals y teme usted aplastarle los pies, da un paseo con ella por el exterior y la escucha confesar sus secretos más ocultos y espantosos sin demostrar que se aburre y sin juzgarla. Después, la besa y hace que se sienta... perdonada en cierto modo. La visita cuando se siente exhausta y la invita a pasear. Y, después, se asegura de llevarla a un sendero resguardado y desierto para poder besarla.

—¿Un beso al día? —le preguntó él—. ¿Es un requisito?

—Siempre que sea posible —contestó—. Algunos días hará falta echar mano del ingenio.

—Yo puedo ser muy ingenioso —le aseguró Hugo.

—No lo dudo —replicó ella.

Siguieron paseando despacio.

—Gwendoline —dijo Hugo—, puedo parecer un hombre grande y fuerte. Pero no estoy seguro de serlo.

—¡Oh! —exclamó ella con un hilo de voz—. Estoy segurísima de que no lo es. No para lo que realmente importa.

«Yo tampoco soy fuerte. Ni una casquivana», pensó.

Al menos, no creía ser una casquivana.

Necesitaba pensar con desesperación. El cansancio no acababa de abandonarla. La noche anterior había dormido a intervalos, la tarde con Lauren había estado cargada de dolorosas emociones y la conversación que estaba manteniendo con Hugo...

—Un beso al día —repitió Hugo—. Pero sin que tenga que ser necesariamente un gesto de cortejo por ninguna de las dos partes. Un beso solo porque la situación es favorable y nos apetece besarnos.

—Me parece un motivo estupendo —le aseguró ella con una carcajada—. Así que béseme, Hugo, y rescáteme del que hasta ahora ha sido un día... sombrío.

Las ramas de los árboles, cargadas con sus verdes hojas primaverales, se mecían sobre ellos. En el aire flotaba el olor a hierba fresca. Un invisible coro de pajarillos se comunicaba con sus misteriosos y dulces trinos. Un perro ladraba a lo lejos y también se oían los alegres chillidos de un niño.

Hugo la apoyó contra el tronco de un árbol y se pegó a su cuerpo. Le introdujo los dedos bajo el ala del bonete para tomarle la cara entre las manos. Sus ojos, que la miraron bajo la sombra de los árboles, le parecieron muy oscuros.

—Todos los días —dijo—. Es una idea embriagadora.

—Sí —replicó ella con una sonrisa.

—Hacer el amor todas las noches —siguió él—. Varias veces todas las noches. Y también durante el día. Ese sería el resultado natural de un cortejo.

—Sí —repitió ella.

—Si te estuviera cortejando —apostilló Hugo, tuteándola.

—Sí —dijo Gwen—. Y si yo viera dicho cortejo con buenos ojos.

—Gwendoline... —murmuró.

—Hugo...

Le rozó los labios con los suyos, se los acarició con delicadeza y se apartó.

—La próxima vez —dijo—, si acaso hay una próxima vez, te quiero desnuda.

—Sí —repuso ella—. Si acaso hay una próxima vez.

¿Cuáles eran los motivos que hacían que esa relación fuera improbable o incluso imposible? ¿No había algún motivo? ¿Aunque fuera uno solo?

Hugo la besó de nuevo, rodeándole la cintura con los brazos y alejándola del tronco del árbol para pegarla a su cuerpo, al tiempo que ella le arrojaba los brazos al cuello.

Fue un beso ardiente y apasionado, de labios separados y lenguas enzarzadas en caricias que se exploraban mutuamente mientras respiraban entre jadeos. Y luego se convirtió en un beso dulce y tierno, en el que solo intervinieron los labios mientras se murmuraban palabras ininteligibles.

—Creo que será mejor que te lleve de vuelta a casa —dijo Hugo a la postre.

—Yo también lo creo —convino ella—. Y, después, será mejor que te saques las invitaciones del bolsillo antes de que deformes la chaqueta de forma permanente.

—No está bien ir por ahí pareciendo un caballero imperfecto —repuso él.

—Desde luego que no. —Gwen rio y lo tomó del brazo.

Mientras tanto, reconoció que acababa de mejorar la posibilidad de tener un futuro juntos. Había pasado de improbable a posible.

Aunque todavía no era probable.

No era una mujer tan temeraria.

18

Constance, en opinión de Hugo, estaba disfrutando de lo lindo. Fue de compras con lady Muir, su prima y su cuñada una mañana, y terminó en una tetería con un admirador y la madre de este. Otro día por la tarde fue de visita también con las tres y regresó a casa acompañada por un caballero que vivía en la última casa que visitaron, y una doncella que los seguía a insistencias de la abuela del muchacho. Fue a pasear en carruaje por el parque dos tardes con acompañantes distintos. Y cada mañana llegaba una larga lista de invitaciones, aunque de momento solo había asistido a un único baile.

Parecía que su presentación en sociedad era un éxito, y ella era feliz. Aunque no solo por sí misma.

—Todos los caballeros que me han prestado atención quieren hablar de ti, Hugo —le dijo durante el desayuno una mañana—. Es muy gratificante.

—¿De mí? —Frunció el ceño—. ¿Pero no te están cortejando a ti?

—En fin —repuso ella—, supongo que es bueno para su prestigio que los vean con la hermana del héroe de Badajoz.

Hugo estaba cansadísimo de oír esa ridícula frase.

—Pero te están cortejando a ti —insistió.

—¡Oh! No tienes que preocuparte, Hugo —le aseguró ella—. No me voy a casar con ninguno de ellos.

—¿No lo vas a hacer? —le preguntó al tiempo que fruncía el ceño.

—No, claro que no —contestó ella—. Son todos muy dulces y graciosos y..., en fin, muy tontos. No, no, eso es cruel. Me caen muy bien, y son muy amables. Y todos te veneran. Dudo mucho que alguno fuera capaz de encontrar el valor necesario para pedirte mi mano aunque deseara hacerlo. Que sepas que tienes un ceño feroz.

Constance tal vez fuera más sensata de lo que pensaba. No estaba poniendo sus esperanzas matrimoniales en ninguno de los caballeros que había conocido hasta el momento. Aunque tampoco era de sorprender, claro. Su primer baile había sido hacía menos de una semana. Tal vez ni siquiera le importase ascender en el escalafón social casándose con un aristócrata.

Era una idea que parecían corroborar otras cosas que le estaban pasando en la vida.

Una tarde fue a la tienda de ultramarinos con su abuela y conoció al resto de sus familiares. Se quedó prendada de ellos al instante, y fue algo recíproco. Tras aquella primera visita, siempre reservaba un hueco todos los días para ir a verlos..., al menos a aquellos que no estaban en la casa para preocuparse de Fiona, por supuesto. Y hablaba de ellos y de la tienda y del vecindario con tanto entusiasmo como el que demostraba al hablar de sus relaciones con la alta sociedad.

Había una ferretería junto a la tienda de ultramarinos. El dueño de toda la vida había muerto hacía poco, pero su hijo les había prometido a todos los clientes que la mantendría abierta y que no cambiaría nada. Era, según palabras de Constance, como la cueva de Aladino, con pasillos estrechos que se cruzaban y serpenteaban hasta que se corría el riesgo de perderse. Los pasillos eran tan estrechos que costaba darse la vuelta. Y el propietario tenía absolutamente de todo en la tienda. No había un clavo, un tornillo, un remache, un perno o un cerrojo que no tuviera. Aunque no solo eso. Tal como había hecho su padre, sabía exactamente dónde se encontraba hasta el objeto más diminuto y raro que necesitara alguien. Y había escobas y escaleras colgadas de las paredes, y palas y rastrillos colgados del techo y...

La historia seguía y seguía.

Y Constance iba allí todos los días, siempre en compañía de algún pariente, ya que todos eran buenos amigos del señor Tucker. De hecho, su abuela casi lo había adoptado como un hijo más una vez muerto su padre. Tenía la misma edad que Hilda, según Constance, o tal vez fuera un par de años menor. Tal vez incluso tres. Era simpático. Bromeaba con ella por su acento refinado, aunque Constance no hablaba muy diferente del resto y el acento del señor Tucker no era demasiado pronunciado. Lo entendía perfectamente. También bromeaba con ella por sus elegantes bonetes. Y dejaba que Colin y Thomas, sus dos primos pequeños, corretearan a su antojo por la tienda, aunque un día volcaron dos cajas de clavos de diferente tamaño y los mezclaron, de manera que insistió en que los recogieran todos y luego se sentaran delante del mostrador para clasificarlos bien. Tardaron casi una hora, y él les llevó leche y galletas para que sus dedos se movieran con más agilidad. Y después, cuando terminaron, les alborotó el pelo, les dijo que eran buenos muchachos y les dio un penique a cada uno con la condición de que se fueran de la tienda en ese mismo instante y no volvieran al menos durante una hora.

Le contaba a Constance anécdotas de sus clientes, aunque nunca eran desagradables. Una tarde que llovió insistió en acompañarla de vuelta a casa mientras sostenía por encima de su cabeza un enorme paraguas negro que había sacado de algún punto del fondo de la tienda. No podría dormir esa noche, le dijo él, si la hubiera dejado volver a casa andando sin paraguas y, por tanto, provocar la muerte de su bonete.

Hugo escuchaba las largas y animadas historias con interés. Cuando hablaba del ferretero, su hermana proyectaba cierto halo que no estaba presente cuando hablaba de los caballeros que la cortejaban.

Todo eso le indicaba que tal vez podría haberse ahorrado todo el asunto de la alta sociedad. No habrían tenido que asistir al baile de los Redfield, y tampoco habría necesidad de asistir a la inminente merienda al aire libre. Y no habría habido necesidad de retomar su relación con lady Muir.

Su vida habría sido muchísimo más tranquila de no haberla visto de nuevo después de Penderris Hall.

Empezaban a enamorarse el uno del otro. No, de hecho, estaban más que empezando a hacerlo. Y era mutuo. Había empezado a creer que lo suyo era posible. Al igual que ella. Pero el romanticismo no duraba para siempre. Claro que él carecía de experiencia personal al respecto, pero todo lo que había visto en la vida se lo había enseñado. Lo que quedaba de la relación pasada la primera etapa eufórica del romance era lo importante. ¿Qué quedaría de él y de Gwendoline, lady Muir? Dos vidas tan distintas como el día y la noche. Unos cuantos hijos, tal vez..., si acaso ella podía concebirlos. Sin duda alguna, ella querría enviarlos a algún colegio elegante en cuanto dejaran de gatear. Él querría mantenerlos en casa para disfrutar de ellos. ¿Quedaría algo de amor entre ellos una vez que el romanticismo desapareciera? ¿O se habría consumido todo con el esfuerzo de unir dos vidas que no se podían unir?

—¿Qué pasa con el amor cuando el romanticismo desaparece, George? —le preguntó al duque de Stanbrook una tarde que lady Muir y él fueron a tomar el té, tras recibir una invitación. Los duques de Portfrey también estuvieron presentes, pero fue la tarde que se puso a llover de repente, la misma en la que Tucker acompañó a casa a Constance. Los duques se llevaron a lady Muir en su carruaje, dado que Hugo no se había llevado el suyo.

—Es una buena pregunta —contestó su amigo con una sonrisa torcida—. De joven, todas las personas que tuvieron autoridad e influencia sobre mí me enseñaron que nunca se deben mezclar ambas cosas. O, al menos, que alguien de mi posición social no debe mezclarlas. Según ellos, el romanticismo es para las amantes. El amor, aunque nunca lo definieron, es para las esposas. Quise a Miriam, sin importar lo que eso signifique. Disfruté de varias aventuras durante los primeros años de nuestro matrimonio, aunque ahora me arrepiento. Por respeto hacia ella, debería haberme portado mejor. Si fuera joven ahora mismo, Hugo, creo que buscaría el amor, el romanticismo y el matrimonio en el mismo sitio, y al cuerno con las advertencias sobre lo efímero del romanticismo y el desgaste del amor. Me arrepiento de muchas cosas en la vida, pero no tiene sentido hacerlo, ¿verdad? En este preciso momento, los dos estamos en el punto exacto al que hemos llegado desde el nacimiento y a través de todas nuestras experiencias vitales, a través de la miríada de decisiones que hemos tomado por el camino. Lo único sobre lo que tenemos un mínimo de control es sobre la siguiente decisión que vamos a tomar. Pero te pido disculpas. Me has hecho una pregunta. Lamento decir que desconozco la respuesta, y sospecho que no la hay. Cada relación es única. Estás enamorado de lady Muir, ¿verdad?

—Supongo que sí —contestó.

—Y ella está enamorada de ti. —Era una afirmación, no una pregunta.

—Es inútil —protestó—. No hay más que romanticismo que lo sustente.

—Yo no lo veo así —repuso el duque—. Hay más, Hugo. Te conozco bastante bien, y también conozco mucho de lo que se oculta tras la pétrea y casi taciturna coraza con la que te has envuelto para ocultarte del público. No conozco en absoluto a lady Muir, pero percibo algo... Mmm. Me cuesta encontrar la palabra justa. Percibo una profundidad en su carácter que puede encajar con la tuya. Creo que tal vez «enjundia» sea la palabra que busco.

—De todas formas, es inútil —insistió Hugo.

—Tal vez —convino el duque—. Pero es habitual que las parejas más enamoradas y que parecen ser perfectas no superen la primera prueba que la vida les pone en el camino. Y la vida siempre lo hace, tarde o temprano. Piensa en el pobre Flavian y en su antigua prometida como ejemplo. Cuando dos personas no forman una buena pareja y lo saben, pero siguen enamoradas de todas formas, tal vez deberían prepararse para encontrarse con muchos obstáculos en el camino y para luchar contra ellos con todas las armas de su arsenal. No hay que esperar que la vida sea fácil y, por supuesto, nunca lo es. Pero cuentan con una posibilidad de lograrlo. Y todo esto es pura conjetura, Hugo. De verdad que no lo sé.

No había nadie más a quien preguntarle. Hugo sabía lo que Flavian le diría, y Ralph no tenía experiencia alguna. No iba a preguntarles a ninguno de sus primos. Querrían saber el motivo de la pregunta y, de ese modo, todos se enterarían y se emocionarían porque por fin se había enamorado. Y querrían saber quién era ella, y luego querrían conocerla, y preferiría no imaginar lo que vendría después.

Además, tal como George había dicho, nadie podía aconsejarle a otra persona sobre el amor, el romanticismo o lo que sucedería si se casaba y el romanticismo desaparecía. Solo se podía descubrir por uno mismo. O no descubrirlo.

Se le podía plantar cara al desafío o darle la espalda.

Se podía ser un héroe o un cobarde.

Se podía ser sabio o idiota.

Un hombre cauto o un imprudente.

¿Había alguna respuesta para algo en la vida?

La vida era un poco como andar sobre una delgada cuerda deshilachada que se balanceaba sobre un profundo abismo con piedras afiladas y animales salvajes en el fondo. Era así de peligrosa... y de emocionante.

¡Argggg!

Hacía un día perfecto para una merienda al aire libre. Fue lo primero en lo que Hugo reparó al levantarse esa mañana y descorrer las cortinas de la ventana de su dormitorio. Pero, por una vez, el sol no le brindó alegría. Tal vez se nublara más adelante. Tal vez lloviera por la tarde.

Claro que ya sería demasiado tarde para cancelar la fiesta. Probablemente sería demasiado tarde de todas formas, aunque estuvieran cayendo ya chuzos de punta. Sin duda, los anfitriones tendrían un plan alternativo. Seguramente tuvieran uno o dos salones de baile escondidos en su mansión a la espera de acomodar a la flor y nata de la alta sociedad inglesa..., así como a Constance y a él. Y los decorarían con todo lujo de detalle para que parecieran jardines interiores.

No, era imposible librarse. Además, Constance estaba tan emocionada que la noche anterior había afirmado que dudaba mucho que pudiera pegar ojo. Y él llevaba tres días enteros sin ver a lady Muir. No la veía desde que se fue de casa de George con los duques de Portfrey y él tuvo que conformarse con rozarle el dorso de la mano enguantada con los labios.

Adiós a lo de un beso al día. Claro que, en realidad, no la estaba cortejando, ¿verdad?

La tarde resultó tan perfecta como la mañana, y Constance debió de dormir durante la noche porque tenía muy buen aspecto, los ojos le brillaban y rebosaba energía ese día. Era imposible librarse de todo ese asunto. Su carruaje apareció en la puerta cinco minutos antes de tiempo, e Hilda y su prometido, Paul Crane, que llegaron casi a la par, los despidieron. Habían ido a la casa para acompañar a Fiona a dar un paseo, en la que sería su primera salida en mucho tiempo.

Constance le tomó la mano cuando empezaron a acercarse a su destino.

—No tengo tanto miedo como cuando fuimos al baile de los Ravensberg —le dijo—. Ya conozco a varias personas, y son muy amables, ¿a que sí? Y, por supuesto, nadie me mirará cuando esté contigo, así que no tendré tanta vergüenza. ¿Estás enamorado de lady Muir?

Hugo enarcó las cejas al oírla y carraspeó.

—Eso sería una idiotez, ¿verdad? —le preguntó.

—No una idiotez mayor que si yo me enamorase del señor Hind, del señor Rigby, del señor Everly o de cualquiera de los otros —repuso ella.

—¿Estás enamorada de ellos? —quiso saber—. ¿O de alguno de ellos?

—No, claro que no —contestó su hermana—. Ninguno de ellos hace nada, Hugo. Viven del dinero que se les da. Que es lo mismo que hago yo, supongo, pero es distinto para las mujeres, ¿no? Se espera que un hombre trabaje para ganarse la vida.

—Esa es una idea muy burguesa —repuso él con una sonrisa.

—Parece más masculino trabajar —insistió ella.

Hugo sonrió.

—¡Oh! —siguió su hermana—, me muero por ver los jardines y por ver cómo van vestidos todos. ¿Te gusta mi sombrero nuevo? Sé que el abuelo dijo que era ridículo, pero le brillaban los ojos al decirlo. Y el señor Tucker le dio la razón y negó con la cabeza de la misma manera que lo hace cuando no quiere decir lo que está diciendo.

—Es todo un espectáculo —le aseguró—. Espléndido, en realidad.

Y, en ese momento, llegaron.

Los jardines que rodeaban la mansión de los Brittling en Richmond ocupaban una décima parte del espacio de Crosslands Park, pero eran cien veces menos yermos. Había césped bien cortado y exuberantes parterres de flores y árboles que parecía que los habían colocado uno a uno para conseguir el mayor efecto pictórico. Había un cenador con rosales y un invernadero con naranjos, un quiosco de música y un templete, un sendero con césped flanqueado por árboles tan rectos como soldados, estatuas, una fuente y una terraza de tres niveles que descendían desde la casa con flores en maceteros de piedra.

Debería parecer un caos absoluto. No debería quedar espacio para las personas.

Sin embargo, ofrecía una estampa magnífica, e hizo que Hugo pensara con desaliento en su propiedad. Y con anhelo por volver. ¿Habrían sobrevivido todos los corderos? ¿Habrían acabado con la siembra de las cosechas? ¿Crecerían malas hierbas en su parterre de flores? En singular, un solo parterre.

Lady Muir había ido con su familia y estaba justo delante de ellos. Se acercó a toda prisa en cuanto llegaron, con las manos estiradas hacia Constance.

—Aquí estás —dijo—, y te has puesto el bonete rosa en vez del de paja. Creo que has tomado la decisión correcta. Este es mucho más llamativo. Voy a presentarte a varias personas que todavía no conoces... y a petición de dichas personas, en la mayoría de los casos. Verás, tienes un hermano famoso, aunque buscarán tu compañía por tus propios méritos en cuanto te conozcan.

Desvió la mirada hacia él cuando lo mencionó, y el rubor le tiñó las mejillas.

Su imagen reñía con el cielo, ya que llevaba un vestido azul claro y un bonete amarillo decorado con acianos.

—Acompáñenos, lord Trentham —le dijo al tiempo que entrelazaba un brazo con el de Constance—. De lo contrario, se quedará ahí como un pez fuera del agua, mirando con el ceño fruncido a todo el mundo que desee estrecharle la mano.

—¡Oh! —exclamó Constance, que miró con sorpresa a uno y después al otro—. ¿No le da miedo hablarle a Hugo de esa forma?

—Un pajarito de lo más fiable me ha dicho que, cuando era pequeño, solía sacar a las arañas de casa en vez de aplastarlas de un pisotón —repuso lady Muir.

—¡Oh! —Constance se echó a reír—. Todavía lo hace. Lo hizo ayer mismo cuando mi madre gritó al ver una araña enorme de patas largas cruzar la alfombra. Mi madre quería que alguien la matase.

Hugo caminaba junto a ellas, con las manos entrelazadas a la espalda. ¡Qué ridícula era la fama!, pensó mientras los demás le hacían reverencias y se apartaban de su camino y lo miraban con un asombro que a menudo parecía dejarlos sin palabras. A él, Hugo Emes. No había nadie más normal y corriente. No había nadie que fuera más un don nadie.

Y, en ese momento, vio a Frank Carstairs sentado en el cenador con una manta sobre las piernas, una taza y un platillo en las manos, y su esposa de cara avinagrada a su lado. Carstairs también lo vio, momento en el que torció el gesto y apartó la vista con total deliberación.

Carstairs le había provocado más de una mala noche durante la última semana. Había sido un teniente valiente, franco y muy trabajador, respetado tanto por los hombres a su mando como por los otros oficiales. Sin embargo, era más pobre que las ratas, dado que su abuelo, según se decía, había dilapidado la fortuna familiar en el juego y él solo era el hijo menor. De ahí su necesidad de ganarse los ascensos en vez de comprarlos.

Constance pronto se alejó con un grupo de jóvenes de ambos sexos. Iban a pasear por la orilla del río, al que se accedía a través de un sendero privado flanqueado por flores y árboles.

—El río está a casi medio kilómetro —le dijo lady Muir—. Creo que me quedaré aquí. Ayer se me hinchó bastante el tobillo, y tuve que poner el pie en alto. A veces se me olvida que no soy del todo normal.

—Ahora ya sé qué es lo que me molestaba de ti —repuso él, tuteándola ya que se habían quedado a solas—. Eres anormal. Eso lo explica todo.

Ella se echó a reír.

—Voy a sentarme en el templete —le dijo—. Pero no debes sentirte obligado a hacerme compañía.

Hugo le ofreció el brazo.

Se sentaron y charlaron durante casi una hora, aunque no estuvieron solos todo el tiempo. Varios de los primos de lady Muir entraron y salieron. Ralph hizo una breve aparición. Los duques de Bewcastle y los marqueses de Hallmere se acercaron para ser presentados. La marquesa era la hermana de Bewcastle, y Bewcastle era vecino de Ravensberg en el campo. Se mareaba tan solo con intentar averiguar quién era quién en la alta sociedad.

—¿Cómo recuerdas quién es quién? —le preguntó a lady Muir cuando se quedaron solos de nuevo.

Ella se echó a reír.

—De la misma manera que tú recuerdas quién es quién en tu mundo, supongo —contestó—. Llevo practicando toda la vida. Tengo hambre... y sed. ¿Te parece que vayamos a la terraza?

A Hugo no le apetecía en absoluto ir allí, aunque la idea de beber un poco de té era tentadora. Carstairs había abandonado el lugar que ocupaba bajo el cenador y estaba sentado en una segunda terraza, no muy lejos de las mesas donde se había dispuesto la comida. Sin embargo, quedarse allí tampoco era una opción, se dio cuenta de repente. Grayson, el vizconde de Muir, había aparecido de la nada y se acercaba a ellos, aunque se había detenido un momento junto a una mujer bastante voluminosa oculta bajo lo que parecía un sombrero más voluminoso todavía.

Hugo se puso en pie y le ofreció el brazo a lady Muir.

—Intentaré recordar —le dijo— que debo estirar el meñique mientras sostengo la taza de té.

—¡Ah! Eres un alumno aventajado —repuso ella—. Me siento orgullosa.

Y lo miró entre risas mientras cruzaban el prado en dirección a las terrazas.

—¡Gwen! —dijo una voz imperiosa cuando llegaron al pie de los escalones de la terraza inferior.

Ella se volvió con las cejas enarcadas.

—¡Gwen! —repitió Grayson. Estaba a escasa distancia, pero lo bastante lejos como para tener que alzar la voz un poco y, por tanto, hacer que sus palabras no fueran privadas—. Tendré el honor de pasear contigo o de llevarte junto a tu hermano. Me sorprende que haya permitido que este tipo te ofrezca el brazo. Yo, desde luego, no pienso hacerlo.

De repente, los rodeó una burbuja de silencio... Una burbuja en la que estaban bastantes invitados, escuchándolos.

Lady Muir se puso blanca, según vio Hugo.

—Te lo agradezco, Jason —replicó ella con voz firme, aunque le faltaba un poco el aire—, pero soy yo quien elige a mis acompañantes.

—No cuando formas parte de mi familia —repuso el aludido—, aunque solo sea por matrimonio. Debo mantener intacto el honor de mi difunto primo, tu esposo, así como el del apellido Grayson, que todavía ostentas. Este hombre es un cobarde y un farsante, además de ser escoria. Es una desgracia para el ejército británico.

Hugo le soltó el brazo y entrelazó los dedos a la espalda. Separó los pies y se mantuvo bien firme y en silencio mientras miraba fijamente a su adversario, muy consciente de que la burbuja de silencio que los rodeaba había adquirido proporciones mucho mayores.

—¡Oh, por favor! —dijo alguien, aunque lo silenciaron enseguida.

—La de tonterías que dices —replicó lady Muir—. ¿Cómo te atreves, Jason? ¿Cómo te atreves?

—Pregúntale cómo sobrevivió a la carga suicida sin un rasguño —dijo Grayson— cuando casi trescientos hombres murieron y los pocos que sobrevivieron sufrieron heridas terribles. Pregúntaselo. Claro que no te contestará con la verdad. Porque la verdad es esta: el capitán Emes comandó desde la retaguardia, muy desde la retaguardia. Envió a sus hombres a la muerte y los siguió solo cuando consiguieron abrir la brecha que permitió la carga del resto de las tropas. Y luego corrió hacia el frente y proclamó la victoria. No quedan muchos hombres que puedan contradecirlo.

Se oyeron jadeos que rompieron el silencio.

—¡Qué vergüenza! —exclamó alguien antes de que lo silenciaran. Sin embargo, no quedaba claro si iba dirigido a Grayson o a él.

Hugo podía sentir todos los ojos clavados en él, aunque no había apartado la vista de Grayson.

—Es su palabra contra la mía, Grayson —replicó—. No pienso discutir con usted.

Con el rabillo del ojo vio a Constance. Maldición, había vuelto del río y estaba entre las personas que podían oír la conversación.

Se volvió hacia lady Muir e inclinó la cabeza con rigidez.

—Me despido de usted, señora —le dijo—, y me llevo a mi hermana a casa.

Y, en ese momento, una voz débil y bastante aguda, aunque perfectamente audible, habló a su espalda.

—Hay un superviviente aquí mismo para llevarle la contraria, Muir —dijo Frank Carstairs—. No tengo motivos para apreciar a Emes. Aquel día se hizo con el mando que debería haber sido mío. Y luego su valentía dejó al descubierto mi cobardía, y desde aquel momento me remuerde la conciencia todos los días. Yo quise abortar la carga cuando los hombres empezaron a caer como moscas, pero él nos obligó a seguir. Al menos, siguió cargando sin mirar atrás para comprobar si lo seguíamos. Y tenía razón. Éramos una carga suicida, ¡maldición! Nos ofrecimos voluntarios para morir. Éramos la carne de cañón que permitiría que el verdadero ataque se abriera paso tras nosotros. El capitán Emes comandó desde primera línea, y se ganó todos los galardones que le han concedido desde entonces.

Hugo no se dio media vuelta. Ni se movió. Se sentía atrapado en el que seguramente fuera el peor día de su vida, peor incluso que el día en el que perdió la cabeza. Aunque no, tal vez no fuera peor que aquel día. Nada podría ser peor que aquello.

—¡Válgame Dios! —dijo una voz lánguida—. Estoy deseando tomar una taza de té. Lady Muir, Trentham, acompáñennos a Christine y a mí en nuestra mesa. Tiene la ventaja de que está a la sombra.

Era un hombre al que acababa de conocer, se percató Hugo cuando por fin apartó la vista de Grayson —el que tenía apariencia despótica, los ojos plateados y el monóculo con incrustaciones de piedras preciosas—, que en ese momento miraba con dicho monóculo a Grayson, que se retiraba a toda prisa. El duque de Bewcastle.

—Gracias. —Lady Muir se agarró del brazo de Hugo—. Será un placer, excelencia. Y la sombra será muy agradable. El sol resulta demasiado insoportable cuando uno lleva un tiempo bajo sus rayos, ¿no le parece?

Y, de repente, todo el mundo empezó a moverse, a hablar y a reírse de nuevo, y el ambiente festivo regresó como si no hubiera pasado nada digno de mención. Carstairs no lo estaba mirando, se percató Hugo al mirarlo. Estaba hablando con su esposa. Así era la alta sociedad, pensó.

Pero, sin duda alguna, en los salones y en los clubes de caballeros de todo Londres se hablaría de ese enfrentamiento durante varios días.

19

—He decidido que no voy a cortejarte —anunció Hugo.

Gwen tomó el bastidor sin darse cuenta siquiera de lo que hacía y empezó a bordar. Había estado a punto de preguntar: «¿Esta vez lo has decidido en serio?». Sin embargo, no había nada en su expresión que sugiriera que estaba incitándola a mantener una discusión con él.

Había llegado a la casa justo cuando ella estaba a punto de salir con Lily y con su madre. El plan era hacer la ronda de visitas de la tarde con Lauren. Neville estaba en la Cámara de los Lores.

—Muy bien —replicó ella.

Hugo se había detenido en mitad del salón con su habitual porte militar, aunque lo había invitado a tomar asiento. La estaba mirando con el ceño fruncido. Lo sabía. No necesitaba levantar la vista siquiera para confirmarlo.

—Si fueras tan amable de acompañar a Constance al resto de los eventos a los que se ha comprometido a atender, te lo agradecería —siguió—. Pero si crees que no puedes hacerlo, no te preocupes. Ha empezado a darse cuenta de que el mundo de la alta sociedad no es necesariamente la tierra prometida.

—Lo haré, desde luego —le aseguró Gwen—. Y si lo desea, puede seguir aceptando invitaciones. Estaré encantada de seguir amadrinándola. La tierra prometida no existe, pero sería ridículo rechazar por despreciable una tierra que no se nos haya prometido sin haberla inspeccionado primero a fondo. Constance ha logrado hacerse un hueco en la alta sociedad y, si así lo desea, puede estar segura de conseguir un matrimonio perfectamente respetable con el caballero de su elección.

Hugo siguió mirándola sin sentarse, y ella deseó no haber cogido el bastidor. Tenía que hacer un gran esfuerzo para evitar que no le temblara la mano. Además, se percató de que estaba bordando con hilo verde el pétalo de una rosa, en vez de la hoja que tenía por debajo. Los demás pétalos eran de un tono rosa oscuro.

Decidió que no sería ella quien le pondría fin al silencio.

—Supongo que tu familia te habrá hecho saber lo que opina al respecto de la espantosa situación en la que te viste involucrada ayer —dijo.

—Veamos. —Gwen sostuvo en alto la aguja enhebrada un momento—. Mi hermano estaba a favor de cruzarle la cara a Jason con un guante para retarlo a duelo por haberme insultado públicamente de semejante manera. Y por haberlo insultado a él. Pero Lily lo convenció de que para un hombre como Jason el mayor castigo es no hacerle el menor caso. Mi primo Joseph también quería retarlo, pero Neville le dijo que se pusiera a la cola. Lily sugirió que añadiéramos a la señora Carstairs a la lista de visitas de esta tarde, ya que su marido hizo ayer algo tan extraordinario y la pobre mujer parece muy sola. Mi madre añadió que nunca se había sentido tan orgullosa de mí como cuando le dije a Jason que yo elijo a mis acompañantes y cuando te tomé del brazo después de que el duque de Bewcastle nos invitara a unirnos a su mesa para tomar el té con la duquesa y él. Además, dijo que, a juzgar por lo que había presenciado, tenía buen ojo y buen juicio para elegir a mis acompañantes. Lauren me dijo que, después de ver la estoica dignidad con la que te enfrentaste al ataque verbal, sospechaba que todas las damas solteras que presenciaran la escena, y más de una casada, se habían enamorado de ti. Elizabeth, mi tía, era de la opinión de que debió de ser doloroso para mí ver cómo el vizconde de Muir, el heredero de mi esposo, exhibía tan espantoso comportamiento en público. Al mismo tiempo, también cree que debo sentirme muy orgullosa porque el compañero de mi elección hizo gala de una gran dignidad y templanza. Te considera un verdadero héroe británico. Su marido, el duque, cree que en vez de mancillar tu fama, las calumnias de Jason y las afirmaciones del señor Carstairs, dejándolo en evidencia, la han reforzado. ¿Sigo?

Atacó de nuevo el bordado con renovado vigor.

—Tu nombre estará hoy en boca de toda la ciudad —replicó él—. Junto con el mío. Lo siento mucho. No volverá a suceder. Me quedaré una temporada más en Londres por el bien de Constance, pero me moveré en mi círculo y entre los de mi clase. Según tengo entendido, los cotilleos de la alta sociedad no duran mucho porque siempre hay algo nuevo de lo que hablar.

—Sí —confirmó ella—, tienes razón.

—Para tu madre será un alivio —insistió Hugo—, pese a lo que te dijo ayer. También lo será para el resto de tu familia.

Había acabado de bordar el pétalo verde. Pero no lo remató. Sería más fácil descoserlo más tarde si no lo hacía. Pinchó la aguja en la tela de lino y soltó el bastidor.

—Lord Trentham —dijo ella, usando el título para darle más énfasis a sus palabras—, supongo que en algún lugar del mundo hay alguien que siente la misma inferioridad que siente usted, aunque creo que será difícil encontrar a alguien que la supere.

—No me siento inferior —le aseguró él—. Solo distinto. Y soy realista al respecto.

—Pamplinas —replicó Gwen, con rudeza.

Lo miró echando chispas por los ojos. Él la miró con el ceño fruncido.

—Hugo, si de verdad me quisieras —siguió, tuteándolo de nuevo—, si de verdad me quisieras, lucharías por mí aunque fuera la reina de Inglaterra.

Él siguió mirándola en silencio. Había apretado los dientes y su mentón parecía de granito. El rictus de sus labios era severo y sus ojos, oscuros y crueles. Se preguntó por un momento cómo era posible amarlo.

—Eso sería una idiotez —dijo.

«Idiotez», pensó ella. Esa era una de las palabras preferidas de Hugo.

—Sí —repuso—. Es una idiotez creer que puedas quererme. Es una idiotez imaginar que alguna vez pudieras llegar a amarme.

Hugo parecía una estatua de mármol.

—Vete, Hugo —le dijo—. Vete y no regreses jamás. No quiero volver a verte. Vete.

Y se fue..., pero solo llegó hasta la puerta. Se quedó inmóvil con la mano en el pomo, de espaldas a ella.

Gwen lo miraba echando chispas por los ojos, alentada por el rencor y la determinación. Pero debía irse pronto. Debía irse ya. Por favor, que se fuera, suplicó.

No se fue.

Hugo apartó la mano del pomo de la puerta y se dio media vuelta para mirarla.

—Permíteme explicarte a lo que me refería —dijo.

Gwen le devolvió la mirada, sin entenderlo. Se dio cuenta de que tenía las manos entumecidas. Debía de haberlas mantenido apretadas demasiado rato.

—Esto ha sido unilateral desde el principio —adujo—. En Penderris Hall te encontrabas en tu mundo, aunque te sintieras incómoda por haber acabado allí sin invitación. En Newbury Abbey te encontrabas en tu mundo y entre tu familia, en la que no había, según me fijé, ni un solo miembro sin título. Aquí te encuentras justo en el centro de tu mundo. En esta casa, en el elegante recorrido de Hyde Park, en el baile de Redfield House y ayer en la merienda al aire libre. Yo soy quien ha tenido que adentrarse, en todas y cada una de las ocasiones, en un mundo al que no pertenezco y demostrar que soy merecedor de moverme en él para poder aspirar a tu mano. Lo he hecho, en repetidas ocasiones. Sin embargo, me criticas por no sentirme a gusto en él.

—Por sentirte inferior —rectificó ella.

—Por sentirme distinto —protestó Hugo—. ¿No te parece todo un poco injusto?

—¿Injusto? —Gwen suspiró. Tal vez tuviera razón. Pero solo quería que se fuera y que todo acabara. De todas formas, eso era lo que iba a suceder tarde o temprano. Mejor que fuera ya. No le iba a doler menos si sucedía al cabo de una semana o de un mes.

—Ven a mi mundo —lo oyó decir.

—He estado en tu casa y he conocido a tu hermana y a tu madrastra —le recordó.

Hugo la miró de forma penetrante, sin que su expresión cambiara.

—Ven a mi mundo —repitió.

—¿Cómo? —Gwen frunció el ceño.

—Gwendoline, si me quieres —replicó él—, si crees que me amas y que puedes pasar el resto de tu vida conmigo, ven a mi mundo. Tal vez descubras que el deseo, o que incluso el amor, no basta.

Sus ojos flaquearon y Gwen acabó mirándose las manos. Estiró los dedos en un intento por librarse de los incómodos pinchazos del entumecimiento. Era cierto. Hasta la fecha, había sido Hugo el único en tener que adaptarse. Y lo había hecho bien. Pero estaba incómodo, se sentía inseguro y no era feliz en un mundo al que no pertenecía.

No le preguntaría otra vez «cómo». No sabía cómo iba a hacerlo. Probablemente él tampoco lo supiera.

—Muy bien —dijo, alzando de nuevo la vista y mirándolo con expresión desafiante, casi con antipatía. No quería que su cómodo mundo se desestabilizara todavía más de lo que ya lo había hecho después de conocerlo y de enamorarse de él.

Sus miradas siguieron batallando durante unos cuantos minutos de silencio. Después, lo vio hacer una reverencia antes de darse media vuelta para aferrar de nuevo el pomo de la puerta.

—Tendrás noticias mías —le dijo.

Y se fue.

Esa mañana, mientras recorría Bond Street con Lily, se encontraron con lord Merlock, con quien estuvieron charlando un rato en la calle antes de que él las invitara a sentarse en una tetería para tomarse un refrigerio. Lily no pudo aceptar. Les había prometido a sus hijos que volvería pronto a casa para almorzar con ellos antes de ir en familia con Neville a visitar la Torre de Londres. Pero Gwen sí aceptó la invitación. También aceptó otra para sentarse esa noche en su palco del teatro junto con otros cuatro invitados.

Y no pensaba alterar sus planes. Iba a hacer todo lo posible para enamorarse de él.

¡Oh, qué ridiculez! Como si alguien pudiera enamorarse por voluntad propia. Y qué injusto sería para lord Merlock que coqueteara con él solo como una especie de bálsamo para aliviar su angustia sin tener siquiera en cuenta los sentimientos del caballero. Iría en calidad de invitada, le sonreiría y se mostraría amable. Nada más.

Deseaba con todas sus fuerzas, ¡pero con todas!, no haber decidido pasear por la playa pedregosa aquel día después de haber discutido con Vera. Y también deseaba con todas sus fuerzas haber decidido regresar por donde había llegado. O haber ascendido por el empinado sendero del acantilado con más cuidado. O que Hugo no hubiera elegido aquella mañana para bajar a la playa y sentarse en la cornisa para esperar a que ella llegara y se torciera el tobillo.

Pero esos deseos eran tan inútiles como desear que el sol no saliera por la mañana o como desear no haber nacido.

En realidad, detestaría no haber nacido.

«¡Ay, Hugo!», pensó mientras cogía de nuevo el bastidor y miraba con desesperación el precioso pétalo verde de la rosa.

«¡Ay, Hugo!».

Gwen no supo nada de Hugo durante una semana. No obstante, le pareció que había pasado un año, si bien ocupó cada segundo de cada día con actividades, y resplandeció y rio, siempre acompañada, como no lo había hecho en años.

Adquirió incluso un nuevo pretendiente, lord Ruffles, un libertino en su juventud y durante los primeros años de su madurez, que había llegado a una edad peligrosa para seguir soltero y que había decidido que era el momento de adoptar una vida respetable y conquistar a la mujer más hermosa del mundo. En todo caso, esa fue la historia que le contó a ella cuando la invitó a bailar en la fiesta de los Rosthorn. Después, cuando ella le dijo que lo mejor sería que no tardara mucho en encontrar a esa mujer, él se llevó una mano un tanto deformada por la artritis al corazón, la miró con gran emoción a los ojos y la informó de que ya la había encontrado. Que era su más devoto esclavo.

Era un hombre ingenioso y simpático, que aún conservaba parte de la apostura de su juventud, y al que le apetecía tanto sentar la cabeza como volar a la luna, en opinión de Gwen. Durante dicha semana le permitió que coqueteara abiertamente con ella, y se dejó llevar, a sabiendas de que no la tomaría en serio. Se lo pasó en grande.

Fue a todos sitios en compañía de Constance Emes. La simpatía que sentía por la muchacha era genuina, y le resultaba refrescante ver que los eventos de la temporada social le provocaban un placer tan sincero e inocente. Había adquirido una buena corte de admiradores, a los que trataba con cordialidad y delicadeza. Sin embargo, un día sorprendió a Gwen al decir:

—El señor Rigby me ha visitado esta mañana. —Se encontraban en el baile de los Rosthorn—. Ha venido a proponerme matrimonio.

—¿Y? —Gwen la miró con interés mientras se abanicaba la cara para paliar el calor que hacía en el salón de baile.

—¡Ah! Lo he rechazado —contestó la muchacha como si fuera la conclusión más lógica—. Espero no haberle hecho daño. Creo que no es el caso, aunque sí me pareció desilusionadísimo. —Lo dijo sin pretensión alguna—. Creo que lo que más le ha dolido al pobre ha sido el bolsillo —añadió.

—De todas formas, habría sido un buen enlace para ti —replicó Gwen—. Su abuelo materno era un vizconde. Es guapo y agradable. Creo que te habría tratado bien. Pero si no sientes afecto por él, nada de eso importa y solo me queda felicitarte por haber tenido el valor de rechazar tu primera proposición matrimonial.

—Si no tiene dinero —añadió Constante—, podría haberle pedido a algún familiar que le comprara una comisión de oficial en el ejército o hacerse clérigo. Ambas carreras se consideran intachables para las clases altas. Si hubiera renunciado a su orgullo, podría haber acabado siendo secretario o administrador de alguien. Casarse con una mujer rica no es su única alternativa.

—¿Eso es lo que trataba de hacer contigo? —quiso saber Gwen—. ¿Ha llegado a admitirlo?

—Lo hizo después de que yo lo presionara —confesó Constance—. Y ni siquiera se mostró avergonzado. Me aseguró que ambos aportábamos activos valiosos para el matrimonio. Yo, mi fortuna, y él, su linaje y su posición social. Además, me aseguró, y creo que fue sincero, que sentía algo por mí.

—Pero tú no estabas convencida de que el intercambio fuera equitativo, ¿verdad? —le preguntó Gwen.

La muchacha frunció el ceño y abrió el abanico.

—En fin, supongo que sí lo es —admitió—. Pero, lady Muir, ¿qué iba a hacer durante el resto de su vida? Habría contado con mi fortuna para poder llevar una vida ociosa, pero ¿para qué? ¿Por qué iba a elegir un hombre llevar una vida ociosa?

Gwen se echó a reír.

—Aquí viene el señor Grattin para reclamar su baile —le dijo.

Constance sonrió alegremente al ver a su próxima pareja.

No había mencionado a Hugo. No lo había hecho en toda la semana, y Gwen no le preguntó por él.

«Tendrás noticias mías», le dijo la última vez que lo vio. Y ella esperaba que dichas noticias le llegaran al día siguiente o dos días después como mucho.

¡Qué tonta!

Pero acabaron llegando. Le envió una carta, que encontró al lado de su plato junto con un montón de invitaciones, una mañana cuando bajó a desayunar.

«Los abuelos de Constance celebrarán su cuadragésimo aniversario de bodas dentro de dos semanas», había escrito. «Son los padres de mi madrastra, los dueños de la tienda de ultramarinos. Un primo mío por parte de padre y su mujer celebran poco después su vigésimo aniversario. Ambas ramas de la familia han accedido a pasar cinco días conmigo en Crosslands Park, en Hampshire, para festejar la ocasión. Si te apetece unirte a nosotros, puedes viajar en el carruaje con mi hermana y mi madrastra.»

No había saludo inicial, ni mensaje personal alguno, ni fechas exactas. Tampoco había despedida afirmando que era su fiel servidor ni ninguna otra cortesía del estilo. Solo su firma, escrita con una letra sencilla, sin la menor pretensión. Perfectamente legible.

«Trentham.»

Gwen sonrió con renuencia sin apartar la vista de la hoja de papel.

«Ven a mi mundo.»

—Gwen, ¿te importaría compartir el chiste? —le preguntó Neville, que estaba sentado a la cabecera de la mesa, su lugar habitual.

—Me han invitado a una fiesta campestre de cinco días en plena temporada social —contestó.

—¡Oh, qué maravilla! —exclamó Lily—. ¿Quién la celebra?

—Lord Trentham —respondió—. Para celebrar dos aniversarios de boda, uno de unos primos de la rama paterna de su familia y otro de la familia de su madrastra. Ambas familias se alojarán en la propiedad, en Crosslands Park, en Hampshire. Y yo también si acepto la invitación.

Todos la miraron con curiosidad en silencio un instante, mientras ella doblaba la carta y la dejaba de nuevo junto al plato.

—Quiere presentarte a su familia —dijo Lily—. Gwen, es un gesto significativo. Su interés por ti es serio.

—Pero es un poco extraño —comentó su madre— que solo haya invitado a Gwen. ¿Va a cortejarte de nuevo?

—Al contrario —contestó ella—. Cuando vino a verme la semana pasada, me comunicó que había decidido no cortejarme. Se sentía muy avergonzado por la escena que se produjo en la merienda al aire libre de los Brittling, ya sabéis a qué me refiero, y se temía que yo también lo estuviera.

—¿Y ahora te invita a una fiesta en su propiedad? —le preguntó su madre—. ¿Y tú eres la única invitada ajena a su familia o a la de su hermanastra? Además, ¿qué sentido tiene que viniera a informarte de que no iba a cortejarte?

—Fui yo quien lo invitó a que lo hiciera —confesó Gwen con un suspiro—, cuando fue a verme a Newbury Abbey.

—¡Míralo! —exclamó Lily—. Era yo quien tenía razón desde el principio. Neville, admítelo. Gwen y lord Trentham están locamente enamorados.

—¿Quién es la familia de la señorita Emes? —quiso saber su madre.

—Son tenderos —contestó Gwen con una sonrisa renuente—. La rama familiar de lord Trentham se dedica por entero a los negocios. Como él. Además, también tiene una explotación agraria a pequeña escala. Creo que tiene la cabeza entregada a sus empresas, pero el corazón se encuentra con sus corderos, sus gallinas y el resto del ganado. Por no hablar de los cultivos de cereales y del jardín.

—De manera que —dijo Neville—, después de haberte cortejado durante la primera mitad de la temporada social, Trentham te está invitando ahora a que tú lo cortejes, ¿no es así, Gwen? Tiene sentido. Deberías saber dónde te metes si te casas con él.

—Casarme con él es imposible —le aseguró ella.

—¿Lo es? —replicó su hermano—. En ese caso, ¿rehusarás la invitación? Al fin y al cabo, ¿qué sentido tiene que te sometas a la compañía de un montón de tenderos y empresarios si no hay un propósito serio que lo justifique?

—Neville, no debemos presionar a Gwen —terció su madre, sorprendiéndola—. Está claro que siente algo por lord Trentham, de la misma manera que le sucede a él. Pero un enlace entre ellos no sería fácil ni convencional, para ninguno de los dos. Lord Trentham ha salido airoso de su participación en los eventos de la alta sociedad, sobre todo durante la sórdida escena que se produjo en la merienda al aire libre, de la que él no fue culpable en absoluto. Pero en ningún momento ha parecido sentirse cómodo, pese a su bien merecida fama. Gwen todavía no sabe si se sentirá cómoda o no al participar en una reunión de personas de su clase social, sobre todo en una que va a durar cinco días. Lord Trentham demuestra ser inteligente al haber pensado en algo así. Solo los románticos sin remedio serían tan tontos como para creer que un matrimonio solo es cosa de la pareja en sí. Hay que tener en cuenta mucho más, sobre todo a las familias de los cónyuges y al círculo social en el que acostumbran a moverse.

—Madre, tienes razón —replicó Lily, que miró a Neville desde el otro extremo de la mesa—. Pero, aun así, son los miembros de la pareja los que deben decidir. No quiero ni pensar qué habría sido de mi vida si Neville no hubiera luchado por mí cuando yo creía que el matrimonio entre nosotros era inviable.

—Un matrimonio entre lord Trentham y yo es imposible —repitió Gwen.

Un comentario ridículo, por supuesto. ¿Por qué si no iba a invitarla a su casa?

«Gwendoline, si me quieres, si crees que me amas y que puedes pasar el resto de tu vida conmigo, ven a mi mundo. Tal vez descubras que el deseo, o que incluso el amor, no basta.»

¿Y por qué estaba pensando en aceptar? No, debía ser sincera consigo misma. ¿Por qué iba aceptar? ¿Porque lo quería? ¿Porque se creía enamorada de él? ¿Porque quería pasar el resto de su vida con él? ¿Porque estaba decidida a demostrarle que se equivocaba?

No solo se creía enamorada de él.

—En ese caso, no vayas —dijo Neville.

—¡Ah! Por supuesto que voy a ir —repuso ella.

Su hermano negó con la cabeza con el asomo de una sonrisa en los labios. Lily se llevó las manos al pecho y sonrió, encantada. Su madre estiró un brazo y le dio unas palmaditas en una mano sin añadir nada más.

—Voy a llevar esta mañana a Sylvie y a Leo al parque mientras Neville está en la Cámara de los Lores —le dijo Lily—. ¿Nos acompañas? Si lo haces, podré llevarme también a Phoebe y tú podrás correr detrás de las pelotas. Según parece, no hay manera de que aprendan a atraparlas. —Se echó a reír.

—Por supuesto que os acompaño —contestó Gwen, que se puso en pie—. Pobrecitos, a lo mejor no son capaces de atraparlas porque su madre es incapaz de lanzarlas bien. La tía Gwen al rescate.

Durante tres años, Hugo había protegido con celo su intimidad en la campiña, primero en la casita y después en Crosslands Park. Eran sus dominios, en los que se refugiaba del mundanal ruido. Nunca había invitado a nadie a pasar unos días, ni siquiera a los miembros del Club de los Supervivientes, y rara vez invitaba a los vecinos a cenar y a jugar a las cartas.

Pero las cosas habían cambiado.

En realidad, todo había cambiado.

«Ven a mi mundo», le había dicho a Gwendoline. Y, de repente, se había visto asediado por la necesidad imperiosa de ofrecerle la oportunidad de hacerlo. Y no solo de que fuera una simple tarde de té y conversación, o una velada con té y cartas, sino..., en fin, un periodo de tiempo lo bastante largo como para que ella experimentara lo que se sentía lejos de su cómodo mundo.

«Tal vez descubras que el deseo, o que incluso el amor, no basta.»

Sentía la frenética esperanza, la necesidad, de que le demostraran que estaba equivocado.

Él podía moverse en el mundo de la alta sociedad cuando fuera necesario y, de hecho, lo hacía, siempre y cuando pudiera mantener las riendas de sus empresas y refugiarse en el campo durante varios meses al año. Pero ¿sería Gwendoline capaz de moverse en su mundo? Y lo más importante, ¿estaría dispuesta a hacerlo? ¿O, al igual que Fiona, les daría la espalda a sus familiares si llegaban a casarse y fingiría que no existían?

Para él, sería algo insoportable.

Su familia era importante para él aunque se hubiera mantenido alejado de ellos durante años. La había redescubierto hacía relativamente poco tiempo y no estaba dispuesto a alejarse de nuevo. Ni a casarse con una mujer que quisiera mantenerse alejada. Además, había conocido a la familia de Fiona y todos le caían muy bien, aunque no hubiera lazos de sangre entre ellos. Era la familia de Constance, al fin y al cabo.

Hacía tiempo que estaba al tanto de los aniversarios de boda. Y también hacía tiempo que sopesaba la idea de invitar a ambas familias a pasar unos días en Crosslands Park durante el verano. Eran personas trabajadoras que no podían permitirse el lujo de tomarse unas largas vacaciones.

Pero ¿por qué no invitarlos a todos a Crosslands Park para celebrar los aniversarios de boda? ¿Por qué esperar hasta el verano? Se le ocurrió esa posibilidad durante la semana posterior a su última visita a Gwendoline. Cuando le dijo que esperara noticias suyas, no sabía exactamente qué tipo de noticias iba a enviarle. Y cuando la invitó a ir a su mundo, tampoco sabía de qué manera lograrlo.

Pero, después, se le ocurrió.

Y los planes habían ido de maravilla. Pese a haber enviado las invitaciones con tan poca antelación, todo el mundo se las había apañado para poder dejar sus respectivos trabajos durante una semana. Y todos estaban muy emocionados por la posibilidad de ver su extensa propiedad campestre, de pasar unos días juntos y de celebrar dos acontecimientos tan importantes.

Solo faltaba por verse si Gwendoline podría abandonar Londres en el punto álgido de las actividades de la temporada social. Y si deseaba hacerlo. Y si lo haría.

De todas formas, no importaba, se dijo. Quería hacerlo por el bien de su familia. Había llegado la hora de compartir su vida abiertamente con ellos y Crosslands Park y todo lo que contenía conformaban gran parte de su vida.

Si Gwendoline no podía ir o no quería hacerlo, eso sería el final de su relación con ella. No intentaría volver a verla, y lograría recomponer su destrozado corazón con el tiempo y continuar con su vida. Claro que si aceptaba ir...

No, no iba a hacer planes al respecto. Le había dicho que el deseo o incluso el amor tal vez no bastaran entre ellos. Sin embargo, no sabía si creérselo o no.

Hasta que le llegó una breve nota de Gwendoline aceptando la invitación.

En ese momento, recordó que su casa era como un establo. Aunque estaba completamente amueblada, solo había usado tres estancias. Las demás estaban cerradas y los muebles, cubiertos con sábanas. Sus criados podían encargarse del mantenimiento y la limpieza de las tres estancias en uso y ocuparse de sus necesidades cuando se encontraba en la propiedad, pero se sentirían abrumados con una fiesta campestre de cinco días. Tanto sus caballerizas como la cochera estaban bien atendidas por un mozo de cuadra y un joven ayudante. Iban a necesitar más ayuda cuando llegara a Crosslands Park el desfile de vehículos y los caballos que tiraban de ellos. Los terrenos de la propiedad que rodeaban la mansión parecían desolados. El jardín era un erial.

¿Había suficientes sábanas?

¿Había suficientes toallas?

¿Había suficientes platos y cubiertos?

¿De dónde iba a salir toda la comida de más que necesitarían? ¿Quién iba a prepararla?

Sin embargo, Hugo era hijo de su padre por algo. Puso un anuncio solicitando un nuevo mayordomo y eligió con cuidado entre los siete candidatos. Una vez que lo contrató, perdió las riendas de la organización, y su nuevo mayordomo hasta le hizo saber que cualquier interferencia por su parte era innecesaria e incluso sería mal recibida. Eran tal para cual.

De todas formas, se trasladó a Crosslands Park unos días antes de la fecha prevista para la llegada de los invitados. Quería ver el aspecto de su casa sin las sábanas que cubrían los muebles. Quería ver lo que habían hecho en tan poco tiempo los jardineros que el mayordomo había contratado. Quería asegurarse de que le asignaran a Gwendoline la habitación de invitados con mejores vistas.

Le alivió y le impresionó comprobar que todo parecía la mar de respetable y que el mayordomo se había convertido en un eficiente tirano que exigía trabajo duro y perfección en todos sus subordinados, y que conseguía ambas cosas... en la misma medida que había conseguido ganarse la devoción de todos los empleados, tanto de los nuevos como de los que llevaban con Hugo más de un año y que podían haber recibido con aversión al recién llegado.

No hacía sol el día acordado para la llegada, pero no resultaba desagradable. Y todos llegaron a tiempo. Aun así, no se podía esperar otra cosa de un grupo de personas que se levantaban todos los días al amanecer para trabajar en vez de dormir hasta el mediodía para recuperarse de los excesos de la noche.

Hugo los recibió a todos según fueron llegando y los dejó en manos del ama de llaves.

El último en llegar fue su propio carruaje, al que vio aproximándose a la mansión, momento en el que sintió un incómodo nudo en la boca del estómago. ¿Y si Gwendoline había decidido no ir después de todo? ¿Y si la compañía de Fiona, de Constance y de su tío materno, Philip Germane, le había resultado tan desagradable que insistía en regresar sin bajarse siquiera del carruaje?

No, Gwendoline no haría algo así. Sus modales eran exquisitos, como correspondía a toda una dama.

El carruaje se detuvo al llegar frente a la mansión, tras lo cual él abrió la portezuela y desplegó los escalones. Fiona bajó en primer lugar, con un aspecto menos cansado del que cabría esperar. De hecho, parecía bastante más joven que cuando la vio por primera vez al llegar a Londres.

Después se apeó Gwendoline, ataviada con distintos tonos de azul, que parecía tan fresca como si acabara de salir de su vestidor. Lo miró a los ojos al tiempo que colocaba una mano enguantada sobre la suya.

—Lord Trentham —lo saludó.

—Lady Muir —respondió él.

Tras eso, Gwendoline bajó los escalones. Siempre se le olvidaba la cojera cuando no estaba con ella. No la vio sonreír. Pero tampoco tenía el ceño fruncido.

Y, justo entonces, Constance bajó del carruaje, ayudada por su tío, y exigió saber si todos los demás habían llegado ya y dónde estaban.

—Dentro de media hora más o menos nos reuniremos en el salón para tomar el té —le dijo Hugo—. Fiona, Connie, el ama de llaves os acompañará a vuestros aposentos. A ti también, Philip. —Añadió, al tiempo que le estrechaba la mano con afecto a su tío.

Después, se volvió hacia Gwendoline y le ofreció el brazo.

—Permítame acompañarla a sus aposentos —dijo.

—¿Yo merezco un tratamiento especial? —preguntó ella al tiempo que enarcaba las cejas.

—Sí —contestó.

El corazón le latía en el pecho como si fuera un tambor.

20

Gwen no sabía qué esperar de Crosslands Park. Aunque debía de ser una propiedad extensa, concluyó, si contaba con una casa lo bastante grande como para alojar a sus parientes durante una semana, además de a ella.

Era extensa, aunque no se acercaba a la extensión de Newbury Abbey o de Penderris Hall. La casa de piedra gris era de planta cuadrada y de estilo georgiano. No era muy antigua. La propiedad que la rodeaba también era cuadrada y debía de extenderse varias hectáreas. Posiblemente la casa se encontrase en el mismísimo centro. La avenida que atravesaba la propiedad hasta la casa era recta como una flecha. Había árboles, algunos en arboledas o en bosquecillos. Y también había prados, que habían segado hacía poco. Había unas caballerizas y una cochera a un lado de la casa principal, y un cuadrado bastante grande de terreno baldío al otro lado.

Tenía una especie de grandiosidad en potencia y, sin embargo, parecía extrañamente... yermo. O tal vez «sin desarrollar» fuera más exacto.

Mientras los demás ocupantes del carruaje se daban un festín con los ojos y Constance hacía unos cuantos comentarios emocionados, Gwen se preguntaba por los anteriores dueños. ¿Les faltaba imaginación o... qué? Sin embargo, sabía por qué Hugo se había sentido atraído por la propiedad. La casa era grande, recia y estaba rodeada por un aura de franqueza, tal como él.

Sonrió por esa idea... y entrelazó los dedos con más fuerza en el regazo.

Esa era su prueba, su prueba ante él y ante sí misma.

«Ven a mi mundo.»

No sabía cómo iba a resultar. Pero había disfrutado bastante del trayecto en carruaje. Constance, que por sorprendente que pareciera nunca había salido de Londres, se mostraba eufórica mientras disfrutaba de la campiña y de cada posada o fielato en el que se habían detenido. Su madre guardaba silencio, pero parecía alegre. El señor Germane tenía una conversación muy interesante. Trabajaba para una compañía de té y había viajado largo y tendido por Oriente. Era tío de Hugo, aunque no podía tener muchos años más que él.

¿Cómo iba a ser pasar varios días en Crosslands Park? ¿Hasta qué punto Hugo se mostraría distinto en su propio mundo y rodeado de su propia gente? ¿Cómo la iban a recibir? ¿La considerarían una forastera? ¿Les molestaría su presencia? ¿Se sentiría ella como una forastera?

Lily se había quedado hasta tarde la víspera de su partida. Y le había confesado el esfuerzo que le costó pasar de ser la hija asilvestrada, analfabeta y vagabunda de un sargento de infantería, que iba siguiendo por el mundo a las tropas que marchaban a la guerra, a transformarse en una aristócrata inglesa, bajo la supervisión de Elizabeth, que seguía soltera por aquel entonces.

—Solo había una manera de lograrlo —le dijo Lily en un momento dado—: tenía que desearlo. No porque quisiera demostrarle nada a nadie. No porque sintiera que le debía algo a Elizabeth, aunque así fuera. No para recuperar a Neville... Ni siquiera quise hacerlo después de descubrir que, al fin y al cabo, no estábamos casados legalmente. Él pertenecía a un mundo muy distinto del que yo no quería formar parte. No, fue posible, Gwen, porque deseaba lograrlo por mí. Todo lo demás llegó sin más después de eso. A la gente, sobre todo a la que es muy religiosa, le gustaría que creyéramos que quererse a uno mismo está mal, que incluso es un pecado. Pero no lo es. Es el amor más básico y esencial. Si no te quieres a ti misma, es imposible que quieras a nadie más. No del todo y por completo.

Gwen conocía la transformación de Lily, por supuesto, y también la historia de cómo se volvió a casar con Neville, pero no estaba al tanto de los detalles más íntimos de sus esfuerzos. La había escuchado, embelesada. Y se dio cuenta del motivo por el que Lily había elegido esa noche en concreto para compartir su historia. Le estaba asegurando que por supuesto que era posible adaptarse a otro mundo distinto del que se conocía de siempre, pero que solo había un motivo que hiciera soportable dicho cambio o que hiciera que valiese la pena.

Tenía que desearlo. Por su propio bien.

Sin embargo, el cambio en su caso no iba a ser tan drástico. Hugo era rico. Era el dueño de todo eso. Ostentaba un título nobiliario.

Solo era una fiesta campestre, se dijo cuando el carruaje se detuvo junto a los escalones de entrada a la casa. Sin embargo, estaba nerviosa. ¡Qué raro! Siempre se había sentido segura y agradablemente emocionada al llegar a una fiesta campestre. Le encantaban las fiestas campestres.

Hugo se encontraba al pie de los escalones. El amo y señor de sus dominios. No esperó a que el cochero saltara del pescante y abriera la portezuela. Lo hizo él mismo antes de desplegar los escalones y de estirar un brazo para ayudar a la señora Emes a apearse.

Y luego le tocó a ella.

Sus ojos se encontraron cuando le tendió la mano. Oscuros e inescrutables. Con los dientes apretados. Sin sonrisa a la vista.

¿Había esperado algo distinto?

¡Ay, Hugo!

—Lord Trentham —lo saludó.

—Lady Muir. —Él la tomó de la mano y ella descendió al suelo.

El señor Germane se apeó a continuación, y se volvió para ayudar a Constance. La muchacha era todo sonrisas y cháchara.

Se serviría el té en el salón al cabo de media hora. El ama de llaves los conduciría a sus habitaciones para que pudieran asearse. Pero no, no era del todo así. En su caso, sería Hugo quien iba a acompañarla.

—¿Yo merezco un tratamiento especial? —le preguntó al tiempo que se cogía de su brazo.

—Sí —contestó él.

Y eso fue lo único que dijo. Se preguntó si se arrepentía de haberla invitado. Podría estar relajándose con su familia a esas alturas si no lo hubiera hecho. Había dos aniversarios de boda que celebrar.

El vestíbulo, como era de esperar, era amplio y cuadrado, y las paredes de color crema no parecían desnudas gracias a varios cuadros de paisajes de dudosa calidad artística con marcos dorados. Justo enfrente de la puerta se emplazaba una amplia escalinata que ascendía hasta un descansillo, el cual se dividía en dos para llegar al piso superior. El ama de llaves y su grupo ascendieron por la parte derecha, mientras que Hugo y ella lo hicieron por la izquierda. Y, después, los demás desaparecieron por un largo pasillo hacia la izquierda, mientras que Hugo y ella tomaron el de la derecha.

El arquitecto, pensó Gwen, debía de tener un problema para trazar curvas. Y, sin embargo, la casa tenía cierto esplendor. Relucía de limpia y olía un poco a cera. Vio cuadros parecidos a los del vestíbulo en las paredes. El efecto era un poco impersonal, como si fuera un lujoso hotel.

Al otro lado de las puertas cerradas, se oían voces, apenas murmullos en algunos casos, si bien en otros parecían conversaciones más animadas.

Hugo se detuvo y abrió una puerta al final del pasillo. Se soltó de su brazo y retrocedió para que ella entrara. No había pronunciado una sola palabra en todo el trayecto. Ni siquiera le había preguntado por el viaje. También parecía muy taciturno.

—Gracias —le dijo ella.

Luego la sorprendió al entrar en el dormitorio tras ella y cerrar la puerta.

¿Acaso no se daba cuenta de...?

No, seguramente no se diera cuenta.

Además, que estuviera allí con ella no era tan inapropiado. Otra puerta, seguramente la que conducía a un vestidor, estaba entreabierta y podía oír a su doncella trajinar al otro lado.

—Espero que te guste la habitación —le dijo—. La elegí para ti por la vista, pero luego me di cuenta de que la vista es bastante lúgubre. No ha habido oportunidad de plantar flores, y las del año pasado eran todas plantas anuales y no han brotado este año. Lo arreglaré el año que viene, pero no va a servir de nada mientras estás aquí. Debería haberte instalado en otra parte... con vistas a la avenida de entrada, tal vez.

Había cruzado la estancia mientras hablaba para mirar por la ventana.

Incluso en ese momento, pensó mientras dejaba el bonete, los guantes y el ridículo sobre la cama, podría pensar que el comportamiento taciturno de Hugo denotaba una personalidad taciturna. Sin embargo, seguramente se había sentido consumido por la ansiedad durante todo ese tiempo, mientras el carruaje se acercaba, mientras ella se apeaba, mientras él la acompañaba a la habitación.

Se colocó a su lado.

La ventana tenía vistas al enorme cuadrado de tierra baldía que había visto desde la avenida de entrada. Desde allí arriba veía que habían arado la tierra y que le habían arrancado las malas hierbas en los últimos días. Más allá de ese trozo, se extendía un prado baldío con árboles más a lo lejos. Se habría echado a reír si no temiera herir sus sentimientos.

—Creía que no ibas a venir —le dijo él—. Esperaba abrir la portezuela del carruaje para descubrir que dentro solo estaban Fiona, Constance y Philip.

—Pero dije que vendría —protestó ella.

—Creía que cambiarías de idea.

—De haberlo hecho —le aseguró—, te lo habría dicho. Soy una...

«Dama», iba a decir. Pero él habría malinterpretado la palabra.

—Sí —repuso él—, eres una dama.

Hugo tenía los dedos estirados sobre el alféizar. Estaba mirando hacia el exterior, no a ella.

—Hugo —le dijo al tiempo que le colocaba una mano en el brazo—, no lo conviertas en un tema de clase social. Si alguien de tu familia cambiara de idea por algún motivo, te lo haría saber. Es un tema de cortesía.

—Creía que no ibas a venir —repitió él—. Me preparé para no verte.

¿Qué estaba diciendo? De hecho, era bastante obvio lo que estaba diciendo, de modo que Gwen le apartó la mano del brazo. Tenía la sensación de que el corazón le latía en la garganta más que en el pecho.

Clavó la vista al otro lado de la ventana.

—Tiene mucho potencial —dijo.

—¿El jardín? —Él volvió la cabeza un instante para mirarla.

—La propiedad es prácticamente llana por lo que he podido ver al llegar por la avenida —dijo—. Pero, si miras, hay una hondonada bastante pronunciada más allá de tu parterre de flores. Podrías crear un pequeño lago allí si quisieras. No, eso sería demasiado. Un estanque grande con lirios acuáticos sería mejor, con helechos altos y juncos al otro lado, entre el estanque y los árboles. Y el parterre se podría rehacer para que se curvara un poco hacia el estanque con setos y flores más altas a los lados, y con flores más bajas y cubierta vegetal en el interior, y un sendero que serpenteara entre todos los elementos y unos cuantos bancos para admirar el paisaje. Podría haber... —Se detuvo de repente, avergonzada—. Perdón —dijo—. Las flores estarán preciosas cuando las plantes. Y el paisaje no es tan malo. Es un paisaje campestre. No se ve el mar ni corre la brisa marina. Prefiero con mucho el interior. Es mucho más bonito que Newbury Abbey.

Por raro que pareciera, ni mentía ni lo decía por ser amable.

—Un estanque con lirios de agua —repitió él al tiempo que apoyaba los codos en el alféizar de la ventana y clavaba la vista en el exterior, con los ojos entrecerrados—. Se vería magnífico. Siempre he creído que esa hondonada era un inconveniente. Que sepas que no tengo imaginación. No para lo estético, al menos. Disfruto de esas cosas o las critico cuando las veo, pero soy incapaz de imaginármelas. Por ejemplo, veo los cuadros de mis paredes y sé que son malos, pero no me imagino con qué clase de cuadros los reemplazaría si los descuelgo y los tiro a la basura. Tendría que deambular por las galerías de arte durante los próximos diez años para escoger, y luego tal vez nada encaje con nada, o queden mal en las habitaciones donde decida colgarlos.

—A veces, que todo encaje y sea simétrico no es más agradable a la vista o a la mente que la aridez. A veces, hay que confiar en la intuición y decantarse por lo que a uno le gusta.

—Para ti es fácil decirlo —repuso él—. Eres capaz de mirar por esa ventana y ver un estanque con lirios acuáticos y un jardín con plantas ornamentales, plantas de diferentes tipos y tamaños, y bancos desde los que disfrutar del paisaje. Yo solo veo un bonito cuadrado de tierra a la espera de acoger distintas plantas... si supiera qué tipo de plantas plantar.

Y una hondonada molesta más allá, con árboles a lo lejos. Ni siquiera se me ocurrió un sendero por mí mismo. El año pasado, cuando estaba todo florecido, tuve que rodear el parterre para verlas o venir aquí para hacerlo desde arriba.

—¡Pero qué gloriosa vista! —Le volvió a colocar una mano en el brazo—. Y a veces una breve y gloriosa pincelada de color y de belleza basta para el alma, Hugo. Piensa en los fuegos artificiales. No hay nada más breve y nada más espléndido.

Él volvió la cabeza por fin y la miró.

Fue una mirada larga, que ella le devolvió. Le resultó imposible leer la expresión de sus ojos.

—Bienvenida a mi hogar, Gwendoline —dijo en voz baja, por fin.

Ella tragó saliva y parpadeó varias veces. Lo miró con una sonrisa.

Y fue maravilloso, un milagro, ver cómo se la devolvía.

—Tengo que bajar —anunció él al tiempo que se enderezaba— y reunirme con todos en el salón. ¿Bajarás cuando estés lista?

—Sí —contestó—. ¿Cómo vas a explicar mi presencia?

—Has tomado a Constance bajo tu ala —respondió— y le has permitido asistir a varios eventos de la alta sociedad, de acuerdo a su posición como mi hermana. A mis parientes les hace gracia y les impresiona mi título, que lo sepas. Pero no son tontos. Lo entenderán pronto, si acaso el rumor de que estás aquí porque te estoy cortejando no les ha llegado ya.

—¿Me estás cortejando? —le preguntó—. La última vez que te vi, dijiste bastante serio que no lo ibas a hacer. Creía que me habías invitado para que yo te cortejara o para que, al menos, descubriera por mí misma por qué es imposible que me cortejes.

Hugo titubeó antes de contestar.

—Mis parientes llegarán a la conclusión de que te estoy cortejando —dijo—. A todo el mundo le encanta lo que parece una historia de amor en ciernes, sobre todo cuando alguien de la familia está implicado. Que tengan razón o se equivoquen todavía está por verse.

Sin embargo, tal vez a sus parientes no les encantara esa historia de amor en ciernes, pensó Gwen. Tal vez se sintieran molestos con ella. Aunque no lo dijo en voz alta. Sonrió de nuevo.

—Bajaré enseguida.

Él se despidió con una inclinación de cabeza y se marchó. Cerró la puerta en silencio al salir.

Gwen se quedó donde estaba un instante. Recordó aquel día en la playa, en Cornualles, cuando sintió una soledad abrumadora. De no haberla sentido entonces, ¿la habría sentido alguna vez? Y de no haberla sentido, ¿se habría quedado envuelta en una burbuja de dolor y culpa que había crecido tan en silencio que ni siquiera se había dado cuenta de lo mucho que le había paralizado la vida? Por raro que pareciera, era una burbuja cómoda. Casi deseaba seguir en su interior o, al menos, tras haberse visto obligada a abandonarla, deseaba haber encontrado al caballero callado, sencillo y agradable con el que soñó en un primer momento..., como si esa persona existiera de verdad.

En cambio, había conocido a Hugo.

Negó con la cabeza y se dirigió al vestidor para asearse, cambiarse de ropa y retocarse el peinado antes de entrar de lleno en el mundo de Hugo.

Los padres de Fiona se sentían un poco abrumados, se dio cuenta Hugo enseguida; allí estaban sentados en una especie de círculo protector entre sus propios parientes. Incluso la familia política de Fiona debía de parecerles muy superior a ellos; además, sabía que a él lo miraban con asombro.

Comprendió demasiado tarde que debería haberle dado órdenes a su más que capaz mayordomo para que encontrase a alguien que se ocupara de los dos niños durante la fiesta campestre. Estaban sentados en un sofá con sus padres, el más pequeño entre los dos progenitores, y el mayor al lado de su padre.

Los familiares de Hugo estaban armando mucho bullicio, tal como hacían siempre que se reunían. Sin embargo, tal vez hubiera cierta reserva ese día, ya que se encontraban en un lugar extraño y había personas presentes que prácticamente eran desconocidas.

Fiona estaba sentada junto a la chimenea con Philip. Su madre la miraba con expresión triste.

Constance iba de un grupo a otro, enganchada del brazo de Gwendo-line. Se la estaba presentando a todo el mundo como la dama que la había amadrinado para presentarla en sociedad. El encargado de las presentaciones debería ser él, pero se alegraba de que Constance lo hiciera en su lugar y de que, sin pretenderlo, diera la impresión de que había invitado a Gwendoline por ella.

Ned Tucker se encontraba de pie detrás del sofá donde se habían acomodado sus amigos de la tienda de ultramarinos y miraba a su alrededor con expresión risueña. Hugo quiso invitarlo para descubrir qué había entre su hermana y él, si acaso había algo. Cuando fue a la tienda de ultramarinos para invitarlos, Tucker estaba allí, y la abuela de Constance le había puesto una mano en la manga y le había dicho a Hugo que era como de la familia. Hugo lo incluyó en la invitación al momento.

En ese momento, mientras observaba los grupos a su alrededor, se dio cuenta de que él también formaba parte de la escena. Estaba de pie en el centro, como un soldado en posición de firmes. Ojalá tuviera dotes sociales. Debería haber aprendido más mientras estuvo en Penderris Hall. Claro que nunca había necesitado de dotes sociales para relacionarse con su propia familia. Nunca había sentido un momento de timidez o de duda mientras crecía en su seno. Y no necesitaba de dotes sociales para relacionarse con la familia de Fiona. Solo tenía que demostrarles que era un ser humano; que, en realidad, no era distinto de ellos pese a su título y a su riqueza. O tal vez esas fueran dotes sociales. Allí estaba Gwendoline, todavía con Constance del brazo, hablando con Tucker, y los tres se echaron a reír mientras él los observaba. Gwendoline no los miraba por encima del hombro tal como había hecho con él en alguna ocasión, y Tucker no estaba asintiendo con la cabeza ni se llevaba la mano a la frente como si fuera a quitarse el sombrero. Hilda y Paul Crane se levantaron de sus asientos y se reunieron con ellos, y en cuestión de un segundo todos estaban riendo.

Hugo tenía la sensación de que tal vez tuviera el ceño fruncido. ¿Cómo iba a integrar a esos dos grupos independientes y conseguir que fuera una fiesta campestre relajada? La verdad, había sido una locura.

Lo salvó la llegada de la bandeja del té, junto con otra de más tamaño en la que llevaban toda clase de deliciosas pastas. Se volvió hacia su madrastra.

—¿Sirves tú, Fiona? —le preguntó.

—Por supuesto, Hugo —contestó ella.

Y, de repente, se dio cuenta de que Fiona estaba disfrutando al ser una persona relevante ante todos, dado que su madrastra era, en cierto sentido, la anfitriona. No se le había ocurrido que necesitara una. Pero por supuesto que la necesitaba. Alguien tenía que servir el té y sentarse en el extremo opuesto de la mesa y colocarse a su lado para recibir a los invitados que llegarían de la zona para las fiestas de aniversario que se celebrarían unos días después.

—Gracias —repuso, y se obligó a circular entre sus invitados, distribuyendo platos y servilletas antes de dar vueltas con la bandeja de pastas y convencer a todo el mundo de que cogiera una o dos.

Mientras tanto, la prima Theodora Palmer, que se había casado hacía poco con un próspero banquero, les llevaba tazas de té a todo el mundo mientras Fiona las servía, y su cuñada, Bernadine Emes, la esposa del primo Bradley, cruzó la estancia para hablar con los niños. Sus propios hijos, les dijo, junto con algunos de sus primos, estaban tomando el té en una preciosa habitación del ático. Y cuando terminaran, sus niñeras los iban a llevar al exterior para jugar. Tal vez a Colin y a Thomas les gustaría reunirse con ellos.

Thomas intentó esconderse detrás de la manga de su padre, desde la que se asomó, dejando a la vista un solo ojo. El rostro de Colin se iluminó por la emoción, y miró a su padre en busca de permiso.

—No tenemos vacaciones a menudo, ¿verdad? —oyó Hugo que Bernadine les decía a Mavis y a Harold—. Y nuestros hijos, tampoco. Bien podemos disfrutar de estas al máximo mientras podamos. Hay dos niñeras, las dos de confianza. Los niños les hacen caso y las quieren con locura. Sus hijos estarán a salvo con ellas.

—Seguro que sí —dijo Mavis—. No tenemos niñera. Nos gusta que nuestros hijos estén con nosotros.

—¡Oh! A mí también —le aseguró Bernadine—. Crecen tan deprisa... Cuando tuve a mi primer hijo...

Hugo abrió la puerta del salón, le hizo un gesto a uno de los nuevos criados, que se encontraba cerca, y le dijo que informara a la niñera de la señora de Bradley Emes de que tenía que pasarse por el salón de camino al exterior con sus pupilos para recoger a dos niños más.

Gwendoline estaba hablando con la tía Rose y el tío Frederick Emes, y la prima Emily, de catorce años, la miraba embobada. Constance llevaba a sus abuelos hacia la tía Henrietta Lowy, la hermana mayor de su padre, ya viuda, y matriarca de la familia.

Roma no se hizo en un día, pensó Hugo sin atisbo de originalidad. Pero se hizo. Y tal vez su fiesta campestre no sería un absoluto desastre. Seguramente se sentía incómodo y nervioso porque Gwendoline estaba allí, y él quería que todo fuera perfecto. Porque no se estaría preocupando si ella no estuviera allí, ¿verdad?

Se acercó para charlar con Philip, que no formaba parte de ningún grupo, pero que parecía muy cómodo de todas formas mientras observaba cómo Fiona servía más tazas de té.

Hacían buena pareja, pensó con cierta sorpresa. Philip y Fiona, claro. Menuda idea. Tal vez se convertiría en casamentero en la vejez.

Debían de tener una edad parecida.

Y, en ese momento, la hora del té llegó a su fin y Hugo les explicó a todos que podían quedarse allí o retirarse a sus habitaciones para descansar o salir para tomar el aire.

La mayoría de los invitados se dispersó. Los padres de Fiona pasearon por el salón despacio con la tía Henrietta, admirando los cuadros. Constance salió con un numeroso grupo de jóvenes, entre los que se incluían varios de los primos Emes, Hilda y Paul, y también Ned Tucker. Gwendoline estaba charlando con Bernadine y Bradley. Hugo se acercó a ellos.

—Llevaré a los niños a ver a los corderos, los terneros y los potros recién nacidos —le dijo a Bernadine—. También hay gallinas, gatos y perros. Creo que si alguien lo hubiera hecho conmigo cuando era pequeño, habría pensado que había muerto y que estaba en el Cielo.

—Todos recordamos tus animales perdidos, Hugo —dijo Bradley con una carcajada—. Tu padre solía suspirar cuando volvías a casa con otro gato esquelético o con otro perro de tres patas y medio muerto de hambre.

—A los niños les encantará —le aseguró Bernadine—. Eso sí, Hugo, te pido por favor que no permitas que ninguno, sobre todo uno de los míos, te convenza para llevarse a casa un perrito, un gatito o un cordero cuando nos marchemos.

Hugo se echó a reír y captó la mirada de Gwendoline.

—Tal vez os apetezca acompañarme a ver los corderos —dijo—. Todavía estarán en el corral.

—¡Oh, Hugo! —dijo Bernadine con un suspiro—. El viaje ha sido largo y el aire campestre me está matando... en el buen sentido, por supuesto. Y nuestros hijos están fuera, jugando. Voy a retirarme hasta que llegue la hora de arreglarse para la cena.

—¿Brad? —preguntó.

—Tal vez en otra ocasión —contestó el aludido—. Debería andar un rato para bajar el último dulce con nata al que no me he podido resistir, pero la cama de nuestra habitación me llama poderosamente ahora mismo.

—¿Lady Muir? —Hugo la miró con expresión educada.

—Lo acompañaré a ver los corderos —contestó ella.

—¡Ah! Lady Muir está siendo amable —dijo Bernadine—. Pronto aprenderá a ser más egoísta si pasa más tiempo con nosotros, milady.

Sin embargo, se echó a reír cuando se agarró del brazo de Brad y se alejó con él sin esperar respuesta.

—A veces —dijo Gwendoline, mirándolo—, creo que ya soy la persona más egoísta del mundo.

—No es necesario que vengas —repuso él.

—No empieces. —Se echó a reír y se agarró del brazo que él todavía no le había ofrecido.

21

Gwen descubrió que, para entrar en el salón para tomar el té, necesitaba de un gran valor. No sabía muy bien qué esperar. Se temía que todo el mundo la mirara con excesivo asombro o con abierta hostilidad, emociones ambas que la habrían aislado de la misma manera y que le habrían dificultado la labor de encajar con cierta facilidad.

Constance la ayudó, aunque seguramente lo hizo de forma inconsciente. Si bien durante las presentaciones descubrió que algunas personas la miraban con cierto asombro, no detectó rastro alguno de hostilidad. E incluso parte del asombro, según creía, había desaparecido cuando llegó la bandeja del té. Tal vez las circunstancias iban a ser más llevaderas de lo que se había temido.

De todas formas, no le importaba. Se alegraba muchísimo de haber ido. Enfrentarse a la hostilidad de un solo miembro de la familia de Hugo habría merecido la pena con tal de ver lo que estaba viendo.

Y lo que estaba viendo no era otra cosa que Hugo dándole de comer a un corderito, el más pequeño del rebaño. Su madre murió durante el parto, y la oveja a la que lo acercaron, que había perdido a su cría, no siempre le permitía mamar. Ese día no se lo había permitido, de manera que allí estaba Hugo, sentado con las piernas cruzadas en el pastizal, con el cordero subido en su regazo mientras mamaba con ansia de una botella a la que le habían colocado una especie de tetina.

Y le estaba hablando. Gwen oía su voz, aunque no llegaba a entender las palabras exactas. Se había quedado observándolos al otro lado de la cerca, con los brazos apoyados en la parte superior de esta, aunque parecía que Hugo se había olvidado por completo de ella. La dulzura que detectaba en su voz y en su actitud la tenía al borde de las lágrimas.

Sin embargo, no se había olvidado de ella. Justo cuando ese pensamiento le pasaba por la cabeza, él alzó la vista y le sonrió. No, no fue una sonrisa sin más. Fue la alegre sonrisa de un muchacho.

—Lo siento mucho —se disculpó—. Debería haberte acompañado de vuelta a la casa antes.

—No empieces —repitió ella.

Hugo rio y miró de nuevo al corderito, que por fin parecía estar saciándose.

—O debería haberle dicho a alguien que lo alimentara —añadió al cabo de un rato mientras salía del corral—. Para eso están los jornaleros. No debería haberte ofrecido el brazo. Debo de oler a oveja.

Gwen lo había aceptado de todas formas.

—Crecí en el campo —le recordó.

Olía un poco a oveja, sí. Y todavía llevaba la ropa elegante que se había puesto para tomar el té.

Hugo no enfiló el camino que llevaba desde la linde de la propiedad al establo. En cambio, la llevó directamente por la linde, una zona en la que crecían más árboles. La arboleda no era muy espesa, de todas formas, por lo que no costaba mucho caminar por ella.

—Entiendo por qué te aislaste aquí hace ya varios años y te negaste a relacionarte con el mundo exterior —dijo Gwen.

—¿Ah, sí? —replicó él—. El problema era que no podía pasarme la vida aislado. La muerte de mi padre me llevó de nuevo al mundo. En conjunto, no me arrepiento, la verdad.

—Yo tampoco —confesó ella.

Hugo volvió la cabeza para mirarla, pero no comentó nada al respecto.

—Me he dado cuenta de una cosa —dijo, sin embargo—, mientras le daba de comer al cordero y tú nos mirabas pacientemente desde la cerca. Crío ovejas por la lana, no por la carne. Crío vacas por la leche y el queso, no por la carne. Crío gallinas por los huevos. Y todo eso hace que me sienta muy virtuoso. Pero como carne. Participo en la matanza de otros animales que me son desconocidos para poder alimentarme. Y casi todas las criaturas matan a otras para sobrevivir. La naturaleza es muy cruel. Si se reflexiona al respecto, acaba uno sumido en la tristeza más profunda. Pero así es la vida. Un continuo equilibrio de opuestos. El odio y la violencia coexisten con la amabilidad y la ternura. Y, a veces, la violencia es necesaria. Intento imaginar qué habría sucedido si se le hubiera permitido a Napoleón Bonaparte alcanzar nuestras costas. Habrían arrasado nuestras ciudades, nuestros pueblos y nuestros campos. Lo habrían saqueado todo en busca de comida y de otros placeres. Habrían atacado a mi familia y a la tuya. Te habrían atacado a ti. Si eso hubiera sucedido, jamás me habría quedado de brazos cruzados en nombre de la sacralidad de la vida humana y por la delicadeza de mi conciencia.

—¿Te has perdonado, entonces? —quiso saber ella.

Hugo había dejado de andar y estaba apoyado en el tronco de un árbol con los brazos cruzados por delante del pecho.

—Es gracioso, ¿verdad? —replicó—. Carstairs ha vivido carcomido por la culpa todos estos años aun cuando defendió la retirada en aquel momento para poder salvar a algunos hombres. A pesar de haber sufrido heridas graves durante el ataque y de vivir desde entonces con las secuelas, se siente culpable porque cree que su instinto surgió de la cobardía y que mis acciones fueron correctas. Me odia, pero cree que lo hice bien.

—Lo hiciste bien —le aseguró ella—. Siempre lo has sabido.

Hugo negó despacio con la cabeza.

—No creo que existan el bien y el mal —repuso—. Solo se puede hacer lo que manda el deber según las circunstancias y, después, vivir con las consecuencias y unir las experiencias, tanto las buenas como las malas, a la trama que vamos hilando a medida que vivimos para poder ver el estampado que hemos ido creando y aceptar las lecciones que nos ha enseñado la vida. Gwendoline, nadie espera que alcancemos la perfección en una sola vida. Los más religiosos dirán que para eso está el Cielo. Yo creo que eso es una lástima. Es demasiado fácil e invita a la ociosidad. Prefiero pensar que tal vez se nos dé una segunda oportunidad, o una tercera y hasta treinta y tres, para hacer las cosas bien.

—¿Te refieres a la reencarnación? —le preguntó.

—¿Así se llama? —Hugo bajó los brazos a ambos lados del cuerpo y la miró—. Me pregunto si me encontraría a la misma mujer en cada vida y si siempre habría un problema para estar juntos. ¿Daría con una solución temeraria o sensata? ¿Me resistiría o me lanzaría? ¿Haría lo correcto o me equivocaría? ¿Entiendes lo que digo?

Gwen dio un paso al frente, se detuvo delante de él y, tras colocarle las manos en el pecho, apoyó la frente entre ellas. Sintió los latidos de su corazón y su calidez, y aspiró la tentadora mezcla del olor a colonia, hombre y oveja.

—¡Ay, Hugo! —dijo.

Sintió que le acariciaba la nuca con los dedos de una mano.

—Sí —susurró él—. Me he perdonado por estar vivo.

—Te quiero —confesó ella con la cara oculta en su corbata.

Por un instante, se quedó horrorizada. ¿De verdad había hablado en voz alta? Hugo no replicó, pero inclinó la cabeza y la besó con delicadeza en el hueco entre el hombro y el cuello.

Una confesión de amor en voz alta..., por su parte al menos. Aunque daba igual. Hugo debía de saberlo a esas alturas. De la misma manera que ella sabía que él la quería.

¿Podía asegurarlo?

Claro que sí. Hugo le había confesado su amor con otras palabras: «Me pregunto si me encontraría a la misma mujer en cada vida...»

Tal vez no bastara con el amor. Eso le había dicho él en Londres cuando fue a decirle que no iba a cortejarla.

Aunque tal vez sí bastara.

El amor podía serlo todo. Tal vez esa fuera la lección que acabarían aprendiendo si vivieran treinta y tres vidas juntos.

—Algunos tienen senderos agrestes en sus propiedades —dijo, de repente—. He pensado que aquí podría haber alguno. Pero lo normal es que haya colinas y espesas arboledas, vistas panorámicas, paisajes y otras atracciones. Aquí no hay nada de eso. Un sendero agreste aquí en Crosslands Park sería solo eso, un sendero por el campo. Sería ridículo.

—¿Una idiotez? —replicó ella, que se apartó para mirarlo a los ojos.

Él ladeó la cabeza.

—No es una palabra muy apropiada para una dama —le recordó él.

Gwen rio.

—Un camino que se internara entre la arboleda sería agradable —dijo—. Además, hay espacio para sembrar más árboles, tal vez rododendros o algunos árboles ornamentales de flor, o incluso arbustos. Quizás algunas flores que crezcan bien en la sombra y que no sean demasiado llamativas. Jacintos de los bosques en primavera, por ejemplo. O narcisos. Podrían colocarse algunos bancos, sobre todo en lugares donde haya algo especial que contemplar. Un poco más atrás me he dado cuenta de que se puede ver el chapitel de la iglesia del pueblo. Supongo que un poco más adelante veremos la mansión. Podría haber también un templete para el verano, algún lugar donde sentarse y resguardarse de la lluvia. Algún lugar donde pasar un rato tranquilo y relajarse. O donde leer. Al fin y al cabo, ese es el propósito de Crosslands Park y por eso me atrajo. No es un lugar espectacular por su pintoresca belleza ni por sus vistas, solo la confirmación de algo bueno, de la paz y la alegría que se obtienen de las cosas sencillas, quizás.

Hugo la estaba mirando a los ojos.

—¿No necesito fuentes, ni estatuas, ni setos podados con distintas formas, ni cenadores cubiertos de rosas, ni lagos donde pasear en barca, ni pasadizos, ni laberintos ni nada por el estilo? —preguntó—. Me refiero a los terrenos, claro.

Gwen negó con la cabeza.

—Le vendrían bien algunos toquecitos elegantes en ciertas zonas —contestó ella—, nada más. Es preciosa tal y como está.

—¿No parece un poco yerma? —quiso saber.

—Un poquito.

—¿Y la mansión?

—Deshazte de los cuadros —le aconsejó con una sonrisa—. ¿Estaba totalmente amueblada cuando la compraste?

—Sí —respondió—. La construyó un hombre que, como mi padre, hizo su fortuna con el comercio. La construyó con los mejores materiales y la amuebló con los mejores muebles, pero nunca llegó a habitarla. Se la dejó a su hijo en herencia. Pero su hijo no la quería. Se marchó a América, para hacer fortuna por su cuenta, supongo, y dejó la propiedad en manos de un agente inmobiliario para que la vendiera.

«¡Qué triste!», pensó Gwen.

—De la misma manera que yo me fui a la guerra y abandoné a mi padre —añadió Hugo.

—Pero tú regresaste —le recordó—. Y lo viste antes de que muriera. Pudiste asegurarle que seguirías sus pasos y que te ocuparías de sus negocios, de su mujer y de su hija.

—Y acabo de darme cuenta de una cosa más —afirmó—. Si hubiera muerto en la guerra, eso lo habría destrozado. Así que me alegro por él de no haber muerto.

—¿Y por mí no? —le preguntó Gwen.

Hugo le tomó la cara entre sus enormes manos y le echó la cabeza hacia atrás.

—No me considero un regalo —dijo—. ¿Qué opinas de mi familia y de la de Connie?

—Son personas —contestó ella—. Desconocidos que se convertirán en conocidos, tal vez incluso en amigos durante los próximos días. Hugo, no son tan distintos de mí y tal vez descubran que yo no soy tan distinta de ellos. Estoy deseando conocerlos a todos.

—Una respuesta diplomática —replicó.

«Y tal vez un poco ingenua», parecía decir su expresión. Tal vez lo fuera. Su vida no podía ser más distinta de la de Mavis Rowlands, por ejemplo. Pero eso no quería decir que no pudieran disfrutar de su mutua compañía y encontrar algo en común de lo que hablar. ¿O acaso esa convicción era también ingenua?

—Una respuesta sincera —lo corrigió—. ¿Y el señor Tucker?

—¿Qué pasa con él? —preguntó Hugo a su vez.

—No forma parte de la familia —adujo ella—. ¿Hay algo entre Constance y él?

—Creo que es posible que lo haya —contestó—. Es el dueño de la ferretería situada al lado de la tienda de ultramarinos de sus abuelos. Es un muchacho sensato, inteligente y cordial.

—Me gusta —le aseguró Gwen—. Constance tendrá una gran variedad para elegir, ¿no es así?

—El asunto es que tus muchachos, los que le presentas en los bailes y en las fiestas, le parecen dulces pero, según sus propias palabras, un poco tontos. No hacen nada con sus vidas.

—¡Ay, por Dios! —Gwen se echó a reír—. A ti también te lo ha dicho, ¿verdad?

—Pero te está muy agradecida —le aseguró él—. Y aunque se case con Tucker o con cualquier otro hombre que no pertenezca a la alta sociedad, siempre recordará lo que sintió al bailar en una fiesta de alto copete y al pasear por los jardines de la mansión de un aristócrata. Y recordará que podría haberse casado con uno de ellos, pero que eligió, en cambio, el amor y la felicidad.

—¿Y no podría encontrarlos con un caballero? —le preguntó Gwen.

—Podría. —Hugo suspiró—. Y tal vez lo haga. Tal como has dicho, tiene varias alternativas. Es una muchacha sensata. Creo que elegirá tanto con la cabeza como con el corazón, pero sin que uno excluya al otro.

«¿Y tú?», deseó preguntarle. «¿Elegirás tanto con la cabeza como con el corazón?» Sin embargo, no dijo nada y se limitó a darle unas palmaditas con las manos en el pecho.

—Voy a tener que llevarte de vuelta a la casa en breve para que puedas descansar un poco antes de la cena —dijo—. ¿Por qué perdemos el tiempo hablando?

Gwen lo miró a los ojos.

Él inclinó la cabeza y la besó con los labios separados. Gwen deslizó las manos hasta colocárselas en los hombros y se los apretó con fuerza. Se sintió arrollada por una enorme ola de deseo, tanto físico como emocional. Estaba en casa de Hugo. Allí pasaría gran parte del resto de su vida. ¿Estaría ella con él? ¿O esos días juntos tan solo serían una semana más de sus vidas? Ni siquiera una semana, de hecho.

Hugo levantó la cabeza y le acarició la nariz con la suya.

—¿Te cuento mi secreto más oscuro? —le preguntó.

—¿Es apropiado para los oídos de una dama? —preguntó ella a su vez.

—De ninguna de las maneras —contestó.

—En ese caso, cuéntamelo.

—Quiero poseerte en mi dormitorio, en mi casa —dijo Hugo—. En mi cama. Quiero desnudarte poco a poco, adorar cada centímetro de tu cuerpo y hacerte el amor una y otra vez hasta que no podamos ni movernos. Y, después, quiero dormir a tu lado hasta que recuperemos la energía y empecemos de nuevo.

—¡Ay, por Dios! —exclamó Gwen—. Desde luego que es inapropiado para mis oídos. Se me han aflojado las rodillas.

—Algún día de estos lo haré —le aseguró él—. Lo haremos, mejor dicho. Pero todavía no. Al menos, no en la casa. No mientras tenga invitados. Sería una indecencia.

«Al menos, no en la casa.»

—Desde luego —convino ella—. Hugo, no puedo tener hijos.

A ver, ¿por qué había tenido que introducir ese detalle de realidad en la fantasía?

—Eso no lo sabes —le recordó él.

—No me quedé embarazada después de lo que pasó en la cala de Penderris Hall —repuso.

—Solo estuvimos juntos una vez —dijo Hugo—. Y ni siquiera le puse mucho empeño.

—Pero, ¿y si...?

Hugo la besó de nuevo y, en esa ocasión, se tomó su tiempo. Gwen le rodeó el cuello con los brazos.

—En eso consiste la emoción de la vida —adujo él una vez que le puso fin al beso—. En la ignorancia. Normalmente, es mejor no saber nada. De momento, no sabemos si al final acabaremos haciendo el amor durante toda la noche en mi cama, en mi casa, ¿verdad? Pero podemos soñar que lo hacemos. Y pensar que sucederá. Gwendoline, algún día te llenaré con mi simiente y creo que alguna de ella enraizará. Y, si no lo hace, al menos nos divertiremos intentándolo.

Gwen se sintió de nuevo sin aliento y sin fuerza en las rodillas. Oía voces de niños a lo lejos, pero acercándose. Eso era algo habitual en ellos, todos parecían hablar, o más bien chillar, a la vez.

—Exploradores —dijo Hugo—, que se dirigen hacia aquí.

—Sí —convino ella, apartándose de él.

Hugo le ofreció el brazo y ella lo aceptó. Y el mundo siguió siendo el mismo.

Pero había cambiado para siempre.

Hugo había trabajado con ahínco durante sus años como oficial del ejército, seguramente más que la mayoría porque tenía mucho que demostrar, a ojos de los demás y a sí mismo. También había trabajado con ahínco durante las semanas previas, aprendiendo de nuevo el manejo de las empresas, haciéndose con el control, convirtiéndolos en sus negocios. Sin embargo, durante la semana de la fiesta campestre, tuvo la impresión de que jamás había trabajado tanto.

Mostrarse sociable requería de un gran esfuerzo. Mostrarse sociable cuando se tenía la responsabilidad de ser el anfitrión era muchísimo más exigente. Porque se era el responsable de que todos los invitados se divirtieran. Y no siempre era fácil.

Aun así, jamás había pasado una semana tan divertida.

Ofrecerles distracciones a los invitados demostró ser una tarea sencilla. Incluso unos terrenos casi baldíos eran el paraíso en la tierra para un grupo de personas que habían vivido toda la vida en Londres, en una reducida parte de Londres, como era el caso de la familia de Fiona. Incluso para su propia familia, la mayoría de cuyos miembros había viajado bastante, la oportunidad de pasear por una finca privada durante toda una semana sin la presión del trabajo y sin el continuo ruido típico de una gran ciudad fue algo maravilloso. La mansión les encantó a todos, incluso a aquellos capaces de ver sus defectos. Hugo, que nunca había podido decir con exactitud qué era lo que le pasaba a la mansión, por fin veía lo que sucedía. Su predecesor la había amueblado y decorado de golpe, posiblemente usando los servicios de un decorador profesional. El resultado era un ambiente lujoso, elegante e impersonal. No había sido habitada; hasta que él se mudó el año anterior, claro. Los invitados que eran capaces de ver ese problema se entretuvieron paseando de un lado para otro mientras le hacían sugerencias. Sus parientes jamás habían sido tímidos.

La sala de billar se convirtió en un lugar muy popular. No había instrumentos musicales. Había una biblioteca, con estanterías que llegaban del techo al suelo cargadas de libros enormes que estaba casi seguro de que nadie había abierto antes de que él lo hiciera. En realidad, había leído pocos, ya que no le gustaban mucho los libros de sermones, los de las leyes de la Antigua Grecia o los de poesía de antiguos poetas romanos de los que nunca había oído hablar; escritos, para colmo, en latín. Sin embargo, hasta esos libros demostraron ser una fuente de entretenimiento para sus familiares, y a los niños les encantaron las escaleras que se desplazaban de un lado a otro mediante rieles, no pararon de subirse en todas ellas y de empujarlas de aquí para allá, mientras las convertían en carruajes imaginarios, en globos aerostáticos o incluso en una torre desde la que pedir socorro a voz en grito para ser rescatada por algún príncipe que por casualidad pasara por debajo.

La familia de Fiona tendía a agruparse, porque de esa manera se sentían más seguros... durante el primer día más o menos. No obstante, con la ayuda de Hugo, Mavis y Harold descubrieron que tenían muchas cosas en común con aquellos de sus primos que tenían hijos pequeños. E Hilda y Paul no tardaron en ser agregados al grupo conformado por los jóvenes solteros y por los casados que aún no tenían hijos. Hugo se aseguró de presentarles a la señora Rowlands a todas sus tías, de manera que la mujer acabó entablando una especie de amistad con su tía Barbara, que era cinco años más joven que su tía Henrietta y que, por tanto, no proyectaba una figura tan matriarcal. La señora Rowlands también mantuvo algunas conversaciones con los caballeros y pareció sentirse cómoda con ellos.

Fiona no mencionó su salud delante de Hugo en ningún momento. Tras el primer día, debió de comprender que la rama Emes de la familia no la miraba con desdén, sino todo lo contrario, que la trataban con el respeto debido a la anfitriona. Y fue obvio para todos que era el miembro más importante y adorado de su familia. Su transformación fue evidente a ojos de Hugo; recuperó la salud y la radiante belleza de la madurez.

Además, no se sorprendería en absoluto si nacía un romance entre ella y su tío.

En cuanto a Tucker, era un muchacho joven capaz de sentirse cómodo en cualquier evento social. Se relacionaba con facilidad con todo el mundo y parecía especialmente popular entre sus primos más jóvenes de ambos sexos.

Constance revoloteaba de un lado para otro, rebosante de alegría. Si le gustaba Tucker, y a él le gustaba ella, no lo hacían obvio mostrándose inseparables. Sin embargo, Hugo estaba dispuesto a apostar a que sí se gustaban.

En cuanto a Gwendoline, encajaba en cualquier sitio gracias a su serena elegancia. Sus tías, que se habían mostrado aprensivas en un principio, no tardaron en relajarse en su compañía. Sus tíos conversaban de buena gana con ella. Sus primos no tardaron en incluirla en las invitaciones a pasear o a jugar al billar. Las niñas se subían a su regazo para admirar sus vestidos, aunque Hugo sospechaba que se vestía con deliberada sencillez durante esos días. Constance hablaba con ella y paseaban cogidas del brazo. Además, hizo el esfuerzo consciente de entablar conversación con la señora Rowlands, que en un primer momento la miraba con evidente terror. Hugo se las encontró una mañana en el extremo de un pasillo de la planta alta, cogidas del brazo y analizando un cuadro.

—Acabamos de pasar una media hora agradable —dijo Gwendoline—, recorriendo el pasillo de un extremo al otro y vuelta a empezar para mirar todos los cuadros y decidir cuál es nuestro preferido. Creo que el mío es el de las vacas bebiendo en la charca.

—¡Oh! —exclamó la señora Rowlands—. Yo prefiero el de la calle del pueblo con la niña y el perrito pegado a sus talones. Milady, discúlpeme, pero ¿no le parece que ese pueblecito es el paraíso? Claro que a mí no me gustaría vivir en él, por Dios. Echaría mucho de menos mi tienda. Y sobre todo a la gente.

—Esa es la maravilla de la pintura —comentó Hugo—. Nos ofrece una ventana a un mundo que nos atrae pero en el que no nos adentraríamos de tener la oportunidad.

—Hugo, ¡qué afortunado eres —le dijo la señora Rowlands con un suspiro— al poder contemplar todos estos cuadros todos los días de tu vida! Cuando estés en el campo, claro.

—Soy afortunado, sí —convino él al tiempo que miraba a Gwendoline.

Y lo era. ¿Cómo iba a imaginar unos cuantos meses antes todo lo que había sucedido? Había ido a Penderris Hall a sabiendas de que el año de luto había llegado a su fin y, con él, su vida como semirrecluso en el campo. Esperaba que sus amigos le ofrecieran algún consejo sobre cómo encontrar a una mujer con la que casarse, a alguien que encajara con él sin que interfiriera mucho en su vida y sin que agitara demasiado sus emociones. En cambio, había conocido a Gwendoline. Después, se había marchado a Londres para arrancar a Constance de las diabólicas garras de Fiona y para buscarle un marido lo antes posible, aunque eso significara que él mismo tuviera que casarse con alguien elegido a la carrera; y había descubierto que Fiona no era la villana que él recordaba de su juventud, y que Constance tenía unas ideas propias bastante firmes sobre lo que quería hacer más allá de las puertas de la casa. Además, le había propuesto matrimonio a Gwendoline y ella lo había rechazado... y lo había invitado, en cambio, a cortejarla.

El resto era un poco vertiginoso y demostraba que no siempre era buena idea intentar planear el futuro. Jamás habría podido predecir lo sucedido.

Su casa sin las sábanas que cubrían los muebles parecía distinta. Era elegante, pero carecía de alma. Sin embargo y de algún modo, sus invitados la habían convertido en un lugar alegre y habitable, y sabía que podía pasarse los próximos años añadiendo esa alma de la que carecía. Los terrenos circundantes parecían yermos, pero rebosaban potencial, y tal como estaban resultaban pasables. Con un estanque con lirios, un parterre lleno de flores que lo rodeara, algunos caminos y unos cuantos bancos, más un sendero agreste con más árboles, asientos y un templete, la transformación estaría completa. Y tal vez plantara algunos olmos o tilos a ambos lados de la avenida de entrada. Si se tenía una avenida recta, había que realzarla.

La explotación agraria era el corazón palpitante de la propiedad.

Era feliz, descubrió no sin cierta sorpresa durante esos días. En realidad, no había reflexionado sobre la felicidad relacionada consigo mismo desde..., ¡uf!, desde que su padre se casó con Fiona.

Pero volvía a ser feliz. O, al menos, sería feliz si... O, más bien, cuando...

«Te quiero», le había dicho Gwendoline.

Dos palabras fáciles de decir. No, no lo eran. Decirlas era una de las cosas más difíciles del mundo. Al menos, para un hombre. Para él. ¿Era más fácil decirlas para una mujer?

¡Qué idiotez!

Según sospechaba, Gwendoline era una mujer que no había conocido la verdadera felicidad durante años y años..., posiblemente desde que se casó. Y en ese momento...

¿Era él capaz de hacerla feliz?

No, por supuesto que no. Era imposible hacer que alguien fuera feliz. La felicidad debía proceder del interior de cada persona.

¿Podía Gwendoline ser feliz a su lado?

«Te quiero», le había dicho.

No, no habrían sido unas palabras fáciles de decir para Gwendoline, lady Muir. El amor la había defraudado en su juventud. Desde entonces, había vivido aterrorizada por la idea de entregar de nuevo su corazón. Pero acababa de entregarlo de nuevo.

A él.

Si sus palabras eran sinceras, claro.

Y lo eran.

La lengua se le quedó pegada al paladar o se le hizo un nudo o algo sucedió que le imposibilitó replicar.

Eso era algo que debía corregir antes de que su estancia en Crosslands Park llegara al final. Como era habitual, había hablado con ella con total franqueza sobre hacerle el amor. Había disfrutado mostrándose tan escandaloso. Sin embargo, fue incapaz de decir lo que realmente importaba.

Pero lo corregiría.

Le ofreció un brazo a cada mujer.

—En el altillo de las caballerizas hay una camada de cachorros, casi listos para conquistar el mundo, que de momento no sabe lo que le espera —dijo—. ¿Vamos a verlos?

—¡Oh! —exclamó la señora Rowlands—. ¿Son como el del cuadro, Hugo?

—En realidad, son border collies —contestó—. Serán estupendos con las ovejas. O, por lo menos, lo serán dos de ellos. Tengo que encontrarles casa a los demás.

—¿Casas? —preguntó la mujer mientras bajaban la escalinata—. ¿Te refieres a que estás dispuesto a venderlos?

—Estaba pensando más en regalarlos —respondió.

—¡Ah! —exclamó—. ¿Podemos quedarnos con uno, Hugo? Tenemos al gato para mantener a los ratones fuera de la tienda, claro, pero he deseado tener un perro durante toda mi vida. ¿Podemos quedarnos con uno? ¿Es muy descarado por mi parte pedírtelo?

—Será mejor que los veas primero —contestó él con una carcajada al tiempo que volvía la cabeza para mirar a Gwendoline.

—Hugo —le dijo ella en voz baja—, deberías reírte más a menudo.

—¿Eso es una orden? —le preguntó él.

—Desde luego que sí —respondió Gwendoline con voz severa, y él rio de nuevo.

22

Las celebraciones de los aniversarios estaban planificadas para dos días antes del regreso a Londres. Era mejor así, decidió Hugo, para que todo el mundo pudiera relajarse al día siguiente antes del viaje. Además, ese día era el aniversario de los Rowlands.

Se iba a celebrar un banquete familiar a primera hora de la tarde. Después, los vecinos del pueblo y de los alrededores, personas de todas las clases sociales, estaban invitados a la fiesta que se celebraría en el pequeño salón de baile, que Hugo jamás había esperado usar. Contrató a los mismos músicos que tocaban en las reuniones locales.

—No esperes demasiado —le advirtió a Gwendoline mientras le enseñaba el salón de baile a ella y a unos cuantos de sus primos la mañana del día en cuestión—. Los músicos son más famosos por su entusiasmo que por su habilidad musical. No habrá arreglos florales. Y he invitado a mi administrador y a su esposa. Y al carnicero y al posadero. Y a otras personas normales y corrientes, incluidos los vecinos que tenía más cerca cuando vivía en la casita.

Gwendoline se colocó delante de él y le dijo de forma que solo él la oyera:

—Hugo, ¿no te molestaría un poquito que cada vez que asistieras a un evento de la alta sociedad yo me disculpara por el hecho de que hubiera tres duquesas y suficientes flores para vaciar varios invernaderos y una orquesta que hubiera tocado para la realeza europea en Viena el mes anterior?

Él la miró, pero no replicó.

—Creo que te molestaría —siguió ella—. Me dijiste que viniera a tu mundo. Creo que puedo recordar las palabras exactas: «Si me quieres, si crees que me amas y que puedes pasar el resto de tu vida conmigo, ven a mi mundo.» He venido, y no tienes que disculparte por lo que encuentro en él. Si no me gusta, si no puedo vivir con ello, te lo diré cuando volvamos a Londres. Pero he estado esperando este día con emoción, y no debes estropeármelo.

Fue un exabrupto breve, susurrado. A su alrededor, sus primos estaban riendo, exclamando por el asombro y explorando. Hugo suspiró.

—Solo soy un hombre normal y corriente, Gwendoline —replicó—. Tal vez eso sea lo que he estado intentando decirte todo este tiempo.

—Eres un hombre extraordinario —lo corrigió—. Pero sé a qué te refieres. Jamás esperaría que fueras más de lo que eres, Hugo. Ni menos. No lo esperes de mí.

—Tú eres perfecta —le aseguró.

—¿Aunque cojeo? —le preguntó ella.

—Casi perfecta.

La miró con una lenta sonrisa, que ella le devolvió.

Nunca había mantenido una relación distendida con una mujer... ni cualquier otro tipo de relación, claro. Era todo novedoso y raro para él. Y maravilloso.

—Gwen —la llamó la prima Gillian desde no muy lejos—, ven a ver las vistas desde las puertas francesas. ¿No crees que también debería haber un jardín con flores ahí fuera? Tal vez incluso algunos setos para que los invitados a los bailes puedan pasear entre ellos. ¡Oh! Podría acostumbrarme sin problemas a la vida en el campo. —Se acercó a ellos y enlazó el brazo con el de Gwendoline antes de llevársela para que le diera su opinión.

—Puede que aquí haya invitados a un baile cada cinco años o así, Gill —les dijo Hugo.

Su prima lo miró por encima del hombro con expresión burlona y, en voz lo bastante alta para que todo el mundo la oyera, dijo:

—Estoy segura de que Gwen tendrá algo que decir al respecto, Hugo.

¡Oh, sí! Su familia no había tardado en darse cuenta de que no solo estaba allí porque había presentado a Constance en la alta sociedad.

Fue un día muy atareado, aunque al echar la vista atrás, Hugo se dio cuenta de que bien podría haberse pasado todo el día en la cama, con las piernas cruzadas a la altura de los tobillos y las manos detrás de la cabeza, examinando el dosel. Su mayordomo lo tenía todo controlado y, de hecho, tuvo el descaro de irritarse, aunque de una forma absolutamente educada, por supuesto, cada vez que él se inmiscuía.

Incluso había conseguido flores en alguna parte para decorar la mesa del comedor. Y cuando Hugo volvió a mirar el salón de baile justo antes de la cena para asegurarse de que el suelo relucía de nuevo tras haberlo pisado esa mañana, como así era, se sorprendió al descubrir que también estaba decorado con flores, y muchas.

¿Cuánto le pagaba a su mayordomo? Su conciencia le dictaba que le duplicase el sueldo.

La cena fue excelente, y todos se mostraron emocionadísimos. Hubo conversación y risas. Hubo discursos y brindis. El señor Rowlands, que se levantó para darles las gracias a todos, se inclinó siguiendo un impulso y besó a la señora Rowlands en los labios, lo que suscitó un coro de vítores. Luego, cómo no, el primo Sebastian, para no ser menos, tuvo que ponerse en pie y darles las gracias a todos por haberles felicitado su inminente aniversario, y después tuvo que inclinarse para besar a su esposa en los labios, lo que provocó más vítores. Hugo se preguntó si alguna cena de la alta sociedad incluiría semejantes muestras de cariño, pero desechó la idea enseguida. Gwendoline estaba inclinada hacia delante mientras aplaudía y miraba con una cálida sonrisa a Sebastian y a Olga. Y luego volvió la cabeza para charlar con Ned Tucker, a quien tenía a su derecha.

Les llevaron dos tartas pequeñas, decoradas con sumo gusto, una para cada pareja, y las señoras las cortaron mientras los demás aplaudían, y los hombres pasaron los platos con los trozos para que todos disfrutaran de ellas. Y todos convinieron en que, una vez terminada la cena y cuando llegó el momento de ir al salón de baile para recibir a los invitados, serían incapaces de comer otro bocado más hasta, por lo menos, el día siguiente.

—En ese caso, supongo que los refrigerios ofrecidos durante el baile tendrán que consumirlos mis vecinos —repuso Hugo.

—No nos precipitemos, muchacho —dijo el tío Frederick—. Tenemos que bailar, ¿no? Eso nos abrirá el apetito bastante rápido, sobre todo si la música es animada.

Y por fin llegó el momento de colocarse en la puerta del salón para saludar a los invitados mientras estos llegaban. Hugo tenía a Fiona al lado y esta, a su vez, a Constance, y deseó que su padre pudiera estar allí para verlos. Se habría sentido muy contento.

Echó un vistazo por el salón de baile y, al ver todos los rostros conocidos, supo que había hecho lo correcto al reunirlos allí unos días. Lo correcto para ellos y, desde luego, también lo correcto para él. Tal vez siempre llevaría alguna sombra en el alma cuando recordara la brutalidad de la guerra. Prefería con mucho alentar la vida que segarla. Pero, tal como le había explicado a Gwendoline con otras palabras, la vida no estaba hecha de pulcras casillas blancas y negras, sino de un enorme torbellino de grises. Ya no se fustigaría por lo que había hecho. Tal vez al hacerlo hubiera evitado un mal mayor. O tal vez no. ¿Quién podía decirlo? Lo único que podía hacer era continuar con su camino en la vida, con la esperanza de adquirir algo de sabiduría, además de experiencia.

Si había sombras en su alma, también había una gran cantidad de luz. Y precisamente un gran rayo de luz se encontraba en el extremo más alejado del salón de baile, ataviada con un precioso, aunque sencillo, vestido de seda en un tono amarillo limón, con el bajo festoneado, pequeñas mangas de farol, un escote recatado... y una sencilla cadena de oro como único adorno. Gwendoline. Estaba hablando con Ned Tucker y Philip Germane... y le devolvió la mirada con una sonrisa en los labios.

Hugo le guiñó un ojo. ¡Le guiñó un ojo! No recordaba haber guiñado un ojo en la vida.

Sin embargo, en ese momento su administrador entraba en el salón de baile con su esposa, y el vicario con la suya, además de con su hijo y su hija, que iban detrás, y se concentró de nuevo en los invitados.

Todo era maravilloso, decidió Gwen a lo largo de la siguiente hora. Se detuvo a analizar la idea, pero no había ni rastro de superioridad. Las personas eran personas, y esas personas estaban disfrutando del evento con evidente placer. No había ni rastro del hastío educado ni del comedimiento que se encontraba con demasiada frecuencia en la alta sociedad, ya que muchos de sus integrantes parecían creer que disfrutar de algo con demasiada euforia era de ingenuos o de gente vulgar.

La orquesta compensaba la falta de habilidad con su entusiasmo. La mayoría de las piezas eran vigorosas contradanzas. Gwen las bailó todas, tras asegurarles que podía hacerlo a las pocas personas que se atrevieron a preguntarle si la cojera le impedía bailar. Y, en un abrir y cerrar de ojos, estaba colorada y riéndose a carcajadas.

La señora Lowry, la tía Henrietta de Hugo, la llevó a un aparte entre la segunda y la tercera pieza, y le preguntó sin rodeos si se iba a casar con su sobrino.

—Me lo propuso una vez y le dije que no —contestó ella—. Pero fue hace bastante tiempo, y si me lo propusiera de nuevo, tal vez la respuesta sería distinta.

La señora Lowry asintió con la cabeza.

—Su padre era mi hermano preferido —dijo la mujer—, y Hugo siempre ha sido mi sobrino preferido, aunque me he pasado años sin verlo. No debería haberse marchado, pero lo hizo, y sufrió por ello, y ahora ha vuelto, con un corazón tan grande como siempre, o eso me parece a mí. No quiero ver que le parten el corazón.

Gwen la miró con una sonrisa.

—Yo tampoco —le aseguró.

La señora Lowry asintió con la cabeza de nuevo mientras varías tías más se congregaban a su alrededor.

El siguiente baile sería un vals. Las noticias corrieron como la pólvora por el salón de baile. Algunos de los vecinos lo habían solicitado, y Hugo le había dado la orden al director de la orquesta, y en ese momento esos mismos vecinos le pedían a voz en grito, y entre sonoras carcajadas, que lo bailara.

Por curioso que pareciera, él también estaba riendo... al tiempo que levantaba las manos, con las palmas hacia fuera. De repente, mientras Gwen lo observaba, un recuerdo revoloteó en lo más profundo de su mente, pero se negó a aparecer con claridad, de modo que se desentendió de la sensación.

—Bailaré el vals —dijo él—, pero solo si mi pareja entiende a la perfección que lo peor que puede pasarle es acabar con los dedos aplastados y, lo mejor, que tal vez se exponga a ciertas burlas.

Hubo algunos vítores, algunas mofas y muchas risas, en esa ocasión por parte de todos.

—Vamos, Hugo —lo animó Mark, uno de sus primos—, enséñanos cómo se hace.

—Lady Muir —dijo Hugo al tiempo que se volvía para mirarla de frente—, ¿me concede el honor?

—Sí, vamos, Gwen —la instó Bernadine Emes—. No nos reiremos de ti. Solo de Hugo.

Gwen se adelantó y echó a andar hacia él al mismo tiempo que Hugo se acercaba a ella. Se encontraron en mitad de la reluciente pista de baile, donde se sonrieron.

—¿Me engaña la vista? —le preguntó él cuando estuvieron uno frente al otro—. ¿Nadie va a salir a la pista con nosotros?

—Seguramente todos se hayan tomado muy en serio tu advertencia sobre los dedos aplastados —repuso ella.

—¡Maldita sea mi estampa! —masculló él... y no se disculpó.

Gwen se echó a reír y le puso la mano izquierda en el hombro. Estiró el brazo derecho, y él le tomó la mano, tras lo cual le colocó la mano derecha en la base de la espalda.

Y la música empezó a sonar.

Hugo tardó un momento en conseguir mover los pies como era debido, en dejar que la música lo invadiera y que el ritmo se apoderase de su cuerpo, pero luego consiguió hacer las tres cosas a la vez y empezó a dar vueltas con ella por la pista de baile, sujetándola con firmeza de la cintura de modo que Gwen tuvo la sensación de que flotaba sobre el suelo y no sintió la menor incomodidad por el hecho de que tuviera una pierna más corta que la otra.

Todos sus invitados y sus parientes aplaudieron, congregados como estaban alrededor de la pista de baile; también hubo algunos comentarios en voz alta, algunas risas y un silbido ensordecedor. Gwen lo miró a la cara con una sonrisa, y él se la devolvió.

—No me animes a relajarme —le dijo él—. Entonces es cuando se produce el desastre.

Se echó a reír al oírlo y, de repente, sintió una oleada de felicidad. Era al menos tan poderosa como la ola de soledad que sintió en la playa de Penderris Hall justo antes de conocer a Hugo.

—Me gusta tu mundo, Hugo —le dijo—. Me encanta.

—En realidad, no es tan distinto del tuyo, ¿verdad? —le preguntó él.

Gwen negó con la cabeza. Por supuesto que no era tan distinto. Era lo bastante distinto, cierto, como para que pasar de uno a otro no siempre resultara fácil..., si acaso iba a suceder algo así.

Sin embargo, estaba demasiado feliz para especular en ese momento.

—¡Ah! —exclamó Hugo, y ella miró a su alrededor y comprobó que varias parejas salían a la pista y empezaban a bailar el vals, y ellos ya no eran el centro de atención.

La hizo girar al llegar a un rincón de la pista de baile y la agarró por la cintura con más fuerza. Sus cuerpos no se tocaban, pero sí que estaban más cerca de lo que deberían.

De lo que deberían ¿según quién?

—Hugo —dijo al tiempo que lo miraba a los ojos..., esos preciosos ojos oscuros, intensos y risueños. Y se olvidó de lo que iba a decir.

Bailaron en silencio varios minutos. Gwen sabía perfectamente que eran unos de los minutos más felices de su vida. Y luego, antes de que la música terminara, Hugo inclinó la cabeza para susurrarle al oído:

—¿Te has fijado en que hay un altillo al fondo de las caballerizas? ¿Donde están los cachorros?

—Me he dado cuenta —contestó ella—. Subí con la señora Rowlands, ¿sabes? Cuando fue a elegir su cachorro.

—Mientras tenga invitados y familiares en la casa, no puedo hacerte mía en mi cama —siguió él—. Pero una vez que todos hayan vuelto a casa o se hayan acostado, te llevaré al altillo. Ninguno de los mozos duerme en las caballerizas. Esta mañana limpié el altillo y esparcí paja fresca, y también llevé mantas y cojines. Voy a hacerte el amor durante lo que quede de noche.

—¿Ah, sí? —le preguntó.

—A menos que me digas que no.

Debería negarse. De la misma manera que tendría que haberse negado en la cala de Penderris Hall.

—No pienso decir que no —le aseguró cuando la música llegó a su fin y él la hizo girar una vez más.

—Hasta luego —le dijo él.

—Sí. Hasta luego.

Gwen no sintió la menor punzada en la conciencia.

En ese momento, el recuerdo que revoloteó antes en el fondo de su mente, cuando lo vio levantar las manos para responder a las peticiones de que bailara el vals, cobró intensidad y apareció ante ella como si acabara de descorrer el telón que lo ocultaba.

Gwen no deseaba que la velada acabase y, al mismo tiempo, lo deseaba. Un baile de la alta sociedad tenía cierta majestuosidad de la que siempre disfrutaba, pero en ese había tal calidez que lo hacía igual de placentero. Le encantaba que todos los invitados que se alojaban en la casa la llamaran por su nombre de pila en cuanto les pidió que lo hicieran, durante el segundo día de estancia. Y le encantaba la informalidad y el afecto con el que sus vecinos trataban a Hugo. Era un ángel disfrazado, le dijo la esposa del carnicero a Gwen en un momento de la noche, siempre reparando patas de sillas rotas, desatascando tiros de chimeneas, talando ramas de árboles que estaban a punto de caerse sobre un tejado si el viento soplaba un poco o trabajando en el jardín de alguien que ya era demasiado mayor para hacerlo sin padecer un dolor considerable por el esfuerzo.

—Y siendo lord Trentham además —añadió la mujer—. Cuando lo descubrimos el año pasado, casi nos caímos de espalda, milady. Pero siguió haciendo todas esas cosas, como si fuera un hombre normal y corriente. Aunque no hay muchos hombres normales y corrientes que hagan lo que él, claro, pero ya sabe a qué me refiero.

Gwen lo sabía.

Y, por fin, la velada llegó a su fin y los invitados que no se alojaban en la casa se marcharon en sus carruajes o se fueron andando hacia el pueblo, con los farolillos en alto, meciéndose en la brisa. Después de eso, le pareció que transcurría una eternidad hasta que se acostaron todos los invitados de la casa, aunque era poco más tarde de medianoche, descubrió al llegar a su habitación. Claro que, cómo no, todas estas personas trabajaban para ganarse la vida, y aunque estaban de vacaciones, no variaban demasiado su costumbre de acostarse temprano para madrugar después.

Gwen despachó a su doncella y se puso otra ropa. Dejó la capa sobre la cama, la capa roja que llevaba cuando se torció el tobillo. Y se sentó en la cama a esperar.

A esperar a su amante, pensó al tiempo que cerraba los ojos y se aferraba las manos sobre el regazo.

No iba a empezar siquiera a pensar en si estaba bien o mal, en si debería hacerlo o no.

Iba a pasar el resto de la noche con su amante, y no había más vuelta de hoja.

Y, por fin, se oyó un golpecito en la puerta y el pomo giró despacio. Hugo también se había cambiado de ropa, comprobó al tiempo que se levantaba de la cama y se echaba la capa por encima de los hombros antes de apagar las velas y salir de la habitación para reunirse con él en el largo pasillo a oscuras. Hugo sostenía una palmatoria con una vela. La tomó de la mano y se inclinó para besarla en los labios.

No hablaron mientras recorrían el pasillo, bajaban la escalinata y cruzaban el vestíbulo. Hugo le dio la palmatoria mientras descorría los cerrojos de la puerta y la abría. Acto seguido, recuperó la palmatoria y apagó la vela antes de dejarla en la consola situada junto a la puerta. No sería necesaria fuera. Las nubes, que habían oscurecido el cielo mientras los invitados se marchaban, se habían movido, y la luna casi llena y los millones de estrellas hacían que una vela fuera del todo innecesaria.

Las caballerizas estaban a oscuras hasta que Hugo tomó un farolillo del gancho donde descansaba junto a la enorme puerta y lo encendió. Los caballos relincharon, adormilados. El olor tan familiar a caballo y a heno no era desagradable. Recorrieron el estrecho pasillo entre las cuadras, cogidos de la mano, con los dedos entrelazados. Y luego él le soltó la mano para iluminarle el camino mientras subía por la empinada escalera que llevaba al altillo, antes de seguirla. Dos o tres de los cachorros gimoteaban en su enorme caja de madera, y un quedo ladrido les indicó que su madre estaba con ellos.

Hugo colgó el farolillo de un gancho bajo una viga de madera y se agachó para extender una manta sobre la paja limpia. Tiró varios cojines a un extremo de la manta y se volvió para mirarla. Tenía que encorvarse un poco para no golpearse la cabeza contra el techo.

—Será mejor que primero diga una cosa —dijo con voz seca— y zanje ese asunto. De lo contrario, no tendré un segundo de paz. —Tenía el ceño fruncido y una expresión muy seria—. Te quiero.

La fulminó con la mirada, con los dientes apretados y una expresión feroz en los ojos.

Sería imperdonable que se echara a reír, decidió Gwen, que tuvo que contener las ganas de hacer precisamente eso.

—Gracias —repuso antes de acercarse a él para colocarle los dedos en el pecho y alzar la cara para que la besase.

—No lo he hecho muy bien, ¿a que no? —preguntó él... y sonrió.

Y, en vez de reírse, Gwen se descubrió parpadeando para no llorar.

—Repítelo —le pidió.

—Vas a torturarme, ¿verdad? —quiso saber él.

—Repítelo.

—Te quiero, Gwendoline —repitió Hugo—. La verdad es que es más fácil la segunda vez. Te quiero, te quiero, te quiero.

Y la rodeó con los brazos y la abrazó con fuerza, hasta casi dejarla sin aliento. Gwen se echó a reír con el poco aliento que le quedaba.

Hugo la soltó, la miró a los ojos y le desabrochó el cierre que la capa tenía en el cuello.

—Ha llegado el momento de actuar, no de hablar —le dijo.

—Sí —convino ella cuando la capa cayó al suelo, en torno a sus pies.

Solo un detalle había evitado que cuando hicieron el amor en la cala de Penderris Hall el recuerdo fuera perfecto en la memoria de Hugo. La había acariciado con las manos por todas partes en aquella ocasión y la había poseído con pasión, pero no la había desnudado. No habían yacido desnudos, como un hombre debería conocer a la mujer que ama. Al menos, «conocer» en el sentido bíblico.

Esa noche los dos estarían desnudos y se conocerían sin barreras, sin artificios ni máscaras.

—No —susurró cuando ella hizo ademán de ayudarlo a desvestirla. No, no pensaba perderse ese momento. Y tampoco había prisa. Sería alrededor de la una de la madrugada, y los mozos de cuadra llegarían sobre las seis. Pero eso les dejaba mucho tiempo para más de un buen revolcón y tal vez dormir un poco entre medias. Nunca había dormido con una mujer. Quería dormir con Gwendoline casi tanto como quería acostarse con ella. En fin, no tanto.

La desnudó despacio, empezando por el vestido y la camisola, que llevaba sin corsé, y siguió quitándole prendas hasta que solo le quedaron las medias de seda. Se apartó para mirarla a la luz del farol. Tenía un cuerpo perfecto y hermoso. Era el cuerpo de una mujer, no el de una muchacha. Un cuerpo de mujer que encajaba con su cuerpo de hombre. Le deslizó las manos por los pechos, pasando por la cintura, hasta llegar a la curva de sus caderas. Ella se estremeció, aunque supuso que no de frío.

—Me siento un poco en desventaja —dijo ella—. Nunca he hecho esto antes. Sin ropa, quiero decir.

¿Cómo? ¿Qué clase de hombre era Muir?

—Todavía tienes ropa —repuso—. Tienes las medias puestas.

Ella sonrió.

—Ven —le dijo al tiempo que la cogía de la mano—. Túmbate en la manta. Me quitaré la ropa y luego te cubriré con mi cuerpo, así no te dará vergüenza.

—¡Ay, Hugo! —dijo ella con una carcajada.

Gwendoline se tumbó, y él se puso de rodillas para quitarle las medias, primero una y luego la otra. Le besó la cara interna de los muslos, las rodillas, las pantorrillas, los tobillos y el puente de los pies mientras lo hacía. Y después, por supuesto, quiso liberarse y tomarla en ese preciso instante. Estaba preparado. Ella estaba preparada. Pero se había prometido que, en esa ocasión, lo harían desnudos.

Se sentó sobre los talones y se quitó la chaqueta.

—¿Quieres que te ayude? —le preguntó ella.

—En otra ocasión —le contestó—. Ahora no.

Ella lo miró fijamente, de la misma manera que lo había mirado en la cala mientras se quitaba los calzoncillos mojados.

—Me temo que soy un gigante bruto —dijo una vez que estuvo desnudo—. Ojalá pudiera ser más elegante para ti.

Ella lo miró a los ojos mientras se arrodillaba entre sus piernas y le separaba los muslos con las rodillas.

—Es imposible que haya un hombre más modesto que tú, Hugo —repuso ella—. No cambiaría nada de tu aspecto. Eres absolutamente hermoso.

Se echó a reír mientras se inclinaba sobre ella, apoyando el peso del cuerpo en las manos, que colocó a cada lado de sus hombros, antes de descender un poco más para rozarle los pechos con el torso.

—¿Incluso cuando frunzo el ceño con ferocidad? —le preguntó.

—Incluso entonces —contestó ella, que levantó los brazos para ponerle las manos en el cuello—. Tus ceños no me engañan. En absoluto.

La besó con suavidad mientras la pasión le provocaba un doloroso deseo en la entrepierna.

—Quería que fuera perfecto —le dijo contra los labios—. Nuestra primera vez de esta noche. Quería jugar sin descanso hasta llevarte a lo más alto del éxtasis y saltar al vacío contigo.

Ella volvió a reír.

—Creo que podemos pasar de los juegos —replicó ella— y dejarlos para otro momento.

—¿Ah, sí? —le preguntó—. ¿Estás segura?

Gwendoline lo besó en los labios y arqueó la espalda para pegarse a su torso antes de rodearle la cadera con las piernas, y él olvidó lo que significaba la palabra «jugar». La buscó y la penetró. Si acaso temía que no estuviera bien preparada para él, pronto descubrió que se equivocaba. La sentía ardiente y húmeda, y sus músculos internos lo aprisionaron y lo invitaron a penetrarla todavía más.

Salió de ella y volvió a penetrarla, y marcó un ritmo que los llevaría al clímax en cuestión de segundos. Las prisas daban igual. No se trataba de aguantar ni de demostrar pericia. En ese momento, lo asaltó un recuerdo, aunque no era un recuerdo que hubiera manifestado con palabras en alguna ocasión, sino uno que sintió en lo más profundo de su corazón: el hecho de que Gwendoline era la única mujer de su vida con la que el sexo se subordinaba a hacer el amor. Era la única mujer con la que el sexo había sido algo compartido y no algo únicamente para satisfacer su necesidad física y darle placer.

Aminoró el ritmo de las embestidas, levantó la cabeza y la miró a los ojos. Ella le devolvió la mirada, aunque tenía los ojos entrecerrados. Parecía casi presa del dolor. Se mordía el labio inferior.

—Gwendoline —le dijo.

—Hugo.

—Amor mío.

—Sí.

Por un instante, Hugo se preguntó si alguno de los dos recordaría después esas palabras. Que lo decían todo sin decir nada.

Le apoyó la frente en el hombro y los lanzó a ambos al abismo, saltando a un glorioso vacío. Al éxtasis.

La oyó gritar.

Se oyó gritar.

Oyó que un cachorro gimoteaba y luego empezaba a mamar.

Suspiró en voz alta contra el cuello de Gwendoline y se permitió el breve lujo de descansar todo su peso sobre ese cálido, húmedo y exquisito cuerpo.

Ella también suspiró, pero no para protestar. Fue un suspiro de plenitud absoluta, de felicidad absoluta. A Hugo no le cabía la menor duda.

Se apartó de ella, estiró un brazo para coger la otra manta que había llevado esa mañana, o más bien la mañana del día anterior, y los cubrió a ambos con ella. Levantó la cabeza de Gwendoline para que la apoyara sobre su brazo y luego descansó la mejilla sobre su coronilla.

—Cuando recupere fuerzas —le dijo—, voy a hacerte una proposición para convertirte en una mujer honrada. Y cuando tú recuperes fuerzas, vas a aceptar.

—¿De verdad? —le preguntó ella—. ¿Y tengo que darle las gracias, caballero?

—Con un sí bastará —contestó, antes de quedarse dormido.

23

—Hugo —susurró Gwen.

Llevaba un rato dormido, pero durante los últimos minutos su respiración ya no era tan profunda y parecía a punto de despertarse. Gwen observó las luces y sombras que proyectaba la débil llama del farolillo sobre su cara.

—Mmm —murmuró él.

—Hugo —repitió—. He recordado una cosa.

—Mmm —murmuró Hugo de nuevo y después tomó una honda bocanada de aire—. Yo también. Acabo de recordar un momento concreto y, si me permites un segundo para recuperarme, estaré listo para crear más recuerdos.

—Sobre... sobre el día que murió Vernon —añadió ella, y vio que Hugo abría los ojos de par en par.

Se miraron a los ojos.

—Siempre me he esforzado por no recordar esos pocos minutos —dijo Gwen—, pero claro que los recuerdo. Nada podrá borrarlos jamás.

Hugo le cubrió una mejilla con una mano y la besó.

—Lo sé —le dijo—. Lo sé.

—Y hay algo que siempre me ha confundido —siguió ella—. Algo que, de alguna forma, no encaja. Nunca me he esforzado por intentar entenderlo, porque no quería recordar todo lo que sucedió. Sigo sin hacerlo. Todavía sigo deseando poder olvidarlo todo.

—¿Has recordado lo que no encaja? —le preguntó él.

—Lo recordé anoche —respondió Gwen—, cuando tus vecinos intentaban persuadirte entre carcajadas de que bailaras el vals y tú levantaste las manos para silenciarlos y poder responder.

Hugo le acarició la mejilla con el pulgar.

—Levantaste las manos con las palmas hacia ellos —siguió ella—. Es el gesto que se suele hacer cuando queremos decir algo o detener algo.

Hugo guardó silencio.

—Cuando me... —empezó ella, pero tragó saliva de forma compulsiva—. Cuando me volví para ver cómo Vernon caía desde la galería, Jason ya estaba mirándolo y tenía las manos levantadas sobre la cabeza para detenerlo. Fue un gesto inútil, por supuesto, aunque comprensible dadas las circunstancias. Pero...

Frunció el ceño, tratando de recordar exactamente la imagen para verla con más claridad. Sí, no se equivocaba.

—¿Jason tenía las palmas al contrario? —le preguntó Hugo—. ¿Como si estuviera invitándolo a que saltara en vez de detenerlo? ¿Lo estaba incitando a lanzarse desde la galería?

—Es posible que yo no lo recuerde de forma exacta —adujo ella, aunque sabía que no era así.

—No —dijo Hugo—. Los recuerdos como ese se quedan grabados de forma indeleble, aunque la mente se niegue a aceptarlos durante siete años o más.

—Jason no podría haberlo hecho —siguió Gwen— si yo no le hubiera dado la espalda a Vernon, si me hubiera acercado a él en vez de darme media vuelta para ir a la biblioteca.

—Gwendoline —dijo él—, si no hubiera sucedido nada, ¿cuánto tiempo habrías estado en la biblioteca?

Gwen sopesó la respuesta.

—No mucho —admitió—. No más de cinco minutos. Seguramente menos. Vernon me necesitaba. Acababa de oír algo muy perturbador. Yo misma habría llegado a esa conclusión nada más poner un pie en la biblioteca. Habría respirado hondo varias veces, como hice en muchas otras ocasiones, y habría ido a buscarlo.

—¿Se tomó muy mal la pérdida de vuestro hijo? —preguntó Hugo.

—Se culpaba —contestó ella.

—Y necesitó consuelo —afirmó él—. ¿Te ofreció consuelo a ti?

—Estaba enfermo —le recordó.

—Sí —convino Hugo—, lo estaba. Y si ambos hubierais vivido cincuenta años más juntos, habría seguido enfermo y tú habrías seguido amándolo y consolándolo.

—Prometí quererlo en las alegrías y en las penas, en la salud y en la enfermedad —dijo—. Pero al final le fallé.

—No —la contradijo—. Gwendoline, no eras su carcelera. No podías estar vigilándolo las veinticuatro horas del día, los siete días de la semana. Y ya estuviera enfermo o no, Vernon estaba en sus cabales, ¿verdad? Tú también perdiste un hijo, de la misma manera que lo perdió él. Sin embargo, decidió cargar con el peso de la culpa y, en el proceso, te privó del consuelo que tanto necesitabas. Pese a la desesperación que sintiera, debería haber sabido que te estaba cargando con una responsabilidad insoportable y que no estaba moviendo un dedo para cumplir las promesas que te había hecho. La enfermedad, a menos que sea la locura más absoluta, no es una excusa para exhibir un absoluto egoísmo. Tú necesitabas amor en la misma medida que lo necesitaba él. Se tiró. Nadie lo empujó. Lo invitaron a hacerlo con gestos, con burlas. Pero fue él quien se cayó, de forma deliberada según parece. Entiendo que quieras culparte. Tal vez lo entienda mejor que nadie. Pero te absuelvo de toda la culpa. Déjalo ir, amor mío. No podemos acusar a Grayson de asesinato, ¿verdad? Aunque sus intenciones fueran, sin duda, asesinas. Déjalo que cargue con su conciencia, si bien dudo de que tenga una. Déjalo con su ruindad. Y déjate querer. Déjame que te quiera.

—Él estaba con nosotros cuando me caí —añadió ella—. Cuando mi caballo no logró saltar la cerca. Nunca había fallado a la hora de saltar una cerca y había saltado obstáculos más altos antes. Jason estaba con nosotros. Iba detrás de mí, casi tocándome, azuzando a mi caballo para que hiciera el salto, tal como he pensado siempre. Pero habría sido incapaz de... ¿Podría haber...?

Oyó que Hugo tomaba una lenta bocanada de aire.

—¿Es posible que no fuera yo la culpable de la muerte de mi propio hijo? —siguió ella—. ¿O es producto de mi imaginación porque he comprendido que quería librarse de Vernon? ¿Que quería verlo incluso muerto? ¿También quería que nuestro hijo muriera? ¿Quería que yo muriera?

—¡Ay, Gwendoline! —dijo Hugo—. Amor mío...

Gwen cerró los ojos, pero no pudo contener las ardientes lágrimas que se deslizaron por sus mejillas y cayeron, trazando una diagonal, sobre la manta, al lado de su nariz.

Hugo la estrechó entre sus brazos, le colocó una mano en la nuca y le besó las mejillas mojadas, los párpados, las sienes y los labios húmedos.

—Tranquila —la consoló—. Tranquila. Olvídalo todo. Déjame quererte. Gwendoline, has amado de la forma equivocada. El amor no solo consiste en dar, dar y dar. También consiste en recibir. Consiste en permitirle a la pareja el placer y la alegría de dar. Déjame quererte.

Gwen pensó que le iba a estallar el corazón. Llevaba contenida toda la vida, al parecer, o tal vez desde que se casó; intentando siempre mostrarse alegre, intentando no parecer negativa o amargada. Había intentado amar y había aceptado amor a cambio siempre y cuando fuera el amor tranquilo y constante de su madre, de su hermano, de Lauren, de Lily o del resto de su familia.

Pero...

—Sería como lanzarme al vacío desde los confines del mundo —dijo.

—Sí —convino él—. Pero yo estaré allí para cogerte.

—¿Lo harás? —quiso saber.

—Y tú también podrás cogerme a mí cuando yo salte —dijo él, a modo de respuesta.

—Me aplastarás —replicó Gwen.

Y ambos se echaron a reír, el uno en los brazos del otro, ambos mojados por sus lágrimas.

—Gwendoline —dijo Hugo cuando por fin se serenaron—. ¿Te casarás conmigo?

Gwen lo abrazó con los ojos cerrados y aspiró el olor a colonia, sudor y hombre. Y ese algo indefinible y maravilloso que era el mismo Hugo.

—¿Crees que puedo tener hijos? —le preguntó—. ¿Crees que merezco una segunda oportunidad? ¿Y si no puedo?

Él chasqueó la lengua.

—Nadie lo sabe con seguridad —respondió—. Lo descubriremos con el paso del tiempo. Y sí, mereces tener hijos propios. En cuanto a mí, no te preocupes. Prefiero mil veces casarme contigo y no tener hijos antes que casarme con cualquier otra mujer y tener una docena. De hecho, no creo que me case con otra si tú me rechazas. Tendré que empezar a frecuentar burdeles.

En ese momento, volvieron a estallar en carcajadas.

—Bueno, en ese caso... —dijo ella.

—¿Sí? —Hugo echó la cabeza hacia atrás y la miró a los ojos a la luz del farolillo.

—Sí, me casaré contigo —afirmó Gwen, recuperando la seriedad—. ¡Ay, Hugo! Me da igual la cantidad de mundos diferentes que tengamos que atravesar hasta encontrar nuestro pequeño mundo propio. Me da igual. Haré lo que haya que hacer.

—Yo también —le aseguró él.

Se miraron sonriendo, hasta que acabaron con lágrimas en los ojos.

Hugo se incorporó para sentarse y rebuscó entre su ropa hasta dar con el reloj. Lo levantó para mirarlo a la luz del farolillo.

—Las dos y media —dijo—. Será mejor que salgamos de aquí antes de las cinco y media. Tres horas. ¿Qué podemos hacer durante tres horas? ¿Alguna sugerencia?

Se volvió para mirarla.

Y ella abrió los brazos a modo de invitación.

—¡Ah, sí! —repuso él—. Una sugerencia estupenda. Y tres horas es tiempo más que de sobra para jugar y para darse un festín.

—Hugo —dijo Gwen mientras él la abrazaba y se acostaba de espaldas, llevándola consigo para que quedara tendida sobre él—. ¡Ay, Hugo! Te quiero. Te quiero.

—Mmm —murmuró él contra sus labios.

Hugo hizo el anuncio durante un desayuno tardío en el que todos estaban presentes. Tal vez debería haber hablado primero con el hermano de Gwendoline, pero ya lo había hecho con anterioridad. Y tal vez ella debería habérselo anunciado antes a su familia, pero... ¿por qué? Ya se enterarían cuando regresaran a Londres.

—¡Oh! —se lamentó Constance mientras recorría con la mirada a todos los presentes, sentados a la mesa—. Ya se ha acabado lo emocionante y mañana volveremos a Londres.

—Pero, Constance, nos lo hemos pasado maravillosamente —le recordó Fiona con una voz cálida y animada que Hugo jamás le había oído antes de esa semana—. Y todavía nos queda el día de hoy para disfrutarlo.

—Y no todas las emociones se han acabado —añadió Hugo desde la cabecera de la mesa—. Al menos, no para mí. Ni para Gwendoline. Porque acabamos de comprometernos y tenemos la intención de pasar el día disfrutando de nuestro nuevo estado.

La noche anterior Gwendoline le dio permiso para anunciarlo ese día si lo deseaba. En ese momento, la vio sonreír y morderse el labio inferior mientras los gritos, las exclamaciones de sorpresa y los aplausos resonaban en el comedor y todos se afanaban por hablar al tiempo que se levantaban de la mesa, arrastrando las sillas con las prisas. Hugo recibió apretones de mano, palmadas en la espalda y besos en las mejillas. Gwendoline, según vio, también recibió besos y abrazos.

Se preguntó si los miembros de la familia de Gwendoline reaccionarían con semejante entusiasmo, pero llegó a la conclusión de que seguramente así fuera.

—Mark, creo que me debes diez guineas —dijo su primo Claude desde el otro extremo de la mesa—. Dije que para finales de la semana. Y hubo testigos.

—Hugo, ¿no podías haber esperado un par de días más? —le preguntó Mark.

—¿Cuándo será la boda? —quiso saber su tía Henrietta—. ¿Y dónde se celebrará?

—En Londres —respondió él—. Seguramente en la iglesia de Saint George, en Hanover Square. En cuanto corran las amonestaciones. Queremos casarnos y volver aquí para pasar el verano.

Habían sopesado otras opciones para celebrar la boda, Newbury Hall, Crosslands Park o incluso Penderris Hall, pero querían que ambas familias asistieran y cualquier lugar fuera de Londres no parecía práctico, en parte por la cantidad de personas a las que habría que acomodar y también porque los miembros de la familia de Hugo acababan de tomarse unas vacaciones de varios días. Además, la temporada estaba todavía en su apogeo y aún no habían acabado las sesiones parlamentarias. No querían esperar al verano para casarse.

—¡La iglesia de Saint George! —exclamó su tía Rose—. ¡Magnífica! Espero que estemos todos invitados.

—No podríamos celebrar nuestra boda si no están todos ustedes presentes —se apresuró a replicar Gwendoline—, y si no está mi familia.

—¡Pero si no tengo nada que ponerme! —protestó Constance, que se echó a reír con alegría—. ¡Estoy tan contenta que podría estallar de felicidad!

—Por favor, encima de la comida no, Con —repuso el primo Claude.

Hugo estaba cansado. Había dormido quizá solo una hora después de la segunda vez que hicieron el amor de forma vigorosa, pero había gastado dicha energía para un tercer encuentro que había acabado peligrosamente cerca de las cinco y media, la hora a la que había decidido que debían abandonar las caballerizas. Si los hubiera descubierto algún mozo habrían pasado un bochorno espantoso.

Gwendoline se fue directa a la cama cuando regresaron a la casa. Él, no. Estaba demasiado emocionado, como si fuera un colegial.

A esas alturas estaba cansado, pero era una sensación agradable. Su cuerpo estaba saciado y relajado, y su mente, concentrada en la felicidad. Pensaba cortar de raíz cualquier advertencia de la mente sobre el hecho de que la felicidad era un estado pasajero o sobre que el enamoramiento era más efímero si cabía. Porque no solo estaba enamorado de su prometida. La amaba. Y no se hacía ilusiones con respecto a un «y fueron felices y comieron perdices». Sabía que para alcanzar la felicidad había que esforzarse mucho y ser constante, tanto como lo había sido de pequeño cuando seguía a su padre y después, en el ejército, para convertirse en el mejor oficial del ejército británico.

No le tenía miedo al fracaso.

Fiona salió con él al exterior para dar un paseo después del desayuno y lo tomó del brazo. El día era nublado y fresco.

—Hugo, todo esto es precioso —dijo—. Durante todos estos días, la gente ha estado diciéndote lo que creen que deberías hacer para darle vida a los terrenos, y tú mismo has dicho que piensas hacer algunos cambios. No hagas demasiados. A veces, hay que dejar a la naturaleza tal cual es.

Hugo la miró y se sorprendió al ver el afecto tan grande que sentía por ella, por esa mujer a quien su padre había amado y con quien había engendrado una hija, Constance.

—No voy a cambiarlo mucho —le aseguró—. No pienso convertir la finca en una atracción magnífica y ostentosa. Constance y yo fuimos hace poco a una merienda que se celebró en Richmond, no sé si te acuerdas. El jardín era tan magnífico que dejaba sin aliento. Pero yo no cambiaría estos terrenos por aquel jardín por nada del mundo.

—Bien. —Fiona caminó a su lado en silencio durante unos minutos—. Hugo, sé lo que hice. Sé que te alejé y te empujé a una vida para la que no estabas preparado en absoluto, pese al hecho de haberte distinguido de una forma tan brillante. Si hubieras muerto, yo...

Hugo le cubrió la mano que tenía apoyada en su brazo.

—Fiona —le dijo—, nadie me empujó a hacer nada. Yo elegí marcharme. De no haberlo hecho, hoy sería un hombre diferente, ¿sabes? Tal vez mejor, tal vez peor, o tal vez casi el mismo. Sea como sea, no me gustaría ser diferente. No me gustaría carecer de las experiencias que me han traído hasta aquí. De no haberme ido, nunca habría conocido a Gwendoline. Y no morí, ¿cierto?

—Eres generoso —replicó ella—. Estás diciendo que me perdonas. Gracias. Quizás al final yo también acabe perdonándome. Tu padre era un buen hombre. Buenísimo. Se merecía a alguien mejor que yo.

—Te eligió a ti —le recordó él—. Te eligió porque te quería.

—Quiero preguntarte una cosa —dijo Fiona—. Por eso he salido a pasear contigo hoy.

Hugo inclinó la cabeza hacia ella.

—Philip..., el señor Germane —siguió ella—, me ha preguntado si puede visitarme cuando estemos en Londres. Quiere enseñarme los jardines botánicos de Kew y la pagoda. También quiere llevarme al teatro, porque le he dicho que hace años que no voy, y a los jardines de Vauxhall porque no los he visto nunca. Hugo, te... ¿te enfadarías si lo hago? ¿Sería una falta de respeto hacia tu padre? ¿Lo encontrarías ofensivo al ser el hermano de tu difunta madre?

Hugo se había percatado de la inclinación mutua que se habían demostrado Fiona y Philip durante esos días. Y la veía con buenos ojos. Philip se casó cuando era muy joven, justo antes de que él se fuera a la guerra, pero su mujer murió durante el parto un año después. No había vuelto a casarse. Y Fiona, pese a su reciente melancolía, su mala salud y su dependencia egoísta de Constance, de repente exhibía una madurez exquisita y atractiva. Había llevado sobre los hombros la pesada carga de la tristeza y la culpa, pero parecía estar haciendo un gran esfuerzo para recuperar de nuevo las riendas de su vida.

¿Y si un matrimonio entre ambos, si llegaban a ese punto, les brindaba una felicidad permanente? Una pregunta que no le correspondía contestar a él. Pero sí podía desearles lo mejor.

Le dio unas palmaditas a Fiona en la mano.

—Asegúrate de que te lleve a los jardines de Vauxhall una noche que haya fuegos artificiales —dijo—. Me han dicho que son las mejores veladas.

Ella suspiró hondo.

—Hugo, estoy muy contenta por ti —confesó—. La primera vez que lady Muir llegó a casa para acompañar a Constance a comprarse ropa, estaba preparada para detestarla. Pero ni siquiera entonces pude hacerlo. Y esta semana he visto lo sencilla que es y la genuina felicidad que demuestra al relacionarse con todos los demás, sin darse aires de superioridad, ni siquiera con mi madre. Y he visto lo mucho que te quiere. Anoche mientras bailabais el vals hacíais una pareja impresionante. Tu anuncio durante el desayuno no le ha sorprendido a nadie, que lo sepas.

Hugo rio entre dientes al recordar que había tenido que hacer acopio de valor para hablar.

Las primeras gotas de lluvia los devolvieron al interior.

Poco después, se asomó a la sala de billar y vio que estaban disputando una partida. Cuando se marchó, Ned Tucker lo siguió.

—¿Está ocupado? —le preguntó el muchacho—. ¿Puedo hablar con usted?

Hugo lo llevó a la biblioteca, mientras se recordaba que debía encontrar alguna institución a la que donar los espantosos tomos de libros. Su ausencia dejaría las baldas casi vacías, pero prefería verlas así a enfrentarse a esos mamotretos cada vez que entraba en la estancia. Los reemplazaría poco a poco con los libros que Gwendoline y él eligieran. Tal vez a ella se le ocurriera qué hacer hasta entonces con las baldas vacías.

—Estuvo feo por mi parte aceptar su invitación a venir —dijo el muchacho—, cuando lo hizo porque dio la casualidad de que yo estaba presente cuando invitó a la familia de la señorita Emes y la señora Rowlands comentó que yo era como un hijo para ella. No le quedó alternativa, ¿verdad? Pero debería haberme negado. Le dije que sí, porque me apetecía venir, y me he divertido mucho y le doy las gracias.

—Ha sido un placer tenerte con nosotros —replicó Hugo al tiempo que cogía la licorera que descansaba en una esquina de la mesa para servir dos copas y lo invitaba a sentarse en una de las butacas de la chimenea.

Se percató de que seguía lloviendo, aunque era una llovizna y no un chaparrón. Los caminos no se verían afectados y podrían viajar al día siguiente.

—Su hermana está disfrutando de lo lindo esta primavera —siguió Tucker, que clavó la vista en su copa mientras hacía girar el oporto despacio—. Se ha pasado el último año de luto por su padre y antes solo era una niña.

Hugo esperó.

—Estos días ha estado frecuentando más a su familia paterna y a los amigos de esa rama familiar —siguió el muchacho—. Gente de su clase. Y también ha frecuentado los salones de la alta sociedad y ha salido a pasear y a montar a caballo con un buen número de caballeros. Estoy seguro de que todos la merecen, porque de lo contrario tanto usted como lady Muir habrían cortado en seco toda relación con ellos. Es demasiado joven y demasiado... nueva en la vida como para hacer una elección. Claro que eso no detiene a mucha gente. Pero es una muchacha sorprendentemente sensata para su edad, o eso me parece. Y luego estoy... —Se detuvo para beber un sorbo de oporto con movimientos un tanto nerviosos.

—¿Y luego estás tú? —sugirió Hugo.

—Yo soy quien soy —respondió Tucker—. Sé leer, escribir y hacer cuentas. Tengo casa propia y un negocio. Gracias a la tienda, cuento con unos ingresos fijos, aunque jamás me haré rico. Claro que la gente siempre necesita las herramientas y los objetos que yo vendo. Me atrevo a decir que conservaré la tienda toda la vida y que se la dejaré en herencia a mi hijo cuando muera, de la misma manera que hizo mi padre conmigo. También hago algunas cosas en el almacén de la trastienda, trabajos de carpintería y también de herrería. He fabricado unas cuantas casas de muñecas y casetas para perros que he vendido a buen precio. No me importaría dedicarme a construir algo un poco más grande. Un cobertizo, quizás, aunque me gusta la idea de poder usar la imaginación.

—¿Un cenador? —sugirió Hugo—. ¿Un templete para el jardín?

Tucker sopesó la idea.

—Eso sería fantástico —respondió—, aunque no conozco a nadie que necesite algo así.

—Lo tienes delante —repuso Hugo.

Tucker lo miró y sonrió.

—¿En serio? —le preguntó.

—En serio —contestó Hugo—. Ya hablaremos más adelante.

—De acuerdo —replicó el muchacho, que devolvió la vista al oporto de su copa, que apenas había bajado—. No voy a pedirle su mano —siguió—. Ni mucho menos. Ni siquiera voy a pedirle permiso para cortejarla. No creo que de momento esté preparada para que la cortejen. Lo que le pido es... —Hizo una pausa y respiró hondo—. Cuando esté preparada, si parece demostrar cierta inclinación por mi persona, a sabiendas de que podría encontrar una pareja mil veces mejor que yo entre los de su propia clase o entre la alta sociedad, ¿debo fingir que no me interesa o incluso fingir que me interesa otra?

La cuestión era peliaguda.

O tal vez no lo fuera en absoluto.

—¿La quieres? —le preguntó Hugo.

Tucker lo miró a los ojos.

—No sabe cuánto —confesó.

—En ese caso, confío en que harás lo correcto —repuso Hugo—. Y confiaré en que Constance también lo hará. Ya confío en ella. La decisión debe ser vuestra. Y de su madre, llegado el momento. Pero en tu caso, yo no fingiría nada. Es mejor ser sincero y confiar en que ella tome una buena decisión.

—Gracias —replicó el muchacho, que levantó la copa y apuró el oporto de golpe—. ¡Gracias! Y ahora, a ver, ¿dónde quiere instalar el cenador? ¿Y cómo quiere que sea de grande?

Hugo miró hacia la ventana. Parecía haber escampado de momento, aunque los nubarrones seguían presentes.

—Ven —le dijo—. Te enseñaré el lugar. O tal vez sea mejor que vaya en busca de Gwendoline para que nos acompañe y que sea ella quien te lo explique. Tal vez a Constance le apetezca venir también.

En realidad, estaba deseando ver a Gwendoline de nuevo, tener una excusa para estar con ella otra vez. El problema era que, como anfitrión de una fiesta campestre, aunque los invitados fueran los miembros de su familia, se sentía obligado a pasar tiempo con todo el mundo menos con su prometida.

A veces, la vida era un poco ridícula.

Y, a veces, era más maravillosa de lo que jamás había imaginado que podía ser.

24

La mañana de su boda llovía. A cántaros.

Hugo, que no creía en presagios, de todas formas creía que el sol o, al menos, el buen tiempo habría sido preferible para todos los implicados si había que asistir a una boda. Pero cuando el sol salió justo cuando abandonaba la casa y los caminos y las aceras se secaron casi al instante, pensó que tal vez sí creía un poquito en los presagios.

Le había pedido a Flavian que fuera su padrino con la esperanza de que, al hacerlo, no ofendería a sus primos. Sin embargo, todavía tenía la sensación de que Flavian era la persona con quien más conexión tenía. Y él había aceptado después de tomarse el tiempo justo para enarcar las cejas, lanzar un hondo suspiro y ofrecerle un lánguido y corto sermón.

—Hugo, querido amigo —dijo—, al mundo entero le bastaría una mirada para concluir que debes de ser el último hombre sobre la faz de la Tierra que sucumbiría a algo tan esquivo como el amor romántico. Pero cualquiera de los Supervivientes le habría podido decir al mundo entero hace mucho que si hay alguien susceptible de enamorarse, eres tú. Y, todo ello, pese a toda aquella palabrería tan sensata que nos soltaste a principios de año sobre encontrar a la pareja adecuada. Sí, sí, seré tu padrino. Y apostaría lo que fuera a que seguirás mirando embobado a tu esposa cuando ella tenga ochenta años y tú unos cuantos más. Y ella te mirará de la misma manera. Casi consigues que recupere mi destrozada fe en los finales felices.

—Con un sí habría bastado, Flave —repuso Hugo.

—Por supuesto —convino Flavian.

Toda su familia iba a asistir a la boda, cómo no. Al igual que George y Ralph. Imogen lo había sorprendido al aceptar la invitación. Iría a Londres a pasar unos días y se alojaría en casa de George, le dijo por carta. Ben estaba en el norte de Inglaterra, visitando a su hermana. Vincent no se encontraba en casa, y su familia no sabía dónde estaba. Pero se había llevado su ropa y su ayuda de cámara lo acompañaba, y el hombre siempre se había mostrado más que capaz de ocuparse de todas sus necesidades. Nadie estaba preocupado... de momento.

La familia de Gwendoline al completo estaba invitada, así como algunos amigos. Pero no era la típica boda de la alta sociedad que se celebraba durante la temporada. La iglesia no estaría a rebosar con la flor y nata de la alta sociedad inglesa. Aunque la lista de invitados era inevitablemente larga, los dos querían un ambiente íntimo, de modo que solo estaban presentes los parientes más cercanos a ambos para ser testigos de la ocasión.

—Creo —dijo Hugo cuando llegó a la iglesia y lo recibió una pequeña multitud de curiosos, que aumentaría de volumen en cuestión de una hora— que preferiría enfrentarme a otra carga suicida.

—Si hubieras desayunado, tal como te aconsejé —replicó Flavian—, te sentirías mucho mejor, amigo mío.

—¿Un consejo dado desde la experiencia? —le preguntó Hugo.

—En absoluto —contestó Flavian—. Nunca he llegado al altar, ni siquiera llegué a verlo.

Hugo hizo una mueca. Había sido un comentario muy desafortunado.

—Una bendición por la que no me cansaré de dar las gracias —añadió Flavian—. Sería un poco deprimente descubrir después de la boda que cuando la novia dijo que te querría para lo bueno y para lo malo, en realidad quería decir que te amaría para lo bueno, pero que saldría corriendo como si huyera de la peste si alguna vez se tenía que enfrentar a lo malo, ¿no te parece?

Sí, pensó Hugo, lo sería. Y recordó que cuando Gwendoline pronunció esos votos con su primer marido, los cumplió. Estiró una mano y le dio un apretón en el brazo a su amigo mientras entraban en la iglesia.

—Hugo, te suplico que no te pongas sentimental conmigo —dijo Flavian al tiempo que se estremecía—. Empiezo a preguntarme si yo también prefiero una carga suicida a ser el padrino de un alma romántica.

Hugo rio entre dientes.

Para cuando llegó la novia un poco más tarde, aunque justo a tiempo, se sentía mucho más relajado. Y emocionado. Y ansioso por comenzar su nueva vida. Por vivir felices para siempre. ¡Ah, sí! Aunque no creía en eso, a veces se le olvidaba ser un escéptico. Y, sin duda alguna, se le podía perdonar el día de su boda.

Gwendoline había llegado. El órgano empezó a tocar, y el clérigo se colocó en su puesto. Hugo no terminaba de decidirse entre plantarse muy tieso mirando hacia el altar o volverse para verla llegar. Se le había olvidado preguntar qué era lo adecuado.

Al final, se quedó en un punto medio. Se dio media vuelta y la observó, muy tieso, mientras se acercaba del brazo de su hermano. Llevaba un vestido de un tono rosa fuerte y parecía... En fin, a veces la lengua era absolutamente un fracaso para describir las cosas. Lo estaba mirando fijamente, y tras el liviano velo que le cubría la cara, pudo ver que sonreía.

Comprobó mentalmente su expresión. Tenía los dientes muy apretados. Lo que quería decir que tenía el mentón tenso. Tenía las cejas casi juntas. Casi podía percibir el ceño fruncido. Tenía las manos entrelazadas a la espalda. ¡Por el amor de Dios! Debía de dar la impresión de que estaba en posición de firmes. O en el funeral de alguien. ¿Por qué? ¿Le daba miedo sonreír?

Pues sí, se dio cuenta. Sería incapaz de contener todo lo que sentía si sonreía. Se sentiría muy vulnerable, la verdad. Pero ¿vulnerable a qué? ¿Al amor?

Ya había saltado desde los confines de la Tierra y había aterrizado, sano y salvo, en los brazos del amor.

¿Qué más podía temer?

¿Que Gwendoline no apareciera?

Estaba allí.

¿Que no dijera «Sí, quiero» o lo que fuera que tuviese que decir cuando llegara el momento?

Lo diría.

¿Ser incapaz de amarla para el resto de su vida?

Lo haría, e incluso más allá.

Dejó que los brazos le colgaran a los lados.

Y sonrió mientras su novia se acercaba por el pasillo.

¿Acababa de escuchar un suspiro colectivo por parte de los congregados en la iglesia o eran imaginaciones suyas?

¡Qué rara era la vida!, pensó Gwen. Si no le hubiera leído en voz alta a Vera la carta de su madre a principios de marzo y si Vera no la hubiera atacado verbalmente, si no hubiera salido a pasear por aquella playa pedregosa y no se hubiera detenido para contemplar el mar, tal vez ni siquiera se habría dado cuenta de lo sola que se sentía. Tal vez habría negado la verdad durante mucho más tiempo.

Y si no hubiera subido por la pronunciada pendiente y no se hubiera torcido el tobillo, no habría conocido a Hugo.

Nunca había creído en el destino. Seguía sin creer en él. Eso echaría por tierra el libre albedrío, y era a través de la libertad como las personas se abrían camino por la vida y aprendían lo necesario. Pero, a veces, o eso le parecía, había... algo, una especie de señal, que daba un empujoncito en una determinada dirección. Lo que cada cual decidía hacer con ese empujoncito era algo personal.

Su percance, la presencia de Hugo en las inmediaciones, el hecho de que ambas cosas sucedieran justo después de que se diera cuenta de que se sentía sola, sin duda, eran algo más que meras coincidencias. Y tal vez fuera cierto que las coincidencias no existían.

La probabilidad de no encontrarse con Hugo y de conocerlo lo suficiente como para penetrar su tosca fachada militar hasta llegar a quererlo eran muy altas. Pero había sucedido.

Lo quería más de lo que creía posible querer a nadie.

Su familia al completo aprobaba la unión, con la posible excepción de Wilma, que, por una vez, no ofreció comentario alguno. Todos parecían comprender que lo que sentía por Hugo era algo fuera de lo común, que si estaba preparada para amar y casarse con un hombre que, en apariencia, no encajaba en absoluto para ella, en realidad debía de ser perfecto para ella. Y, por supuesto, fue un alivio para todos que por fin saliera de la burbuja en la que había residido desde la muerte de Vernon y que estuviera dispuesta a vivir de nuevo.

Su madre había llorado por ella.

Al igual que Lauren.

Lily se la había llevado para comprar su ajuar de novia.

Y, en ese momento, estaba sucediendo. Por fin. Un mes para que corrieran las amonestaciones a veces podía parecer un año. Pero la espera había llegado a su fin, y ella estaba en el interior de la iglesia de Saint George, en Hanover Square, y sabía que las familias de ambos estaban allí reunidas al completo, aunque no lo había comprobado. Iba agarrada al brazo de Neville y solo tenía ojos para Hugo.

Tenía casi el mismo aspecto que cuando lo vio en aquella pendiente sobre la playa, salvo que en aquel entonces llevaba un gabán y, en ese momento, iba ataviado con mucha elegancia, para una boda.

La miraba con un ceño feroz.

Gwen le sonrió.

Y en ese momento, de forma maravillosa e increíble, y pese al hecho de que Hugo estaba en mitad de una iglesia atestada de personas, él le devolvió la sonrisa. Una sonrisa cálida que le iluminó la cara y que hizo que fuera guapísimo.

El murmullo que se oyó por la nave sugirió que todos se habían dado cuenta.

Se colocó al lado de Hugo, el órgano dejó de tocar y la ceremonia comenzó.

Fue como si el tiempo se ralentizara. Oyó cada palabra, y también cada respuesta, incluidas las suyas; sintió la delicada frialdad del oro cuando Hugo le puso la alianza en el dedo, aunque se le encajó un segundo en el nudillo antes de que consiguiera colocársela bien.

Y, después, demasiado pronto pero, ¡ay, por fin!, la ceremonia terminó y eran marido y mujer, y ningún hombre podría separarlos. Hugo le dio un apretón en la mano y la miró con una sonrisa, casi como un chiquillo temblando por la emoción, y le levantó el velo para colocárselo por encima del ala del bonete.

Ella lo miró.

Su marido.

¡Su marido!

Y, después, la ceremonia continuó y firmaron en el registro y salieron de la iglesia, sonriendo a ambos lados del pasillo y mirando a los ojos a cuantos familiares y amigos pudieron. Iba cogida de su brazo y tenían las manos entrelazadas con fuerza.

La luz del sol los saludó al otro lado de las puertas de la iglesia.

Así como los vítores de una pequeña multitud que se había congregado en el exterior.

Hugo la miró.

—En fin, esposa —le dijo.

—En fin, marido.

—¿A que suena bien? —le preguntó él—. ¿O suena maravillosamente?

—Mmm —murmuró ella—. Creo que suena maravillosamente.

—Yo también, lady Trentham —repuso él—. ¿Corremos hacia el carruaje antes de que todos los invitados salgan de la iglesia detrás de nosotros?

—Creo que ya es demasiado tarde —le contestó.

Y, sin lugar a dudas, el cabriolé descubierto que los llevaría a Kilbourne House para el banquete de bodas estaba decorado con cintas, lazos, botas viejas e incluso había una tetera de hierro. Y Kit, Joseph, Mark Emes y el conde de Berwick los esperaban con las manos llenas de pétalos de flores con los que los regaron mientras corrían hacia el carruaje, entre carcajadas.

—Espero que nadie tenga pensado volver a usar esa tetera —comentó Hugo al tiempo que le indicaba al cochero que se pusiera en marcha y el cabriolé empezaba a salir de la plaza con celeridad en mitad de un gran escándalo.

—Todo el mundo oirá nuestra llegada desde al menos cinco kilómetros de distancia —repuso Gwen.

—Podemos hacer dos cosas, amor mío —dijo Hugo—. Podemos escondernos agachados en el suelo del cabriolé..., y es una opción con muchas cosas a favor, o podemos echarle valor y ayudar a los demás a olvidar el ruido.

—¿Cómo? —preguntó ella entre risas.

—Así —le contestó al tiempo que la instaba a volverse, le tomaba la barbilla con una de sus enormes manos y bajaba la cabeza para besarla... con la boca abierta.

En algún lugar, alguien vitoreó. Otra persona emitió un silbido tan agudo que se oyó por encima del estruendo de la tetera.

«La segunda opción, por favor», habría dicho Gwen de poder usar la boca para hablar.

Pero no podía.

¿TE GUSTÓ ESTE LIBRO?

escríbenos y
cuéntanos tu opinión en

 /Sellotitania   /@Titania_ed

 /titania.ed

#SíSoyRomántica

Ecosistema digital

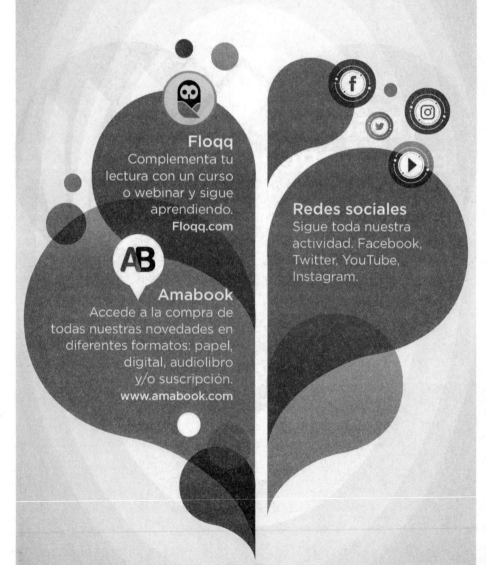

Floqq
Complementa tu lectura con un curso o webinar y sigue aprendiendo.
Floqq.com

Amabook
Accede a la compra de todas nuestras novedades en diferentes formatos: papel, digital, audiolibro y/o suscripción.
www.amabook.com

Redes sociales
Sigue toda nuestra actividad. Facebook, Twitter, YouTube, Instagram.

EDICIONES URANO